KB210390

경계선

LET THE OLD DREAMS DIE
by John Ajvide Lindqvist

경계선

윤 A. 린드크비스트 소설 | 남명성 옮김

문학동네

일러두기

1. 본문 중의 주석은 모두 옮긴이주다.
2. 고딕체는 원서에서 이탤릭체나 대문자로 표시된 부분이다.

어머니 안네마리에 린드크비스트에게.

할머니 마이 발크비스트를 추모하며.

사랑과 힘.

차례

경계선

티나는 사내가 나타나자마자 뭔가 숨기고 있음을 알았다. 사내가 세관 구역을 향해 한 걸음씩 다가올 때마다 확신은 점점 커졌다. 사내가 신고 물품이 없는 사람들을 위한 녹색 통로로 들어와 눈앞을 지나가자 티나는 말했다. “실례합니다만, 잠시 멈춰주시겠습니까?” 티나는 로베르트가 상황을 파악하고 있는지 확인하려고 그를 흘끗 바라보았다. 로베르트가 고개를 살짝 끄덕였다. 붙잡힐 위기에 처한 사람들은, 특히 징역형을 받을 가능성이 있는 뭔가를 밀수하는 사람이라면 무슨 짓을 저지를지 알 수 없다. 이 사내처럼. 티나는 확신했다.

“가방을 여기 올려주시겠습니까?”

사내는 작은 가방을 검색대 위에 올려놓은 다음 자물쇠를 풀고 덮개를 열었다. 익숙한 상황처럼 보였다. 얼굴이 각지고 이마가 좁은 사내의 외모를 생각하면 놀랄 일은 아니었다. 작고 깊은 눈 위에 눈썹이 덥수룩했다. 수염을 길렀고 머리는 길지도 짧지도 않았다. 액션영화의 러시아 출신 살인청부업자를 연기하면 어울릴 것 같았다.

티나는 검색대 위로 몸을 숙이면서 숨겨진 경보 버튼을 눌렀다. 사내가 분명히 불법 물품을 지니고 있다는 걸 본능이 말해주었다. 무기를 소지했을 수도 있다. 곁눈질을 하니 레이프와 안드레아스가 안쪽 사무실 문가에 자리잡고 상황을 지켜보며 대기하고 있었다.

가방은 거의 비어 있었다. 옷 몇 벌. 지도 한 장과 헨닝 망켈의 범죄소설 두 권, 쌍안경과 확대경 하나씩이 전부였다. 디지털카메라도 한 대 있었다. 티나는 카메라를 들고 더 꼼꼼히 살폈지만 그게 문제가 아니라는 직감이 들었다.

가방 밑바닥에 커다란 금속 상자가 보였다. 뚜껑 중앙에 바늘 달린 동그란 계기판이 있었다. 상자 옆면에는 전선이 하나 붙어 있었다.

“이건 뭔가요?” 티나가 물었다.

“맞혀보시죠.” 사내는 이 상황이 무척이나 흥미롭다는 듯 눈썹을 치켜세우며 대답했다. 티나는 사내의 눈을 마주보았다. 매우 평온해 보이는 눈빛이었고, 그건 둘 중 하나라는 뜻이었다. 정신이 온전하지 않거나, 숨긴 것을 티나가 절대 찾아내지 못하리라 확신하고 있거나.

사내에게 숨길 것이 전혀 없다는 세번째 경우는 존재할 수 없었다. 그녀는 알았다.

티나가 카펠셰르 항구에서 일하는 유일한 이유는 집에서 가깝기 때문이다. 그녀는 원하는 곳 어디서나 일할 수 있었다. 전국 모든 세관에서는 대규모 밀수에 관한 정보를 입수하면 언제든 그녀에게 도움을 청했다. 가끔 그런 요청을 받고 말뫼나 헬싱보리에 머물며 운반책을 잡아내고, 간 김에 며칠 동안 담배나 사람을 몰래 들여오는 범법자들을 추가로 찾아내기도 했다. 그녀는 거의 틀리는 법이 없었다. 유일하게 착각하는 경우는 불법은 아니지만 그래도 숨기고 싶은 무언가를 가진 사람을 볼 때였다.

대개는 자위용 인형이나 진동 기구, 동영상 같은 다양한 성인용품을 들여오는 경우였다. 예테보리에서는 영국발 페리에서 내린 한 남자를 붙잡고 보니, 가방 안에 새로 산 SF 소설책이 한가득이었다. 아시모프, 브래드버리, 클라크. 남자는 검색대 위에 가방을 활짝 펼쳐둔 채 초조한 듯 주위를 둘러보며 서 있었다. 티나는 사내가 성직자 셔츠를 입은 걸 눈치채고 가방을 닫아 돌려주며 좋은 하루 보내라는 인사를 건넸다.

삼 년 전에는 미국에 가서 멕시코 티후아나와의 국경에서 감시를 도운 적도 있다. 헤로인을 들여오는 다섯 명을 잡아냈는데—그중 두 명은 마약을 채운 콘돔을 삼킨 상태였다—그들이 실제로 거래를 하기도 전이었다.

트럭 세 대의 바퀴 드럼 안쪽이 마약으로 가득차 있었다. 양이 1200킬로그램이나 되었다. 최근 십 년 사이 가장 큰 규모의 마약 사건이었다. 티나는 자문료 만 달러를 사례로 받았다. 미국 당국에서는 스웨덴에서 받는 것보다 다섯 배의 급여를 보장하며 일자리를 제안했지만, 티나는 거절했다.

미국을 떠나기 전 티나는 그곳 부서장에게 팀원 둘을 조사해보는 것이 좋을 거라고 제안했다. 그들이 헤로인 운송을 돕고 있음이 거의 확실하다고 생각해서였다. 나중에 그 생각이 옳았음이 밝혀졌다.

세계를 돌아다니며 임시직으로 일하기만 해도 억만장자가 될 수 있지만, 미국에서 돌아온 그녀는 모든 제안을 거절했다. 그녀가 가면을 벗긴 세관원 두 사람은 높은 수준의 긴장감뿐 아니라 위협을 내면에 숨기고 있었다. 그녀는 안전을 위해 세관단속대 대장과 늘 함께 다녀야 했다. 너무 많이 아는 건 위험한 일이다. 큰돈이 관련되어 있다면 더더욱.

그래서 티나는 카펠셰르 항구에서 일하고 있다. 로드만쇠섬의 일베리아에 있는 집에서 십 분 거리다. 그녀가 일한 뒤로 적발 건수는 극적으로 증가하다 이윽고 감소하기 시작해 계속 줄고 있었다. 밀수꾼들은 그녀가 이곳에서 일한다는 걸 알았고, 카펠셰르를 뚫을 수 없는 항구로 여겼다. 지난 몇 년 동안 그녀가 한 일은 주류 밀반입 아니면 가끔 가방 안감 속에 스테로이드를 어설프게 숨겨 들여온 사람들을 잡아낸 것이 대부분이었다.

그녀는 근무시간을 매주 바꿔서, 밀수꾼들이 어떤 시간대를 피하면 되는지 파악하지 못하도록 했다.

티나는 상자에 손대지 않고 가리키며 말했다. "장난하자는 거 아닙니다. 이게 뭡니까?"

"애벌레 부화기입니다."

"네?"

사내는 수염 속에서 거의 알아차릴 수 없을 정도로 엷게 미소 지으며 상자를 들어올렸다. 그제야 티나는 전선 한끝에 달린 평범한 플러그를 알아보았다. 사내가 뚜껑을 열었다. 상자 안은 얇은 판을 세워 네 칸으로 나뉘어 있었다.

"벌레 새끼를 키우는 거죠." 사내는 뚜껑을 잡고 계기판을 가리켰다. "온도, 전기, 열. 짜잔! 그렇게 벌레가 나오는 겁니다."

티나는 고개를 끄덕였다. "왜 이런 물건을 가지고 계시죠?"

사내는 상자를 가방에 도로 넣고 어깨를 으쓱해 보였다. "불법인가요?"

"아닙니다. 그냥 궁금해서요."

사내는 검색대 위로 몸을 기울이더니 낮은 목소리로 물었다. "벌레를 좋아하시나요?"

뭔가 매우 특이한 일이 벌어졌다. 티나의 등줄기를 따라 차가운 떨림이 훑고 내려갔다. 평소 다른 사람들에게서 잘 포착해내는 긴장감을 스스로 뿜어내기 시작한 것 같았다. 다행히 주위에는 그것을 알아챌 능력을 가진 사람이 없었다.

티나는 고개를 흔들고 말했다. "잠깐 저쪽으로 들어가주세요." 그리고 안쪽 조사실을 가리켰다. "가방은 여기 놔두시고요."

티나와 동료들은 사내의 옷과 신발을 뒤졌다. 가방 속 모든 물건은 물론이고 가방 자체까지 샅샅이 검사했다. 아무것도 찾을 수 없었다. 몸수색은 합리적으로 의심할 만한 근거가 있어야 가능했다.

티나는 동료들에게 밖으로 나가달라고 청했다. 조사실에 두 사람만 남자 그녀는 말했다. "당신이 뭔가를 숨기고 있다는 걸 알아요. 그게 뭡니까?"

"어째서 그렇게 확신하시죠?"

티나는 모든 과정에 협조한 사내에게 솔직한 대답을 해줘야 한다고 생각했다. "냄새가 나니까요."

사내가 큰 소리로 웃었다. "그러시겠죠."

"말도 안 되는 소리처럼 들릴 수도 있겠죠." 티나는 말했다. "하지만—"

사내가 말을 끊었다. "전혀 그렇지 않아요. 아주 합리적으로 들립니다."

"그래서요?"

사내는 양손을 활짝 펴고 자기 몸을 가리켜 보였다.

"할 수 있는 만큼 철저히 수색했잖아요. 더는 조사할 방법이 없을 겁니다. 내 말이 맞죠?"

"그래요."

"그럼 됐군요. 이제 가도 되겠어요."

할 수만 있다면 티나는 사내를 가두고 계속 조사해보고 싶었다. 하지만 그럴 법적 권한이 없었다. 게다가…… 마지막 하나의 가능성이 존재했다. 있을 수 없는 세번째 경우. 바로 자신이 틀렸을 가능성이다.

티나는 사내를 문까지 안내하고 해야 할 말을 했다. "불편을 끼쳐드려 죄송합니다."

사내는 멈춰 서더니 티나를 향해 고개를 돌렸다.

"아마 다시 만나게 될 겁니다." 그러고는 티나가 미처 반응할 겨를도 없이 돌발 행동을 했다. 고개를 숙여 그녀의 뺨에 가볍게 키스한 것이다. 거친 수염 끝이 부드러운 바늘처럼 피부를 찌르는가 싶더니, 입술이 그녀의 입술에 닿았다.

티나는 깜짝 놀라 사내를 밀어냈다. "지금 뭐하는 겁니까!"

사내는 다른 짓을 할 생각은 없다고 변명하기라도 하듯 양손을 들어올리더니 "엔슐디궁.* 오늘은 이만 작별하죠" 하고는 밖으로 나갔다. 그리고 가방을 찾아 들고 입국장을 향해 걸어갔다.

티나는 그 자리에 서서 사내를 눈으로 좇았다.

그날 그녀는 조퇴하고 일찍 집으로 돌아갔다.

개들은 늘 그러듯 화난 듯 짖으며 티나를 맞았다. 그녀는 울타리 안에서 목덜미 털을 곤두세운 채 이빨을 드러내는 개들에게 소리를 질렀다. 개들이 너무 싫었다. 늘 개를 혐오했지만, 그녀에게 관심을 보인 유일한 남자가 하필이면 개 브리더였을 뿐이다.

처음 만났을 때 롤란드는 씨를 받는 수컷 한 마리만 키우고 있었다. 디아블로라는 이름의 핏불로, 불법 투견 경기에서 여러 번 승리한 개였다. 롤란드는 우월해 보이는 순종 암컷이면 5천 크로나를 받고 디아블로와의 교미를 허락했다.

티나 소유의 작은 땅과 재정적 지원하에 롤란드는 종견 수컷을

---

* 독일어로 '죄송하다'는 뜻.

두 마리로 늘렸고, 암컷 네 마리에 나중에 팔 강아지도 다섯 마리나 키웠다. 암컷 가운데 한 마리는 진짜 챔피언이었는데, 롤란드는 가끔 그 암컷을 데리고 대회에 참가하러 가서는 새로운 사업 상대를 만나거나 난잡하게 놀다 왔다.

어느새 그런 일이 당연한 일상이 되었다. 티나도 더는 롤란드에게 따지지 않았다. 롤란드가 다른 여자와 있다 오면 냄새로 알 수 있었지만 절대 비난하지 않았다. 남편도 아닌 그에게 더이상의 것을 바랄 권리가 없었다.

삶이 감옥이라면, 갇힌 채 살아가다가도 벽이 어디 있는지, 자유의 한계가 어디인지 정확하게 깨닫는 순간이 있기 마련이다. 과연 벽뿐인지 아니면 탈출 통로가 존재하는지도. 티나에게는 학교 졸업파티가 그런 순간들 중 하나였다.

반 친구들은 가게를 통째로 빌려 진탕 술을 마신 다음 노르텔리에에 있는 공원으로 차를 타고 가 풀밭에서 남은 와인을 마저 마시기로 했다.

티나는 대개 두 명씩 짝을 짓는 것으로 마무리되는 파티가 늘 불편하게 느껴졌다. 그러나 오늘밤은 달랐다. 오늘은 같은 반 애들끼리 모였고, 마지막으로 함께 어울리는 밤이었기에 티나도 끝까지 남을 수 있었다.

와인이 바닥나자 그들은 정말로 마지막이 될 농담을 서로 주고받으며 풀밭 위에 널브러졌다. 집에 가고 싶지도, 작별인사를 하고 싶지도 않았다. 티나도 너무 취하는 바람에 당시에는 육감 정도로 여기고 있던 능력이 작동조차 하지 않았다. 그저 무리에 속한 한 사람으로 그 자리에 누워 어른이 되길 거부하고 있었다.

기분이 너무 좋아서 되레 겁났다. 술이 하나의 해결책이 된다는 사실 때문이었다. 그냥 술을 많이 마시기만 하면 다른 사람과 다른 이 능력은 사라진다. 어쩌면 능력을 막아주는 약이 있을지도 몰랐다. 알고 싶지 않은 걸 알지 못하게 해주는.

누워서 그런 생각을 하고 있는데 예뤼가 슬그머니 다가왔다. 좀 전 저녁시간에 그는 티나의 모자에 '절대로 잊지 않을게. 사랑을 담아, 예뤼'라고 써주었다.

학교 신문사에서 함께 일했던 두 사람은 교내에서 떠도는 이야기에 관해 쓴 글로 학생들 입에 오르내리기도 했다. 그들은 똑같이 우울한 유머 감각을 소유했고, 그럴 만한 교사들에 관해 독설을 쓰면서 똑같이 즐거움을 누렸다.

"안녕." 예뤼가 한 손으로 머리를 받치고 그녀 옆에 누웠다.

"그래." 티나는 뭐든 두 개로 보일 지경이었다. 예뤼의 여드름이 희미해지더니 사라졌고, 흐릿한 어둠 속에서 그의 얼굴은 거의 매력적으로까지 보였다.

"빌어먹을." 그가 말했다. "우리, 진짜 재밌었는데."

"응."

예뤼는 한동안 천천히 고개를 끄덕였다. 안경 너머의 눈빛은 초점을 맞추지 못한 채 반짝거렸다. 그는 한숨을 내쉬더니 자세를 바꿔 책상다리를 하고 앉았다.

"저기…… 항상 네게 하고 싶었던 말이 있어."

티나는 양손을 배 위에 얹은 채 바늘 같은 빛으로 나뭇잎들을 꿰뚫는 별들을 쳐다보고 있었다.

"그래?"

"그게…… 말이지." 예뤼는 어눌해지는 발음을 막으려는 듯 손으로 얼굴을 문질렀다. "그러니까, 나 너 좋아해. 어, 그냥 그렇다고."

티나는 기다렸다. 오줌이 마려운 줄 알았는데 그게 아니라 찌르르한 느낌에 가까웠다. 전에는 생각지도 못했던 곳에서 신경이 따뜻하게 떨렸다.

예뤼가 고개를 흔들었다. "어떻게 해야 할지 잘…… 좋아, 그냥 말할게. 내 기분을 네가 알았으면 하니까. 우리…… 이제 다시는 못 볼 거잖아."

"그래."

"그러니까, 내 말은 이런 거야. 넌 진짜 끝내주는 애라고 생각해. 그래서 난…… 내가 하고 싶은 말은…… 난 너랑 완전히 똑같지만 외모는 다른 사람을 만나면 좋겠어."

떨리던 신경이 멈췄다. 그리고 점점 차갑게 식었다. 대답을 듣고 싶지 않았지만 그래도 티나는 물었다.

"무슨 말이야?"

"그게……" 예뤼는 주먹으로 풀밭을 내려쳤다. "빌어먹을, 무슨 말인지 알잖아. 넌…… 넌 말이야. 진짜로 끝내주는 애고 같이 있으면 정말 좋아. 난…… 젠장, 난 널 사랑해. 정말이야. 와. 말해 버렸네. 하지만 너랑……" 예뤼는 다시 풀밭을 주먹으로 내려쳤다. 이번에는 좀더 난처한 기색이었다.

티나는 그가 못한 말을 대신 마무리했다. "하지만 사귀기에는 내가 너무 못생겼지."

예뤼가 그녀에게 손을 뻗었다. "티나. 절대로……"

티나는 일어섰다. 생각했던 만큼 다리가 후들거리지는 않았다. 여전히 손을 내민 채 풀밭에 앉아 있는 예뤼를 내려다보며 말했다. "아니. 기분 안 나빠. 너나 빌어먹을 거울 좀 들여다보지 그래?"

티나는 자리를 벗어났다. 예뤼가 보이지 않는 곳까지 가서 그가 따라오지 않은 걸 확인하고 덤불 속에 주저앉았다. 작은 나뭇가지들이 얼굴과 맨팔을 할퀴더니 결국 그녀를 끌어안았다. 양손에 얼굴을 묻은 채 몸을 웅크렸다.

가장 가슴 아픈 건 예뤼가 친절하게 굴려고 애썼다는 점이다. 그는 티나에게 할 수 있는 가장 좋은 말을 해주었다.

티나는 가시로 뒤덮인 자신만의 고치 속에서 눈물이 마를 때까지 울었다. 출구가 없었다. 나갈 길이 보이지 않았다. 그녀의 몸은 감옥이라기보다는 작은 우리 같았다. 안에서 앉을 수도, 서거나 누울 수도 없는 우리.

시간이 흘러도 상황이 나아지진 않았다. 티나는 우리 속 삶을 견디는 법을 배웠고 한계를 받아들였다. 그러나 거울만은 보지 않았다. 처음 만난 사람들의 눈에 드러나는 혐오감이 충분히 거울을 대신했다.

적발된 밀수꾼들은 자포자기하면 티나에게 욕설을 퍼붓기도 했다. 그럴 때면 주로 그녀의 외모를 공격했다. 몽골인처럼 생겼다고도 했고, 죽는 편이 낫겠다고도 했다. 티나는 도무지 익숙해지지 않았다. 거친 일은 다른 직원들에게 맡기고 범법자를 지목하기만 하는 것은 그런 이유였다. 연극이 끝나고 가면이 벗겨지는 순간의 두려움을 피하고 싶었다.

중년 여자가 작은 오두막 계단에 앉아 책을 읽고 있었다. 울타리에는 자전거 한 대가 기대어 있었다. 여자는 티나가 지나가자 책을 내리고 조금 지나칠 정도로 오래 그녀를 바라보았고, 눈이 마주치자 서로 고개를 까닥해 보였다.

여름이 찾아왔다. 집안으로 들어서는 티나의 등을 여자의 눈길이 파고드는 것 같았다. 롤란드는 식탁에 앉아 노트북컴퓨터를 들여다보고 있었다. 티나가 들어오자 고개를 들고 말했다. "왔어? 첫 손님이 왔어."

"그래, 봤어."

롤란드는 다시 노트북 화면으로 관심을 돌렸다. 티나는 식탁 위에 펼쳐둔 투숙객 명부를 보고 여자의 이름이 릴레모르이고 스톡홀름에서 왔다는 걸 알았다. 손님 대부분은 스톡홀름이나 헬싱키에서 왔다. 이곳을 거쳐 핀란드로 넘어가는 독특한 독일인들도 있었다.

여름 여행객에게 오두막을 빌려주자는 건 롤란드의 생각이었다. 2킬로미터 떨어진 호스텔이 잘된다는 이야기를 듣더니 그런 생각을 해냈다. 그때는 두 사람이 함께 살기 시작한 초기였고, 티나는 롤란드가 뭔가 주도적으로 결정하는 기분을 느끼길 원했기에 찬성했다. 개 사육장이 생긴 것은 그로부터 육 개월 뒤였다.

"있잖아, 나 어쩌면 주말에 셰브데에 갈 것 같아." 롤란드가 말했다. "이번엔 해낼 수 있을 것 같아서."

티나는 고개를 끄덕였다. 암컷 핏불인 타라는 품종별 우승은 두 번 했지만 대회 전체 우승은 아직 해보지 못했다. 종합 우승만 한다면 롤란드의 사육장은 유명해질 터였다. 일종의 집착이었다. 물론 집을 벗어날 좋은 핑계이기도 했다. 잠깐 재미를 보기 위한 핑계.

설령 롤란드가 대화를 나눌 기분이었더라도, 티나는 직장에서의 일을 말할 수 없었을 것이다. 그와 이야기하는 대신 티나는 숲으로, 자신의 나무에게로 갔다.

로슬라겐에는 여름이 늦게 찾아온다. 6월 초순인데도 잎이 무성한 건 자작나무뿐이었다. 사시나무와 오리나무는 침엽수의 영원한 진녹색 속에서 연한 새싹의 기운을 어렴풋이 드러내고 있었다.

티나는 좁은 오솔길을 따라 평평한 바위들이 있는 곳으로 향했다. 숲에서는 안전했고, 누군가를 지목해야 하는 상황이나 자신에게 쏠리는 눈길을 걱정하지 않고 생각에 잠길 수 있었다. 어릴 때도 아무도 자기를 볼 수 없는 숲속에 있을 때 가장 행복했다. 사고를 겪은 뒤 다시 집밖에 나갈 수 있을 만큼 용감해지기까지 여러 달이 걸렸지만, 그런 만큼 숲이 자신을 이끄는 힘도 훨씬 강렬하게 느꼈다. 그때도 지금처럼 곧장 사고 현장으로 갔다.

티나는 그곳을 댄스플로어라고 불렀다. 여름 저녁 요정들이 모여 춤추는 곳처럼 보였기 때문이다. 완만한 오르막길을 지나면 숲

한가운데 탁 트인 공간이 나오고 평평한 바위들이 모여 있는데, 그 깊은 틈새에 키 큰 소나무 한 그루가 있었다. 어릴 적 티나는 그 소나무가 세상의 중심이며, 모든 것이 그것을 축으로 회전목마처럼 돌아가고 있다고 생각했다.

지금 그 소나무는 그저 유령에 지나지 않았다. 쪼개진 밑동에서 헐벗은 나뭇가지 몇 개가 옆으로 튀어나와 있을 뿐이었다. 한때 떨어진 솔잎이 주변 바위를 온통 뒤덮었던 적도 있었다. 지금은 떨어질 잎도 없고, 예전에 떨어진 잎은 모두 바람에 쓸려가버렸다.

티나는 밑동에 어깨를 기대고 앉아 나무를 쓰다듬었다. "안녕, 내 오랜 친구. 어떻게 지냈니?"

그녀는 나무와 수없이 대화를 나누었다. 노르텔리에의 졸업 파티에서 마침내 돌아왔을 때도 곧장 소나무를 찾아와 나무껍질에 얼굴을 묻고 흐느끼며 모든 이야기를 해주었다. 나무는 유일하게 그녀를 이해하는 존재였다. 그들은 같은 운명을 가졌기 때문이다.

티나는 열 살이었다. 여름방학의 마지막주였다. 다른 아이들과 어울려 노는 걸 싫어했던 티나는 여름 내내 오두막을 짓는 아버지를 도우며, 숲에서 산책하고 책을 읽었다.

문제의 그날, 티나는 『페이머스 파이브』 시리즈* 한 권을 들고 그 나무로 갔다. 아마 『파이브, 빌리콕 언덕에 가다』였던 것 같다. 기억나지 않을뿐더러 그때 못쓰게 되어버렸다.

* 영국 작가 에니드 블라이턴이 쓴 어린이 모험소설.

소나무 아래 앉아 책을 읽고 있는데 갑자기 비가 내렸다. 보슬비가 순식간에 폭우로 변했다. 몇 분 지나자 바위들은 급류 속 삼각주 꼴이 되고 말았다. 티나는 그 자리에 그대로 앉아 있었다. 빽빽한 소나무 가지들이 튼튼한 우산처럼 머리 위를 막아준 덕분에 계속 책을 읽을 수 있었다. 빗방울이 드문드문 책장에 떨어졌을 뿐이다.

폭풍우가 숲을 가로질러 그녀가 있는 쪽으로 다가왔다. 급기야 굉음이 울리면서 몸 아래 바위의 떨림까지 느껴지는 지경이 되었다. 겁에 질린 그녀는 이만 책을 덮고 빗속을 헤치고 집에 돌아가는 편이 낫겠다고 생각했다.

그 순간 하얀빛이 번쩍이더니, 아무것도 보이지 않았다.

한 시간 뒤 아버지가 티나를 찾아냈다. 딸이 가끔 그 나무에 간다는 걸 몰랐다면 며칠, 몇 주가 걸렸을 수도 있었다.

티나는 나무 윗동 가지들 아래 깔려 있었다. 벼락이 나무 꼭대기에 떨어져 밑동까지 타고 내려가 아래에 있던 아이를 강타했고, 그 순간 나무 윗동이 통째로 아이 위로 쓰러졌던 것이다. 아버지는 고지대 벌판에 올라가 산산이 부서진 나무를 본 순간 심장이 멎는 것 같았다고 했다. 그야말로 가장 두려워하던 일이 벌어지고 말았으니까.

아버지는 나뭇가지를 헤치고 안쪽으로 들어가 쓰러진 딸을 발견했다. 그리고 자신도 알지 못했던 힘을 발휘해 부러진 나무 윗동을 간신히 뒤집고 딸을 밖으로 끌어냈다. 훗날 아버지가 얘기하기로 기억에 정말 깊이 남은 건 냄새였다.

"무슨 냄새냐면…… 점프선으로 차에 시동을 걸 때 실수로 합선되면 나는 냄새 있잖아. 스파크가 튀고…… 바로 그 냄새였다."

티나는 코와 귀, 손가락, 발가락이 까맣게 탔다. 머리칼은 한 줌 뭉치로만 남았고, 손에 든 책도 타서 바삭거렸다.

처음에는 딸이 죽은 줄 알았지만 가슴에 귀를 대보니 심장 뛰는 소리가 희미하게 들렸다. 아버지는 티나를 품에 안고 숲속을 달렸다. 노르텔리에에 있는 병원까지 최대한 빨리 차를 몰았고, 그렇게 티나는 목숨을 건졌다.

사고 전에도 매력적이라고 보기 어려웠던 티나의 얼굴은 정말로 추해졌다. 나무 밑동을 향해 있던 한쪽 뺨은 심한 화상을 입어 피부가 재생되지 못하고 영영 검붉은색을 띠게 되었다. 기적적으로 눈은 다치지 않았지만 눈꺼풀이 반쯤 감긴 채 굳어서 늘 의심하는 표정을 짓게 되었다.

돈을 제법 벌기 시작하면서 티나는 혹시 성형수술이 가능한지 알아보았다. 물론 피부는 이식할 수 있지만, 신경 손상이 너무 깊어 새로운 피부에 자리잡을 수 없을 것 같다고 했다. 눈꺼풀은 수술중 눈물길이 다칠 수 있어 고려조차 해보지 못했다.

그래도 티나는 시도해보기로 했다. 등 피부를 떼어내 얼굴에 이식하는 데 돈을 썼다. 결과는 예상대로였다. 이식한 피부는 산소를 공급받지 못하고 일주일 뒤 쪼그라들어 죽어버렸다.

그때 이후로 성형수술 기술이 엄청난 발전을 이루었지만, 티나는 운명을 받아들였고 재도전할 생각을 하지 않았다. 나무도 벼락 맞은 모습 그대로인데 왜 나는 회복해야 한단 말인가?

"이해가 안 돼." 티나는 나무에게 말했다. "술을 한두 병 더 숨기고 있나 의심이 드는데 그냥 보내준 사람은 있어. 하지만 이 남자는……"

티나는 성한 쪽 뺨—어릴 때 이후 처음으로 오늘 도둑 키스를 당한—을 나무 밑동의 거친 껍질에 대고 위아래로 문질렀다.

"정말로 확실했거든. 그래서 금속 상자가 폭탄이 아닐까 생각한 거야. 뭔가 큰 건이라고 말이야. 다음 테러 목표는 페리가 될 거라는 소문도 있었으니까. 그렇지만 배에서 내리는 사람이 왜 폭탄을 숨겨 들여오겠어? 그게 이상하긴 한데……"

티나는 계속 이야기했다. 나무는 귀기울여 들어주었다. 이윽고 티나는 다른 문제로 넘어갔다.

"그것도 이해가 안 돼. 분명히 자기가 우위에 있다는 걸 보여주는 방법이었을 거야. 뺨에 쪽, 입을 맞추다니. 대체 무슨 상황인지 모르겠더라고. 일종의 보복 같기도 하고. 어떻게 생각해? 그 사람이 당한 일을 생각하면 놀라울 것 없지만, 보복치고는 방법이 웃긴 것 같기도 하고……"

티나가 이야기를 끝낼 무렵 땅거미가 내리기 시작했다. 일어서기 전에 티나는 나무를 쓰다듬으며 물었다. "넌 어때? 어떻게 지내고 있는 거야? 늘 아프고 고통스럽지. 인생은 지옥이야. 나도 알지. 그래, 안다고. 잘 지내. 안녕."

집에 돌아오니 릴레모르는 등유 램프를 밝히고 포치에 나와 앉아 있었다. 두 사람은 서로 손을 흔들어 보였다. 티나는 롤란드에게 말해야겠다고 생각했다. 내년 여름부터는 손님을 받고 싶지 않았다.

그날 저녁 티나는 일기장에 이렇게 썼다. 그 사람이 또 오면 좋겠다. 다음번에는 잡고 말 거야.

근무시간이 매주 다른 것과 같은 이유로 휴가일 역시 여름 내내 분산되어 있었다. 일주일 쉬고 일하다가 다른 때 다시 일주일 쉬는 식이었다. 티나는 소중한 인력이니 연이어 길게 휴가를 가겠다고 해도 허락하지 않을 수 없겠지만, 그녀는 그럴 필요를 느끼지 않았다. 어쨌거나 직장에서 일할 때가 가장 마음이 편했다.

첫 휴가 기간에는 말뫼 세관에 가서 일을 도왔다. 함부르크에서 범상치 않게 정교한 유로화 위조지폐 인쇄판이 발견되었는데, 이미 수억 장이 인쇄되어 유럽 전역으로 퍼질 예정이라는 정보가 있었다.

사흘째 되던 날 운반책이 캠핑용 밴을 타고 나타났다. 남자 한 명과 여자 한 명이었다. 아이도 한 명 데리고 있었다. 남자에게서만 신호가 있을 뿐 나머지 둘에게서는 아무 신호도 느껴지지 않자 어떻게 된 상황인지 분명해졌다. 여자와 아이는 차량 바닥의 비밀 공간에 숨겨진 가짜 100유로 지폐 다발, 총 천만 유로에 대해 아무것도 알지 못했다. 티나는 이런 사실을 경찰에 설명했고, 경찰은 기억해두겠다고 대답했다.

하지만 티나는 그뒤에도 예전 사건으로 알고 지내는 말뫼의 검사에게 따로 연락해 여자는 결백하다는 사실을 재차 설명했다(안 그러면 여덟 살짜리 아이가 최악의 처벌을 받을 수밖에 없었다. 바로 부모와 떨어져 살아야 하는 벌이었다). 검사는 힘을 써주기로 약속했다.

7월 초 카펠셰르로 돌아와서도 며칠을 참았다가 티나는 물었다.

로베르트와 함께 입국장 카페에서 커피를 마시며 쉬고 있던 참이었다. 다음 페리는 한 시간 뒤에나 들어올 터였다. 커피를 다 마시자 티나는 의자 등받이에 몸을 기대며 더없이 무심하게 물었다.

"그 사람 또 왔어요? 벌레 가지고 다니던 남자요."

"누구요?"

"있잖아요. 숨기는 게 있는 줄 알았는데, 아니었던 사람."

"아직도 그때 일 생각해요?"

티나는 어깨를 으쓱했다. "아니, 그냥 궁금해서요."

로베르트는 배 위에 양손을 깍지 끼고 티나를 바라보았다. 그녀는 핀볼 게임기 쪽으로 눈길을 돌렸다. 그때 성한 쪽 뺨이 확 달아올라서, 처음에는 고개를 돌리는 바람에 해가 그쪽에 내리쬐는 줄 알았다.

"아뇨." 로베르트가 말했다. "일단 내가 알기로는 나타나지 않았어요."

"그렇군요."

두 사람은 다시 업무로 돌아갔다.

7월 말 두번째로 일주일 휴가를 맞은 티나는 롤란드와 함께 우메오에서 열리는 애견 대회에 갔다. 롤란드는 차를 가져갔지만 티나는 따로 기차를 탔다. 개들과 한차를 타고 싶지 않았다. 개들도 그녀와 함께 이동하기 싫어했다.

티나는 대회장에는 가지 않았지만 롤란드와 이틀 동안 시간을 보냈다. 첫날은 우메오를 둘러보고 이틀째는 인근 지역을 오랫동안 돌아다녔다. 주변에 아무도 보이지 않으면 롤란드는 티나의 팔을 쓰다듬거나 손을 잡기도 했다.

티나는 그와 어쩌다 커플이 되었는지 정확히 알 수 없었다. 친구가 되기에는 서로 너무 달랐고, 딱 한 번 섹스를 시도했던 적이 있지만 너무 고통스러워서 롤란드에게 멈춰달라고 애원할 수밖에 없었다. 그때 롤란드도 아마 안도했으리라.

롤란드는 다른 여자들과 바람을 피웠고 티나는 그 일로 그를 비난하지 않았다. 롤란드는 친절하게도 그녀와의 잠자리를 시도하곤 했지만, 티나는 그러지 말라고 말했다. 첫 시도가 실패로 끝난 다음날 아침 이렇게 말한 걸로 기억했다. "아마 영영 당신이랑 섹스를 못할 것 같아. 그러니까 혹시…… 만일 다른 사람하고 하고 싶으면…… 그래도 돼."

절망감에 한 말이었고 티나가 롤란드에게서 듣고 싶었던 대답은—글쎄, 모르겠다. 어쨌든 그녀는 그렇게 말했다. 그리고 롤란드는 그 말을 곧이 받아들였다.

남은 휴가 동안은 아버지를 두 번 만나러 갔다. 노르텔리에의 요양원에서 잠시나마 벗어날 수 있게 휠체어에 태워 데리고 나왔다. 아버지는 아내가 죽은 뒤 요양원에 들어갔다.

어머니가 죽은 뒤라고 해야지. 티나는 그렇게 생각하려 애썼다. 어머니와는 조금도 가깝지 않았다. 아버지와의 관계와는 달랐다.

두 사람은 항구 근처에 앉아 아이스크림을 먹었다. 티나가 아버지에게 떠먹여주어야 했다. 정신은 완벽히 정상이었지만 몸은 거의 마비된 상태였다. 아이스크림을 다 먹고 잠시 배들을 보고 있는데 아버지가 물었다. "요새는 롤란드하고 어떻게 지내니?"

"좋아요. 우메오에서 기대가 좀 컸던 모양인데, 결국 지난번처럼 품종 우승만 했어요. 사람들이 투견은 별로 좋아하지 않으니까."

"그렇지. 그런 개들이 아이들을 공격하지 않으면 좀 나아질지 모르겠다만. 하지만 그런 얘기 말고, 너랑 롤란드가 정말로 어떻게 지내는지 궁금하구나."

아버지와 롤란드는 한 번 만난 적이 있었다. 아버지가 인사 겸 집에 들렀는데, 두 사람은 처음부터 서로 맞지 않았다. 아버지는 개를 기르는 것도 오두막을 세놓는 것도 마뜩잖아했다. 당신 가족이 살던 집에 롤란드가 회전목마 같은 것을 들여서 급기야 무슨 놀이공원처럼 만들려는 것은 아닌지 의심했다.

다행히 롤란드는 넉살 좋게 굴었다. 하지만 아버지가 돌아가자—불편하고 우울한 침묵 속에서 커피를 마신 뒤—그는 변화를 받아들이지 못하는 구닥다리와 진보를 가로막는 노망난 바보들에 대한 장광설을 늘어놓았다. 티나가 지금 이야기하는 대상이 자기 아버지라는 사실을 지적하자 그제야 입을 다물었다.

아버지는 롤란드를 대개 장사꾼이라 불렀고, 이름을 입에 담는 일이 거의 없었다.

티나는 두 사람 사이에 관해 이야기하고 싶지 않았다. 일어서서 냅킨과 빈 아이스크림 컵을 쓰레기통에 버리면서도 질문에 대답하지 않았다. 아버지가 그 얘기를 그만했으면 싶었다.

어림없었다. 쓰레기를 버리고 다시 요양원으로 갈 준비를 하자 아버지가 말했다. "잠깐만. 내가 물어봤잖니. 아버지가 너무 늙어서 대답을 들을 자격도 없다는 거냐?"

티나는 한숨을 내쉬고 아버지 옆에 놓인 플라스틱 의자에 앉았다.

"아빠. 롤란드를 어떻게 생각하시는지 알아요……"

"그래, 알겠지. 하지만 네가 어떻게 생각하는지 나는 모르겠다."

티나는 항구 건너편으로 눈길을 돌렸다. 레스토랑으로 개조한 박스홀름 페리가 부둣가에 서 있는 모습이 보였다. 어렸을 때는 항구 건너편에 비행기 레스토랑이 있었다. 동체 내부에 계산대가 있고, 날개 위 좌석에 앉아 커피를 마실 수 있었다. 그때는 주스였겠지만. 비행기가 사라졌을 때 그녀는 슬펐다.

"그게……" 티나가 말했다. "좀 설명하기 어려워요."

"그래도 해봐."

"우리 사이는…… 아빠랑 엄마 사이랑은 달라요. 두 분은 왜 함께 살았어요? 공통점이라고는 없었잖아요."

"네가 있었잖아. 솔직히 말하면 잠자리도 나쁘지 않았고. 그것도 한때이긴 했지만. 그런데 너희 둘은 어떠냐? 둘 사이에 뭐가 있기나 해?"

해가 다시 티나의 뺨을 비췄다.

"아빠랑 이런 이야기는 정말 하고 싶지 않아요."

"그래. 그럼 도대체 누구랑 얘기하겠다는 거야? 나무?" 아버지는 딸을 향해 미세하게 고개를 돌렸다. 그 정도가 몸을 움직일 수 있는 전부였다. "아직도 거기 가니?"

"네."

"그래. 좋아." 아버지는 콧김을 내쉬더니 잠시 가만있다가 말했다. "얘야, 들어봐라. 난 그저 네가 이용당하는 게 싫은 거야."

티나는 샌들 끈 사이의 발만 뚫어져라 보고 있었다. 구부러진 발가락들. 그녀는 발조차 못생겼다.

"이용당하는 게 아니에요. 나도 누구랑 같이 살고 싶고…… 어쩔 수가 없어요."

"우리 딸, 그러기엔 네가 아까워."

"맞아요. 하지만 안 되는 걸 어떡해요."

두 사람은 아무 말 없이 시내로 돌아왔다. 아버지는 헤어지면서 말했다. "내가 안부 전하더라고 장사꾼에게 말해다오." 티나는 그러겠다고 했지만 집에 가서도 인사를 전하지 않았다.

월요일이 되어 티나는 다시 출근했다. 평소처럼 인사를 주고받은 뒤 로베르트가 말을 꺼냈다. "그리고 참, 그 남자는 오지 않았어요."

티나는 무슨 말인지 알면서도 물었다. "누구요?"

로베르트가 웃었다. "당연히 이란의 왕자님 말이죠. 누구라고 생각한 거예요?"

"아, 그 사람…… 그래요. 알았어요."

"다른 직원들에게도 확인했어요. 혹시 내가 비번일 때 지나갔을까봐."

"중요한 건 아니에요."

"그럼요, 안 중요하겠죠." 로베르트가 말했다. "직원들에게 그 사람 나타나면 내게 알려달라고 했어요. 하지만 당신은 관심 없다는 거죠?"

티나는 짜증이 났다.

"한 번 틀렸어요." 티나는 로베르트의 얼굴을 손가락으로 가리키며 말했다. "딱 한 번이라고요. 그리고 지금도 내가 틀렸다고 생각 안 해요. 그래서 궁금한 거예요. 그게 그렇게 이상해요?"

로베르트는 양손을 들어올리며 뒤로 한 걸음 물러섰다.

"알았어요, 알았다고요. 난 우리 둘 다 그, 뭐더라? 벌레 부화기인가 하는 물건이 문제라고 생각하는 줄 알았어요."

티나는 고개를 흔들었다. "그게 아니에요."

"그럼 뭐 때문인데요?"

"모르겠어요." 티나는 말했다. "나도 모르겠어요."

더위가 한풀 꺾이고 휴가철이 끝났다. 페리의 운항 편수가 줄었고, 고맙게도 작은 오두막을 찾는 손님은 없었다. 티나가 앞으로는 오두막에 손님을 받지 않으면 좋겠다고 말하자 롤란드는 화를 냈다. 티나는 포기했다.

여름 사이 옆집이 스톡홀름에서 온, 아이를 두 명 둔 중년 부부에게 팔렸다. 임신한 부인은 뱃속 아이를 막둥이라고 불렀는데, 툭하면 티나의 집에 찾아왔다. 시골 사람들은 그렇게 산다고 생각하는 게 틀림없었다.

티나는 엘리사베트라는 그 여자가 마음에 들었지만, 그녀가 임신 이야기를 멈추지 않는 것이 문제였다. 마흔두 살에 또 애를 낳아야 한다는 사실에 약간 집착하는 것 같았고, 티나는 가끔은 그런 얘기를 들어주기가 고통스러웠다.

티나 역시 아이를 가질 수 있으면 좋았겠지만, 아이가 생기는 데 필요한 행위를 할 수 없으니 그런 일은 절대 없을 터였다.

티나는 엘리사베트를 질투하면서도, 임신한 여자 특유의 냄새는 좋았다. 기대감에 가득찬 비밀스러운 향기였다.

그녀 역시 마흔두 살이었고, 순전히 이론적으로 말하면 롤란드와 체외수정을 의논해볼 수도 있었지만, 두 사람은 그럴 관계가 아니었다. 전혀.

그래서 티나는 엘리사베트와 마주앉아 그녀의 향기를 들이마시면서, 절대 가질 수 없는 뭔가를 갈망했다.

유난히 더운 여름이었고 가을은 더디게 오고 있었다.

9월 중순 그 사내가 다시 나타났다.

의심스러운 느낌은 지난번 못지않게 강렬했다. 너무 강렬해서 마치 사내 주위에 '뭔가 숨기고 있음'이라는 네온사인이 오라처럼 번쩍이는 것 같았다.

티나는 아무 말도 할 필요가 없었다. 사내는 곧장 검색대로 와 가방을 올려놓고 뒷짐을 졌다.

"다시 만났군요." 사내가 말했다.

티나는 아무렇지 않게 행동하려 애썼다. "네? 저를 아시나요?"

"아뇨." 사내가 말했다. "하지만 만난 적이 있죠."

사내는 권하기라도 하듯 손으로 가방을 가리켜 보였다. 티나는 웃지 않을 수 없었다. 그녀도 마찬가지로 직접 가방을 열라는 손짓을 해 보였다.

이자는 이 모든 걸 게임으로 생각하는군. 그녀는 생각했다. 하지만 이번에는 내가 이기고 말겠어.

"여름은 어떻게 보내셨나요?" 티나가 가방을 조사하는 동안 사내가 말했다. 티나는 고개를 저었다. 사내는 이걸 게임이라고 생각할 수도 있고 그녀 역시 그를 이따금 떠올렸지만, 생각해보면 두 사람은 검색대를 사이에 둔 사이였다. 사내는 뭔가 불법적인 걸 들여오려 하고 있다. 티나는 속으로 이런 생각을 하려 애썼다. 마약…… 열세 살 아이들에게 팔리게 될 마약이야. 앞에 서 있는 사내는 악당이고 그녀는 그를 물리칠 준비가 되어 있었다.

가방의 내용물은 예전과 큰 차이가 없었다. 망켈의 소설이 오케 에드바르손의 소설로 바뀐 것 외에는. 티나는 벌레 부화기 상자를 들고 내부를 들여다보았다. 비어 있었다. 비밀 공간이 있는지 바닥을 두드려보았다. 사내는 흥미롭다는 듯이 그녀의 움직임을 눈으로 좇았다.

"좋아요." 육안으로는 더이상 확인되는 것이 없자 티나는 말했다. "저는 당신이 분명히 뭔가 숨기고 있다고 생각해요. 이번에는 좀더 자세히 검사해봐야겠어요. 이쪽으로 와주세요."

사내는 꼼짝하지 않았다. "그러니까 절 기억하고 있다는 거군요." 그가 말했다.

"그래요, 희미하게 기억이 나요."

사내는 손을 내밀더니 말했다. "보레입니다."

"네?"

"보레. 제 이름요. 성함이 어떻게 되시죠?"

티나는 사내의 눈을 바라보았다. 너무 깊어서 천장에 달린 형광등 불빛이 눈동자에 전혀 미치지 못하는 것 같았다. 그의 눈동자는 간신히 빛을 반사하는 캄캄한 산속 웅덩이 같았다. 그런 눈빛이라면 대부분의 사람은 아마 겁을 먹을 것이다. 티나는 아니었다.

"티나입니다." 그녀는 냉담하게 대답했다. "이쪽으로 오시죠."

몸수색의 특성상 티나는 참여하지 않았다. 다음 페리가 올 때까지 시간은 충분했다. 로베르트가 신체 외부 검사를 진행하는 동안, 티나는 입국장을 돌아다니며 물품별로 수색에서 발견될 확률을 가정하고 혼자서 내기를 해보았다.

마약류일 가능성은 반반. 헤로인일 가능성은 사분의 일. 암페타민은 팔분의 일. 스파이 행위 관련일 가능성은 십분의 일.

생각할수록 스파이 관련일 가능성이 커졌다. 마약 밀수꾼으로는 보이지 않았다.

보레의 가방은 여전히 검색대 위에 놓여 있었다. 티나는 범죄소설 두 권을 꺼내 휙휙 넘겨보았다. 밑줄을 긋거나 특별한 표시를 해둔 곳은 눈에 띄지 않았다. 일부 책장을 밝은 빛에 비춰보기도 했다. 그런 다음 주위를 둘러보고 라이터를 꺼냈다. 작은 라이터 불꽃을 종이 아래 대고 왔다갔다하면서 혹시 보이지 않던 글씨가 나타나는지 확인해보았다. 종이 끄트머리를 살짝 태워보기도 했지만, 아무 글씨도 나타나지 않았다. 책을 재빨리 다시 가방에 넣었다. 그을린 책 모서리가 반짝거렸다.

멍청한 짓을 하고 있군, 칼레 블롬크비스트*.

그렇다면 도대체 뭐였던 거지?

티나는 핀볼 게임기와 통창 사이로 걸어갔다가 돌아왔다. 그녀는 지금의 직업과 자신의 능력을 그저 당연한 것으로 여겨왔다. 그러나 이 상황은 완벽히 새로웠다. 사내는 어떤 악센트도 없이 말했다. 보레라고? 도대체 어느 나라 이름이지? 티나는 러시아나 슬라브 계통의 이름일 거라고 추측했다.

어쨌든 신체 외부 검사에서 아무 성과도 없으면 영장을 신청해 의사가 제대로 검사할 수 있게 할 생각이었다. 구멍이란 구멍을 모두 확인하는 것이다.

로베르트가 조사실에 있는 사람에게 뭐라고 말하면서 밖으로 나와 문을 닫았다. 티나는 서둘러 그쪽으로 갔다. 하지만 중간 정도 다가갔을 때 심장이 무너지는 것 같았다. 로베르트가 고개를 젓

---

* 스웨덴 작가 아스트리드 린드그렌의 어린이 탐정소설 주인공.

고 있었다.

"아무것도 없어요?" 그녀가 물었다.

"네." 로베르트가 말했다. "어쨌든 우리가 신경써야 할 물건은 없었어요."

"무슨 말이에요?"

로베르트는 그녀를 방에서 조금 떨어진 곳으로 데려갔다.

"이렇게 설명할게요. 일단 걱정은 하지 않아도 돼요. 저 사람, 뭔가 숨기고 있지만 법으로 처벌할 수 있는 부분은 없어요. 이제 문제는 우리가 아무 근거 없이 두 번이나 저 사람을……"

"그래요, 알아요. 내가 그걸 모를 것 같아요? 그러니까 뭘 숨기고 있는 거죠?"

티나도 생각을 하지 않은 건 아니지만, 로베르트가 걱정하는 문제를 심각하게 여기지는 않았다. 그들이 업무상 위법 행위를 저질렀을 수도 있다는 문제 말이다. 확실한 증거도 없이 두 번이나 보레를 의심하고 몸수색까지 했으니까. 만일 보레가 항의한다면 두 사람은 징계를 받을 수도 있었다.

"그러니까 말이죠." 로베르트가 말했다. "저 사람…… 사실은 여자예요."

"뭐야, 놀리지 마요."

팔짱을 끼고 있는 로베르트는 심기가 불편해 보였다. 그는 과장되게 또박또박 말했다. "저 사람…… 그러니까 엄밀히 말해 저 여자는 남성기가 없고 여성기가 있어요. 내가 아니라 당신이 몸수색을 했어야 해요."

티나는 잠시 입을 벌린 채 로베르트를 바라보았다. "농담이죠?"

"아뇨. 그리고 상당히…… 난처하네요." 로베르트가 몹시 딱해 보여서 티나는 웃음을 터뜨리고 말았다. 로베르트는 잔뜩 화난 표정으로 티나를 바라보았다.

"미안해요. 저 사람…… 가슴도 나왔어요?"

"아뇨. 아마 수술을 받거나 한 것 같아요. 물어보지는 않았어요. 엉덩이 바로 위, 꼬리뼈 부근에 커다란 흉터가 있더군요. 무슨 자국인지는 모르지만. 이제 당신 차례예요. 저 사람에게 가서 설명을 좀—"

"뭐라고 했어요? 흉터요?"

"네. 흉터. 여기요." 로베르트는 자기 허리 아래쪽을 가리켜 보였다. "이 건을 계속 조사하고 싶으면 직접 해요." 로베르트는 고개를 흔들더니 카페 쪽으로 걸어갔다. 티나는 그 자리에 서서 닫힌 문을 보고 있었다. 곰곰이 생각한 후 문을 열고 안으로 들어갔다.

보레는 창가에 서서 밖을 내다보고 있었다. 티나가 들어가자 돌아서서 그녀를 마주보았다. 상대를 '여자'로 생각하는 건 불가능했다. 그의 외모가 혐오감을 주는 이유를 간단히 표현한다면 과장된 남성성이라고 할 수 있을 것이다. 그는 지나치게 남자다워 보였다. 넓적하고 험상궂은 얼굴. 땅딸막한 근육질 몸. 수염과 짙은 눈썹.

"자." 사내가 입을 열었고, 그제야 티나는 사내의 목소리가 이상하리만치 굵다는 걸 알아차렸다. 지금까지는 그의 목소리가 몸에 꼭 어울리며 자연스럽다고 여겨왔다. "다 끝난 겁니까?"

"그래요." 티나는 책상 앞에 앉으며 말했다. "잠시 시간을 내주시겠어요?"

"물론입니다."

사내는 이런 상황에서도 화가 났거나 언짢은 기색이 전혀 없었다. 그는 티나 맞은편에 앉았다.

"우선 사과부터 드릴게요." 티나는 말했다. "불편을 끼쳐드려 진심으로 죄송합니다. 그것도 두 번이나요. 또한, 우리 기관에 항의하실 권리가 있다는 점을 알려드립니다. 선생님께서는—"

"내가 왜 항의하죠?"

"저희가 선생님에게 무례를 저질렀으니까요."

"그건 잊어도 됩니다. 또 하고 싶은 말씀이 뭐죠?"

"글쎄요……" 티나의 손가락이 사내가 볼 수 없는 책상 아래에서 서로 뒤틀리기 시작했다. "……그냥 궁금해서요. 선생님이 누구신지. 순전히…… 개인적인 질문입니다만."

사내는 한참 동안 티나를 바라보았고, 티나는 시선을 떨어뜨리지 않을 수 없었다. 이러면 안 되었다. 이미 그녀는 수세에 몰려 있었다. 그런 입장이 되는 건 딱 질색이었다. 더구나 조사 대상자와의 개인적 접촉은 어떤 경우건 규정 위반에 해당했다. 티나는 고개를 흔들었다.

"죄송합니다. 이제 가셔도 됩니다. 다 끝났습니다."

"난 급하지 않아요." 보레가 말했다. "내가 누구냐고요? 그건 확실하게 알 수 없지요. 아마 대부분의 사람이 그럴 거예요. 난 여행을 합니다. 어딘선가 잠시 머물고, 그런 다음 다시 떠나죠."

"그리고 벌레를 연구하시고요?"

"말하자면 그렇습니다. 하지만 질문하신 내용은 아마도 제…… 신체적 특징에 관한 거겠죠?"

티나는 고개를 저었다. "아뇨. 전혀 아닙니다."

"그쪽은 어떻죠? 이 지역에 삽니까?"

"네. 일베리아에 삽니다."

"아쉽게도 모르는 곳이군요. 여행자 호스텔이…… 리데르스홀름이라는 곳에 있다던데, 아시는지 모르겠군요. 거기 묵을 만한가요?"

"그럼요. 아주 좋습니다. 주위 경관이 아름답죠. 그곳에서 묵을 계획이신가요?"

"네. 당분간이지만요. 그럼 다시 뵙게 될 수도 있겠군요." 사내는 일어서서 손을 내밀었다. "오늘은 이만 인사하죠."

티나는 악수했다. 사내의 손가락은 굵고 강인했다. 그녀의 손가락도 그랬다. 뱃속에 묘한 흥분이 일었다. 티나는 출입문으로 사내를 안내했다. 문 앞에 서서 손잡이를 붙잡은 채 티나는 말했다. "아니면, 우리집에서도 오두막을 빌려주고 있어요."

"일베리아…… 말인가요?"

"네. 길가에 간판도 세워두었습니다."

보레가 고개를 끄덕였다. "그렇다면 언제 한번 찾아가서…… 둘러보겠습니다. 괜찮은 제안이군요."

티나는 그 자리에 서서 사내를 바라보았다. 지난번과 완벽히 똑같은 순간이었다. 어쩌면 상대보다 선수를 치려는, 통제를 되찾으려는 욕심인지도 몰랐다. 아니면 전혀 다른 무엇인지도 몰랐다. 뭐라 말할 수 없지만 티나 스스로 알아내거나 결정할 수 있는 한계를 벗어난 상황이었다. 그녀는 재빨리 몸을 앞으로 내밀어 사내의 뺨에 키스했다.

이번에는 그녀의 입술이 그의 날카로운 수염에 찔렸고, 입술이 사내의 피부에 닿는 순간 후회가 망치처럼 이마를 때리는 바람에 그녀는 펄쩍 뛰며 뒤로 물러섰다.

티나는 사내의 눈길을 피하며 얼른 문을 열었다. 사내는 밖으로 나가 가방을 들고 사라졌다.

사내가 가버린 걸 확인하자마자 티나는 허둥지둥 화장실로 가서 문을 잠그고 변기에 앉아 양손으로 얼굴을 가렸다.

도대체 왜, 어떻게 그런 짓을 한 거지? 내가 정신이 나갔나?

머릿속에서 무언가가 무너져내렸다. 자신이 저지른 실수에 혼란스러워졌다. 두 발로 디디고 선 땅이 사라져버렸고, 제정신이 아닌 것 같았다.

내가 왜 이러는 거지?

티나는 몸을 앞뒤로 흔들며 흐느껴 울었다. 사내는 그녀를 어떻게 생각할까? 아니, 여자랬지! 그녀는 티나를 어떻게 생각할까?

왜…… 왜지?

하지만 머릿속 어디에선가는 답을 알고 있었다. 그녀는 정신을 차리고 떨리는 양손을 간신히 진정시킨 뒤 바지와 팬티를 내렸다.

고개를 뒤로 많이 돌리기 어려워 시야 끄트머리에 겨우 걸렸지만, 여전히 확실하게 보였다. 마지막으로 거울에 비춰본 것은 여러 해 전이었다. 꼬리뼈 바로 위의 커다랗고 붉은 흉터.

티나는 세수하고 종이타월로 물기를 닦았다.

그녀가 보레를 집으로 초대한 데는 더 중요한 이유가 있었다.

로베르트는 생각이 다를 테고, 보레의 신체에 관한 정보는 분명 놀랄 일이었지만, 티나는 여전히 그것이 이유가 아님을 확신하고 있었다. 딱 꼬집어 말할 수 없지만 확실했다.

사내가 뭘 숨기는지 알 수 없지만, 몸에 관한 것이 아니었다. 뭔가 다른 걸 숨기고 있고, 티나는 그게 뭔지 알아내야 했다. 그 말은 사내를 가까이 두고 관찰하는 것이 가장 합리적인 행동이라는 뜻이었다.

안 그래?

티나가 항구에서 집으로 차를 몰고 돌아오는 동안 하늘은 뚜껑처럼 세상을 짙은 잿빛으로 뒤덮었고, 도로 양쪽의 나무 우듬지가 흔들렸다. 가을 폭풍이 오고 있음은 전문가가 아니라도 알 수 있었다.

차고 앞에 차를 세우는데 빗방울이 떨어지기 시작했다. 집까지 걸어가는 짧은 시간 동안 빗줄기는 더 거세졌고, 갑작스러운 돌풍과 함께 억수 같은 비가 쏟아져내렸다. 티나는 마지막 몇 걸음을 뛰어 문손잡이를 당겼다.

개가 복도를 가로질러 그녀에게 달려왔다. 검은 근육 덩어리가 개라는 걸 깨닫기 전에 그 발소리를 듣지 못했다면 아예 반응조차 하지 못했을 터였다.

부엌에서 롤란드가 "타라!" 하고 외치는 소리를 듣는 순간 티나는 현관문을 닫았다. 개가 쿵 소리와 함께 문에 몸을 부딪히자 손잡이가 부르르 떨렸다. 개는 티나에게 달려들 기세로 짖으며 문을 긁었다.

손잡이를 돌려야지, 멍청한 놈.

현관문에서 물러서다가 포치의 플라스틱 지붕 밖까지 나와버렸다. 빗방울이 목덜미로 떨어졌다. 문이 빼꼼 열렸다. 안에는 롤란드가 서서 맹렬히 짖어대는 개를 힘들게 붙잡고 미안하다는 듯한 미소를 짓고 있었다. 개 짖는 소리를 이기려고 그가 목청을 높였다. "미안. 타라가 연고를 좀 바르느라고. 피부병이 생겨서—"

티나는 가까이 다가가 문을 쾅 닫았다. 개가 어디서 피부병을 옮아왔는지 알 필요는 없었다. 문 안쪽에서 타라가 짖어대며 바닥 위로 끌려가는 소리가 들렸다.

포치 바깥의 풍경이 사라지기 시작했다. 잿빛 베일이 모든 것을 뒤덮었고, 빗소리는 마치 아무것도 나오지 않는 텔레비전 채널의 소리처럼 들렸다. 백색소음. 홈통이 넘치도록 쏟아지는 빗물이 부채꼴로 퍼지며 빗물 저장고로 떨어졌다.

개와 비 사이, 폭 2미터의 공간을 티나는 옛날 신문 상자와 고장난 오수용 펌프와 공유하고 있었다. 그녀는 〈다겐스 뉘헤테르〉* 한 부를 집어 머리 위로 펼쳐 들고 100미터 떨어진 오두막으로 뛰어

* 스웨덴에서 발행되는 일간지.

갔다.

오두막에는 온도조절장치가 있어 12도 아래로는 절대 떨어지지 않았다. 갑자기 손님이 찾아왔을 때 쾌적한 온도로 만들 시간이 없기 때문이다. 실내에 들어서자마자 티나는 난방기를 최대로 튼 다음 벽장에서 수건을 꺼내 머리를 말리고 책상 앞에 앉았다. 그 순간 눈앞의 광경을 보고 낭패감에 휩싸이고 말았다.

이웃집 빨랫줄에 홑이불이 널려 있었다. 점점 거세지는 폭풍에 펄럭거리는 홑이불은 족쇄를 찬 유령처럼 줄을 잡아당겼다. 티나가 자리에 앉는 순간 엘리사베트와 예란이 집에서 뛰어나왔다. 엘리사베트의 배가 너무 부풀어올라 거꾸로 몸이 배에 붙어 있는 것처럼 보였다.

두 사람은 장대비 속에서 정원을 가로질러 뛰었다. 엘리사베트가 뛰고 있다고 표현하는 게 옳은지는 모르겠다. 빠른 속도로 뒤뚱거리는 것에 더 가까웠다. 어째서인지 두 사람은 매우 유쾌한 듯, 펄럭거리는 홑이불을 잡으려 애쓰면서도 웃고 있었다. 동작이 굼뜬 엘리사베트가 간신히 두 장을 걷었을 때 예란이 나머지 네 장을 걷어 공처럼 크게 뭉친 다음 비를 맞지 않게 자기 점퍼로 가렸다. 이들의 행동이 실제로 빨래가 젖지 않게 할 방법이었는지 아니면 처음부터 장난이었는지 구분하긴 힘들었지만, 남편이 배가 튀어나온 흉내를 내며 뒤뚱거리자 엘리사베트가 터뜨린 웃음소리는 오두막 안에 있는 티나도 들을 수 있을 정도로 컸다.

티나는 밖이 보이지 않도록 의자를 반대편으로 돌려 앉았다.

어떻게 저런 바보짓을 할 수가 있지?

마치 아스트리드 린드그렌의 『가마우지 섬의 생활』의 한 장면, 그것도 감독조차 너무 역겨워 삭제한 장면에나 등장할 법한 꼴이었다.

하지만 물론 실제로 벌어진 장면이었다. 사람들은 저렇게까지 행복할 수 있다.

티나는 이웃이 행복하다는 이유로 그들을 미워하지 않으려 의식적으로 애썼다. 책상에 앉아 창밖을 내다보던 잠시 동안 엘리사베트가 인생이 주는 다른 맛도 느낄 수 있도록 아기가 사산되었으면 하고 바랐다.

그러나 곧바로 그 생각을 떨쳐냈다. 그녀는 그런 사람이 아니었다.

아니, 너는 정확히 그런 사람이잖아.

아니야, 그렇지 않아. 만일 내가 집에 있을 때 엘리사베트가 출산하게 된다면 병원까지 태워다주기로 약속까지 하지 않았어?

넌 그때 집에 없기를 바라고 있잖아. 병원에 데려다주기 싫어서.

내가 병원을 싫어해서 그래, 그뿐이야.

하지만 뻔히 보이는걸. 엘리사베트가 빨랫줄 옆에서 배를 끌어안고 웅크리는 모습이. 빨래는 이리저리 흩어지고, 엘리사베트는 팔을 허우적거리고. 그녀의 비명과, 그녀의—

그만, 그만, 그만해!

티나는 일어서서 양손으로 관자놀이를 눌렀다. 점점 강해지는 바람은 휘날리는 잎사귀들을 나무에서 뜯어내 창밖 허공에서 회오리치게 했다. 지붕 위 작은 텔레비전 안테나는 소리굽쇠처럼 몸을 흔들며 마치 스피커라도 된 것처럼 길고 슬픔에 찬 소리를 온 집안에 흘려보냈다.

양손으로는 여전히 관자놀이를 누른 채 티나는 무릎을 꿇고 이마가 바닥에 닿을 때까지 몸을 숙였다.

제발, 하느님. 전 너무 불행해요.

응답은 없었다. 기도에는 겸손과 자기 비하가 필요했다. 교회에 있는 그림 앞에서 어머니가 그녀에게 해준 말이었다.

예수와 세 명의 어부를 그린 그림이었다. 그들은 작은 배를 타고 바다에 나가 있었다. 폭풍이 불었다. 전통적인 화풍으로 그려진 세 명은 어부에 어울리는 모자를 쓰고 수염을 길렀고, 그 자리에서 무릎을 꿇은 채 선미의 빛나는 인물을 보고 있었다.

어머니는 그림의 의미를 설명해주었다. 세 어부는 하느님께 운명을 맡기고 있다. 노와 방향타를 모두 놓은 채, 치명적인 위험으로부터 자신을 구하려는 모든 시도를 포기했다. 이제 오직 예수만이 그들을 구할 수 있었다. 그것은 기도가 힘이 있길 바란다면 누구든 마땅히 해야 할 행동이었다. 모든 걸 포기하고 하느님에게 의지하는 것.

어린 나이였음에도 티나는 그런 생각이 마음에 들지 않았고, 어른이 되어서도 무릎을 꿇지 않고 노와 방향타를 놓지 않기로 마음먹었다.

그래도 어쨌든 도와주세요.

그렇게 십 분이 더 지나고 나서 문을 두드리는 소리가 났다. 롤란드가 우산을 들고 서 있었다.

"여기로 왔어?" 그가 물었다.

"그래." 티나는 대답했다. "달리 갈 데가 있어?"

롤란드는 그 말에 대답하지 않았다. 자기는 비를 맞으면서 티나에게 우산을 내밀었다.

"가자." 그가 말했다. "타라는 내 침실에 가뒀어."

"우산 써." 티나는 머리를 말리던 수건을 들어 보였다. "난 이걸로 됐어."

"바보짓 마. 여기." 롤란드는 우산을 받아들라는 듯 내밀었다. 이미 비에 젖은 머리칼이 이마에 들러붙어 있었다.

"롤란드, 몸이 젖잖아. 우산 접고 안으로 들어와."

"벌써 다 젖었어. 받아."

"난 수건이 있어."

롤란드는 잠시 그녀를 바라보았다. 그러더니 우산을 접어서 그녀의 발아래 내려놓고 다시 집으로 걸어갔다. 삼십 초 후 티나는 수건으로 비를 가리며 그를 따라갔다. 그러다 오두막에서 몇 미터 멀어졌을 때 멈춰 섰다.

바보짓이라니. 지금 누가 바보짓을 하는 거지?

그래도 그녀는 우산을 집지 않았다. 수건은 집에 도착하기도 전에 억수 같은 비에 흠뻑 젖어버렸다. 롤란드는 복도에 서서 젖은 옷을 난로 위에 널기 위해 벗는 중이었다. 우산 없이 들어서는 그녀를 보더니 얼굴을 찡그렸지만 아무 말도 하지 않았다.

티나는 블라우스를 벗어 욕실 옷걸이에 걸면서 또 비슷한 저녁이 되겠구나 생각했다. 바싹 붙어 우산을 쓰지 않은 것처럼, 두 사람은 갈등을 해결할 방법이 없었다.

두 사람은 그들의 문제를 해결하고 싶지 않았고, 그래서 의견이 다를 때는 다시 대화를 시작할 때까지 침묵을 고수했다. 아주 가끔 제대로 말다툼을 벌일 때면 그동안 해결하지 않은 온갖 문제들을 모아 서로에게 터뜨리곤 했다.

타라가 롤란드의 방에서 낑낑거렸고, 티나는 오늘 저녁을 또 어떻게 보내나 걱정하기 시작했지만 문제는 곧 저절로 해결되었다. 예란이 초인종을 누르더니 아내가 진통을 시작했다며 물은 것이다. 티나가 병원까지 차로 태워다줄 수 있겠느냐고.

당연히 가능했다.

엘리사베트와 예란은 뒷좌석에 앉아 서로를 끌어안고 있었다. 아이들은 열다섯 살과 열두 살이라 단둘이 둬도 괜찮았다. 예란은 자신이 선견지명을 발휘해 한 달 전 새 비디오게임기를 사두어서 오늘 아이들에게 주고 나올 수 있었다고 했다.

티나는 대충 그럴듯한 대답으로 장단을 맞추고 운전에 집중했다. 와이퍼가 최대 속도로 발작하듯 양쪽으로 움직였지만 물을 제대로 밀어내지 못하고 있었다. 타이어가 불법에 가까울 정도로 닳은 상태였기에 티나는 차가 미끄러질까봐 시속 50킬로미터 이상 속도를 올릴 엄두를 내지 못했다. 마음속에는 엘리사베트가 유산해 비참해지기를 원하는 악마가 숨어 있을지 몰라도, 운전석에 앉은 티나는 임신한 여자를 뒤에 태운 채 교통사고를 낼 생각이 전혀 없었다.

천둥만 치지 않으면 돼.

뇌성과 번개를 맞닥뜨리면 티나는 지금도 완전히 이성을 잃어 버리곤 했다. 천둥이 칠 때는 땅바닥과 고무 절연체로 연결되어 있는 차 안에 있는 편이 안전하겠지만, 운전하는 건 다른 문제였다.

스필레르스보다를 지나면서 빗줄기가 약해져 시야가 나아졌다. 티나는 뒷좌석을 슬쩍 바라보았다. 엘리사베트는 몸을 웅크린 채 고통에 일그러진 표정으로 남편에게 기대어 있었다.

"어때요?" 티나가 물었다.

"괜찮아요." 예란이 대답했다. "그런데 내가 보기에는 진통이 막바지인 것 같아요."

티나는 속도를 70킬로미터까지 올렸다. 아기가 자기 차에서 태어날지도 모른다 생각하니 역겨운 기분이었다. 지금 엘리사베트가 풍기는 냄새는 전혀 유쾌하지 않았다. 차 안에서 몇 달이고 지워지지 않을 냄새였다.

병원에 도착하자 예란은 엘리사베트를 둘러업다시피 해서 산부인과로 달려갔다. 티나는 어쩔 줄 모르고 잠시 차 옆에 서 있다가 두 사람을 따라갔다. 비는 거의 그친 것 같았다. 이제는 이슬비가 날리는 정도였다.

세 사람이 병원 안으로 들어서자 간호사 두 명이 얼른 엘리사베트를 맞았고, 예란이 두 걸음 정도 뒤처져 그들을 따라갔다. 그는 티나 쪽으로는 고개도 돌리지 않았다. 맡은 일을 끝낸 그녀는 이제 분만 과정과 아무 상관이 없었다. 티나는 복도에 서서 사람들이 모퉁이 너머로 사라지는 모습을 바라보았다.

집에는 어떻게 돌아가려는 걸까?

내가 병원에서 기다리길 바라는 걸까?

그렇다면 부부는 실망하게 될 터였다. 티나는 두 주먹을 쥐었다 폈다 하며 그들이 사라진 곳을 물끄러미 바라보았다.

간호사 한 명이 와서 물었다. "도와드릴까요?"

"아뇨." 티나는 대답했다. "아무 도움 필요 없어요, 감사합니다."

간호사가 건물 자체보다 더 짙은 병원 냄새를 풍기자, 티나는 서둘러 출구 쪽으로 향했다. 밖으로 나와 주차장에 이르러서야 다시 숨을 쉴 수 있었다. 소독약과 살균비누 냄새에 거의 공황 발작을 일으킬 지경이었다. 오래된 기억 때문이었다. 티나는 벼락을 맞은 뒤 병원에 있는 내내 자신이 겁에 질려 있던 걸 기억했다. 그저 집에 가고 싶은 마음뿐이었다.

여섯시 사십오분, 폭풍우는 몰려왔을 때처럼 순식간에 사라졌다. 짙푸른 저녁 하늘에 구름 한 점 보이지 않고, 반달은 칼날처럼 날카로웠다. 티나는 양손을 주머니 깊이 찔러넣고 요양원 쪽으로 걷기 시작했다.

아버지는 퀴즈쇼 〈제퍼디〉를 보고 있었다. "빅토르 셰스트룀, 저런 멍청이!" 아버지는 영화 〈유령마차〉의 감독이 잉마르 베리만이라고 생각한 출연자를 향해 중얼거렸다. 다음 질문은 〈아르네스 경의 보물〉의 감독에 대해서였는데, 같은 출연자가 또 베리만 감독이라고 답하자 그는 말했다. "꺼버려라, 젠장. 보는 사람이 미치겠군."

티나는 몸을 앞으로 숙여 텔레비전을 껐다.

"원숭이를 훈련시켜도 저것보단 잘하겠네." 아버지가 말했다. "볼 때마다 짜증나 죽겠는데 왜 보고 있는지 모르겠어. 저기 오렌지주스 좀 주겠니?"

티나는 플라스틱 컵에 빨대를 꽂아 아버지 입에 대주었다. 아버지는 잠시 주스를 마시고는 티나의 눈을 바라보았다. 그녀가 빨대를 치우자 아버지가 물었다. "괜찮니? 무슨 일 있어?"

"아뇨, 왜요?"

"그냥 그래 보이는구나. 장사꾼 때문에 그래?"

"아니에요." 티나가 말했다. "그냥…… 병원에 올 일이 있었어요. 옆집 사람이 애를 낳게 생겨서 태워다줬거든요. 왜 그런지 몰라도, 병원에 오기만 하면 심란해져요."

"그래. 그렇구나. 다른 문제는 없는 거지?"

티나는 방안을 둘러보았다. 가구가 거의 없어서 청소하기 쉬워 보였다. 리놀륨 바닥에 카펫도 없었다. 집에서 가져온 그림 두 점과 침대 위 액자의 사진 몇 장만이 이 방에 머무는 사람에게도 자신만의 삶이 존재했음을 보여주었다.

티나의 사진도 한 장 보였다. 일곱 살 때 찍은 것 같았다. 정원 의자에 앉아 심각한 표정으로 카메라를 바라보고 있는데, 작은 두 눈이 얼굴 깊숙이 박혀 있었다. 꽃무늬 원피스는 깡마른 몸매와 전혀 어울리지 않았다. 누군가 그럴듯하게 보이려고 돼지에게 바지를 입혀놓은 것 같았다.

못생긴 녀석 같으니.

"아빠? 나 궁금한 게 있어요."

"뭔데?"

"여기 흉터 있잖아요." 티나는 손으로 가리켜 보였다. "이거 언제 생긴 거죠?"

잠시 침묵이 흘렀다. 이윽고 아버지가 대답했다. "예전에 말해 준 적 있는데. 어렸을 때 바위 위에서 넘어져서 생긴 거야."

"얼마나 어렸을 때요?"

"모르겠다…… 네 살인가? 날카로운 바위였어. 주스 한번 더 주겠니? 여기 놈들이 주는 음료수는 끔찍해. 다음에 올 때 제대로 된 주스 좀 가져올래? 방부제 잔뜩 든 것 말고."

"그럴게요." 티나는 다시 컵을 들어주자 아버지는 눈을 마주치지 않고 마셨다. "그런데 이상한 게…… 나 그때 병원에 입원했어요? 그랬으면 기억이 날 텐데……"

아버지가 빨대를 내뱉었다. "넌 네 살이었어. 어쩌면 세 살이었는지도 모르고. 그걸 어떻게 기억하겠니?"

"상처를 꿰맸어요?"

"그래, 꿰매야 했지. 왜 새삼 그때 일을 생각하는 거야?"

"그냥 궁금해서요, 그뿐이에요."

"어쨌든 그렇게 된 거야. 어쩌면 그래서 네가 병원을 두려워하는지도 모르겠다. 지금 너희 오두막에 묵는 사람이 있니?"

"아뇨, 지금은 없어요."

두 사람은 여름 휴가객과 여행에 관해, 그리고 티나가 없을 때마다 국경에 넘쳐나는 싸구려 러시아 보드카에 관해 이야기를 나누었다. 일곱시 반이 되자 티나는 돌아가려고 일어섰다. 문가에 서서 그녀가 말했다. "마우릿스 스틸레르죠?"

아버지는 딴생각에 빠져 있는 것 같았다. "뭐가?"

"〈아르네스 경의 보물〉 말이에요. 감독이 마우릿스 스틸레르잖아요."

"그래, 맞아, 그렇지. 조심해서 돌아가렴, 얘야." 아버지는 티나를 보고 덧붙였다. "그리고 옛날 일은…… 너무 많이 생각하지 말거라."

티나는 알았다고 대답했다.

집에 돌아온 티나는 안으로 들어가기 전에 밖에 서서 한동안 상황을 살폈다. 거친 폭풍우는 지나갔지만 바람이 여전히 강해서 밤하늘을 배경으로 흔들리는 소나무 그림자가 보였다. 차가운 공기를 코로 깊게 들이마셨더니 썩어가는 사과, 젖은 흙, 장미 열매 그리고 어디서인지 뭔지 모를 냄새까지 밀려들어왔다. 집 주위에 짐승이, 아마 오소리가 있는 것 같았다. 짐승의 젖은 털 냄새가 집 뒤쪽 숲에서 풍겼다.

이웃집 창문 하나에 푸른 불빛이 비쳤다. 아이들이 비디오게임에 열중하는 모양이었다. 푸른 빛은 자신의 집 거실에서도 비쳤다. 롤란드가 무슨 스포츠 프로그램을 보고 있는 것 같았다.

그동안 수도 없이 그랬던 것처럼 자연스럽게 차에서 내려 집으로 들어가는 대신 티나는 그대로 서서 생각했다. 집안으로 들어가고 싶은 생각이 없었다. 어느 집이든 마찬가지였다. 불빛과 온기를 그대로 지나쳐 숲으로 가고 싶었다. 어두운 벽을 뚫고 들어가 오소리와 솔잎, 이끼 냄새에 둘러싸이고 싶었다. 나무들이 자신을 보호하도록.

옆집을 바라보았다. 문을 두드리고 아이들이 괜찮은지 확인해야 할까? 아무도 그런 부탁을 하지 않았고 그녀도 내키지 않았다. 아이들은 외모 때문에 그녀를 피했다. 마치 그녀가 무슨 해코지라도 할 것처럼. 그래, 그냥 두자. 뭐든 필요한 게 있으면 아이들이 찾아올 테니까.

롤란드는 정말로 스포츠 프로그램을 보고 있었다. 겨우 9월인데 아이스하키라니. 요즘에는 시즌이라는 개념이 없다. 실내에서 화학약품 냄새가 났는데 아마도 롤란드가 개한테 발라주는 연고일 것이다. 닫힌 롤란드의 침실 안쪽에서 개 냄새도 났다.

그녀가 거실로 들어서자 롤란드가 말했다. "아, 오늘 누가 찾아왔었어."

티나는 멈춰 섰다. "그래?"

롤란드는 텔레비전에서 눈을 떼지도 않고 말을 이었다. "어떤 남자가 오두막을 빌리고 싶다더군. 영 수상해 보이던데. 당신한테 말했다고 했어."

"맞아." 티나는 양손을 꽉 맞잡았다. "그래서 뭐라고 했어?"

"있는 그대로 말했지. 우린 가을에는 방을 잘 빌려주지 않는다고. 하지만 더 중요한 이유는……" 롤란드가 고개를 들어 티나를 보았다. "그 사람, 한눈에도…… 질이 안 좋아 보이더라고. 또 당신이 이제 오두막 빌려주는 거 그만하자고도 했고. 그래서……"
롤란드는 스스로 만족했는지 어깨를 으쓱했다. "꼭 무슨 방화범이나 그런 놈처럼 보이던데."

티나는 잠시 서서 롤란드를 바라보았다. 텔레비전 불빛 때문에 그의 피부가 잿빛을 띠었고 목 주위에 붙기 시작한 지방이 두드러져 보였다. 반사된 빛에 눈이 번득여서 흡사 괴물 같았다.

티나는 자기 방으로 들어가 문을 닫고 『노인과 바다』를 읽으며 잠들 때까지 시간을 보냈다.

다음날 티나는 열시부터 근무였지만 아홉시 십오분에 집을 나와 여행자 호스텔로 차를 몰았다. 주차장에는 차가 한 대뿐이었다. 작은 흰색 르노에는 OKQS에서 하루에 199크로나라는 저렴한 가격에 빌린 렌터카임을 당당히 알리는 파란 글씨가 붙어 있었다.

티나는 호스텔 현관문을 두드렸다.

아무 대꾸가 없어 문을 열고 들어가니 짧은 복도가 나왔다. 여행 안내 소책자를 올려둔 스탠드가 하나 있고, 접수대에는 손님이 있을 때만 호스텔 문을 연다는 안내판이 붙어 있었다. 건물에서는 황량함과 비누 냄새가 배어나왔다.

티나는 바보처럼 접수대 위 벨을 눌렀다. 그러면 마법처럼 누군가 튀어나와 그녀를 도와주기라도 할 것처럼. 어쩌면 비수기 관리를 담당하는 늙수그레한 직원이 창고에서 자고 있다가 손님이 올 때만 일어나는지도 몰랐다.

벨소리에 아무 반응이 없자 티나는 소리쳤다. "저기요! 아무도 없나요?"

물론 그의 이름을 알지만 소리쳐 부를 생각은 없었다. 안 그래도 매우 우스꽝스러운 상황이었다. 경찰이 도둑을 소리쳐 부른 다음 혹시 한집에서 살아볼 생각 없느냐고 물어보는 것이나 다름없었으니까.

티나가 그래, 그냥 가자, 라고 생각한 순간 앞쪽 복도에서 문 하나가 열렸다.

그 방에서 보레가 튀어나오는 바람에 티나는 헉하고 놀랐다.

넓게 펼쳐진 페리 터미널에서는 그냥 덩치가 좀 크다 싶은 정도였는데, 호스텔의 벽 사이 좁은 공간에서는 매우 거대해 보였다. 러닝셔츠와 바지만 입고 있는데도 복도를 꽉 채우는 것 같았다. 티나는 롤란드가 왜 긴장했는지 이해했다. 보레는 그를 엄지와 검지만으로 눌러 터뜨릴 수도 있을 것 같았다.

티나를 보자 그는 수염 양쪽이 위로 뻗치도록 활짝 웃었다. 그리고 우레 같은 발소리를 내며 몇 걸음 다가와 털북숭이 팔을 뻗었다.

"좋은 아침입니다." 그가 말했다. "사과드려야겠군요. 곯아떨어졌나봐요."

티나는 악수에 응했다. "아뇨, 제가 사과해야죠. 깨울 생각은 아니었어요."

"괜찮아요. 어차피 일어날 시간이니까."

티나는 고개를 끄덕이고 주위를 둘러보았다. "여기 직접 와본 건 처음이네요."

"그러면서도 여길 추천한 겁니까?"

"글쎄요, 기억이 확실한지 모르겠지만 제가 추천한 건 주위 경관이었죠."

"그 점은 불만 없어요. 어제 오후 오래 산책을 했습니다. 사람들이 완전히 파괴할 기회를 잡지 못한, 이런 숲을 아주 좋아합니다."

"네. 자연보호 구역이죠."

"계속 이렇게 남아 있을 수 있길 바라야죠."

티나도 리데르스홀름 주위의 숲을 무척 좋아했다. 보호 구역이기에 길을 막고 있는 게 아니라면 쓰러진 나무조차 함부로 벨 수 없고, 베어내려면 허가를 받아야 했다.

대화를 이어나가려고 티나는 이렇게 말했다. "사람들이 엘크를 사냥하는 게 유감이죠."

보레가 얼굴을 찌푸렸다. "그래요, 끔찍한 일이죠. 이 지역에서 사람들이 개를 데리고 사냥하러 다니는 건 아니겠죠?"

"제가 알기론 아니에요. 왜요?"

"그러다보면 결국 동네 사방팔방 사냥개가 뛰어다니게 되거든요." 그가 티나를 바라보았다. "그런데 집에서 개를 키우시던데요."

"롤란드가 키우는 거예요. 롤란드는……" 티나는 슬쩍 손을 내저었다. "우리집에서 같이 사는 친구예요." 티나는 깊이 숨을 들이마셨다. "제가 찾아온 것도 이걸 알려드리기 위해서예요. 오두막을 빌리고 싶으면 얼마든지 오셔도 된다고요."

"그 사람…… 롤란드 말은 다르던데요."

"그렇죠. 하지만 그 사람 마음대로 할 일이 아니에요. 제 집이거든요."

"그렇군요."

"그러니까…… 관심 있으면 오세요."

"생각 좀 해보죠. 몸은 괜찮아요?"

"좋아요. 왜요?"

"그 친구 말이 병원에 갔다고."

티나는 안도하며 웃었다. "아, 그랬군요. 이웃분들을 병원에 데려다줬어요. 아기를 낳았거든요."

이제 아이들이 있는지 묻겠군. 티나는 그런 생각에 대화를 마무리하기로 마음먹었다. 보레가 여자라는 걸 생각하면 여자 대 여자로 그런 이야기를 하는 건 어려울 것 없을 터였다. 하지만 앞에 서 있는 그의 모습을 보면…… 티나는 그 사실을 잊지 않으려고 팔뚝이 시퍼렇게 멍들 기세로 꼬집고 있어야 했다.

"별 탈 없었고요?" 그가 물었다.

"모르겠어요." 티나는 시계를 내려다보았다. "이만 일하러 가야겠네요."

"오늘 오후에 보죠. 언제 퇴근합니까?"

"다섯시요."

"좋아요. 그럼 이른 저녁에 들르죠."

두 사람은 작별인사를 나누었고, 티나는 차로 돌아갔다. 주차장에서 차를 빼면서 거울로 혹시 보레가 손을 흔드는지 살펴보았다. 아니었다. 티나는 고개를 흔들었다.

어쩌다 이렇게 친해진 거지?

뭐라 말할 수 없었다. 만일 고문하겠다고 위협하며 묻는다면,

일종의…… 동질감을 느꼈다고 인정할지도 몰랐다. 그리고 실제로 고문당한다면, 처음 봤을 때부터 그런 감정을 느꼈다고 추가로 자백할 것이다.

그러나 벌겋게 달군 쇠꼬챙이를 들이대도 그 이상 자백할 것은 없었다. 더는 숨긴 것이 없다. 그러나 동질감은 존재했다. 맨손으로 물고기를 잡는 것처럼 쉽지 않지만, 분명히 뭔가 있었다. 맑은 날 부두 아래. 배에 와닿는 널빤지의 온기와 수면에서 반짝거리는 햇빛. 반짝이는 울렁임.

점잖게 말하자면 근무는 따분했다.

여러 해 동안 티나와 안면을 트고 지낸 트럭 운전사 한 명이 느닷없이 싸구려 러시아 보드카 열 상자를 들여오는 불법을 저질렀다. 상부에 보고해야 하며 술은 압수하겠다는 티나의 설명에 운전사는 그녀가 신뢰를 저버리기라도 한 것처럼 크게 화냈다.

보드카 백 병이면 얼마나 이익을 남길 수 있을까? 최대로 쳐야 오천에서 육천이었다. 바이올린을 연주하는 운전사의 아들은 새 악기가 없으면 연주를 그만둬야 할 처지라고 했다. 운전사는 바이올린이 얼마나 비싼지 알기나 하느냐고 소리쳤다. 그런데 이제 벌금도 내야 하고 일이 심각해지게 생겼다고. 직장도 잃을지 모르는데, 그러면 주택 대출금은 무슨 수로 갚으란 말이야? 그냥 한 번만, 이번 한 번만 좀 봐주면 안 돼, 티나? 다시는 이런 일 없을 거야, 약속해.

하지만 봐줄 수 없었다. 이런 일을 무시하기 시작하면 결국 상황이 걷잡을 수 없어진다는 걸 티나는 값비싼 경험으로 알고 있었다. 은밀한 미소, 무언의 공모. 바이올린이 어떻다는 둥 인정이 없다는 둥 운전사가 한참 떠들어대자 그녀는 대뜸 쏘아붙였다.

"헤이코, 빌어먹을! 그만 좀 해요! 이런 짓을 얼마나 자주 한 거예요?"

그는 처음이라고 했다. 티나는 고개를 가로저었다.

"내가 보기에는 여덟 번에서 열 번은 돼요. 소량이었겠죠. 허용량보다 한두 상자 더 챙기는 정도 말이에요. 그때마다 눈감아주고 아무 말도 하지 않았어요. 사람들 말처럼 그냥 개인적으로 마시려나보다 생각했죠. 하지만 이번에는 선을 넘었어요, 알아요?"

거친 트럭 운전사가 그녀 앞에서 움츠러들었다. 겁을 먹은 것 같았다. 티나는 창문 너머 주차되어 있는 트럭 쪽으로 손짓해 보였다.

"당신이 두세 병쯤 더 들여오는 건 굳이 뭐라고 할 생각 없어요. 하지만 이런 일이 다시 있어서는 안 돼요. 알겠어요?"

헤이코는 고개를 끄덕였다. 티나는 노트를 꺼냈다.

"좋아요. 이렇게 하죠. 개인적인 위반으로 보고하겠어요. 벌금을 물어야 하고 당신 말대로 일이 심각해지겠지만 운송회사에서 문제삼지는 않을 거예요. 다음에는 이렇게 운이 좋지 않을 거예요. 알았어요?"

"그래. 고마워."

티나는 제 가슴을 가리켰다. "그리고 난 인정머리없는 사람이 아니에요. 여기, 당신하고 똑같은 심장이 있다고요."

"그래, 알아. 고마워."

"고맙다는 말 한 번만 더 하면 마음을 바꿀 거예요. 지금 생각해 보니 저 술 상자들 속에 암페타민이 있을지도 모르는 일이고."

헤이코는 웃으며 억울하다는 듯 양손을 들어올렸다. "내가 절대로 그럴 사람이 아니라는 건—"

"그래요, 알아요. 자, 얼른 가세요."

·

티나는 헤이코가 운전석에 올라 트럭을 몰고 멀어지는 모습을 보며 문득 울적한 기분에 사로잡혔다.

상대를 거칠게 대하는 것도 필요했고 이제 그런 일에 익숙해지기도 했지만, 그것이 진짜 그녀의 모습은 아니었다. 그저 맡은 일을 하는 데 필수적인 허울에 불과했다. 하지만 요즘 들어 점점 더 의미 없다는 느낌이 들었다. 보드카 상자 따위에 뭐하러 신경쓴단 말인가? 국가에서 운영하는 독점 주류회사 말고 누가 손해를 본단 말인가?

헤이코는 아마 이웃 사람 몇몇에게 저 보드카를 두세 병씩 팔 것이다. 사람들은 모두 행복해할 테고 아이는 새 바이올린을 사게 될 것이다. 세관에서 일하는 마녀만 없으면 온 세상에 친절과 빛이 넘쳐나리라. 어쩌면 그녀는 일을 그만두고 자문만 해야 하는 건지도 몰랐다. 마약은 다른 문제니까. 마약과 관련해서는 양심의 가책이 느껴지지 않았다.

티나는 마음의 눈으로 헤이코가 집에 도착하는 모습을 볼 수 있었다. 아내를 만난다. 아들은 슬픈 표정을 지으며 방으로 들어가

문을 닫는다. 훌쩍 자란 손가락으로 연주하기에는 너무 작은 낡은 바이올린으로 계속 연습하는 아들.

빌어먹을. 티나는 생각했다. 거짓말인지도 몰라.

그러나 헤이코는 거짓말을 하지 않았고, 티나도 알았다. 그것이 가벼운 처벌을 한 이유였다. 세관의 마녀가.

*

9월 18일

어젯밤 보레가 왔다. 개들이 짖기 시작해서 그가 왔음을 알았다. 일단 오두막을 일주일 빌리기로 했다.

롤란드는 달가워하지 않았다. 혹시 무슨 문제가 생기면 전부 내 책임이라고 말했다. 그는 꼭 '무민' 시리즈에 나오는 머들러처럼 말한다. 다른 점이 있다면 단추를 모으지 않는다는 점뿐이다.

이웃집 부부는 태어난 딸아이를 데리고 돌아왔다. 아직 아이를 보러 가지 않았지만, 한 번은 가봐야 할 것이다.

사는 게 행복하지 않다. 망할 헤이코가 새삼 깨닫게 해주었다. 나는 범법자를 잡아내는 걸 좋아하지 않는다. 좋아하는 사람들도 있을지 모른다. 세관에서 일하는 다른 사람들은 문제 없어 보인다. 어쩌면 그들에게는 여전히 힘든 일이어서 그런지도 모른다.

롤란드는 저녁 내내 부루퉁해 있다. 그의 가장 이상한 점은 알코올의존증이 아니라는 사실이다. 정말이지 그게 딱일 텐데.

하지만 생각해보면 그에게는 텔레비전이 있다. 나는 보레에게 혹시 오두막에 작은 텔레비전이 필요한지 물었다. 그는 텔레비전을 보면 머리가 아프다고 했다. 우리는 또하나 공통점을 찾았다. 그리고 약초 치료에 관해 한참 이야기를 나누었다.

나는 전기 알레르기가 없고 생기길 바라지도 않는다.

하지만 만일 선택할 수 있다면 날씨가 따뜻한 계절에는 실내에 머물고 싶지 않다. 실내에 있으면 피부가 따끔거린다. 전기 알레르기가 정말 병일까? 전기 알레르기가 있는 사람은 모두 이상한 것 같다.

저녁에는 산책하러 나갔다. 올해는 버섯을 도무지 볼 수 없다고들 하는데, 내 눈에는 꾸준히 보인다. 그렇지만 수가 적고 듬성듬성하기는 하다.

9월 21일

바람이 너무 심해 텔레비전 안테나가 덜그럭거린다. 롤란드는 강아지 두 마리를 팔았고, 그 돈으로 위성안테나를 살까 생각중이다. 좋은 일이다. 그는 한동안 그것에 정신을 팔 테고 나는 안테나 덜그럭거리는 소리를 듣지 않아도 될 것이다.

M*을 팔백 갑이나 들여오던 보디빌더를 적발했다. 사내는 공격적으로 변해 조사실 탁자를 때려부쉈다. 경찰이 올 때까지 가둬두어야 했다. 사내는 주차장이 내려다보이는 창문을 깨뜨렸

* 엑스터시 마약.

다. 다행히 뛰어내리려고 하지는 않았다.

가을이 오면 숲이 변한다. 침엽수들이 다시 우위를 차지한다. 그렇다. 그렇게 돌아가는 것이다. 여름 숲은 박람회장이다. 밝고 유쾌한 색깔들. 누구나 환영받는다. 아직은 그런 모습으로, 어느 때보다 색깔이 다채롭다. 그러나 모든 것은 침엽수의 색을 향해 움직이고 있다. 몇 달 지나면 침엽수가 전체를 장악할 것이다. 그들만이 유일하게 계속 숨쉴 수 있으니까.

옆집의 새로운 식구를 보러 갔다. 다른 아이들은 비디오게임을 하고 있었다. 담요에 꽁꽁 싸인 조그만 인간을 보면서, 아이가 자라 형제들처럼 텔레비전 앞에 앉게 될 때까지 얼마나 시간이 걸릴까 궁금증이 일었다. 이웃집 부부는 피곤하지만 행복해했다. 온 집안이 모유와 정전기 냄새로 가득했다. 적응이 되지 않았다.

문득 떠오른 생각. 혹시 보레는 호르몬을 맞았거나 맞고 있을까? 아니라면 어떻게 그래 보일 수 있지? 어쩌면 내가 이상을 감지한 것이 그 때문인지도 모르겠다. 상대가 약물을 쓰고 있을 때도 내 능력은 문제없이 발휘된다.

보레는 집에 있는 법이 거의 없다. 차를 타고 외출하거나 걸어서 돌아다닌다. 진짜 뭐하는 사람이지? 그와 제대로 이야기해 본 적이 없다.

바람이 점점 거칠어지고 있다. 안테나 소음이 끔찍하다. 마치 온 집이 신음하는 것처럼 들린다.

9월 22일

오늘 오후 오두막을 확인했다.

그래, 이유가 있었다. 오늘 아침 출근길에 오두막에서 아기 울음소리를 들은 것 같았다. 정확히는 울음소리는 아니고 울먹거리는 소리에 더 가까웠다. 물론 전혀 다른 소리일 수도 있지만(전혀 다른 소리이거나, 아니면 옆집에서 나는 소리일 수도 있다), 그래도……

집에 돌아왔을 때 보레의 자동차는 보이지 않았다. 그래서 확인했다.

물론 아기는 없었다. 모든 것이 깨끗하고 정돈되어 있었다. 침대도 반듯이 정리해두었고 모든 것이 제자리를 지키고 있었다. 범죄소설 페이퍼백이 쌓여 있고, 『카라마조프가의 형제들』도 페이퍼백으로 있었다. 책상 위에는 쌍안경과 카메라, 노트 한 권이 놓여 있었다.

그랬다. 노트를 읽어봤다. 그리고 아무것도 알아내지 못했다.

(노트에 뭔가 나에 관한 내용이 있으리라 생각했느냐고? 맞다, 그랬다. 인정한다.)

그 노트는 일기가 아니었다. 그저 숫자와 줄여 쓴 단어들뿐이었다. 끔찍한 악필이었다. 숫자는 시간을 나타내는 듯했다. 단어들은 도무지 뜻을 알 수 없었다. 어쩌면 벌레 이름일지도. 벌레를 발견한 시간을 적어둔 것일 수도 있다. 그런 걸 적어두는 사람도 있나?

금속 상자에는 전원이 연결되어 있었다. 귀를 가까이 댔더니 안쪽에서 웅 소리가 들렸다. 뚜껑을 열어볼 엄두는 나지 않았다. 벌레가 한 무더기 쏟아져나올지도 몰랐다.

이제 내가 무슨 생각을 하는지 말해보겠다. 내 인생은 재미가 없다. 나는 자주 상상에 빠진다. 누구든 보기만 하면 모든 단서를 이용해 그 사람의 인생을 조합한다. 내용은 늘 미스터리다. 그는 왜 그리로 간 거지? 왜 그런 행동을 했을까? 무슨 뜻으로 그런 말을 한 거지?

모두가 서재에 모여 마지막으로 전체 상황을 설명하는 것은 구식 탐정소설에나 등장하는 장면이다. 실제 삶에서 설명은 존재하지 않는다. 그리고 설령 설명을 듣는다 해도 그 내용은 믿을 수 없을 정도로 시시할 것이다.

나는 한 차례 둘러보고 나서도 한참을 오두막에 머물렀다. 왜냐고? 그 안에서 너무 좋은 냄새가 났기 때문이다. 혹시라도 누군가 이 일기를 읽는다면 나는 즉시 할복자살하고 말 것이다. 나는 침대에 누워보기도 했다. 그러는 내내 두려움에 떨며 혹시 보레의 차가 돌아오는지, 본채 현관문이 열리는 소리가 들리는지 귀를 기울였다. 침대 시트에서 나는 냄새는…… 뭔지 알 수 없었다. 하지만 나는 그곳에 머물고 싶었다. 그 냄새에 에워싸여 누워 있고 싶었다.

침대에 아주 잠깐 누웠다가 다시 원래대로 해놓았다.

오후에 롤란드가 위성안테나를 달았다. 저녁 내내 위성 신호를 잡느라 끙끙댔지만 뜻대로 되지 않았다. 같이 스크래블 보드게임을 했다. 내가 이겼다.

9월 24일

내 직업이 싫고 나 자신이 싫다.

내가 오늘 무슨 생각이었는지 모르겠다. 도대체 왜 그랬는지, 조금이라도 규정을 위반한 사람이면 물품을 가리지 않고 모두 적발했다. 위스키 한 병, 말보로 몇 갑. 억눌린 분노와 악랄한 말들이 온종일 내게 쏟아졌다. 가방에 브랜디가 가득찬, 키 작은 노부인은 울음을 터뜨렸다.

집에 돌아와서는 몇 시간 동안 숲을 돌아다녔다. 하늘은 잿빛이고 싸늘했다. 티셔츠 바람이었지만 그다지 춥진 않았다. 엘크 한 마리와 마주쳤다. 얌전한 녀석이었다. 그 자리에 서서 내 손길에 몸을 맡기고 있었다. 엘크의 털가죽에 얼굴을 묻고 흐느꼈다. 사냥철이라고, 그러니 깊은 숲에서 나오면 안 된다고 말해주고 싶었다. 하지만 녀석은 알아들은 것 같지 않았다.

말하자면 가을 우울증이다. 인생이 거지같다고 생각하는 게 자연스럽게 느껴졌다. 여기 있는 게 싫고, 이런 일을 하는 게 싫다.

저녁에 엘리사베트가 아기를 안고 찾아왔다. 수다가 끝이 없었다. 더 우울해졌지만 드러내지 않으려 애썼다. '무민' 책에서는 늘 이런 기분을 "울울하다"고 말한다. 우울한 것과는 사뭇 다르다. 우울하지 않고 울울할 수만 있다면. 슬프지만 왠지 즐길 수 있는 기분일 것 같다.

엘리사베트도 미웠다. 아기가 밤에도 푹 잘 잔다고 했다. 젖 먹을 때만 두 번 깬다며, 어쩌고저쩌고. 발그레한 뺨에 눈동자를 반짝이면서. 이마 한가운데 총알을 한 방 박아넣고 싶다. 나는 나쁜 사람이다.

보레가 와서 일주일 더 묵겠다고 했다. 좋은 일이다. 그는 혹시 아기 사진을 찍어도 되겠느냐고 물었고 엘리사베트는 괜찮다고 했다. 엘리사베트가 약간 딱딱하게 굴었던 것 같다. 사람들은 대체 왜 그러는 걸까?

롤란드는 설거지하고 나서 무슨 영화인지를 멍하니 보고 있었다. 나는 엘리사베트가 간 뒤 보레와 한참 수다를 떨었다. 달리 진전된 것은 없다. 하지만 나는 그를 미워하지는 않는다. 전혀. 이제 생각해보니 그렇다. 그와는 잘 어울릴 수 있다. 나는 지금 그를 생각하고 있다. 더 행복한 기분이다. 그럼 된 거지.

보레는 스웨덴 전역을 여행했고, 다양한 곳에서 짧게짧게 머물렀다. 가끔은 러시아도 방문한다. 출장이다. 하지만 많은 시간을 산책하며 보낸다. 벌레를 채집하고 구경한다. 좋은 일이다. 그게 내가 하고 싶은 일이다. 뭔가를 뒤지거나 대화할 필요 없이, 그냥…… 구경하는 것. 스너프킨처럼.

이제 자러 가야 한다. 어쩌면 내일은 기분이 나아질 것 같다.

9월 25일

토요일. 쉬는 날이다.

내가 보기엔 분명하다. 그는 오두막에 아기를 숨겨두고 있다. 아니면 아기 같은 소리를 내는 동물이거나.

보레가 나갔을 때 자동차가 서 있는 걸 보고도 위험을 무릅

쓰고 다시 오두막을 조사했다. 나처럼 그도 산책하러 가면 오래 걸린다.

아무것도 없었다.

하지만 이번에는 해냈다. 금속 상자의 뚜껑을 열어본 것이다. 뭘 기대했는지 모르지만, 안에는 분명 벌레들이 들어 있었다. 모르겠다, 파리였는지도. 유충이 잔뜩 들어 있었다. 수백, 아니 수천 마리는 되는 것 같았다. 게다가 작은 벌레 몇 마리는 이미 변태를 끝내고 하얀 구더기들 위로 기어다녔다. 구역질이 나야 정상이었겠지만 그렇지 않았다. 왠지 아름다워 보였다.

오두막을 나오는데 신이 났다. 나도 나를 모르겠다.

9월 27일

어제 숲에서 보레를 만났다. 내가 오두막에 들어간 걸 알고 있는 것 같다. 그가 문을 잠그기 시작했다. (그래봐야 나도 열쇠가 있는데, 하하.) 어쨌든 그는 목적을 이룬 것 같다. 그가 나가면서 문을 잠그는 걸 보자 겁이 났다. 그리고 그를 뒤따라갔다.

내 머릿속에서 이상한 일이 벌어지고 있다. 이제는 롤란드가 하는 말에 아예 관심을 둘 수가 없다. 중요한 말이라고는 하는 법이 없긴 하지만, 그래도 어쨌든 한집에 사는 사이인데. 이번 주말에 무슨 박람회인지 간다고 하는데, 잘 모르겠다.

글로 한번 써보겠다. 나는 보레와 사랑에 빠졌다. 나는 보레를 사랑한다. (나지막하지만 입 밖으로 내보기도 했다.) 아니. 사실이 아니다. 글로 쓰거나 말을 해보면 알 수 있다. 사랑이 아니다. 뭔가 다르다. 뭔가…… 더 좋은 것?

이해할 수 없다. 기분이 조금 불편하기도 하다.

우리는 내가 댄스플로어라고 부르는 바위 근처에서 마주쳤다. 우연이라고 할 수도 있다. 물론 내가 따라가긴 했지만, 그는 그곳에 서서 나를…… 기다리고 있었나?

우리는 숲에 대해 이야기했다. 가을이 오면 어떻게 세상이 변하는지. 그가 실내에서는 단 한 번도 편안함을 느껴본 적이 없다고 말했다(!!!).

나도 그렇다고 말했다. 그러고 나서…… 나는 그에게 댄스플로어를 보여주었다. 그는 이상한 말을 했다. 요정들이 춤추는 모습이 상상되어 이곳을 댄스플로어라고 부른다는 얘기를 듣자 그는 이렇게 말했다. "요정들이 춤췄죠. 아주 옛날에."

그는 매우 심각하게, 농담하는 기색이라곤 없이 그렇게 말했다. (그리고 솔직히 나는 그 말이 사실이라고 믿는다. 어떻게 이런 생각을 하는 거지? 요정?)

나는 그에게 나무와 벼락에 대해 말했다.

그리고 나는 웃었다. 그냥 웃지 않을 수 없었다. 모든 것이…… 너무 터무니없어서. 그도 벼락을 맞은 적이 있다고 말했을 때, 웃음이 터지고 말았다! 그는 수염으로 흉터를 가리고 있었다. 내가 흉터를 손으로 만질 수 있게 해주었다. 한쪽 수염 아래 피부가 우툴두툴했다.

우리는 그 자리에 서서 서로를 바라보았고, 나는 결국 또 웃고 말았다. 달리 어쩔 수 있었겠는가? 벼락을 맞아본 사람이 몇

이나 될까? 만 명에 하나? 그만큼도 안 되겠지. 어쨌든 더는 할 말이 없었다.

이런 내용을 쓰는 것 자체가 내 성격과는 어울리지 않지만(나는 이성적인 사람이고 제복을 입고 일한다), 정말 영혼의 쌍둥이라는 게 존재할까? 정말로 그런 것이 존재한다면 이 모든 걸 설명해줄 수 있을 것이다.

그렇다면 의문이 들지 않을 수 없다. 그 역시 같은 느낌일까? 그럴 거라는 생각이 든다. 유치한 말이지만, 그가 먼저 시작했잖아. 시작은 지난여름 그가 내 뺨에 했던 키스였다. 보레는 그때부터 이미 알고 있었다.

아닌가?

물론 안다. 그에게 물어보기만 하면 된다, 안 그런가? 당연하다. 묻기만 하면 돼. 그러느니 죽고 말지. 아니, 물어보지 않을 것이다. 그래도 어려운 일이다. 혹시라도 대답이…… 모르겠다. 혹시라도 기대하지 않았던 대답을 듣는다면. 내 안의 뭔가가 무너져버릴 것이다.

오늘은 세관에서 한 명도 적발하지 않았다. 로베르트가 규정을 가볍게 어긴 사람 하나를 잡아냈다. 면세 한도를 벗어난 코스겐 보드카 다섯 병이었다. 물론 나도 뻔히 알고 있었다. 로베르트는 으쓱하는 표정을 지어 보였다.

이 짓을 더는 하고 싶지 않다. 할 만큼 했다. 내가 원하는 건 그저…… 내가 원하는 게 뭐지?

9월 29일

보레는 모레 떠난다.

우린 어제 숲에서 만나 버섯을 잔뜩 땄다. 그 역시 나처럼 버섯을 찾아내는 레이더가 있었다(당연한 일이다). 어린 시절에 대해 물었다. 그는 입양아였다고 했다. 별로 말하고 싶어하지 않는 눈치여서 더 묻지 않았다.

저녁 내내 버섯을 데쳤다. 롤란드가 이상하게 여기는 것 같았다. 그러거나 말거나. 내일 롤란드는 예테보리로 가서 주말까지 이어지는 박람회에 참가하고 자기 하고 싶은 일을 할 것이다. 여자들과 놀면서.

보레가 떠난다. 다시는 그를 볼 수 없을 것이다.

그러니 내 행동은 용서받을 수 있다.

집에 왔더니 보레의 차가 보이지 않았다. 열쇠를 가져와 오두막으로 들어갔다. 도둑이 된 기분이었다. 한참 동안 그의 침대에 누워 즐거움과 두려움을 동시에 느꼈다. 공포. 이 글을 쓰는 지금도 죽고 싶은 생각이 든다.

자살은 하지 않을 것이다, 당연히 그럴 생각은 없다. 그렇지만 죽고 싶다. 그냥 그렇다는 것이다. 그의 침대에 누워 있는 동안 그럴 수 있는 것도 마지막이라는 걸 알았다. (그래, 그런 짓을 여러 번 했다.)

난 그냥 지워지고 싶다. 사라지고 싶다.

하지만 이런 감정도 지나갈 것이다. (절대로 지나가지 않을 것이다.)

제발 도와줘! 난 어떻게 해야 하지?

오두막에서 나가려는데 뭔가 이상한 것이 눈에 띄었다. 식기 건조대 위에 접시와 그릇이 하나씩 있었다. 정말 이상하지 않은가? 그릇은 이상하지 않지만, 문제는 접시 위에 있는 것이었다. 처음에는 무슨 푸딩인 줄 알았다. 가까이 가서 보니 유충이었다. 으깬 유충.

그렇다, 나는 맛을 보고 말았다. 상당히 괜찮았다. 달팽이 요리와 비슷하지만 좀더 씹는 맛이 있었다.

가끔은 내가 몸 밖에서 사는 느낌이 든다. 내 몸이 무슨 행동을 하고, 나는 그 옆에 서서 생각하는 것이다. "무슨 짓을 하는 거야? 침대에 누워 있다가, 벌레를 먹다가. 뭐하는 거야?"

난 뭘 하는 걸까? 뭘 하려는 걸까?

병이 날 것 같았다. 그가 떠난다. 사랑에 빠진 건 아니지만 나는…… 나는 그와 가까운 곳에 있어야 한다. 정말 그를 사랑하는지도 모르겠다. 그녀라고 해야지. 어쩌면 그래서인지도 몰라.

사랑.

그래.

나는 무너져내리고 있다.

*

목요일 오후 롤란드는 짐을 싼 가방과 타라, 개 사료를 차에 실었다. 타라의 피부병이 심하지 않은 걸 알게 되자 위험을 무릅쓰고

개 박람회에 참가하기로 했다. 애견 행사에서 피부병을 옮기는 사람에게는 벌금이 걸려 있는데도.

티나는 침실 창가에 서서 롤란드가 떠나는 모습을 지켜보았다. 몸이 좋지 않아 하루 휴가를 낸 참이었다. 배와 가슴, 심장이 어딘가 이상했다. 몸이 아파 쉬는 건 일을 시작하고 처음이었다. 결근한다고 전화했더니 세관에서 지역 건강보험 사무소에 연락했느냐고 물었다. 티나는 어떻게 해야 할지 몰라 그냥 신경쓰지 않기로 했다.

볼보가 진입로 너머로 사라지자 티나는 베란다에 나가 한참 앉아서 『무민 골짜기에 나타난 혜성』을 읽었다. 가을 낮치고는 유별나게 더웠고, 책 속 이야기와 비슷한 분위기였다. 축축한 가운데 열기가 한껏 고조되어 있었다. 모두 숨을 참고 어떤 변화를 기다리기라도 하는 것처럼.

기압 때문인지 두통이 찾아와 집중할 수 없었다. 티나는 집안으로 들어가 부엌 창가에 서서 오두막을 한참 바라보았다.

저 안에서 그는 뭘 하고 있을까?

롤란드가 멀리 떠날 때마다 늘 그러듯 티나는 혼자만의 파티를 위해 장을 봐두었다. 달팽이는 냉장고 속 얼음에 재어놓았다. 평소보다 더 많은 양을 사두었지만, 아직은 물어볼 용기가 나지 않았다. 두려웠다. 모든 것이 공모해 오늘 저녁이 결정적인 날이 되도록 상황을 만들었다. 롤란드는 멀리 있고 보레는 다음날 떠난다.

그렇다면 오늘밤 무슨 일이 벌어져야 하는 걸까?

티나가 제정신이라면 보레를 저녁식사에 초대할지 말지 망설이며 서성대고 있을 일이 아니었다. 경찰을 불러야 했다. 오두막에 아기가 있다고 확신했기 때문이다. 누구보다 뛰어난 청력으로 알 수 있었다.

노르텔리에 경찰서에 있는 랑나르에게 전화해 상황을 설명해야 한다. 그들은 곧바로 와줄 것이다. 그들은 티나를 잘 알았다.

나를 알긴 뭘 알아.

오래전 티나는 사람들이 어떻게 냄새로 배우자를 정하는지에 관한 연구자료를 본 적이 있다. 적어도 여자들은 그렇게 한다고 티나는 생각했다. 여자 다섯 명에게 각기 다른 남자 다섯 명이 입었던 티셔츠 다섯 벌의 냄새를 맡도록 했다. 여자들의 수는 다섯 명보다 많았을 수도 있다. 전체적으로 약간 수상하고 변태적인 실험 같았다. 실험실과 땀에 젖은 옷의 조합이라니.

티나는 실험 결과에 조금 공감하면서도 코웃음을 쳤다. 선택을 할 수가 있어야 말이지.

티나는 냄새와 관계없이 롤란드를 선택했다. 그렇다고 불쾌한 냄새가 난다는 건 아니다. 하지만 그녀와는 맞지 않는 냄새였다. 그녀가 낸 광고에 연락한 사람은 롤란드 말고도 있었지만, 첫 만남 뒤에 조금이라도 관심을 보여준 사람은 그가 유일했다. 선택의 자유란 그 정도였다.

그러나 보레는 달랐다. 그가 풍기는 냄새, 그에게서 느껴지는 향기는 마치 집에 돌아온 기분이 들게 했다. 다른 식으로는 도저히 표현할 길이 없다. 그의 침대에 누워 있으면 마치 엄마 아빠의 침대에 기어들어간 기분이었다. 티나의 부모는 침대를 따로 썼으니 그녀가 생각하는 냄새는 존재할 수 없겠지만, 진짜 기억에 남아 있는 어떤 냄새는 아니어도 어딘가 다른, 안전하고 집을 연상시키는 냄새였다.

그래서 티나는 경찰을 부르지 않았다.

동쪽에서 밀려오는 먹구름의 도움으로 밤이 금세 찾아왔다. 대기가 무겁게 머리 위를 짓눌렀다. 부엌 창문에 이따금 빗방울이 떨어지고 오두막에 불이 켜졌다. 티나의 몸속에서 불꽃이 떨리는 것처럼 긴장감이 일었다.

뇌우가 치겠군.

티나는 집안을 돌아다니며 텔레비전과 전화기를 포함해 모든 플러그를 뽑아버렸다. 그리고 아예 전기를 내렸다. 도저히 보레를 저녁식사에 초대할 용기가 생기지 않았다. 그렇게 했다가는 앞으로 어떻게 될지 알 수 없었다. 그럼에도 그녀는 그가 오길, 알아서 찾아오길 바랐다.

티나는 화이트와인을 한 잔 마시고, 연거푸 한 잔 더 마셨다. 불안감에 어쩔 줄 몰랐다. 숲에 가고 싶었지만 엄두가 나지 않았다. 폭우가 언제라도 들이닥칠 수 있었다. 비가 몰려오고 있다는 게 느껴졌고, 마치 성안에 갇혀 절대 물리칠 수 없는 적군을 기다리고 있는 기분이었다. 달아나면 죽게 될 것이고 제자리를 지키고 있어도 죽게 될 터였다.

티나는 부엌 바닥에 앉아 이마를 무릎에 묻었다. 벌떡 일어나 와인을 한 잔 더 따라서 들고 다시 바닥에 앉았다. 입으로 잔을 가져가 털어넣는 손이 떨렸다. 잠시 후 기분이 조금 나아졌다.

그 순간 폭우가 닥쳤다. 가까운 곳에서 시작되었다. 번개가 치더니 셋을 세기도 전에 천둥소리가 울렸다. 빗물이 배수구 위로 넘치기 시작했고 빗줄기가 창틀을 때렸다. 티나는 이를 악물고 양손을 깍지 껴 뒷머리에 올린 채 바닥을 응시하면서 번개가 번쩍이길 기다렸다.

다음 번개는 더 가까웠다. 둘을 세기도 전에 천둥소리가 들렸다. 꽉 물고 있던 턱에서 힘을 빼자마자 윗니와 아랫니가 딱딱 맞부딪치기 시작했다. 폭풍은 바다에서 우르릉거리며 다가왔고, 분노한 거대한 유령은 하얀빛 속에서 그녀를 짓누르고 휩쓸어버리고 싶어했다.

다음 천둥이 울렸을 때 티나는 흔들리는 것이 바닥인지 자기 몸인지 분간이 되지 않았다. 이제 정말 가까웠다. 곧 머리 위에 떨어질 것이다.

벌떡 일어섰다. 코트를 걸치거나 신발을 신을 생각도 못한 채 밖으로 뛰어나갔다. 비바람에 블라우스가 등에 달라붙었고, 잔디를 가로질러 진입로로 뛰는 맨발 주위로 빗물이 튀어올랐다.

베일 같은 빗줄기 너머로 보레의 흰색 차가 희미하게 보였다. 티나는 땅에 전기가 흐르기라도 하는 것처럼 그쪽으로 달려갔다. 지금이야말로 늘 두려워하던 상황이었다.

그녀는 조수석 문을 열고 안으로 뛰어든 다음 문을 쾅 닫았다. 빗방울이 금속 지붕을 때렸고 주위 풍경이 인광燐光에 불타오르는 순간 하늘로 뻗은 나무들이 보였다. 곧바로 천둥소리가 울렸다. 글러

브박스 아래에 있는 커피잔 두 개가 서로 부딪치며 덜그럭거렸다.

렌터카에서 풍기는 시트 청소제 향 사이로 보레의 냄새를 맡을 수 있었다. 두근거리던 심장이 조금 진정되었고 최악의 떨림이 누그러졌다. 기대하지 않았던 안도감이었다. 지면에 흐르는 전기를 막아줄 고무 타이어를 찾으러 온 것이었지만, 차 안에서 풍기는 보레의 체취는 그런 기술적인 이유보다 더 그녀를 차분하게 만들어주었다. 깊은 숨을 몰아쉬던 티나는 갑자기 운전석 문이 열리고 보레가 몸을 웅크린 채 뛰어드는 바람에 소스라치게 놀랐다.

보레는 눈이 휘둥그레진 상태였다. 티나만큼이나 겁을 먹고 있었다. 그는 어렵사리 운전석에 몸을 욱여넣더니 문을 쾅 닫았다. 그에게 차는 치수가 한참 작은 옷처럼 좁았다. 좌석을 뒤로 최대한 밀었는데도 무릎이 운전대에 닿을 정도였다. 티나는 운전할 때 그의 모습이 어떨지 떠올라 큰 소리로 웃고 말았다.

보레는 그녀를 쳐다보며 힘없이 웃었다. "천둥 번개라니." 그는 말했다. "최고로 신나네요."

"아뇨, 난 그냥……" 티나는 천장에 닿을락 말락 하는 그의 머리를 가리켜 보였다. "좀더 큰 차를 빌리는 게 낫지 않아요?"

보레가 뭐라고 대답했지만 들리지 않았다. 귀청이 떨어져나갈 듯한 천둥소리가 다른 모든 소리를 집어삼켰다. 티나는 양손을 꼭 쥐고 눈물이 차오르는 것을 느꼈다. 보레는 운전대를 움켜잡고 앞유리 너머를 뚫어져라 보고만 있었다.

티나는 자기도 모르게 움직였다. 그에게 가까이 다가갔다. 머리를 보레의 가슴에 묻고 그의 티셔츠 냄새를 맡으려 움직이자 핸드

브레이크가 엉덩이를 파고들었다. 보레가 한 손으로 그녀의 뺨과 귀를 감쌌다. 티나는 눈을 감았다.

폭풍우가 두 사람 주위에서 맹위를 떨치고 있었지만, 잠시 시간이 흐르자 티나는 보레의 심장박동 역시 조금씩 느려지는 걸 들을 수 있었다. 위로는 주고받는 것이라는 생각이 들자 좀더 차분해졌다. 그러자 보레 역시 더 차분해졌다. 폭풍우가 물러가기 시작할 무렵에는 두 사람 다 더는 두렵지 않았다.

둘은 평범한 사람들처럼 좌석에 앉아 있었다. 어디서부터 시작해야 할지 알 수 없었다. 폭풍우는 이제 멀리 물러나서, 그들이 무슨 일을 겪었는지 중얼거리며 일깨워주고만 있었다. 결국 보레가 말했다. "롤란드."

티나는 얼굴을 찡그렸다. "그 사람이 왜요?"

"그 친구 바람피우고 있어요."

"그래요." 티나가 말했다. "어떻게 알아요?"

"냄새가 나니까요."

물론 그렇겠지. 뭐하러 물어봤을까? 티나는 고개를 끄덕이고 창밖을 바라보았다. 이제 번개도 멈추었고, 바깥은 칠흑처럼 어두웠다. 차 안의 불빛으로는 보닛 위에서 이상하게 춤추는 빗방울밖에 보이지 않았다. 보레가 운전석 문을 열었다.

"가죠." 그가 말했다.

티나는 보레의 손을 잡고 오두막으로 함께 걸어갔다. 안으로 들어간 두 사람은 나란히 침대 위에 앉았다. 불은 하나도 켜지 않았고 오직 소리와 냄새뿐이었다. 티나는 목구멍에 뭔가 걸린 것 같았다. 어둠 속에서 더듬거리며 보레의 뺨과 거친 수염을 찾아 어루만졌다.

"보레." 그녀가 말했다. "하고 싶어요. 하지만 못해요."

"아뇨, 할 수 있어요."

그의 대답은 너무 확고해 돌덩이도 충분히 설득할 수 있을 것 같았다. 하지만 티나는 여전히 고개를 저었다. "아뇨. 너무 아파요. 난 못해요."

"한 번도 해본 적 없잖아요."

"아뇨, 해봤어요."

보레는 양손으로 티나의 얼굴을 감싸쥐었다. "아니야." 그는 말했다. "당신 방식으로는 안 해봤어."

"무슨 말이에요?"

보레가 손으로 한쪽 가슴을 쓰다듬자 개미떼가 몸을 쓸고 지나 횡격막 주변으로 몰려드는 기분이었다.

"믿어봐요." 보레가 말했다.

그는 티나의 옷을 벗겼다. 난생처음 경험하는 느낌이 횡격막에 퍼졌다. 마치 전에는 한 번도 사용해본 적 없는 몸의 일부가 갑자기 피어난 것 같았다. 조끼와 셔츠를 벗은 보레의 맨가슴에 얼굴을 묻은 티나는 몸속 깊숙이서 울리는 두근거림을 느꼈다.

어둠 속에서 티나의 눈이 크게 열렸다. 뭔가가 안팎이 뒤집혀 뱃속에 펼쳐지고 있었다. 보레가 바지를 벗기 위해 잠시 몸을 일으켰을 때 티나는 두 손으로 자신의 사타구니를 쓰다듬었다. 그녀는 크게 숨을 헐떡였다.

질이라 생각한 부분에서 뭔가 딱딱한 것이 위쪽으로 발기한 상태였다. 손을 더듬어 뿌리를 찾았더니 갈라진 부분이 사라지고 없었다. 아까의 느낌이 정확히 맞았다. 그녀의 몸은 안팎이 뒤집힌 것이다.

보레의 손이 그녀를 어루만졌다. "이제 이해하겠죠?"

티나는 고개를 흔들었다. 보레가 눕자 침대가 삐걱거렸다. "이리 와요." 그가 말했다.

티나는 보레의 몸 위에 엎드렸다. 그는 부드럽게 그녀를 이끌었고, 티나는 그의 몸속으로 밀고 들어갔다. 티나가 몸을 뒤로 빼냈다가 다시 밀어붙이자 침대가 끔찍한 소리를 냈다. 티나는 양손으로 보레의 가슴을 쓰다듬었다. 신체의 새로운 부분에서 얻는 즐거움은 놀라웠다. 환상통과 비슷했지만 정반대 느낌이었다. 티나는 존재하지도 않았던 신체 일부에서 쾌감을 느끼고 있었다.

이게…… 어떻게?

잠시 후 그녀는 걱정을 멈추었다. 생각도 멈추었다. 보레 위에 엎드려 그의 축축하고 부드러운 어둠 속으로 몸을 밀어넣었다. 보레는 신음을 내며 그녀의 엉덩이를 움켜쥐고 흉터의 각질을 애무했다. 두 사람은 더는 남자나 여자가 아니라, 그저 어둠 속에서 서로를 찾는 두 몸이었다. 떨어져 움직이고 재결합하고, 서로의 파도 위에서 구르다가 마침내 티나의 몸속에서 하얀빛이 쏟아져내렸다. 배가 경련을 일으키며 수축했다. 불타오르는 개미들이 자기 몸에서 쏟아져나와 보레의 몸속으로 들어가는 순간 티나는 비명을 질렸다.

보레는 촛불을 켰다. 티나는 침대에 누워 성기가 다시 부드러워지면서 몸속으로 밀려들어가는 걸 느끼고 있었다. 성기는 보레가 그녀의 가슴을 어루만지자 잠깐 멈칫하더니 안으로 사라졌다.

티나는 보레의 등을 살펴보았다. 등 아래쪽 커다랗고 구부러진 모양의 흉터는 촛불 아래에서 검붉은색으로 보였다. 티나는 가운뎃손가락으로 흉터를 어루만졌다.

"몰랐어요." 티나가 말했다.

"그래요." 보레가 말했다. "그래 보였죠."

"왜 아무 말도 안 했어요?"

"그게……" 보레의 손이 티나의 몸 위에서 천천히 움직였다. "왜냐하면…… 당신이 알고 싶어하는지 알 수 없었거든요. 내 말은, 당신에겐 당신의 삶이 있었다고요. 인간들의 세상에 입양됐으니까. 당신이 모르는 게 아직 많아요. 알고 싶지 않을 내용도 무척 많겠죠. 지금처럼 계속 살아갈 생각이라면."

"지금까지 살아온 대로 살고 싶지 않아요."

"그래요."

티나는 보레가 계속 이야기하리라 생각했다. 뭔가를 말해줄 줄 알았다. 하지만 그는 깊은 한숨을 내쉬더니 불편한 자세로 웅크려 그녀의 배를 베고 누웠다. 잠시 후 그의 몸이 떨리기 시작했고 티나는 추운가보다고 생각했다. 앞으로 몸을 숙여 담요를 끌어와 덮어주려다가 보레가 울고 있는 걸 알아차렸다. 티나는 그의 머리를 쓰다듬었다. "왜 그래요?"

"티나." 보레는 처음으로 그녀의 이름을 불렀다. "우리는 남은 수가 많지 않아요. 당신은 그냥…… 이 모든 걸 잊는 편이 더 나아요. 새로 알게 된 사실로 인생을 바꾸지 마요."

티나는 계속 보레의 머리를 쓰다듬으며 천장을 쳐다보았다. 오두막은 단열이 잘되지 않았다. 외풍에 촛불이 어른거리면서 천장 가득 그림자들이 움직였다. 모든 것이 살아 움직였다.

"이곳에 아기를 숨겨두고 있죠." 티나의 몸 위에서 보레의 몸이 뻣뻣하게 긴장했다. "맞죠?"

"그래요."

"누구죠? 지금은 어디 있어요?"

보레는 고개를 들더니 침대 옆 바닥으로 미끄러져내려갔다. 그리고 무릎을 꿇고 뭔가를 찾는 것처럼 티나의 눈을 들여다보았다.

티나는 바로 일어나 당장 떠나버릴 수 있었다. 집에 돌아가 뜨거운 물로 샤워하고 와인을 몇 잔 마시면 잠들 수 있다. 내일이면 보레는 떠나고 롤란드가 돌아올 것이다. 월요일이면 일하러 갈 것이다. 그녀는 지금까지처럼 계속—거짓말—안정적으로 살아갈 수도 있다.

보레는 일어나 벽장을 열었다. 그리고 맨 위의 수건더미를 치웠다. 손을 안으로 뻗어 구두상자 두 개 크기의 종이상자를 꺼냈다. 티나는 담요를 끌어 덮었다. 보레는 머리가 거의 천장에 닿을 것처럼 우뚝 버티고 서서 상자를 들고 그녀를 내려다보았다. 티나는 눈을 감았다.

"혹시…… 죽었나요?" 티나가 물었다.

"아뇨. 그리고 이건 아기가 아니에요."

보레가 앉으면서 침대가 움푹 꺼지는 것이 느껴졌다. 뚜껑을 여는 소리가 들렸다. 희미하게 낑낑거리는 소리도. 티나는 눈을 떴다.

상자 속 수건으로 만든 잠자리 위에 아주 작은, 태어난 지 고작 이 주 정도 된 아기가 있었다. 가냘픈 가슴이 위아래로 오르내렸다. 보레는 아기 머리를 검지로 어루만졌다. 티나는 앞으로 몸을 기울였다.

"아기 맞잖아요." 티나는 말했다. 여자아이였다. 눈을 감고 있고, 꿈을 꾸는 것처럼 손가락들이 천천히 움직였다. 입가 한쪽에 말라붙은 우유 자국이 조그맣게 보였다.

"아니에요." 보레가 말했다. "히시트예요. 수정되지 않은 거죠."

"하지만 아기잖아요. 누가 봐도 아기인데."

"내가 낳았어요." 보레가 말했다. "그러니까 내 말이 맞겠죠. 이건 히시트예요. 영혼이 없는…… 존재죠. 생각이 없어요. 난자 같은 거예요. 아직 수정되지 않은 난자. 하지만 어떤 모양으로든 변할 수 있어요. 봐요……"

보레가 한쪽 눈꺼풀을 쿡 찌르자 아기가 눈을 떴다. 티나는 신음을 내뱉었다. 아기의 두 눈이 새하얬다.

"앞을 못 봐요." 보레가 말했다. "귀도 안 들리고. 아무것도 배울 수 없죠. 그냥 숨쉬고 울고 먹기만 할 뿐." 보레는 아기 입가에 묻은 하얀 얼룩을 문질러 지웠다. 그리고 방금 한 말을 강조하듯 덧붙였다. "히시트. 우린 그렇게 불러요."

"그럼 그 벌레들이…… 얘를 위한 거예요? 먹이려고?"

"그래요." 보레는 손가락에 묻은 하얀 얼룩을 다시 문질러 없앴다. "당신이 본 줄 알았는데. 여기 들어왔을 때 말이에요."

티나는 고개를 흔들었다. 뱃속이 조금 메스꺼워지고, 뭔가 목구멍으로 기어올라오는 것 같았다. 티나는 우유처럼 하얀 아기의 눈에서 억지로 시선을 거두고 물었다. "그, 변할 수 있다는 건…… 무슨 말이에요?"

보레가 아기의 오른쪽 빗장뼈 부분을 세게 누르자 손가락이 쑥 들어가면서 움푹 팬 자국이 남았다. 아기는 반응이 없었다. "진흙이나 마찬가지예요."

티나는 움푹 들어간 부분을 노려보았다. 아기 가슴께에 생긴 자국은 되돌아올 기미가 보이지 않았다. 티나는 더는 참을 수 없었다. 상자를 무릎에 올려놓고 앉은 보레를 그냥 두고 침대에서 기어나갔다. 보레는 그녀를 붙잡지 않았다. 티나는 바닥에 흩어진 옷가지를 챙겨 양팔로 안았다.

"도대체…… 왜 그걸 갖고 있어요?"

보레는 티나를 바라보았다. 조금 전까지 온기와 사랑이 감돌던 그 눈에 이제는 아무도 찾지 않는 깊은 숲속 호수의 외로움만 보였다. 가냘픈 목소리로 보레가 말했다. "모르겠어요?"

티나는 고개를 흔들고 한 걸음 나아가 문을 열었다. 보레는 여전히 침대에 앉아 있었다. 포치로 나오자 바람에 실려온 보슬비가 티나의 벌거벗은 몸을 씻어내렸다. 오두막 안에서는 촛불이 미친 듯이 펄럭이며 무릎 위에 작은 상자를 올려둔 채 침대에 앉아 있는 덩치 큰 사내의 실루엣 위에 여러 무늬를 만들어냈다.

내가 낳았어요……

하얗게 뚫린 눈, 가슴으로 움푹 들어가는 손가락.

티나는 문을 쾅 닫고 집으로 뛰어갔다. 집으로 들어가 현관문을 잠갔다. 옷가지를 복도 바닥에 던지자마자 부엌으로 가서 병에 남은 와인을 몽땅 들이켰다. 그러고는 와인 한 병을 더 따서 침실로 가져가 쇼팽의 피아노소나타 CD를 틀고 음량을 크게 키운 다음 침대로 기어올라갔다.

알고 싶지 않았다. 아무것도 알고 싶지 않았다. 와인을 절반 정도 비운 티나는 성기 주변을 손가락으로 쓸어보았다. 끈적거리는 축축함이 느껴졌다. 손가락을 코로 가져갔다. 발아한 새순 그리고 소금물의 냄새가 났다. 스스로 자위하듯 애무했다. 아무 일도 벌어지지 않았다. 와인을 한 모금 더 마셨다.

와인병을 모두 비웠을 때 커튼 너머에서 뭔가 움직이면서 눈앞을 어른거리더니 문을 두드리는 소리가 났다.

"가요." 그녀는 속삭였다. "가버리라고."

티나는 비틀거리며 CD플레이어로 가서 음악소리가 벽을 흔들 정도로 음량을 키웠다. 또 문을 두드리는 소리가 나도 알 수 없을 정도였다. 침대로 다시 올라가 이불을 머리끝까지 끌어당겼다.

싫어. 그러고 싶지 않아, 절대로……

머릿속 그림들이 혼란스러웠다. 커다란 손이 그녀를 붙잡으려고 했다. 거대한 나무들로 이루어진 숲이 어둠 속으로 사라지더니 모든 것이 하얗게, 하얗게 변했다. 하얀 손, 하얀 옷, 하얀 벽. 하얀 손이 그녀를 붙잡더니 들어올렸다. 그녀는 미끄럼틀을 따라 어둠 속으로 떨어져 잠에 빠졌다.

눈을 떴지만 아무 생각도 나지 않았다. 잿빛 여명이 방안으로 쏟아져들어왔다. 입술이 서로 들러붙어 있고, 머리가 깨질 것 같고, 배가 아플 정도로 소변이 마려웠다. 간신히 침대에서 일어나 욕실로 갔다.

변기에 앉아 시원하게 소변을 보자 그제야 기억이 났다. 티나는 오줌 줄기가 아무렇게나 쏟아져나오는 아래를 보면서 자신의 성기 안쪽이 어떻게 생겼는지 상상해보려 애썼다. 불가능했다. 학교 생물시간에 봤던 그림들이 머릿속을 스쳐지나갔다.

그렇게 생기지 않았어. 난 괴물이야.

세면대 위로 몸을 기울이고 수도꼭지를 튼 다음 고개를 숙여 물을 마셨다. 물의 날카로움은 현실이었다. 수도꼭지에 매달려 뱃속이 차가워질 때까지 물을 들이켰다. 몸을 일으켜 부엌으로 걸어나오자 뱃속의 물이 체온과 같아졌다. 다시 주위가 흐릿하게 보였다. 티나는 의자에 앉아 생각했다. 커피머신이 저기 있어. 잡지꽂이가 있고, 저쪽에는 시계가 보여. 지금은 열한시 십오분이야. 성냥갑이 보여. 이 모든 것이 존재하고 있어. 나도 마찬가지야.

서랍에서 진통제 두 알을 꺼내고, 딱딱하고 둥근 유리잔에 다시 차가운 물을 받아 함께 삼켰다.

열한시 십오분!

잠깐이지만 지각인 줄 알고 깜짝 놀랐다. 그러다 몸이 아프다며 휴가를 낸 기억이 났다. 침실로 돌아가 창밖을 내다보았다. 흰색 자동차가 사라지고 없었다. 침대에 누워 한 시간 동안 천장만 바라보았다.

그녀는 자신이 모든 걸 안다고 생각해왔다. 하지만 아니었다.

한시 십오분, 그녀는 버스 정류장에 서서 노르텔리에로 가는 버스를 기다리고 있었다.

아버지는 방에 없었다. 간병인에게 물어보니 휴게실에 있다고 했다. 그러면서 티나가 발에 흙을 묻혀 들여오지나 않았는지 확인하는 것처럼 눈을 부라렸다. 티나 꼴이 엉망인 것이 틀림없었다.

아버지는 홀로 휠체어에 앉아 창밖을 바라보고 있었다. 처음에는 잠들었나 싶었지만, 앞으로 빙 돌아가보니 눈을 뜬 채 창밖에 듬성듬성 서 있는 소나무들을 바라보고 있었다. 티나를 보고 얼른 미소를 지어 보였다.

"왔구나, 얘야. 이번에도 깜짝 방문이네!"

"안녕, 아빠."

티나는 의자를 가져와 앉았다.

"어떻게 지내니?" 아버지가 물었다.

"별로예요."

"그렇구나. 그래 보이는구나."

두 사람은 잠시 아무 말도 하지 않고 서로 바라보았다. 아버지의 눈에는 나이든 사람의 투명함이 존재했다. 푸른 눈동자에는 여전히 명장함과 지혜가 깃들어 있지만 왠지 좀더 묽어진 느낌이었다. 어머니는 눈이 갈색이었다. 티나는 눈동자 색에 대해서는 한 번도 생각해본 적이 없었지만 이제는 달랐다.

"아빠." 그녀는 말했다. "난 어디서 왔어요?"

아버지가 창밖 소나무로 눈길을 돌렸다. 잠시 후 그는 티나를 보지 않은 채 말했다. "그게 무슨 의미가 있는지……" 그는 얼굴을 찌푸렸다. "어떻게 알아낸 거니?"

"그건 상관없잖아요?"

눈길은 여전히 소나무를 향해 있었다. 아버지가 요양원에서 지내고 있음에도, 휠체어에 앉아 한때 이런저런 솜씨가 좋았던 손으로 파리를 쫓을 수 없는 지경이 되었음에도, 티나는 아버지가 나이 들었다는 것을 인정하지 않고 버텨왔다. 이제는 아버지의 나이를 느낄 수 있었다. 아니, 어쩌면 지금, 바로 이 순간 아버지가 확 늙어버린 것일지도 몰랐다.

"늘 널 사랑했다." 아버지가 말했다. "내 딸처럼 생각했어. 넌 내 딸이야. 네가 알아줬으면 한다."

뱃속의 묵직한 덩어리가 점점 커졌다. 보레가 종이상자를 꺼내올 때와 같은 기분이었다. 뚜껑을 열기 직전 같은. 아직은 달아나 눈을 감고 아무것도 보지 않은 척할 수 있다. 티나는 아버지를 설득해야 할 거라고 생각했기에 이 문제와 그토록 빨리 직면할 준비가 되어 있지 않았다. 하지만 아버지는 어쩌면 그녀가 흉터에 관해 물어봤을 때부터 이런 날을 준비해왔는지도 몰랐다. 어쩌면 여러 해 동안 준비했을 것이다. 아버지가 그녀를 딸로…… 받아들인 날부터.

아버지가 말했다. "주스를 안 가져왔구나."

"네, 깜빡했어요."

"그래도 앞으로…… 나 보러 와줄 거지?"

티나는 손을 아버지의 팔에 얹었다가 뺨에 올려놓고 잠시 그렇게 있었다. "아빠. 두려워해야 할 사람은 나예요. 이제 말해주세요."

아버지는 거의 눈에 띄지 않을 정도로 살짝, 티나의 손에 뺨을 기댔다. 그러더니 몸을 똑바로 세우고 말했다. "네 엄마와 나는 아이를 가질 수 없었다. 오랫동안 애썼지만, 도무지 방법이 없었어. 네가 생각해본 적은 있는지 모르겠구나…… 우리가 네 친구들 부모보다 열 살에서 열다섯 살 많다는 사실을 말이다. 입양을 생각하고 준비한 지 삼 년 만에…… 널 찾았다."

"찾았다는 게 무슨 말이죠?"

"그러니까…… 넌 그때 두 살이었어. 사람들이 깊은 숲속에서 어떤 부부를 찾아냈단다. 우리가 살던 곳, 지금 네가 사는 곳에서 숲속으로 딱 5킬로미터 더 들어간 곳이었지.

사람들은 그 부부가 그곳에 사는 건 알았어. 하지만 뒤늦게 알고 보니 아기를 데리고 있었고, 그래서…… 필요한 조치를 했지."

아버지가 말을 멈췄다가 다시 입이 마른 듯한 목소리로 말했다. "물 좀 주겠니?"

티나는 일어서서 수도꼭지를 틀어 빨대 컵에 물을 채웠다—

깊은 숲속.

—티나는 다시 돌아와 아버지에게 컵을 건넸다. 그리고 아버지가 물을 마시는 모습을 지켜보았다. 아주, 아주 적은 양의 물을 넘

기는 동안 아버지의 주름진 목이 꿈틀거렸다. 지금도 마른 편이지만 과거 한창때도 팔다리가 가늘었고 어머니도 마찬가지였다. 티나는 친가 조부모와 외조부모의 사진을 본 적이—

티나는 깜짝 놀랐다. 아버지가 살짝 흘린 물이 턱에서 가슴께로 흘러내리고 있었다.

모든 것이 사라지고 있어. 그녀는 생각했다. 외조부모, 친조부모. 가족이 살던 집. 흑백사진이 가득한 앨범과 증조부가 지었다는 집. 오래전까지 이어진 모든 것이 사라졌다. 모든 게 그녀와 상관이 없었다. 키가 큰 근육질의 사람들이 들판에서 일하거나 집 옆에 서 있거나 수영하는 모습들. 보기 드문 농사꾼 가족. 티나는 당연히, 그 가족의 일원이 아니었다.

"조치라고요……" 티나는 자기도 모르게 말했다.

"그래." 아버지가 말했다. "네가 얼마나 더 많은 사실을 알고 싶은지 모르지만, 넌 아주 심각하게…… 방치되어 있었어. 그런 식으로 말해도 되는지 모르겠다만. 10월인데도 옷가지 하나 걸치지 않은 채 기어다니고 있었고, 네 부모는 먹을 거라고는 전혀 없었다. 전기도 물도 없고, 넌 말도 못했어. 아무것도 가진 게 없었지. 심지어 집이라고 할 수도 없는 무슨 움막 같은 곳에 살았어. 벽만 세운 곳. 땅바닥에 불을 피우면서 말이야. 그래서 널…… 사람들이 구출한 거야. 그리고 결국 우리에게 오게 된 거지."

티나는 눈물이 차올랐다. 황급히 눈물을 닦고 입을 손으로 막은 채 창밖을 바라보았다.

"얘야." 아버지는 아무 감정도 섞이지 않은 목소리로 말했다. "손을 뺀어 널 쓰다듬어줄 수 없구나. 지금이 바로 그래야 할 때인데."

티나는 꼼짝하지 않았다.

"그럼 진짜 부모는요? 그들은 어떻게 됐죠?"

"모르겠다."

티나는 아버지의 눈을 바라보았다. 시선을 피하지 않았다. 아버지는 깊은 한숨을 내쉬었다. "정신병원에 들어갔어. 그곳에서 죽었다. 둘 다. 얼마 살지 못했어."

"살해당한 거예요."

아버지는 티나의 신랄한 목소리에 움찔했다. 얼굴이 몇 년은 더 늙어 보였다. "그래." 그가 말했다. "그런 식으로 말할 수도 있겠지. 돌이켜보니 나도 그런 생각이 들어." 아버지는 티나의 눈을 마주보며 애원했다. "우리는 최선의 방법을 찾아 행동했다. 널 보호하기로 결정한 건 우리가 아니야. 우린 그저 널…… 기꺼이 아이로 맞이했을 뿐이다. 이미 넌 부모와 떨어진 상태였어."

티나는 고개를 끄덕이고 일어섰다. "이해해요." 그녀는 말했다.

"정말로 이해하니?"

"아뇨. 하지만 이해할 수 있겠죠." 티나는 휠체어에 앉은 아버지를 내려다보았다. "내 이름은 뭐였어요?" 그녀는 물었다. "진짜 부모가 지은 이름이 있어요?"

아버지의 목소리가 너무 작아 티나는 '에바' 비슷하게만 알아들었다. 그녀는 아버지의 입에 귀를 가까이 댔다. "뭐라고요?"

"레바. 그들이 레바라고 했다. 그게 이름이었는지 아니면 그냥…… 네 부모가 한 말인지 모르겠다만."

"레바."
"그래."

레바. 보레.

노르텔리에에서 집으로 돌아오는 버스에서 티나는 창밖을 내다보았다. 울타리 너머 깊은 숲이 보였다. 별 특징 없는 전나무숲이 전과는 다르게 보였다. 예전부터 늘 자신이 숲의 일부라는 느낌이 들었다. 이제는 그 느낌이 사실이었다는 걸 알았다.

레바.

사람들은 하얀 방에 갇힌 그녀를 그렇게 불렀을까?

티나는 벽에 완충재를 대고 무거운 철문에 감시용 구멍이 뚫린 정신병원 병실을 상상했다. 어머니와 아버지가 내보내달라며, 숲으로 돌아가겠다며, 아이를 돌려달라며 비명을 내지르고 벽을 두드리는 모습을 보았다. 그러나 주위는 엄격하고 꽉 막힌 얼굴의 정신병원 사람들이 둘러싸고 있을 뿐이었다. 숲과 나무, 풀의 흔적이라고는 전혀 보이지 않았다.

10월인데도 옷가지 하나 걸치지 않은 채였어. 먹을 것도 전혀 없었지.

티나는 많은 음식이 필요했던 적이 한 번도 없었다. 카페에서 파는 음식이나 직장 구내식당 음식이 입에 맞지 않았다. 달팽이와 초밥은 좋아했다. 날생선도. 그리고 기온이 아무리 내려가도 춥다고 느껴본 적이 거의 없었다.

그들은 분명 스스로 낳은 아기를 어떻게 돌봐야 하는지 알고 있었을 것이다. 하지만 1960년대 초반은 사회공학이 꽃피던 때였다.

꽃무늬 앞치마를 입고 웃는 어머니들, 눈부신 경제 발전, '백만 가구 건설' 프로젝트까지. 땅바닥에 불을 피우고 식품 저장실은 텅 비어 있다니, 물론 식품 저장실이란 것도 없었겠지만, 그런 상황은 허용될 수 없었다.

티나는 1970년대까지도 그런 사람들이 강제로 불임수술을 받았다는 이야기를 들었다. 그녀의 부모도 그런 일을 당한 걸까?

정신병원이라니.

하얀 방에 따로 갇힌 어머니와 아버지 생각을 떨쳐낼 수가 없었다. 머릿속에서 그들은 슬픔으로 죽을 때까지 목이 쉬어라 울부짖었다. 티나는 어쩌면 그것이 최선이었을지 모른다고 애써 생각했다. 그러지 않았다면 그들은 티나를 그대로 죽을 때까지 방치했을 것이다. 하지만 어쨌든 티나는 겨우내 생존하지 않았는가? 아기로 태어나 맞는 첫 겨울은 가장 어려운 계절이다. 부모는 아이가 그 어려운 겨울을 지나도록 해주었다.

창밖으로 내다보이는 울타리 너머 전나무숲의 풍경이 눈물로 흐려졌다. 철조망이 야생의 숲을 분리해놓고 있었다.

숲을 우리와 분리하고 있어. 둘러싸고 길들이는 거야.

보레. 그는 이 모든 걸 얼마나 알고 있었을까? 애초부터 자신이 어떤 존재인지 알았을까? 아니면 그 역시 모든 것이 무너져내리고 어쩔 수 없이 자신이 살아온 모든 날을 다시 해석해야 하는 순간을 겪었던 걸까?

티나는 주먹으로 눈물을 훔치고 이마를 창문에 댄 채 숲을 바라보았다.

오두막은 비어 있었다. 가구는 물론 그대로였지만 보레의 가방, 부화기 상자, 카메라, 쌍안경, 책들은 사라지고 없었다. 티나는 벽장 위쪽 선반에 놓인 수건더미를 치웠다. 종이상자 역시 보이지 않았다.

그는 한마디 작별인사도 없이 떠났다.

아니다. 노트가 아직 책상 위에 놓여 있었다. 티나는 노트를 집어들어 혹시 아래에 편지가 있는지 확인했다. 아무것도 보이지 않자 노트를 휘휘 넘겨보았다. 노트 중간에 사진 몇 장이 들어 있었다. 맨 위 사진을 살펴보았다. 그의…… 히시트 사진이었다.

티나는 노트를 한 장씩 넘기며 혹시 그가 남긴 메시지가 있는지 살펴보았다. 아무것도 없었다. 시각을 적은 숫자와 알아볼 수 없는 단어뿐이었다. 티나는 책상에 앉아 노트 내용을 해독해보려 애썼다. 의사들이 쓰는 처방전보다 더 읽기 어려웠다. 마치 글씨를 쓸 줄 모르는 사람이 억지로 따라 쓴 것처럼 보였다.

한참 만에 자음 몇 개를 간신히 구분했고, 그 덕분에 다른 글자들도 유추할 수 있었다. 제대로 글씨를 알아보기까지 거의 두 시간이 걸렸고, 그제야 글자들을 조합해 긴 단어를 알아볼 수 있었다.

0730 남자 떠남

0812 창문 열림

0922 우편물

1003 설거지. 낮잠?

1028 외부. 낙엽 청소.

1107 기상?

다른 날짜에 적힌 내용도 확인했지만, 같은 일정이 반복되어 있을 뿐이었다. 티나는 노트를 덮은 다음 눈을 비비고 창밖을 바라보았다. 눈앞의 광경에 가슴이 두근거렸다.

안 돼……

티나는 사진을 들고 한 장씩 살펴보았다. 처음에는 보레가 자신의 히시트를 찍은 사진이라고 확신했지만, 나중에 다시 보니 아기를 안은 여자의 손이 보였다. 그리고 마지막 사진에는 여자의 얼굴도 함께 보였다.

엘리사베트.

엘리사베트가 아기를 안고 티나의 집 부엌에 서서 활짝 웃고 있었다. 웃고 있지만 살짝 긴장한 얼굴이었다. 아기는 종이상자 속 수건 침대에 누워 있던 아기와 똑같이 생겼다. 아니, 아기가 아니었다. 그건 히시트였고—

변할 수 있다

—그 어떤 모습으로든 만들어낼 수 있다. 뭔가 흉내낼 원래 모양만 있다면. 사진처럼.

티나는 다시 창밖으로 눈길을 돌렸다. 이웃집을 바라보았다. 오두막은 그 집을 몰래 감시하기에 완벽한 장소였다. 쌍안경만 있다면 사람들의 움직임을 기록하고……

왜 그걸 갖고 있어요?

모르겠어요?

이제 알았다.

티나는 느닷없이 고개를 뒤로 젖히고 웃음을 터뜨렸다. 분노나 눈물과 같은 원천에서 솟아나는 거칠고 끔찍한 웃음이었다. 그녀는 웃었다, 비명을 질렀다. 모든 것이 이렇게 명확하고 간단하다니. 그녀가 알아차리지 못한 유일한 이유는 모든 일이 코밑에서 벌어지고 있었기 때문이었다.

티나는 양손바닥으로 머리를 때렸다.

"멍청이!" 그녀는 소리쳤다. "이 멍청이! 우리가 뭘 하는지 온 세상이 다 알잖아!" 그녀는 다시 헐떡거리며 웃었다. "우린 아기를 바꿔치기해! 인간들의 아기를 훔치고 대신 우리 아기를 놔두는 거야!"

그러고 싶지 않았지만 어쩔 수 없었다.

이웃집 앞에 낯선 차 한 대가 서 있었다. 경찰차나 장의차처럼 불길한 권위를 드러내는 남색 볼보740이었다.

티나는 현관문을 두드렸다. 아무도 나오지 않아 살짝 문을 열고 "계세요?"라고 물었다. 엘리사베트가 거실 문가에 나타났다. 그녀는 마치 히시트 같았다. 잿빛 얼굴은 텅 비어 있고, 몸은 영혼 없이 무거워 보였다.

"무슨 일이에요?" 티나가 물었다.

엘리사베트는 거실을 향해 희미하게 고갯짓해 보이더니 다시 방으로 들어갔다. 티나는 신발을 벗고 안으로 들어갔다. 살금살금 카펫 위로 걸음을 옮겼다. 그녀는 거짓투성이였고, 부족의 생존자이자 배신자였다. 고작 몇 시간 만에 그렇게 되었다.

예란은 소파에 앉아 의사로 보이는 남자와 조용히 이야기하고 있었다. 엘리사베트는 팔걸이의자에 앉아 멍하니 허공을 응시했다. 옆에 아기 침대가 놓여 있었다. 그녀는 침대 한쪽 끄트머리를 붙잡고 있었다. 티나는 그녀 쪽으로 갔다.

아기는 발가벗은 채 기저귀도 담요도 없이 누워 있었다. 추측건대 의사가 막 진료를 마친 것 같았다. 태어난 모습 그대로 누워 있는 걸 보니, 아기가 얼마나…… 활기가 없는지 티나도 알 수 있었다. 히시트였다. 밀랍 같은 피부는 부드럽지도 따뜻하지도 않아 보였고, 몸속에 피가 흐르는 것 같지도 않았다. 아무런 움직임 없이 입술만 살짝 오물거렸다. 다행히 눈은 감고 있었다. 티나는 엘리사베트가 아기의 하얀 눈을 봤는지 궁금했다. 아마도 봤을 것이다.

"제가……" 엘리사베트가 생기 없는 목소리로 말했다. "편지 가지러 우편함에 잠깐 갔어요. 돌아왔더니……"

엘리사베트는 아기를 향해 힘없이 손짓해 보였다. 티나는 침대 반대편으로 가서 허리를 숙였다. 아기는 옆으로 누워 있었다. 장례를 치르면서 밤을 새울 때처럼 실내 조명이 어두웠지만, 등 아래쪽에서 자라나기 시작한 작은 것이 똑똑히 보였다. 꼬리였다.

보레가 말해주지는 않았지만 티나는 의사의 표정 없는 단호한 얼굴에서 확인할 수 있었다. 히시트는 그리 오래 살지 못했다. 인간 세상에서 자라 어른이 될 수는 없다.

인간들은 트롤의 존재를 믿지 않는다. 그리고 혹시라도 트롤을 발견하면 정신병원에 가둬 꼬리를 잘라내고 불임수술을 하고 강제로 인간의 언어를 배우게 만든다. 그런 존재가 세상에 있다는 사실조차 잊으려 애쓴다.

그래서 우리가 너희 아이들을 데려가는 거야.

티나는 입안에서 녹슨 쇳조각이 갈리는 듯한 느낌을 받으며 안타깝다고 몇 마디 중얼거리고는 이웃집을 떠났다. 동시에 그곳에 뭔가 다른 것도 남겨두었다. 그녀는 오두막으로 가서 침대에 기어들어가 한참을 가만히 있었다. 원하는 만큼 얼마든지 누워 있을 수 있었다. 아무도 찾아오지 않을 것이다. 다시는.

*

일요일 저녁 롤란드가 돌아오자, 티나는 이제 지쳤다고 말했다. 개를 키울 다른 곳을 찾아보라고 했다. 그녀는 침실에 틀어박혀 대화 대신 문 너머로 쌀쌀맞은 문자를 여러 차례 주고받았다. 티나가 진심이라는 걸 롤란드가 깨닫기까지 며칠이 걸렸다. 그리고 며칠이 더 지나자 그는 짐을 싸면서 티나의 물건까지 일부 챙겨갔다.

롤란드가 떠난 뒤 집안을 살펴보던 티나는 설마 그가 그렇게까지 치사할 리는 없으리라 생각하면서 보석함을 뒤졌다. 그녀가 틀렸다. 다이아몬드 반지 두 개와 묵직한 금목걸이가 보이지 않았다. 롤란드는 티나가 굳이 경찰에 신고하지 않으리라 생각한 것 같았다. 그가 옳았다. 그녀는 신경쓰지 않았다.

동화와는 다르게 끝나는군, 티나는 생각했다. 롤란드가 보석함을 통째로 들고 가도 될 뻔했다. 트롤은 보석을 모으지 않는다.

11월 내내 티나는 숲을 뒤지며 보냈다. 아프다는 핑계로 당분간

쉬겠다고 알려둔 터였지만 유급 휴가를 신청하지 않아서 의사의 진단서도 필요 없었다.

이제 의사도 만나지 않고 병원에도 가지 않을 생각이었다.

그녀가 두려움에 휩싸이고 심지어 공황 발작까지 겪은 것은 어찌 보면 당연했다. 사람들은 그녀를 납치하듯 원래 환경에서, 두 살 아이의 머리가 인식해온 냄새와 빛의 세상에서 끌어냈다. 그리고 병원에 집어넣어 수술하고 그녀가 알지도 못하는 언어로 말하면서 자신들의 틀에 쑤셔넣고, 자신들의 일원으로 변화시키려 했다.

인간들은 우리를 그들 모양으로 만들어. 우리는 우리를 인간들의 모양으로 만들지.

첫눈이 내리기 며칠 전 티나는 찾던 것을 발견했다.

집에서 멀리 떨어진 곳, 인간이었다면 아마도 길을 잃었다고 생각할 곳이었다. 알아볼 지형지물도 전혀 없이 무작정 몇 시간째 걷던 참이었다. 그저 몸속 나침반에 의지하고 있었다.

처음엔 아무것도 보이지 않았다. 나무들이 빽빽한 특징 없는 숲에 이끼로 덮인 바위와, 꼭대기에만 바늘잎이 무성한 곧게 뻗은 전나무가 있었다. 햇빛이 바닥까지 이르지 못해 관목은 거의 보이지 않았다. 바람 때문이 아니라 나이가 많아 쓰러진 나무 몇 그루가 동료들에게 붙잡혀 그 품에서 썩어가고 있었다. 땅바닥에는 아무도 밟지 않은, 옅은 갈색 바늘잎들이 두껍게 쌓여 있었다. 오랫동안 누구의 발길도 닿지 않은 곳이었다.

모두 눈으로 보아서가 아니라, 느낌으로 알아낸 것들이었다.

작은 빈터를 찾아낸 티나는 갑자기 나무들이 하늘로 솟구치고 있고, 자신을 둘러싼 모든 것이 더 크게 자랐다가 동시에 다시 쪼그라들어 작아지는 모습을 알아차렸다. 티나는 한 바퀴 돌았다. 한 번. 두 번. 눈앞에서 나무 밑동들이 번쩍이며 지나갔다. 티나는 눈을 감았다.

저기야. 티나는 팔을 뻗어 가리키며 생각했다. 바로 저기에 개미탑이 있었어.

티나는 눈을 뜨고 손으로 가리킨 쪽으로 걸어갔다. 30미터 떨어진 곳에 정말로 개미탑이 있었다. 어찌나 거대한지 멀리서 보면 작은 언덕 같았다. 티나는 큰 소리로 웃었다.

지금까지 봤던 개미탑 중에 가장 컸다. 높이가 그녀의 키와 맞먹었다. 예전에 그랬던 것처럼. 티나는 어지럼증 비슷한 것을 느끼고 나무에 몸을 기댔다. 주위의 모든 것이 기억했던 것보다 크기만 작을 뿐 똑같았다. 오직 개미집만 그녀와 함께 자라서 기억 속의 비율을 망가뜨리고 있었다.

내가 이리로 기어왔지. 그녀는 생각했다. 이로 깨물면 시큼한 맛이 입안을 채우기 전에 개미들이 혀를 따끔하게 물던 느낌을 떠올리며 입맛을 다셨다. 집이라고 해봐야 사각형으로 놓인 이끼 덮인 통나무 몇 개에 불과했다. 주변에 깔린 바늘잎을 헤쳐 반쯤 썩은 거친 판자 몇 개를 찾아냈다. 티나는 그 판자들로 이루어진 사각형 안으로 들어가 한가운데 섰다. 무릎을 꿇었다. 배를 깔고 엎드렸다.

나무들 사이로 움직이는 햇빛. 나무 밑동의 풍경과 개수. 양손을 동그랗게 오므려 눈에 대서 주변 경치를 가렸다. 그렇다. 그녀는 문을 통해 밖을 보고 있었다.

"레바!"

목소리가 그녀의 세상을 채웠다. 목소리는 그녀를 껴안는 팔이 되었고, 흙과 이끼 냄새를 풍기는 손가락이 되었다. 가까이 다가온 그 목소리는 그녀의 입속에서 부드럽고 따뜻한 젖이 되었다.

엄마는 내게 젖을 먹이고 있었어. 지금도 그래.

병원에서 사람들은 그녀에게 뭘 줬을까? 그들의 음식을 입에 억지로 넣기 위해 무슨 짓을 했을까?

레바, 레바, 시시미……

티나는 땅에 깔린 바늘잎에 머리를 묻고 고통이 느껴질 때까지 이마로 문질렀다.

"엄마…… 엄마……"

티나는 옛집의 빈터를 며칠 동안 계속 찾아갔다. 하루는 침낭을 챙겨갔지만 그럴 필요가 없다는 걸 깨달았다. 아침에 일어나보니 이끼를 뭉쳐 베고 누워 있고, 눈이 내려 몸을 얇게 덮고 있었다.

그녀는 조사를 시작했다. 삼 주에 걸쳐 전화를 걸고 여기저기 서류를 보낸 끝에 겨우 부모가 어디 묻혔는지 알아냈다.

노르텔리에의 교회에 있는 무덤들은 다른 것과 달랐다. 이름 없는 무덤은 처음이었다. 그냥 나무 십자가 두 개와, 명복을 빈다는 문구만 쓰여 있었다. 신원을 알지 못하는 여러 무덤 앞에 세운 추모비나 고대 기념물 같았다.

티나는 어릴 때 살던 집에서 비닐봉지 두 개에 가득 담아온 흙을 무덤에 뿌리고 전나무 가지를 하나씩 얹었다.

어쩌다 이곳에 묻히게 되었을까? 알 수 없었다. 티나는 자신이 속한 종족에 관해 아무것도 알지 못했다. 동화 속 이야기와 자신의 느낌을 바탕으로 보자면 십자가는 적절하지 못했다. 그러나 그것밖에 알 수 없었다. 그녀가 할 수 있는 일도 없었다.

교회를 떠난 티나는 슈퍼마켓에 가서 유기농 딸기주스를 한 통 샀다. 그리고 요양원으로 갔다. 그녀와 아버지는 여러 시간 앉아 이야기를 나누면서 주스 한 통을 거의 다 마셨다. 다음번에도 또 주스를 사오겠다고 약속했다. 머지않아 곧.

눈이 많이 내렸고, 기름처럼 빛나지만 절대 얼지 않는 물과 함께 1월이 지났다. 티나는 숲속을 거닐고 동물들을 뒤쫓고 눈길을 뚫고 자신의 나무를 보러 갔다. 나무 옆에 앉아 앞으로 어떻게 해야 할지 생각했다. 뺨에 흐른 눈물이 얼어붙었다. 그녀는 자기 나라의 전리품이었으며, 불쾌감을 떠올리게 하는 존재였다.

2월 중순 편지가 도착했다. 상트페테르부르크의 우체국 소인이 찍혀 있고, 봉투의 글씨는 아이가 쓴 것 같았다. 커다랗고 제멋대로 삐었지만 알아보게 하려고 공들여 쓴 모양새였다.

편지의 시작은 봉투와 마찬가지로 힘들여 또박또박 쓴 글씨였지만, 몇 줄 내려가자 펜을 잡은 손이 원래 버릇대로 움직이기 시작한 듯했고, 끝에 가서는 익숙지 않은 사람이라면 거의 알아볼 수 없을 지경이 되었다.

티나

문을 두드렸어요. 아무도 없더군요. 여전히 같은 기분인가요?

내 직업은 아이들을 파는 거였어요. 인간이라면 나쁜 사람이었겠죠. 당신이 어떻게 생각할지 모르겠군요. 아마 법정에 선다면 무기징역을 받겠죠. 지금은 그 일을 그만두었어요.

나는 우리 아기를 임신했어요. 히시트는 수정되지 않은 난자예요. 아기는 수정이 된 난자를 말하죠. 이 아기는 자라서 당신과 나 같은 모습이 될 거예요. 잘 자랄 수 있다면. 아기를 낳아서 제 모습 그대로 키우려고 해요. 아마도 북쪽 숲에서 살겠죠. 와서 나와 함께 살아요.

2월 20일 카펠셰르에 갈 겁니다.

보레

2월 16일 티나는 다시 출근했고, 사람들은 케이크로 축하해주었다. 케이크는 집에 가져와 상할 때까지 냉장고에 두었다. 크림이 너무 많았다. 동료들은 더할 나위 없이 잘 대해주었지만, 티나는 그들 사이에서 어느 때보다도 소외감을 느꼈다. 그녀의 본능은 극도로 경계 태세를 취했고, 조금이라도 불편한 소리가 들리면 귓속이 긁히는 것 같았다.

2월 20일 티나는 아침 페리를 타고 온 승객의 위반사항을 사소한 것까지 모두 적발했고, 그 대가로 화난 시선과 저주의 중얼거림을 지나칠 만큼 받아냈다. 그런데도 왠지 기분이 좋았다.

난 이들 세상에 속하지 않아.

보레는 오후 페리로 도착했다.

티나는 그가 나타나자마자 뭔가 숨기고 있음을 알았다. 그리고 이번에는 그게 무엇인지 알았다.

아기. 우리의 아기.

티나는 접이식 검색대를 들어올리고 그를 맞으러 나갔다.

언덕 위 마을

"그래서 이제 여길 와서 건물들을 보면 이건 뭐 그냥…… 안 돼. 안 돼, 안 돼, 안 돼. 여기서 살면 안 돼. 여긴 완전히 글러먹었다고."

『렛미인』

요엘 안데르손이 처음 그 문제를 인지했을 때는 그저 뭐라고 딱 꼬집어 말할 수 없는 막연한 불안감을 느꼈을 뿐이었다. 그는 바지 주머니에 양손을 넣고 서서 지난 이십삼 년 사 개월 동안 살아온 집이 있는 건물을 올려다보고 있었다.

오후 여섯시 십오분, 해는 거의 저물어 꼭대기층을 제외한 아파트 건물 전체가 그늘에 잠겨 있었다. 그림자는 조금씩 위로 움직이다가 요엘이 사는 집 부엌 창턱까지 닿았다.

갑자기 해가 넘어가기 전의 광경이 보고 싶다는 생각에 사로잡힌 요엘이 아파트 안으로 뛰어들어가자 1층에서 엘리베이터가 기다리고 있었다. 9층 버튼을 누르면서 그는 한참 동안 위를 쳐다보고 있었던 탓에 몸이 뻣뻣해졌다는 걸 깨달았다. 낡은 엘리베이터가 위로 움직이는 동안 목덜미를 주무르자 손끝에서 인대가 뚝뚝 소리를 냈다.

뭔지 알 수 없었다. 한참을 밖에 서서 견고해 보이는 사각형에 점점이 창문이 뚫린 모습의 아파트 건물을 쳐다보고 있자니 꼭 뱃멀미를 하는 기분이었다. 뱃속에서 뭔가 가라앉는 느낌에 몸이 균형을 잃을 것만 같았다.

"중년의 위기군." 요엘은 현관문을 열면서 중얼거렸다—아파트 꼭대기층에는 네 가구가 있었다. 우편물과 광고지를 무시하고 곧장 부엌 창문으로 가서 밝게 빛나는 붉은색 태양을 구경했다. 태양은 헤셀뷔를 거쳐 대서양을 건너 세계여행을 이어나가기 전에 스웨덴에 작별인사를 하고 있었다.

해가 지고 잔광조차 소나무 뒤로 사라지자 멀미 기운이 다시 찾아왔다. 장난감 기차 크기의 지하철이 블라케베리역으로 미끄러져 들어왔고, 요엘은 그 열차에 집중하려 했다. 똑바로 뻗은, 눈에 익은 철길을 머릿속에 떠올리고 열차 시간표 같은 것들을 생각하려 했지만 불편한 느낌이 점점 강해져 창가에서 떨어져 자리에 앉아야만 했다.

무슨 일이지? 뭐가 잘못됐나?

높은 곳이라서 그런 건 물론 아니었다. 높은 곳이 힘들었다면 여기서 살 수 없었을 것이다. 이십삼 년 전 여기 이사왔을 때는 몇 번 현기증을 느꼈지만, 그때는 다른 이유가 있었다. 리스베트가 결혼생활 이 년 만에 이혼을 요구했고, 그녀와 쌍둥이에게 벨링뷔의 아파트를 넘겨주는 대신 근처에서 괜찮은 집을 찾아 블라케베리에 있는 이 아파트로 온 것이다.

그때만 해도 부엌 창가에 서면 어지러웠는데, 가장 큰 이유는 언제라도 자살할 수 있다는 가능성 때문이었다. 창문을 열고 뛰어내리기만 하면 되었다. 베개 밑에 면도칼을 두고 잠드는 것과 비슷하지만 훨씬 더 간단했다.

시간이 지나면서 주말 아빠 역할에 익숙해졌지만, 한편으로는 다시는 속박당하지 않겠다고 진지하게 다짐했다—그 약속은 어려움 없이 지킬 수 있었는데, 그뒤로는 절대 사랑에 빠지지 않았기 때문이다.

그럼 아니타는?

뭐, 그렇다. 아니타는 뭔가 달랐다. 두 사람은 그렇고 그런 관계였다.

뱃속이 뒤틀렸다. 거실로 가서 배를 보면서 기분전환을 해보기로 했다.

돛이 세 개 달린 모형 범선은 거실 바닥 사분의 일에 달하는 크기였지만, 훨씬 많은 공간을 차지한 것처럼 보였다. 거실 한가운데 놓여 있어 집안에서 어디로든 움직이려면 그 배를 빙 둘러서 가야 했기 때문이다.

요엘은 신기할 정도로 부드럽고 매끄러운 선체를 어루만지면서 언제나처럼 그 시대에 대해, 당시의 삶에 대해 경외감을 느꼈다. 뱃속이 가라앉았고, 요엘은 깊은 안도의 한숨을 내쉬었다. 그런 경외감 때문에 자신이 모형 배를 만들기 시작했다는 걸 깨닫기까지 몇 년이 걸렸다. 요엘은 절대 슬픔을 느낀 적이 없었다. 슬퍼한 건 이 모형 배를 본 다른 사람들이었다. 처음에는 놀라고 경외감을 느끼다가, 그런 다음에는 슬퍼했다. 아니, 어쩌면 질투였을지 누가 알겠는가?

그는 모형에 들어간 성냥개비가 총 몇 개인지 정확히 알았다. 87863개. 그의 계산으로는 마무리하기까지 대략 이만삼천 개의 성냥개비가 추가로 필요했다. 처음 시작할 때는 한 번에 성냥개비를 오십 개씩 붙였다. 요즘은 속도가 조금 떨어지고 작업 횟수도 줄었다. 배를 완성하는 게 두려웠다. 끝내고 나면 뭘 한단 말인가? 물에 띄우기라도 하나?

만드는 방식은 터무니없을 만큼 명확했다. 배의 늑골과 판자는 현미경 수준으로 정확하게 만들었다. 그냥 성냥개비의 머리를 떼어내고 접착제로 붙이면 끝나는 일이 아니었다. 그게 아니라, 성냥개비를 일일이 초소형 띠톱으로 조심스레 완벽한 모양으로 자른 다음, 방수 에폭시수지로 제자리에 고정했다. 방수 처리가 완벽하니 아마 물에 띄울 수도 있을 터였다.

물에 띄우는 데 첫번째 장애는 배가 너무 커서 아파트 현관으로 나갈 수 없다는 점이었다. 의도적인 결정이었다. 모형 배를 외부에서 만들어 아파트로 가져왔다는 인상을 주지 않으려고 크기를 그렇게 정한 것이다. 사람들이 배를 보면서 이 아파트에서 만들었다는 사실을 인정하기를 바랐다.

물론 발코니 창문이 하나의 선택지가 될 수도 있다.

그렇다. 때가 되면 크레인을 불러오면 될 것이다. 아니면 혹시 소방대를 부를 수도 있겠지. "여보세요, 지금 당장 물에 띄워야 하는 배가 있어요! 빨리 와주세요!"

그러니 물에 띄울 일은 없을 것이다.

또다른 장애는 그가 배에 관해 전혀 아는 게 없다는 점이다. 설령 모형 범선을 물에 띄워도 돛을 어떻게 해야 배가 세상 끝을 향해 계속 나아가지 않도록 할 수 있는지, 그로서는 전혀 알 수 없다. 물론 이 특정 모델의 모형을 만들기 위해 아주 세세한 부분까지 열심히 공부했지만, 실제 항해에 관해서는 아무것도 몰랐다.

새로운 방문객들—전기계량기를 점검하러 온 여자나 부엌 선반을 달아준 업자—이 처음에 배의 크기에 놀란 다음 정말로 깊은 인상을 받는 건 모형의 정밀도였다. 조금이라도 각도가 틀린 부품은 하나도 없었고, 서로 딱 들어맞지 않는 부분도 없었다. 이건 어느 정도는 실용성과 아름다움을 겸비한 배를 실제로 설계한 이들에게 감사해야 할 일이지만, 방문객들이 보는 것은 요엘이 만든 배가 전부였다.

혼자만의 착각인지도 모르지만, 요엘은 전기계량기를 점검하러 왔던 여자가 자신에게 관심이 있다고 생각했다. 꼭 남녀 간의 관심일 필요는 없다. 하지만 그가 이 배를 만들었다는 사실이 품위와 성실성 그리고…… 그렇지, 신뢰감을 풍기도록 해주었다. 그는 시간을 들여 뭔가를 해냈다. 시간을 모으고 오랜 세월을 조립해서 자신 이상의, 뭔가 더 큰 걸 창조했다.

발코니로 나갔더니 뱃속의 묘한 느낌이 다시 돌아왔다. 그냥 배가 고파 그러려니 생각하려 애쓰자 그게 성공했는지 실제로 허기가 느껴졌다. 귀찮게 요리를 할 생각은 없었기에 광장에 가서 피자나 먹을 요량으로 재킷을 걸치고 엘리베이터를 탔다. 1층에 도착하자 혹시 아니타가 함께 가고 싶어할지도 모른다는 생각에 그녀의 아파트 초인종을 눌렀다.

현관문 문패에는 '안데르손'이라고 적혀 있었다. 아무 대답이 없었다. 두 사람은 혹시 결혼하게 되더라도 새 문패를 만들 일이 없겠다며 농담을 하곤 했다. 그들은 같은 동 안에서 가능한 한 멀리 떨어져 살고 있었다. 아니타는 1층 오른쪽, 요엘은 꼭대기층 왼쪽이었다. 농담은 그만두고, 두 사람은 지금 이대로 무척 행복했다.

요엘은 밖으로 나와 수영장 옆을 지나갔다. 수영장 창문은 이십 년 전 끔찍한 사건 이후 내내 검은 판자로 덮여 있었다. 스스로 뱀파이어라고 생각하는 어떤 미치광이가 아이 두 명을 살해하고 한 명을 납치한 일이었다. 범인과 납치된 아이는 끝내 찾지 못했다.

주차장으로 이어지는 출입구 역할을 하는 떡갈나무 아래를 걷는데 뭔가 머리를 때려 위를 쳐다보았다. 나뭇가지에 아이 두 명이 앉아 낄낄거리고 있었다. 아는 얼굴들이었다. 같은 아파트에 사는 아이들.

"죄송해요, 할아버지. 실수였어요."

요엘은 장난으로 도토리를 한 줌 주워 녀석들에게 던져줄까 생각했다. 그러나 귀찮아서 대신 이렇게 말했다. "실수가 아닌 것 같다만, 어쨌거나 용서하마."

그게 농담이라면 아이들에게는 너무 어려운 농담이었다. 아이들은 마주보며 다시 낄낄거렸는데, 그의 말이 재미나서라기보다는 이상하게 들렸기 때문이었다.

요엘은 계속 걸었다. 또 도토리가 휙 날아들었지만, 머리를 맞히지 못하고 그의 발 앞에 떨어졌다. 요즘 어린것들은…… 이런 생각이 떠오르고 예절이라고는…… 하고 이어가다가 거친 말이 나오기 전에 그만두었다. 그런 생각은 비참한 꼰대들이나 하는 거지. 그는 비참한 꼰대가 되고 싶지는 않았다. 인생에 대한 그의 냉소적 관점은 대충 스물여덟에서 서른두 살 사이에 검은 영광을 꽃피웠다. 그때 이후 냉소의 꽃은 시들어갔다. 그는 행복하지도 슬프지도 않았고, 실망하지도 만족하지도 않았다. 그저 성냥개비를 하나씩 붙이며, 계속 그렇게 살았다.

피자가게에서 마리나라 피자와 맥주를 주문했다. 아파트 건물을 나서자마자 뱃속 불편한 느낌이 사라지더니 지금은 잠잠했다. 단골손님 몇 명이 테이블 하나를 차지하고 앉아 마치 경주의 마권을 채우고 있었다. 요엘과 그들은 서로 이름을 알았지만 그 이상은 친하지 않았다.

일곱시가 막 지난 시각이었다. 요엘은 라세에게 전화를 걸어 영화나 보러 가자고 할까 생각했지만, 누군가 두고 간 신문의 광고를 확인해보니 아직 보지 않은 영화 중 보고 싶은 것이 없었다. 게다가 라세는 요즘 거의 매일 야근이라고 했다. 함마르뷔함넨에서 진행하는 건물 작업 일정이 뒤처지고 있기 때문이었다.

텔레비전도 별로 볼 것이 없었다. 혼자 영화를 보러 갈까 생각도 했다. 아니지. 남은 맥주를 모두 마시고 조용히 트림을 했다. 딱히 영화가 보고 싶은 건 아니었다. 지금은 그저 아파트로 돌아가고 싶지 않은 것이다. 문제가 있는 곳으로는. 그는 눈을 감고 뭐가 문제인지 보려고 애썼다. 이해할 수가 없었다.

"요엘!"

눈을 떴다. 단골손님 베라가 의자에 앉은 채 몸을 돌려 그를 보고 있었다.

"앉아서 꿈이라도 꾸나?"

"아니, 그냥……" 요엘은 무슨 의미라도 있는 것처럼 양손을 펼쳐 보였다.

"숫자 하나 불러봐."

"음…… 27."

베라가 고개를 흔들었다. "마차 경주 선수가 그렇게 많지는 않아. 여기 친구들끼리 합의가 안 되는데 자네가 결정해봐."

"어떤 것 중에 골라야 하는데?"

"상관없어. 그냥 숫자 하나만 골라."

"그럼 5로 하지."

베라는 손에 든 마권을 보더니 눈썹을 치켜세웠다.

"5라고?"

"왜?"

테이블에 앉은 다른 사람들이 큰 소리로 웃었다. 베라는 누군가가 논란의 여지 없는 증거를 들이밀며 둘 더하기 둘은 다섯이라고 주장하기라도 한 것처럼 머리를 긁적거렸다. 그리고 회의적인 표정으로 요엘을 바라보았다.

"5번은 '검은 수수께끼'거든. 당연히…… 이길 확률이 거의 없다고 할 수 있는 말이라서." 베라는 입술을 오므리더니 결심했는지 다시 다른 사람들에게 고개를 돌렸다. "좋아, 적어넣자고."

다른 사람들이 항의했지만 베라는 고집을 꺾지 않았다. 의견이 모이지 않는 이유는 '검은 수수께끼' 때문이었다. "300크로나를 변기에 흘려보내는 격"이라는 둥 "분산투자를 하는 게 낫다"는 둥 말하는 소리가 들렸다. 요엘은 나이프와 포크를 접시에 가지런히 올려놓고 일어서서 100크로나 지폐 한 장을 베라에게 내밀었다.

"나도 껴도 될까?"

베라는 지폐를, 요엘을, 다른 사람들을 바라보았다. 요엘은 지폐를 접어 손가락 사이에 끼워 위협적으로 보이지 않게 했다. "내가 여기 시스템을 교란하고 있다면 적어도 기여는 해야지."

"그런 게 아니야." 베라가 말했고, 다른 사람들도 동의한다는 의미로 고개를 저었다. "그냥 심심풀이로 하는 거야. 자네도 끼고 싶다면 상관없는데, 딱히 미안해할 필요는……"

요엘이 손을 더 가까이 내밀자 베라가 돈을 받았다. "하지만 자네까지 돈을 보탠다면 우린 좀더 분산투자를 할 수 있을 거야. '검은 수수께끼'는…… 알잖아."

"아니." 요엘이 말했다. "난 분산해서 걸지 않는 조건으로 들어갈 거야."

베라가 쳐다보자 다른 사람들은 어깨를 으쓱했다. 어차피 그런다고 달라질 건 별로 없었다. 요엘이 내놓은 돈이 없다면 분산투자를 할 수 없었다. 베라는 마권을 향해 100크로나 지폐를 흔들어 보였다. "그럼 어떤 말에 걸어야 할까?"

"그야 자네가 나보다 더 잘 알겠지."

베라는 고개를 끄덕였고 새로운 토론이 시작되었다. 요엘이 재킷을 입자 베라가 입력 기계를 가리키며 말했다. "마권 복사 안 해도 돼?"

"아니. 조금이라도 돈을 따면 알려줘."

"'검은 수수께끼'에 걸어서는 별로 가능성이 없지만…… 알겠어."

요엘은 집으로 향했다. 광장에서 언덕을 내려가기 시작하자마자 다시 그 느낌이 스멀스멀 찾아왔다. 가슴에 손을 얹었다. 평소보다 조금 빨리 뛰는 건가?

두려움.

그건 두려움의 한 형태였다. 오랫동안 느껴본 적 없는 기분이었다. 지난여름 일간지 〈다겐스 뉘헤테르〉에서 공황 발작에 관한 연속 기사를 읽은 적이 있었다. 젊은이들에게 가장 많이 보이지만, 나이를 불문하고 나타날 수 있는 증상이었다. 두려움 자체는 위험하지 않지만, 이 전조 증상은 공황으로 연결되고, 결국은……

장미는 장미라서 장미다, 장미는……

잿빛 하늘을 배경으로 높이 솟은 건물들의 시커먼 실루엣이 보였다. 요엘이 서 있는 곳에서 보면 건물들은 거의 정확하게 한 줄로 서 있었다. 멈춰 서서 바라보았다. 한쪽으로 머리를 기울인 채 눈을 가늘게 떴다.

이런 세상에……

건물의 옆면 선들이 나란히 땅에서 하늘로 올라갔다. 요엘은 눈에 힘을 주어 깜박이고서 다시 봤다. 아니. 헛것을 본 게 아니다. 선들은 평행이 아니었다. 가장 가까이 있는 건물이, 그러니까 그가 사는 아파트가…… 기울어 있어서 옆면 선들이 평행에서 벗어났다. 1도에서 2도에 불과했지만, 바로 옆 건물과의 옆면이 두 개의 I자가 아니라 아주 길고 위아래가 뒤집힌 V자 모양을 하고 있었다.

요엘은 몇 걸음 뒤로 물러났다가 몇 걸음 앞으로 움직이고, 다시 옆으로 움직이면서 살펴봤지만 눈에 보이는 현상은 그대로였다. 아파트는 동쪽으로 기울어 있었다. 부엌 창가에서 지는 해를 보고 있었을 때 기운 바닥에 살짝 뒤로 쓰러질 것 같은 자세로 서 있었던 셈이었다.

지하철역에서 집으로 향하던 사람들이 아파트 건물을 올려다보며 꼼짝 않고 서 있는 그를 주시했다. 요엘과 같은 방향으로 고개를 돌려 그가 뭘 보고 있는지 확인하려 했지만, 이상한 점을 알아차리지 못하는 것 같았다. 다행히 아무것도 움직이지 않고 있었다. 아파트가 무너지지는 않을 것이다. 결국 요엘은 참지 못하고 지나가던 젊은 남자를 불러세웠다.

"실례 좀 할까요?"

남자가 이어폰을 뺐다.

"네?"

"미안하지만…… 저기 아파트 건물 좀 보고 이상한 점 있으면 말해주겠어요?"

남자는 요엘이 시키는 대로 했다. 한동안 바라보더니 고개를 흔들었다. "없어요. 어떤 걸 말씀하시는 거죠?"

"기울었잖아요. 이쪽에서 가장 가까운 건물이 기울었는데."

남자는 다시 살펴보았다. 이번에는 전보다 조금 더 오래 걸렸다. 목에 두른 이어폰에서 속삭이듯 노래가 흘러나왔다.

"그러네요." 남자가 마침내 말했다. "기울었어요. 아주 약간요." 요엘이 격려하듯 바라보자, 남자는 입술을 앞으로 내밀며 되풀이했다. "진짜 그렇네요." 그는 이어폰을 다시 끼려다가 멈추더니 말했다. "어쩌면 저게 정상인 걸까요?" 그러고는 이어폰을 다시 끼고 가던 길을 갔다.

요엘은 그 자리에 서 있었다. 아파트가 원래 기울어 있었던가? 이 아파트처럼 높은 건물이 이유 없이 무너졌다는 이야기는 접해본 기억이 없다. 어쨌든 스웨덴에서는 보지 못했다. 하지만 오늘은 왠지 좋지 않은 느낌이 들었다. 간밤의 폭풍우에 저렇게 된 것인지도 몰랐다.

어젯밤 열시쯤 그는 아니타에게 전화를 걸었다. 바람이 너무 강해 건물이 흔들리는 걸 참을 수 없었다. 잠을 이룰 수가 없었다. 아니타는 그의 목소리를 듣자마자 물었다. "바람 때문이지?"

"응. 내려가도 될까?"

그는 1층으로 내려가 밤새 아니타의 아파트에 있었다. 스크래블 보드게임에서 패하고 나서 열정 없이, 그렇다고 결핍된 느낌도 없이 여느 때처럼 사랑을 나누었다. 딱 그 정도가 좋았다. 두 사람 모두 더 바라지 않았고, 두 사람 모두 관계를 정리하고 싶지도 않았다. 살림을 합치고 싶지도 않았다. 의견 충돌이 생기면 며칠 떨어져 있으면서 상황이 정리되도록 내버려두었다. 그러고 나서 다시 만났다.

두 사람은 아침에 무미건조한 키스를 나누고 뺨을 어루만진 다음 헤어졌고, 요엘은 비교적 행복한 기분으로 철물점으로 향했다. 그가 목표로 하는 상태였다. 비교적 행복한 상태. 행복은 쉽게 반대로 뒤집힐 수 있고, 우울함은 깨뜨리기 어렵다. 편안하게 받아들이기만 하면 비교적 행복한 상태를 늘 누릴 수 있다.

요엘은 계단 아래에 서서 입주자 목록을 바라보았다. 한 칸씩 내려가며 이름을 확인했지만, 얼굴이 떠오르는 사람은 없었다. 왼쪽 꼭대기 칸에 '안데르손'이 있었다. 맨 아래 오른쪽에도 '안데르손'이 있었다. 그가 아는 이 두 개의 명패 사이에 따로 분리할 수 없는 언덕 위 마을이 있다. 플라스틱에 새긴 이름은 얼마든지 쉽게 서로 자리를 바꿀 수 있고, 얼굴 모르는 새로운 이름으로 바뀔 수도 있었다.

아니타의 아파트에 불이 꺼져 있는 걸 보고 그는 굳이 초인종을 누르지 않았다. 대신 곧장 엘리베이터로 향했다. 이제 왜 느낌이 나쁜지 원인을 확실히 알 것 같았고, 그 느낌도 전처럼 강하지 않았다. 자신이 사는 아파트 건물이 쓰러지고 있을 뿐이다. 그리고 어쩌면 매우 정상적인 일일 수도 있다.

그러나 그 생각을 떨쳐낼 수 없었다. 집에 들어가자마자 부엌 맨 아래 서랍에서 기포수준기를 꺼내 바닥에 내려놓았다. 제대로 볼 수 있도록 배를 깔고 엎드려 작은 공기방울을 확인했다. 1밀리미터 정도 창 쪽으로 쏠려 있는 것 같았다. 자세를 바꿔 기포수준기 옆에 나란히 누워서 발이 부엌 창문 쪽을 향하게 했다.

그렇지. 느낄 수 있었다. 지나치게 민감하게 구는 것일 수도 있지만, 머리가 확실히 발보다 낮았다. 펜치를 가져와 서랍 속에 굴러다니는 잡동사니 중 베어링 한 개를 분해해서 쇠구슬을 꺼내 바닥에 던져보았다. 구슬은 움직이지 않았다.

일단 시작하면 멈추기 어려운 법이다. 잠시 생각에 빠졌던 요엘은 뭘 해야 할지 떠올렸다. 두꺼운 끈 뭉치를 꺼내 묵직한 암나사를 한쪽에 달고 부엌 창문을 열어 암나사가 땅바닥에 닿을 때까지 아래로 늘어뜨렸다. 그리고 다른 쪽 끝을 빗자루 손잡이에 묶은 뒤 빗자루를 의자에 고정해 끈을 묶은 부분이 창문 밖으로 정확히 30센티미터 튀어나가게 조정했다. 그리고 빗자루를 돌리며 줄을 조금 감아올려서 암나사가 지면 위에 매달리도록 했다. 다림줄을 만든 것이다.

자를 들고 다시 엘리베이터를 타고 내려갔다. 밖으로 나온 요엘은 아까 떡갈나무 위에 앉아 있던 아이들과 마주쳤다. 아이들은 그의 부엌 창문을 올려다보고 있었다. 아마 형제간인 듯 둘 다 똑같은 검은 재킷을 입었다. 형으로 보이는 아이가 창문을 가리키며 물었다. "뭐하는 거예요?"

"측량하는 거야." 요엘은 자를 펼치며 말했다.

"도와드려요?"

"그러렴."

작은 아이가 자를 달라며 손을 내밀었다. "제가 재도 되나요?"

"아니." 요엘은 앙상한 장미 덤불 사이에서 천천히 좌우로 흔들리는 암나사 추 쪽으로 가며 대꾸했다. 그는 아이들과 접이식 자와 관련해 좋지 않은 경험이 있었다. 오 초 만에 자가 망가지고 말았던 것이다.

자 없이도 확인할 수 있었다. 추가 흔들리지 않도록 붙잡자마자 맨눈으로도 벽에서 10센티미터 조금 못 되게 떨어져 있는 걸 확인할 수 있었다. 그래도 자로 쟀다. 8센티미터였다. 그러니까 그의 아파트에서 잰 것과 지면에서 잰 것이 22센티미터 차이 나는 것이다.

아파트 높이가 얼마지? 30미터쯤? 22를 3000으로 나누면……

아니야. 내가 뭐하러 계산을 해? 요엘은 형제 중 형에게 고개를 돌렸다. 열한두 살 정도에 똑똑해 보이는 아이였다.

"몇 도인지 계산할 수 있지?" 요엘이 물었다.

아이는 어깨를 으쓱했다. "온도계가 있어야죠."

"그 도수 말고."

"그럼 어떤 거요?"

아홉 살쯤으로 보이는 동생 아이가 암나사를 가리켰다. "저거 가져도 돼요?"

요엘은 암나사를 묶은 끈을 풀려고 애썼다. 잘 풀리지 않자 현관 열쇠로 끈을 끊고 암나사를 아이에게 주었다. "다른 사람 머리에 던지지만 마라."

세 사람은 함께 서서 아파트 건물을 올려다보았다. 요엘은 아이들에게 건물이 기울었다고 말하고 싶었지만, 겁을 주고 싶지는 않았다. 동생 아이가 요엘의 집에서 몇 층 아래인 중간쯤을 가리켰다.

"우린 저기 살아요." 아이가 말했다. "부엌에 쥐가 있어요."

"아니야." 형이 말했다.

"있잖아! 아빠가 건드려서 다치지 말라면서 쥐덫 보여줬어." 아이는 양손으로 20센티미터 정도의 크기를 나타내 보였다. "이렇게 커요."

"쥐덫 말이구나." 요엘이 말했다.

"네." 동생이 말하자 형이 큰 소리로 웃었다. 동생은 뭔지 몰라도 놀림받고 있다는 걸 깨닫고 요엘과 형을 번갈아 바라보았다.

"아빠가 그러는데 쥐가 화장실에서 물건을 가져간대. 그러니까 쥐가 있는 거지!"

"좋아." 형이 말했다. "그럼 왜 쥐덫을 화장실에 놓지 않은 거야?"

"당연히 그래야 우리가 밟지 않으니까!"

쥐덫이 얼마나 위험한지 강조하는 것처럼 아이는 발을 구르다가 모래밭으로 행진했다. 형은 요엘을 보고 눈썹을 치켜세워 보이고는 동생을 따라갔다. 동생이니 어쩌겠어요, 라고 말하는 것 같았다.

요엘은 아파트 안으로 다시 들어가 아니타의 집 초인종을 눌렀다. 아무 대답이 없자 엘리베이터를 타고 자신의 아파트로 돌아갔다. 안으로 들어서자마자 집이 기운 걸 느낄 수 있었다.

아직 아무도 눈치채지 못한 건가?

맞은편에 사는 룬드베리의 집에 가볼까 생각도 했지만—두 사람은 오다가다 인사 정도 하는 사이였다—상황을 어떻게 설명해야 할지 알 수 없었다. 어쩌면 룬드베리도 이어폰을 끼고 있던 젊은 남자처럼 반응할지 몰랐다. "그래요? 그래서요?"

앉아서 모형 도구를 꺼냈다. 그는 성냥개비를 한 번에 하나씩 붙이는 것이 아니라 진짜 배를 만드는 사람처럼 일했다. 우선 삼백 이십 개의 성냥개비로 판자를 만들고 그걸 못으로 고정한 다음 접착제로 보강했다. 갑판을 덮을 마지막 판자 중 하나를 절반쯤 완성한 참이었다. 선체 전체를 완전히 갑판으로 덮을 생각은 없었다. 일부 갑판을 미완성 상태로 두어 사람들이 그 틈을 통해 자신이 많은 시간과 노력을 들여 만든 선체 내부의 복잡한 골격을 보면서 감탄하도록 만들 계획이었다.

거의 삼십 분 정도 걸려서 여덟 개의 성냥개비를 붙였을 때쯤 그는 고개를 들어 배를 쳐다보다가 다시 울렁거림을 느꼈다. 배가 한쪽으로 기울어 있었다.

상상일 뿐이야. 실제로 그렇다면 내 몸도 기울었겠지. 그렇지는 않잖아.

하지만 불쾌한 느낌은 집중력을 깨뜨리기에 충분했다. 그는 배를 한 바퀴 돌았다. 흔들리는 갑판 위를 걷는 기분이라 바닥에 주저앉아야 했다. 수화기를 들고 라세에게 전화를 걸었다. 라세는 신호가 다섯 번 가고 나서 전화를 받았다.

"여보세요?" 라세의 목소리에서 짜증이 느껴졌다.

"아, 나 요엘이야."

"그래. 있잖아, 나 샤워중이야. 집에 방금 왔거든. 노예처럼 부려먹는 것도 정도껏 해야지, 정말. 뭐 특별한 일 있어?"

"아니, 그냥 각도 계산하는 방법이 궁금해서."

"각도?"

"그래, 혹시 건물이 한쪽으로 기울면 각도가 어떻게 되나, 뭐 그런 거."

"학교에서 배울 때 어디 갔었어?"

"벌서고 있었을지도 모르지."

라세가 웃었다. "십오 분 뒤에 전화할게, 괜찮지? 뭘 만들려고 그래? 아니면 배 때문에?"

"아니, 그게…… 나중에 얘기해줄게."

요엘은 전화를 끊고 잠시 소파에 앉아 몸을 앞뒤로 흔들며 뒤집힌 뱃속을 가라앉혔다. 그러고는 부엌으로 가서 여전히 바닥에 놓인 기포수준기를 살펴보았다. 배를 깔고 엎드려 귀를 바닥에 대고 수준기의 공기방울을 바라보았다. 조금 움직였나? 공기방울의 현재 위치를 표시해두고 다음날 확인해봐야겠다는 생각이 들었다.

일어나서 펜을 가져오려는데 무슨 소리가 났다. 아래층이었다. 더 자세히 듣기 위해 검지로 바닥에 닿지 않은 귀를 막고 눈을 감았다.

물론 아랫집에서 나는 소리일 수도 있었지만, 좀전에 들은 쥐덫 이야기가 갑자기 마루 아래로 쥐가 돌아다니는 상상을 불러일으켰다. 느리고 구불거리는 움직임. 요엘은 일어나 앉아 리놀륨 바닥을 노려보았다. 쥐가 무섭지는 않았지만 어떻게 아파트 건물 안에, 그것도 꼭대기층까지 들어왔는지 이해가 되지 않았다.

바닥을 두드려보았다. 손끝에서 둔하고 단단한 소리가 났다. 콘크리트. 쥐는 목조건물의 벽 사이에 집을 만들고 먹고 싸고 하면서 사는 법이다. 쥐가 콘크리트 벽을 뚫고 들어오다니 상상도 할 수 없었다. 분명 하수구나 환기구를 통해 들어왔을 것이다.

요엘은 부엌을 둘러보았다. 저녁 내내 관찰했던 현상들을 쉽게 요약할 수 있었다.

이 건물, 난리가 나겠군.

그의 마음속 눈에는 쥐떼가 콘크리트를 쏠면서 마치 휴지 심처럼 구멍을 내, 아파트 건물이 약해지고 기울어지는 모습이 보였다. 알카에다 같은 쥐떼는 장기 목표를 두고 일을 진행하고 있었다. 그는 터번을 머리에 두르고 수염을 기른 쥐들이 서방 세계의 호화로운 건물에 침투하는 모습을 떠올리며 코웃음을 쳤다.

전화가 울렸다. 라세가 욕실에서 나온 것이다.

"그래, 왜 전화했다고 했지? 각도가 어쩌고 했잖아."

요엘은 아침에 느꼈던 불쾌감을 설명하고, 맨눈으로도 건물이 한쪽으로 기운 걸 볼 수 있으며 이미 측정도 했다고 말했다. 라세는 수치를 받아적었고, 요엘은 손가락이 계산기 두드리는 소리를 희미하게 들었다.

"좋아." 라세가 말했다. "자네 말이 정확하다면, 1도 정도 편차가 생겼어."

"무슨 말이야?"

"이미 아는 상황이지. 건물이 20센티미터 기울었다는 거야."

"그럼 얼마나 심각한 건가?"

"글쎄, 안 좋은데…… 뭐 좋은 상황은 아니지만 그렇다고 오늘 밤 당장 무너지지는 않을 거라고는 말할 수 있겠군. 1960년대에 지은 아파트 맞지? '백만 가구 건설'인가 뭔가 해서 말이야."

"그런 것 같아."

"음. 그때 지은 건물들에 문제가 상당히 많아. 자네 아파트가 이상한 점은 하룻밤 새 그런 일이 생겼다는 거지. 정말로 갑자기 그런 거야?"

"그렇다니까."

"아마 아파트 전면부에 아래까지 균열이 생겼을 거야. 알다시피 콘크리트는 휘지 않거든. 문제가 생긴다면 대개는 하중을 받는 대들보 쪽이지. 하지만 콘크리트에도 균열이 발생하긴 해. 자, 내가 내일 저녁에 가서 살펴볼게. 장비도 좀 가져가고. 영화 한 편 빌려 볼 수도 있을 거야. 새로 나온 코엔 형제 영화 봤나? 제목이 뭐더라."

"안 봤어. 그렇게 해도 괜찮겠군."

"좋아. 일곱시쯤 갈게. 하느님과 사장님 뜻에 달렸지만."

두 사람은 작별인사를 나누고 전화를 끊었다. 요엘은 쥐 이야기가 떠올라 다시 수화기를 들고 라세의 번호를 누르다 멈칫했다. 다음날 이야기해도 될 것이다. 절친한 사이이긴 하지만, 히스테리에 빠진 미치광이처럼 보이긴 싫었다. "라세, 건물이 기울어졌어! 라세, 부엌에 쥐가 있어! 라세, 도와줘!" 당장 위험할 일은 없는 것이 분명했다.

요엘은 일어서서 모형 배 주위를 서성였다.

당장은 위험하지 않아.

하지만 확신이 들지 않았다. 그래도 모형 배는 더 기울지 않았고, 라세의 이야기 덕에 한결 차분해졌다. 와인 몇 잔 마시고 잠시 텔레비전을 보다 잠자리에 들자. 그는 욕실에 가서 커다란 플라스틱통에서 떠낸 와인을 주전자에 담았다. 가끔은 힘들여 와인을 술병에 옮긴 다음 따라 마시기도 했지만, 와인이 통에서 이미 충분히 숙성되었다는 걸 알게 되고 나서는 빈병을 여러 개 챙기는 귀찮은 과정은 생략하게 되었다.

와인 통은 절반쯤 차 있었다. 통이 비면 다시 새로 술을 담글 것이고, 그러는 동안에는 시판 와인을 마셔야 할 터였다. 욕실에는 와인 통을 두 개나 놓을 공간이 없었다. 어쩌면 그는 약간 알코올의존증인지도 몰랐다. 매일 저녁 와인을 석 잔씩 마셨지만 그 이상 마시는 적은 드물었다. 예비 알코올의존자.

사람이 뭐든 기댈 곳이 있어야지.

소변을 보려고 변기 뚜껑을 열었더니 변기 속 물이 평소보다 적었다. 그런 일이 같은 맥락의 문제가 아니었다면 요엘은 별로 신경 쓰지 않았을 것이다. 건물에 뭔가 이상이 있었다. 어쨌든 그는 소변을 보았고, 변기 물은 정상적으로 내려갔다. 조금이라도 상황이 더 나빠지면 아파트 관리회사에 전화를 걸어야겠다고 생각했다.

저녁시간은 평소처럼 지나갔다. 그는 EU의 경제통화동맹에 관한 토론 프로그램을 시청했다. 양측 모두 자기 주장대로 하지 않으면 재앙이 닥칠 거라 예측했다. 열시 십오분 전에 아니타에게 전화를 걸었지만 받지 않았다. 무슨 교육을 받으러 갔을 수도 있었다. 따로 보관중인 열쇠로 그녀 집에 들어가 잘까 생각했지만 관두었다. 그런다고 해결될 문제가 아니었다.

잠자리에 든 요엘은 한참 이리저리 뒤척거렸다. 쥐들이 배관 속에서 벽을 긁거나 황급히 오가는 소리가 들리는 것 같았다. 아니면 건물이 지면을 향해 좀더 기울면서 삐걱거리는 소리를 내는지도 몰랐다.

아침에 일어나자마자 부엌으로 가서 기포수준기를 점검했다. 안타깝게도 전날 표시해두는 것을 깜빡했다. 하지만 공기방울이 창문 쪽으로 더 움직인 것은 어느 정도 확실해 보였다. 뱃속에서 느껴지는 기운이 같은 말을 해주고 있었다. 기울기는 더 심해졌다. 그는 아무것도 먹지 못한 채 일하러 나갔다.

이어폰을 낀 젊은이와 이야기를 나눴던 자리에 이르자 돌아서서 아파트 건물을 자세히 살펴보았다. 처음에는 변한 것이 없다고 생각했다. 꼭대기가 옆 건물의 같은 부분과 교차하고 있었다. 아닌가?

잠깐만……

각도가 커진 것이 아니었다. 각도의 모양이 달라져 있었다. 두 건물의 측면이 이루는 모습은 뒤집어놓은 V자가 아니라 길게 늘인 D나 활 모양이었는데, 그가 사는 아파트가 휜 활짱이라면 옆 건물이 똑바로 선 시위처럼 보였다. 아파트 꼭대기는 원래 자리로 밀려나 있고 중간 부분은 이제 서쪽으로 배가 불러 있었다. 지금 다림줄로 다시 측정하면 이상한 점이 전혀 없을 것이다.

균형 면에서 보자면 물론 더 나아졌지만, 그래도…… 콘크리트와 철골로 이루어진 구조물이 마치 고무처럼 움직인다는 건 매우 불안한 일이었다. 특히나 그 구조물 안에서 사는 사람에게는.

요엘은 지하철을 타고 벨링뷔의 철물점으로 가서 가까스로 걱정을 억누르며 하루를 보냈다. 어쨌거나 라세 말로는 이런 아파트에서는 비슷한 문제가 가끔 있다지 않은가. 어쩌면 기운 각도가 바뀌는 것도 정상적인 현상 가운데 하나일 수도 있었다.

유일하게 불안감을 억누르지 못했던 순간은 한 손님이 여름 별장 오두막 공구 창고에 사용할 보강용 철근을 사러 왔을 때였다. 손님은 철근을 손에 들고 가늠해보며 미심쩍다는 듯이 물었다.

"이 정도로 충분할까요?"

"당연하죠." 요엘이 대답했다.

손님은 종이에 서둘러 그림을 그리더니 어디에 철근을 사용할지 보여주었다.

"무슨 말인지 아시겠죠? 전체 무게가 이 철근에 수직으로 가해질 거예요."

요엘은 잠시 머뭇거리다가 혹시 몰라 제품 카탈로그를 다시 확인했다. 다양한 무게에서 견디는 정도를 기록한 수치를 손가락으로 짚어가며 확인하고 나서 생각했다. 어제였다면 이러지 않았을 거야. 그냥 충분히 견딜 수 있다고 장담했겠지.

그는 손님에게 수치를 보여주었다.

"무게는 3톤까지 견딜 겁니다. 혹시 창고 위에 셔먼 탱크라도 올려놓으실 거면 모르지만 그게 아니면……"

손님은 웃으며 고개를 저었다.

"아뇨, 그냥 잔디깎이나, 뭐 그런 겁니다."

"그렇다면 아주 튼튼합니다. 문제없어요."

손님이 떠난 뒤 요엘은 카운터에 서서 인상적인 숫자들이 적힌 표를 들여다보았다. 가장 강한 평평한 모양의 철근은 7톤까지 견

떠냈다. 굵기가 대걸레 자루 정도는 되었다.

아파트 건물은 무게가 얼마나 될까?

그는 라세가 일하는 현장을 보러 두 번 나갔다 들어왔다. 멀리서 보면 약한 철근 구조물이 수백 명의 목숨과 여러 집의 벽을 지탱하고 있다고 생각하면 대단히 흥미로웠지만, 결국 대들보라고 해봐야 양팔로 감싸안을 수 있을 정도이고, 여러 개가 삼각형으로 서로 기대고 있을 뿐이다.

라세는 그들이 건설하고 있는 건물만큼 높은 크레인을 가리키며 말했었다. "건물은 별것 아니야. 하지만 크레인은—그게 정말 기적 같은 놈이지! 그냥 가느다란 강철 구조물이거든. 자네가 성냥개비로 만드는 것처럼 말이야. 이것들을 사각형으로 쌓아올리면 코끼리 한 마리도 들어올릴 수 없어. 바로 무너지겠지. 하지만 삼각형으로 쌓으면…… 서로 의지하면서 모든 무게가 지면으로 향하는 거지. 믿을 수 없을 정도야. 피타고라스를 성스럽게 여기는 게 놀랄 일도 아니라니까."

요엘은 카탈로그를 덮고 세계무역센터를 생각했다. 그 건물은 무너지지 않았고, 비행기가 충돌한 뒤에도 구부러지지 않았다. 건물을 무너뜨린 건 불이었다. 높은 건물을 쓰러뜨리는 데는 불의 힘이 필요했다.

세시에 가게를 닫고 집으로 가는 지하철을 탔다. 아파트로 돌아가는 게 내키지 않아서 대신 광장으로 향하는 계단을 올라갔다. 피자가게에 가서 맥주나 몇 잔 마시고 신문을 볼 생각이었다. 가게

안에 미처 들어서기도 전에 베라가 테이블에서 벌떡 일어서더니 그의 손을 잡았다. 요엘은 베라의 손을 붙잡고 궁금하다는 듯 고개를 흔들었다.

"축하해." 베라가 말했다. "자네 3,000크로나를 벌었어. 정확히 말하면 3,261크로나지."

"우리가 이겼나?"

"당연히 이겼지. 여섯 경기를 맞혀서 13,044크로나를 땄다고. 이리 와 앉아."

요엘은 단골손님들 사이에 앉아 맥주를 주문했다. 모두 눈이 게슴츠레한 걸 보니 몇 시간 전부터 축하하고 있었던 모양이었다. 당첨된 마권이 테이블 한가운데 영광스럽게 놓여 있었다. 요엘은 주문한 맥주가 나오자 크게 한 모금 마시고 일부 번호에 동그라미가 그려진 마권을 들여다보았다.

"그럼…… '검은 수수께끼'가 이긴 건가?" 그가 물었다.

"에이, 아니야." 베라가 말했다. "그 말라깽이 녀석은 200미터 달리다가 실격당했어. 모르간이 고른 말을 선택했더라면 42만 크로나를 먹을 수도 있었는데."

요엘은 찌푸린 얼굴로 맥주를 비우고 일어서는 모르간을 바라보았다. 육십대임에도 하와이안셔츠에 청재킷 차림이었다. 숱이 줄고 있는 머리에 헤어크림을 발라 뒤로 매끈하게 빗어넘겼다. 그는 의자 뒤에 걸어두었던 낡은 카우보이모자를 집어 머리 위에 툭 얹었다.

"안 되겠어." 그가 말했다. "이만하면 충분해. 10만 크로나를 딸

수 있었는데 고작 3,000크로나로 축하하자니 힘들군."

"그러지 마." 베라가 말했다.

"노력하고 또 노력했어." 모르간은 빈 술잔을 가리키며 말했다. "다만 진심으로 기뻐할 수가 없을 뿐이야. 미안해. 또 보자고."

모르간은 가게 밖으로 나가 양손을 주머니 깊숙이 꽂은 채 광장을 가로질렀다.

"실은 말이지." 베라는 설명이라도 하듯 말했다. "모르간이 사는 게 팍팍해서 그래. 건배하자고, 요엘."

요엘은 한 시간 동안 머물며 베라와 외스텐과 수다를 떨었다. 두 사람은 모르간과는 달리 요엘이 행운의 마스코트라고 생각하는 모양이었다. 일 년 넘게 한 번도 경마에서 돈을 따본 적이 없었는데, 요엘이 나타나자 웬걸—그들이 번호를 함께 선택하기 시작한 뒤로 가장 큰돈을 딴 것이다. 앞으로도 실제 번호를 직접 선택할 수만 있다면 언제든 함께 돈을 걸자고 했다.

"'검은 수수께끼' 녀석." 베라가 말했다. "사실상 걸어다니는 고깃덩어리나 마찬가지거든."

요엘은 경마로 딴 돈을 나눠 가질 자격이 없다고 생각했다. 원금인 100크로나만 돌려달라고 말했지만, 그들은 들은 체도 하지 않았다. 딴 돈은 벌서 찾아왔고 베라는 요엘의 몫을 따로 떼어 잔돈까지 맞춰 테이블 위에 올려놓았다.

살짝 취한 세 사람은 우정 섞인 언쟁을 나누며 헤어졌다. 뱃속으로 부드럽게 들이켠 맥주와 동료애가 주는 위로, 여운이 남는 행복감 덕분에 요엘은 자신의 '문제'에 대해 덜 고민하게 되었다. 언덕을 따라 내려가면서도 고개를 들어 쳐다보지 않았다. 어쨌든 아파트 건물은 여전히 그곳에 서 있었다.

아니타의 집 초인종을 눌렀지만 아무 대답이 없어서 우편물 투입구를 열고 안을 들여다보았다. 편지와 광고지가 안쪽 바닥에 흩어져 있었다. 열쇠를 꺼내들고 잠시 고민했다. 아니타는 근처 병원에서 파트타임 청소부로 일하는데…… 교육받으러 갔나? 청소부가 무슨 교육을 받을 것이 있을까? 새로운 청소 도구라도 나온 걸까?

어쨌거나 그는 열쇠를 도로 주머니에 집어넣었다. 열쇠는 혹시 몰라 보관하고 있을 뿐이다. 이를테면 아니타가 열쇠를 두고 나왔는데 문이 잠긴 경우처럼. 열쇠가 있다고 마음대로 들락거릴 권리는 그에게 없었다. 그는 문밖에 미동 없이 서서 귀를 기울였다.

상상이겠지만 건물이…… 진동한다는 생각이 들었다. 심장박동이 점점 빨라졌고, 건물 전체가 머리 위로 무너져내리기 전에 얼른 밖으로 달아나고 싶은 충동이 들었다. 그런 순간이 지났다. 아파트는 여전히 서 있었다. 그는 거주자 명패를 살펴보았다.

피자가게에서 맥주만 마시고 올 것이 아니라 뭔가 먹을 걸 사왔어야 했다. 아파트 한 동 전체를 축소해놓은 듯한 플라스틱 명패들은 그의 눈에 한쪽으로 기울고 비틀린 것처럼 보였다. 산체스라는 이름은 룬딘이라는 이름과 맞닿을 듯 구부러져 있었다. 콘크리트 벽에 손을 대보았다. 아무 움직임도 느껴지지 않았다. 그런데도 소름끼치는 공포가 등줄기를 타고 기어오르는 것 같았다. 뒤로 돌아섰다. 누군가 그를 보고 있는 기분이었다. 마치 바로 옆에 누가 있는 것처럼.

하지만 복도는 텅 비어 있었다. 다시 입주자 명패를 들여다보던 요엘은 상실감에 사로잡혔다. 이름에 불과한 사람들, 언덕 위 마을의 이웃 주민들과 이야기를 나누고 싶었다. 더 많은 사람이 모이면 각자 경험을 비교해 이야기할 수 있을 것이다. 마을 위원회도 만들고.

사람들과 말하는 대신 그는 엘리베이터를 타고 혼자 사는 자신의 아파트로 향했다. 하지만 꼭대기층에 내리자 다른 주민과 접촉하지 않는다는 금기를 깨기로 마음먹고 맞은편 룬드베리의 집 초인종을 눌렀다. 아무 대답이 없었다. 양쪽 집 사이 층계참에서 이미 경사진 느낌이 들었다.

왜 아무도 아무 말 하지 않는 거지? 왜 아무도 아무 말 하지 않는 거야?

그가 아무 말도 하지 않고 아무것도 하지 않는 것과 같은 이유일 터였다. 사람들은 까다롭거나 이상한 사람으로 보이고 싶어하지 않는다. 요엘은 집으로 들어서면서 결심했다. 만일 라세가 건물에서 벌어지는 상황이 비정상이라고 하면 바로 다음날 아침 아파트 관리회사에 전화를 걸 생각이었다. 그쪽에서 뭐라고 하든 신경쓰지 않을 터였다.

오늘은 집에 들어오자마자 와인 통에서 와인을 두 잔 떠냈다. 변기 속에 물이 없었다. 레버를 내리자 쏟아져나온 물이 변기를 채웠다. 라세의 판단을 기다릴 것도 없었다. 뭔가 잘못되었고, 해결해야 했다.

회사에 전화했더니 앞서 열한 명이 통화 대기중이라는 안내방

송이 나왔다. 십 분 뒤 대기자가 한 명 줄었고, 그는 전화를 끊었다. 입주자 모두가 수화기를 든 채 순서를 기다리고 있는 것이 분명했다. 문제는 해결될 것이다.

아래층에서 압도당했던, 누군가 지켜보는 듯한 기분을 떨쳐낼 수 없었다. 와인을 마시고 나서야 긴장이 풀리고 걱정이 멈췄다. 소파에 누워 아파트의 움직임을 느꼈다. 사실 움직임은 그 자신의 머릿속에만 존재하는지도 몰랐다.

일곱시 십오분 초인종이 울렸다. 문 앞에는 라세가 DVD 한 장을 들고 서 있었다.

"나 왔어." 라세는 요엘을 보더니 깜짝 놀랐다. "자네 괜찮아?"

"나쁘진 않아." 요엘은 한 손으로 얼굴을 쓸어내리며 말했다. "아까 말한…… 도구들 가져왔나?"

"그럼. 아래에 놓고 올라왔지. 자네 말이 무슨 뜻인지 알겠더군."

"아파트가 기울었지?"

"그래. 걱정할 필요는 없지만 확실히 기운 것처럼 보이긴 하더군. 바로 확인하러 갈까?"

두 사람은 엘리베이터를 타고 내려갔고, 요엘은 경사진 수직 통로를 내려가는 기분이 들었다. 라세는 거의 공간을 차지하지 않았다. 그는 겨드랑이에 털이 무성한 거친 건설업자가 아니라 키는 작아도 실팍한 사람이었다. 그가 말했다. "어제도 말했지만 특별한 일은 아니야. 그런데 자네는 건물이 동쪽으로 기울었다고 하지 않았나? 내가 보기에는 그보다는…… 그러니까 활 모양으로 휜 것 같던데."

"어제는 기울어 있었어."

라세가 그를 보더니 씩 웃었다. "어쩌면 내일은 반대로 돌아올지도 모르지."

요엘은 웃음기 없이 말했다. "어제는 기울어 있었고, 오늘은 활처럼 휘었지."

"그래, 알았어." 라세는 요엘의 판단을 전적으로 신뢰하지 못하겠다는 투로 말했다.

두 사람은 건물 밖으로 나갔다. 라세는 삼각대 위에 세오돌라이트를 얹더니 작은 바퀴들을 돌려 눈금을 맞췄다.

"요새는 디지털로도 나오지만 나는 이게 더 좋더라고." 라세는 세오돌라이트를 쓰다듬더니 렌즈를 들여다보았다. 요엘은 건물 전면부에서 눈을 떼지 않고 있었다. 불 꺼진 창문도 있고 불을 밝힌 창문도 보였다. 창문들이 그에게 뭔가 말하려 애쓰고 있었지만 알아차릴 수 없었다. 아니타의 집은 여전히 어둠에 싸여 있었다.

라세는 숨을 몰아쉬더니 다시 바퀴 모양 손잡이를 돌렸다. 그러고는 옆으로 한 걸음 물러나 요엘과 나란히 서서 아파트 건물을 바라보았다.

"글쎄." 그가 말했다. "꽤 이상하긴 하네. 활 모양이야. 믿을 수가 없어. 아까 말했지만 건물이 무너지지는 않을 거야. 그럴 가능성은 전무해, 그래도 곧 이사 나올 준비를 해야 할 것 같네. 이 문제를 해결하려면 아파트 전체를 철거해야 한다고 해도 놀라운 일은 아닐 것 같군. 이런 현상은 한 번도 본 적이 없어."

불 꺼진 창문들, 불을 밝힌 창문들. 무슨 뜻일까?

요엘은 다시 라세에게 눈길을 돌리고 물었다. "어떻게 이런 일이 생길 수 있지?"

라세는 머리를 긁적거렸다.

"솔직히 나도 모르겠어. 중요한 건 마치 무언가가…… 아래에서 건물을 끌어당기는 것 같다는 점이야. 하지만 그 힘의 정도, 비틀린 정도로 보면…… 아니, 모르겠어. 혹시 중간층을 지을 때 뭔가를 빼먹었을지도 몰라."

"어제는 기울어 있었거든."

"글쎄, 사실이라면 무슨 상황인지 모르겠어. 그렇다면 작용력이 바뀌었다는 거잖아. 어제는 왼쪽으로, 오늘은 오른쪽으로 말이야. 하지만 그 압력은…… 아니야. 혹시 아파트 건물과 같은 크기인 보이지 않는 우주선이 꼭대기에 올라앉아 위치를 바꾸고 있다면 그럴 수 있겠지. 그건 그렇고, 내가 말했던 영화는 없어서 대신 〈아마겟돈〉 빌려왔어 — 괜찮지?"

"그럼, 당연하지."

"다시 안으로 들어갈까?"

"먼저 들어가. 나도 금방 따라갈게."

라세는 삼각대를 접어서 들고 안으로 들어갔다. 요엘은 그 자리에 서서 아파트의 창문들을 쳐다보며 마치 흐려서 보이지 않는 손글씨를 이해하려는 듯 실눈을 떴다. 갑자기 뭔가가 보였다. 그림 두 장을 서로 겹쳐놓은 것처럼, 눈앞에 나타났다. 어두운 창문과 불 켜진 창문의 모습이 어제저녁과 완벽하게 일치했다.

그게 무슨 의미가 있는 걸까? 사람들의 일상이 정해져 있다는 뜻이겠지. 그의 집만 해도 어제와 마찬가지로 불이 켜져 있다. 그런데 한 가지 차이점도 보였다. 그의 집 바로 아래층의 욕실 불이 켜져 있었다. 어제는 꺼져 있던 곳이다.

갑자기 잔뜩 두려워졌다. 서둘러 안으로 들어가 머뭇거리지 않고 아니타의 집 현관문을 열었다. 현관 불을 켜니 광고지들과 고지서들이 바닥에 흩어져 있었다. 아파트 관리회사에서 보낸 월세 고지서를 보고 요엘은 얼굴을 찡그렸다.

회사가 돈을 달라고 하면 안 되지. 오히려 돈을 내야 할 판인데.

요엘은 고지서를 복도 탁자에 올려놓고 잠시 서서 망설였다. 뭔가를 기다리고 있었다. 그게 뭔지 알 수 없었다. 아니, 당연히 알았다—아니타의 고양이 트리세였다. 그는 언제나처럼 트리세가 와서 자기 다리에 몸을 비비기를 기다리고 있었다. 그는 복도에 있는 고양이 집 안쪽을 들여다보았다. 트리세는 대개 그 안에서 쉬었다. 비어 있었다.

"아니타? 나 왔어."

원래 집이 비어 있다고 불쾌할 일은 아니었다. 하지만 집에 있어야 마땅한 사람을 소리쳐 부르는 일은 기분이 좋지 않았다. 그 말인즉슨 그 사람이 어딘가에 쓰러져 죽어 있는데, 그 위치를 모른다는 것이기 때문이다. 대개 그렇게 흘러가는 법이다. 요엘은 주먹을 꽉 쥐고 마음을 다잡았다. 아니타가 자주 입던 외출복과 자주 신던 신발이 복도에 놓여 있었다. 열쇠 다발이 현관문 바로 안쪽 고리에 걸려 있었다. 그녀는 집에 있다.

아니타, 아니타……

눈이 따끔거리고 심장이 오그라들었다. 아니타가 죽었길 바라지 않았다. 생각해보면 차라리 그가 죽는 편이 나았다. 양손으로 입을 막은 채 고양이 집을 노려보는 그의 눈이 눈물로 흐릿해졌다. 아니타가 자신에게 이토록 소중한 존재인지 미처 몰랐었다. 이제는 알았다. 그에게 선택권이 있다면 대신 죽을 수도 있었다. 아니타는 그 정도로 소중했다.

하지만 트리세가 보이지 않았다. 만일 아니타가 죽은 채 쓰러져 있다면 굶주린 트리세가 뛰어나와 그를 맞았을 것이다. 요엘이 마지막으로 온 지 고작 이틀이었다—그렇게 짧은 사이 고양이가 굶어죽지는 않았을 것이다.

그러나 코트도 신발도 열쇠도 제자리에……

요엘은 머뭇거리며 앞으로 움직였다. 온몸을 위협하는 두려움을 억누르기 위해 나지막이 노래를 부르기 시작했다.

"The water is wide……(강은 넓고……)"

거실. 불을 켰다. 탁자 위에 아니타가 병원 동료에게 빌려온 잡지가 여러 권 쌓여 있었다. 그녀가 즐기는 십자말풀이가 실린 잡지였다. 반쯤 찬 재떨이 옆에 잡지 한 권이 펼쳐져 있었다. 이틀 전 펼쳐져 있던 것과 똑같은 십자말풀이 페이지였다. 그녀가 요엘에게 물었었다. "부두에서 쓰는 것, 일곱 글자, C로 시작하고 N으로 끝나는 게 뭐지?" 요엘은 "캡스턴"이라고 대답했었다. 그때 마지막으로 본 후로 새로 채워진 단어는 하나도 없었다.

"I cannot get over……(건널 수 없는……)"

두 다리를 움직이고 싶지 않았다. 끔찍한 장면을 보면 질끈 눈을 감기로 마음먹고 억지로 부엌을 향해 걸음을 떼어놓았다. 싱크대에는 지난번 왔을 때처럼 설거지거리가 쌓여 있었다. 못 보던 것이 하나 있긴 했다. 식탁 위에 절반쯤 마시고 남은 커피 잔이 놓여 있었다. 커피머신은 전원이 켜져 있었다. 포트를 집어들고 살펴보니 뜨거운 바닥에 커피 찌꺼기가 눌어붙어 있었다.

"And neither have I wings to fly……(날아갈 날개도 내게는 없어……)"

아니타의 아침 일과는 요엘도 익히 알았다. 그녀는 일어나자마자 커피를 끓인다. 그리고 커피가 다 끓을 때까지 신문을 본다. 신문은 탁자 위에 펼쳐져 있었다. 커피를 절반 정도 마시고 그날의 첫 담배를 피우고 나면 소변을 보기 위해 욕실로 간다.

"Build me a boat that will carry two……(두 사람이 타고 갈 수 있는 배를 만들어요……)"

부엌을 벗어나 욕실로 향하면서 목소리를 높이던 요엘은 속이 울렁거리기 시작했다.

"And both shall row……(두 사람이 노를 저어요……)"

무슨 일이든, 그가 일곱시 반쯤 나간 후부터 아니타가 출근하는 아홉시 사이에 벌어졌을 것이다. 욕실 문은 닫혀 있지만 잠겨 있지는 않았다. 가슴이 쿵쾅거렸다. 문손잡이에 손을 올리는 순간 정신을 잃을 것 같은 느낌에 최대한 소리를 높여 노래를 불렀다. "MY LOVE AND I……(사랑하는 그대와 나……)"

문을 활짝 열었다. 욕실은 텅 비어 있었다. 거실 불빛에 욕실 바닥에서 뭔가 반짝거리는 물건이 눈에 띄었다. 머릿속 압력이 줄어들면서 그는 다시 숨을 쉬고, 조용히 노래를 불렀다. "There is a ship that sails the sea……(배가 바다를 항해해요……)"

욕실 불을 켰다. 무슨 일인지 몰라도 아침에 벌어진 것이 틀림없었다. 불이 모두 꺼져 있는 걸 보면. 아침이면 해가 충분히 들어 집안이 환했다. 바닥에 떨어진 물건으로 다가가 집어들었다. 아니타의 안경이었다. 그녀는 독서용 안경을 몸에서 떼어놓는 법이 없었다. 쓰지 않을 때는 머리 위에 올려놓는 습관이 있었다. 그래도 머리칼 덕분에 제자리에 잘 고정되었다. 그는 욕실 안을 둘러보았다.

"It's loaded deep―(배는 바다에 깊이 잠겨서―)"

턱이 뻣뻣해져서 움직일 수 없었다. 변기 뚜껑이 열려 있었다. 변기 속은 누군가 피 섞인 소변을 본 것처럼 벌겋게 물들어 있었다. 안쪽 바닥에는 검붉은색의 끈적이는 덩어리가 천천히 위아래로 움직이고 있었다. 마치 숨을 쉬는 것처럼. 떠올랐다가 가라앉고, 떠올랐다가 가라앉으면서.

요엘은 아니타의 안경을 손에 꼭 쥐고 욕실을 나왔다. 거실로 돌아오는데 안경이 반으로 부러졌다. 손을 들어 부러진 것을 확인하고 저만치 던져버렸다.

올라가는 붉은 것.

불현듯 머릿속에 온도계가 떠올랐다. 수은주가 천천히 올라가고 있었다. 생각을 멈춰야 했다. 뭔가 점검해보고 싶은 것이, 확인해보고 싶은 의심스러운 것이 있었다. 마비된 듯한 몸을 이끌고 아파트를 나온 그는 죽마를 탄 것처럼 삐걱이는 걸음으로 2층으로 올라갔다. 우편함을 열고 안을 들여다보았다. 편지와 광고지들이 있었다.

한 층 더 올라갔다. 편지와 광고지. 4층, 5층을 확인해도 모두 마찬가지였다. 아무도 집에 없었다. 어제 이른 시간부터 집에 있는 사람이 아무도 없었다. 이 건물에는 사람이 없었다.

하지만 아이들, 아이들은……

6층에 있는 우편함은 달라 보였다. 아래층과 같은 광고 전단들이 맨 위에 있었지만, 그 아래는 어제자 신문이 아니었다. 이 집 주민은 전날 우편물을 확인한 것이다. 하지만 오늘은 아니었다.

점점…… 올라오고 있어.

여전히 정신이 멍한 채로 요엘은 죽마에 올라탄 것처럼, 혹은 꼭두각시가 줄에 매달려 흔들리는 것처럼 계단을 올라갔다. 확인해야 했다. 자기 집 바로 아래층인 8층에 도착하고 나서야 알아차렸다. 우편함에 편지들이 보이지 않았다. 그는 초인종을 눌렀다. 아무도 대답이 없었다.

그는 양팔을 축 늘어뜨린 채 서 있었다. 관자놀이가 욱신거리며 당겼고 두려움이 엄습해 그를 짓눌렀다. 이제야 왜 1층 입구에서 누군가 자신을 지켜보고 있는 기분이 들었는지 이해할 수 있었다. 누군가 지켜본 게 아니라, 뭔가…… 살아 있는 것이 둘러싸고 있었던 것이다. 그 뭔가가 아래서부터 올라오고 있었다.

라세!

마치 전기충격이라도 받은 것처럼 두 다리가 튀어나가며, 요엘은 자기 집을 향해 계단을 뛰어올라갔다. 계단실은 기울어 있었다.

그는 터널처럼, 유령 터널처럼 보이는 복도를 따라 달렸다. 아파트를 빠져나가야 했다, 당장 집 현관으로 뛰어들던 요엘은 가장 보고 싶지 않았던 장면을 목격했다.

라세가 문이 열린 화장실 안에서 막 바지 지퍼를 올리고 있었다.

"요엘, 도대체 무슨……"

"거기서 빨리 나와!" 요엘이 소리쳤다. "화장실에서 나오라고!"

라세는 씩 웃더니 레버를 눌러 물을 내렸다. 텅 빈 변기 수조 속에서 딸칵거리는 소리가 났고, 라세가 말했다. "이거 어디 고장이 났는지—"

그 말이 끝이었다. 검은 뱀이 변기 속에서 튀어나와 라세의 두 다리를 휘감았다. 라세는 비명을 지르며 양팔을 뻗었다. 요엘이 그의 한쪽 손을 잡았지만 끌어당기는 힘이 어마어마해서 마치 달리는 열차를 손가락으로 붙잡는 느낌이었다. 간신히 붙잡고 있다고 느낀 순간 친구의 손이 뒤틀리며 빠져나갔고, 라세는 마치 헝겊 인형처럼 변기 안쪽으로 끌려들어갔다.

라세의 두 무릎이 변기에 부딪히며 바스러졌고, 바로 다음 순간 두 다리가 변기 속에 처박혔다. 두 눈이 휘둥그레지고 떡 벌어진 입은 침묵의 비명을 질렀다. 간신히 한 손으로 와인 통을 붙잡았지만, 바로 그 순간 하반신이 변기 속으로 끌려들어가기 시작했다. 와인 통이 쓰러지면서 내용물이 욕실 바닥에 쏟아지는 사이 라세의 몸은 엄청나게 작은 구멍으로 빨려들어가고 있었다.

라세의 눈이 압력과 고통을 못 이기고 머리 밖으로 튀어나왔다. 앞이 보이지도 않는 눈이 요엘의 눈을 바라보고 있었다. 골반이 부서지는 순간 동공 속 뭔가가 빛을 잃었고, 라세는 무슨 일이 벌어지고 있는지 더는 인식하지 못했다.

모든 것이 순식간이었다. 나무가 쓰러질 때 가지들이 꺾이는 소리를 내며 라세의 가슴이 부서지고, 그의 머리가 변기 속으로 모습을 감출 때도, 와인 통에서는 여전히 와인이 쏟아져나오고 있었다.

요엘이 자신이 뭘 하는지 알지도 못한 채—

눈을 뗄 수가 없어.

—문가로 움직이는 순간, 바닥에 쏟아진 와인이 화장실 문턱에 닿았다. 라세의 머리가 변기 구멍으로 끌려들어가는 걸 봤지만 아직 완전히 사라지지는 않은 채였다. 귀가 앞으로 접히면서 뺨을 덮었고, 얼굴 피부는 붉다 못해 거의 검게 보였다.

화장실 문턱을 넘어 쏟아져나온 와인이 요엘의 신발을 적시는 순간, 몸통에서 떨어져나온 라세의 머리가 역류하는 빨간색 진창 속에서 떠오르며, 변기 가장자리 몇 센티미터 위로 모습을 드러냈다. 머리칼은 그대로 붙어 있었다. 퇴근하면서 무스를 발라 모양을 낸 머리가 내장들 사이에서 잠시 까딱거리더니 균형이 깨졌는지 가장 무거운 부분이 아래로 향하며 첨벙 뒤집혔다. 피바다 속에서 잘린 목을 분간하기는 불가능했다.

촉수가 다시 나타나더니 라세의 머리를 휘감아 으스러뜨리고는 다시 변기 밖으로 모습을 드러냈다. 만일 코가 있었다면, 검은색 매끄러운 표면에 그런 기관이 달렸다면, 분명 냄새를 맡고 있었을 것이다.

요엘은 현관문을 향해 달렸지만 뱀은 순식간에 화장실에서 튀어나와 요엘의 탈출로를 가로막았다. 요엘은 거실로 뛰어가 발코니로 나간 다음 문을 닫았다.

그것은 뱀이 아니었다.

발코니 창을 통해 검은 존재가 방을 향해 킁킁대며 방향을 잡는 모습이 보였다. 꼬리 쪽은 보이지 않았다. 요엘은 난간을 향해 뒷걸음쳤다.

앞을 못 보는 거야, 그렇지?

더 많은 촉수가 방으로 들어가 뱀처럼 바닥을 이리저리 기어다녔다. 촉수 끝이 고개를 들더니 요엘의 모형 배를 순식간에 휘어감았다. 마치 거대한 문어에게 공격받는 선원들을 그린 무시무시한 옛날 그림처럼. 촉수가 짓누르자 배는 두 동강이 났다. 요엘은 난간 위로 기어올라가 앉아서 기다렸다. 박살난 배가 거실에 흩어져 있었다. 아니타. 라세. 괴물은 실내를 휩쓸고 뒤지면서 전등과 텔레비전을 넘어뜨렸다.

문어.

뱀이 아니었다. 거실을 뒤지고 있는, 순 근육으로 이루어진 저 검은 밧줄은 그저 더 큰 존재에서 뻗어나온 덩굴에 불과했다. 훨씬 더 큰 존재. 너무 커서 아파트 한 동 전체를 어린나무처럼 구부릴 수 있는 존재.

아니지. 생각해보면……

발코니 창이 깨지고 요엘은 뒤쪽으로 몸을 던졌다. 그는 8층을 지나고 7층을 지나 떨어지면서도 계속 생각했다.

비틀림을 생각해봐.

몸이 공중에서 뒤집혔고 그는 얼굴이 아래를 향한 채 바닥의 검은 점을 향해 떨어지기 시작했다.

비틀림. 팔이 몸에 붙어 있지 않으면 뭔가를 활 모양으로 구부릴 수 없다. 그의 집 거실에 있는 괴물이 다른 어떤 것에 붙은 작은 덩굴이 아니라면 건물 전체를 구부릴 수 없었을 것이다.

훨씬 더 큰 존재.

검은 점이 순식간에 커지면서 그는 바로 그 위로 떨어졌다. 아주 짧은 순간 그는 간신히 그 검은 점이 뭔지 알아챘다. 하수구 뚜껑이었다. 찰나에도 요엘은 엑스레이로 투시하듯 전체 하수구 구조를 보았다. 하수구 배관은 온 도시 아래에 뻗어 있었다. 폭풍우 치던 밤, 아무도 소리를 듣지 못할 때 몸의 일부로 아파트 건물을 뚫고 들어온 괴물의 몸뚱이 크기.

만일 누군가 소리를 들었다면? 모두가 들었다면?

이곳은 언덕 위 마을이다. 그런 이야기는 우리도 하지 않는다.

임시교사

마테가 전화를 걸어온 것은 마지막으로 연락한 지 이십이 년 만이었다. 수화기 너머의 상대가 그러니까…… 죽은 건 아니지만, 사라진 줄 알았던 사람인 건 묘한 느낌이다. 다시는 길거리에서 마주칠 일이 없던 사람. 증발한 사람.

"오랜만이야. 나 맛스야. 맛스 헬베리."

"마테?"

"그래. 어떻게 지내?"

"잘 지내지. 좋아. 넌 어때?"

삼 초의 침묵. 그사이 여러 가지 시나리오가 머릿속을 스쳐지나갔다. 1982년 가을에 무슨 일인가 벌어졌다는 건 나도 알았다. 마테가 학교로 돌아올 수 없게 만든 어떤 사건이 있었다. 그게 마지막이었다. 뭔가가 잘못되었고, 아마 지금도 그 문제는 해결되지 않았을 것이다. 그래서 마테의 침묵은 내게 불편한 느낌을 주었다.

"너랑 할 얘기가 좀 있어. 만날 수 있을까?"

"글쎄……"

"제발. 중요한 일이야. 내가 연락할 수 있는 사람이 너뿐이라서."

"무슨 일인데 그래?"

또 침묵. 시계를 확인했다. 이 분만 있으면 〈식스 피트 언더〉의 이번 시즌 마지막 회 방송이 시작될 참이었고, 단 일 초도 놓치고 싶지 않았다.

"무슨 일이 있었는지 한 번도 궁금하지 않았어?"

"뭐가?"

"나한테 벌어진 일 말이야."

"궁금하긴 했지만—"

"네 생각과 달라. 네가 생각할지도 모르는 그런 상황하고는 전혀 다른 일이었어. 만나줄 수 있어?"

1982년 가을, 우리 반 아이들 사이에서는 진실에 대해 숱한 추측이 오갔다. 마테가 사람을 죽였다는 둥, 완전히 정신이 나가서 정신병원에 갔다는 둥. 하지만 크리스마스가 지나자 마테는 완벽히 잊혔다. 삶은 계속되었다. 나는 가끔 마테를 떠올렸던 것 같다. 그나마 내가 그와 가장 친했기 때문이다. 마테 같은 아이와 친해지는 일이 가능한지는 몰라도. 하지만 나조차 그에 대해 잊고 살았다. 그런 거지 뭐. 나는 속으로 말했다.

그리고 그럼에도 나는 양심의 가책을 느끼고 있었다. 우리가 열세 살일 때 했거나 하지 않았던 일 때문이 아니라, 그를 잊고 살았다는 사실 때문에. 그래서 말했다. "그래, 좋아. 언제 어디서 볼까?"

"내일 이리로 올 수 있어? 우리집에?"

"어디 사는데?"

그는 록스타 지역의 아파트 주소를 불러주었고, 나는 듣자마자 병원에서 마련해준 숙소가 분명하다고 생각했는데 나중에 보니 그 생각이 옳았다.

정확히 아홉시 이십분, 드라마의 타이틀 장면만 놓치고 챙겨 볼 수 있을 터였다. 하지만 서둘러 전화를 끊으려는 내게 마테가 다시 물었다. "저기, 너 우리 기념사진 갖고 있어?"

"언제 거?"

"마지막. 6학년 때 찍은 거."

"모르겠는데. 있을 거야."

"찾아보고 가져올래? 중요한 거야."

"좋아."

우리는 작별인사를 하고 전화를 끊었다.

드라마 속에서 데이비드와 클레어는 대마초를 피우고 네이트는 수술을 받아야 했다. 그런데도 나는 학급 기념사진 생각을 멈출 수 없었다. 무엇보다 사진이 어디 있는지 궁금했다. 정말로 나한테 아직 사진이 있나? 그리고 두번째, 그 사진이 특별한 이유가 뭐지?

드라마가 끝나자마자 지하실로 내려가 내 인생의 기록들을 샅샅이 뒤지기 시작했다. 사진과 편지, 잡지, 카세트테이프, 그 밖의 잡동사니로 가득찬 바나나 상자 세 개에는, 나 같은 사람들이 결국은 간직하게 될 법한 잡다한 물건이 잔뜩 있었다.

디페시 모드의 '블랙 셀레브레이션' 순회공연 팸플릿을 발견한 나는 잠시 추억에 잠겼다. 페이지마다 나오는 무의미한 기호들을 교과서에다 베껴 그리곤 했다. 내 우상이었던 마틴 고어의 사진도 있었다. 나도 곱슬머리였다면 좋았을 텐데. 하지만 이런 것들은 1985년에서 1986년의 물건들이다. 나는 더 깊이 파헤쳤다.

한 시간은 족히 지하실에서 머물렀다. 겨우 찾던 사진을 발견해 가지고 올라와서 식탁에 놓고 자세히 살펴보기 시작했다.

사진에 이상한 점은 보이지 않았다. 특히 맛스의 모습을 유심히 들여다보았다. 그는 아이언 메이든 스웨트셔츠를 입었고, 여자애들을 포함해 동급생 가운데 가장 머리가 길었다. 한쪽 손목에는 징이 박힌 팔찌를 끼고 있었다. 아무것도 모른 채 사진만 본다면 학급 내에서 가장 다루기 어려운 학생이라고 생각할 것이다.

어찌 보면 맞는 말이었다. 달리 생각하면 전혀 그렇지 않았고.

그는 건드릴 수 없을 듯한 상대였다. 아무도 그에게 시비를 걸지 않았다. 싸움을 잘할 것 같아서가 아니었다. 맛스는 열 살 소년답게 마르고 허약했지만, 뭔가 독특한 분위기를 풍겼다. 수틀리면 서슴지 않고 상대의 눈알이라도 파낼 것 같은 인상이었다.

잃을 게 없는 아이.

그 사진을 찍기 이 년 전, 맛스의 어머니와 형이 자동차 사고로 죽었다. 맛스는 오랫동안 학교에 나오지 못한 탓에 일 년을 유급했고, 그래서 우리와 같은 반이 되었다. 그가 주로 입는 옷들은 전부 죽은 형 콘뉘의 것이었다. 그의 아버지는 콘뉘의 방을 정리하지 않았다. 차마 그러지 못하는 아버지를 맛스도 딱히 다그치지 않았다.

사고 이후 맛스의 아버지는 내리막을 걸었다. 맛스네 집에 자주 가본 것은 아니지만, 그의 아버지가 물건처럼 팔걸이의자에 앉아 있던 모습은 기억난다. 왠지 우울한 분위기였다. 한번은 마테에게 물었다. "너희 아버지는 직업이 뭐야?"

"없어. 아무 일도 안 해. 그냥 집에 앉아 있어."

나는 더 묻지 않았다. 내가 기억하는 마테의 아버지는 육체라는 형태가 있는 유령이었다. 그냥 의자를 누르고 있던 물체일 뿐이었다. 두 사람이 어떻게 먹고사는지 궁금했지만, 묻지는 않았다. 열두 살 때는 그런 일에 그다지 관심이 없는 법이다.

학급 사진을 들여다보았다. 모든 학생이 깃대 옆 잔디밭에 가까이 모여 서 있었다. 지금 어떻게 사는지 아는 친구는 한 명도 없었다. 이름은 전부 기억났다. 선생님만 빼고. 그녀는 겨우 이 주 동안 우리를 가르친 임시교사였고 반 아이들과 조금 떨어진 곳에, 한 무리로 보이고 싶어하지 않는 것처럼 서 있었다.

친구들의 이름. 아무 의미도 없이 머릿속에 박혀 절대로 잊히지 않는 이름들. 예전에 작은 마을에 살 때는 학교 동창들 이름이 함께 일하고 사냥 다니는 사람들 이름이 되고, 결국 서로 결혼하곤 했다. 하지만 요즘은 그렇지 않다. 그저 이름만 기억에 남았다.

울리카 베리그렌, 안드레아스 밀톤, 토마스 칼손, 아니타 셸리.

이사가고 여기저기 흩어져 잊혔다. 이름만 남았다. 아무 할말이 없다. 요즘은 모든 것이 그런 식이다. 항상 새로운 것들에 자리를 내주고 구석으로 밀려난다.

그리고 오래된 상자 가장 밑바닥에 깔리고 만다. 우울하고 정의할 수 없는 상실감으로. 상자를 파헤치면 다시 위로 소용돌이치며 올라온다.

다음날은 금요일이었다. 여섯시에 마테의 집을 방문하기로 했지만 오래 머물 생각은 없었다. 라반이 토요일 아침 아홉시에 집에 올 예정이었다. 라반은 열 살배기 내 아들로, 이 주에 한 번 나와 함께 주말을 보낸다.

마테와 금요일에 만나는 게 달갑지 않았던 이유 중 하나이기도 했다. 금요일이면 기분이 가라앉지 않도록 밝게 행동하려 애썼다. 술도 마시지 않았고, 침울한 생각도 하지 않았다. 토요일 아침에 최상의 상태를 유지하며 격주로 아빠 노릇을 하는 사람 가운데 최고가 되고 싶었다. 나는 스스로 아주 잘해내고 있다고 생각한다. 그런데 마테는 뭔가에 짓눌리고 있는 느낌이었고, 나도 쉽게 얽힐 가능성이 있었다. 나는 그러고 싶지 않았다. 이미 내가 가진 문제들만으로 충분했다.

어쨌든 나는 록스타로 가는 지하철을 탔고, 아파트 사이를 헤매다닌 끝에 마테가 알려준 주소를 찾았다. 하지만 집을 찾고 나서도 나는 이상하게 꾸물거렸다. 이 소규모 아파트 단지는 어딘가 우울해 보였다. 리스네 지역 같은 거대한 단지와는 달랐다. 그런 곳은 자기들만의 세상을 보여주는 광기 어린 웅장함이 있다. 하지만 록스타의 이 아파트 단지는—그저 흉해 보였다.

1층 출입문 옆 입주자 명패에 헬베리라는 이름이 두 개 있었지만, 더 새것으로 보이는 명패의 호수에 마테가 살고 있으리라 짐작했다. 글자가 최근 것인 듯 보였다. 이곳에서 마테가 오래 살았을

리 없었다.

엘리베이터를 타고 5층에 도착했을 때, 내 추측이 옳았음을 확인할 수 있었다. 우편함에는 정식 명패 없이 손으로 이름을 쓴 종이가 한 장 붙어 있었다. 정확히 말하자면 두 장이었다. 다른 쪽은 '광고 사절'이라고 쓰여 있었다. 벨을 누르자 곧바로 문이 열렸다. 마치 바로 안쪽에 서서 기다리고 있던 것처럼.

나는 마테가 그의 아버지와 비슷하리라 생각했다. 그 눈에서 본 것과 같은 먼지가 쌓였을 거라 생각했다. 하지만 마테는 반대로 쇠퇴한—그것이 실제로 쇠퇴라면 말이지만—상태였다. 마치 용광로 안에서 몽땅 녹아버린 사람처럼 보였다.

마테는 학교 다닐 때보다 몇 센티미터 더 크긴 했지만 여전히 키가 작았다. 그리고 말랐다, 몹시 말랐다. 눈은 움푹 들어가고 광대뼈는 튀어나오고 머리는 대머리였다. 이런 묘사는 그가 수척한 모습인 것치고 상당히 괜찮아 보였다는 사실을 제대로 전달해주지 못한다. REM의 리드싱어 마이클 스타이프를 떠올린다면 아마 도움이 될 것이다. 하지만 눈이 좀더 작고 턱은 둥글둥글했다.

위에는 눈처럼 하얀 셔츠를 걸치고 있었다. 걸치고 있다고 말한 이유는 그렇게 보였기 때문이다. 셔츠고 블랙진이고 누군가 그의 몸에 걸쳐둔 것처럼 보였는데, 아이들이 갖고 노는 옷 갈아입히기용 종이인형을 연상시켰다. 가루비누향이 짙게 풍겼다.

"오랜만이야."

"정말 그렇군."

나는 마테가 내민 손을 맞잡았다. 그의 손길은 단단하고 건조했다.

"들어와."

아파트는 그의 옷차림과 같았다. 가구나 전등이나 필요한 것이 전부 있었지만, 제대로 된 것처럼 보이는 것은 하나도 없었다. 내 말이 무슨 뜻인지 이해되는지. 예전에 시스타에 잠시 살 때, 같은 구역에 사는 보스니아 난민 가족의 초대를 받은 적이 있다. 임시로 배정받은 숙소 같은 곳이었는데, 바로 그 일시적이라는 느낌이 강하다 못해 숨막힐 정도였다. 가구는 공짜로 받았거나 주웠거나 싸게 산 것들이었다. 제자리에 놓여 있고 깔끔하고 단정하지만, 생활감이 느껴지지 않았다. 그저 대기하기 위한 장소였다. 마테의 아파트도 똑같았다.

"차 한잔 마실래?"

"차 좋지."

"어떤 차?"

"아, 잘 모르겠네. 그냥 보통 차면 돼."

"얼그레이면 될까?"

"내가 차를 잘 몰라서. 그냥……"

"히비스커스는 어때? 괜찮아?"

"괜찮을 것 같군."

마테가 부엌 안으로 사라졌다. 부엌이라고 해봐야 집 한구석이었다. 그곳의 모든 물건이 반짝거렸다. 거실을 둘러보던 나는 도저히 떨쳐낼 수 없는 어떤 느낌을 받았다—어떻게 설명해야 할까?—그러니까 실제로 사는 집에 날 초대한 게 아니라, 그 상황을 위해 특별히 이 아파트를 꾸몄다는 느낌이었다.

벽에 사진은 보이지 않고, 석양 속 아메리칸인디언과 늑대를 그린 그림이 걸려 있었다. 책장은 구세군 상점에서 고스란히 옮겨온 것처럼 보였다. 싱어의 『모스카트 가족』, 댄 브라운의 『다빈치 코드』…… 늘 구세군 상점 책장에서 볼 수 있는 책들이었다. 꼭 이케아에서 제안하는 인테리어 디자인의 배경 속에 있는 것 같았다. 알파벳순으로 정리되어 있지는 않았지만, 책장 아래 칸에서 『모스카트 가족』을 한 권 더 발견하고 그런 생각은 더욱 굳어졌다.

마테가 찻주전자와 잔 두 개를 올린 쟁반을 들고 다가올 때 나는 묻지 않을 수 없었다. "이 책들 다 읽었어?"

마테는 탁자에 쟁반을 내려놓고 그제야 처음 책장을 발견한 것처럼 바라보았다.

"아니. 하지만 읽게 될 것 같아. 언젠가는 읽겠지."

선홍색을 띤 차는 기이해 보였다. 냄새도 묘했다. 그리고 맛도 이상했다. 씁쓸하면서 동시에 꽃향기가 났다. 마테는 내가 잔을 들어 입술로 가져가는 걸 바라보았고, 나는 생각했다. 마테가 날 독살하려는 거야.

"혹시 설탕 있어? 맛이 약간 쓴데."

"설탕, 아니. 미안. 설탕은 없어."

나는 독배를 내려놓고 팔걸이의자에 등을 기대고 앉았다. 마테가 인사치레로 잡담을 나누지는 않을 듯해서 나는 말했다. "그래서, 내게 하고 싶은 얘기가 뭐야?"

"내가 말한 사진 찾았어?"

나는 복도에 둔 코트 주머니에서 사진을 꺼내와 탁자 위에 내려놓았다. 마테는 몸을 숙이고 살펴보더니 고개를 끄덕였다. 그러고는 앉은 채로 한참 사진을 노려보았다. 나는 다시 의자에 앉았다. 침묵이 너무 오래 이어진다는 생각에 다시 말했다. "어릴 때 모습 보니까 어때?"

"음." 마테는 교사를 가리켰다. "이 사람 기억해?"

"아니, 별로. 임시교사였던 것 같은데."

"그래, 임시로 왔던 선생님이었지."

마테는 일어서서 전축 쪽으로 갔다. 1980년대에는 누구나 갖고 있던, 덩치가 크고 다이얼과 진공관이 달린 플라스틱 재질 전축이었다. 요즘은 어느 벼룩시장에서든 100크로나에 살 수 있는 물건이다. CD플레이어는 없었다. 마테는 서랍에서 확대경을 꺼내더니 돌아와 다시 앉았다. 그리고 나직이 혼잣말을 하며 확대경으로 사진을 들여다보기 시작했다.

두 가지 생각이 들었다.

하나, 서랍에 실제로 물건이 들어 있는 것을 보니 전부 꾸며낸 세트는 아니다.

둘, 여전히 마테에게는 뭔가 큰 문제가 있다.

나는 차를 한 모금 마셨다. 깜짝 놀랄 첫맛을 극복하고 나니 그다지 끔찍하지 않았다. 마테가 확대경을 내려놓았다.

"좋아. 내가 하고 싶은 얘기는 이 여자에 대한 거야." 마테는 임시교사를 가리켜 보였다. "이름 기억해?"

"아니. 내가 기억하는 건…… 우리에게 무슨 노래를 들려줬어,

아닌가?"

마테가 갑자기 웃음을 터뜨렸다. 아주 짧고 씁쓸한 웃음이었다. 그의 느린 움직임, 사교성이 부족하고 조용하다 못해 거의 속삭이는 듯한 목소리는 그가 지금까지 보호시설이나 그 비슷한 곳에 있었던 것이 분명하다는 생각이 들게 했다. 아주 오래 갇혀 있었던 것이다.

"이름이 베라였고, 우리에게 들려준 노래는 〈The Wall〉이었어. 왜, 핑크 플로이드의 〈The Wall〉 말이야."

"아, 맞아. 들으니까 기억이 나네. 〈The Wall〉. 그 노래였지."

마테가 내 눈을 들여다보았다.

"기억이 난다는 거야? 내가 말하니까 그냥 맞장구치는 게 아니고?"

"아니야, 정말 기억나. 그때 생각하기에도 선생님이 교육이 필요 없다느니 어쩌느니 하는 노래를 들려주는 것이 이상했어. 하지만 그게 뭐?"

"정말 기억하는 거야?"

나는 사진을 내 쪽으로 돌려놓고 사진 속 여자를 뚫어져라 바라보았다. 얼굴이 내 새끼손가락보다 작아서 확대경으로 보려고 손을 뻗었지만 마테가 막았다.

"아니. 아직은 안 돼. 내가 확대경으로 보라고 할 때까지 기다려."

무슨 말인지 알 수 없었지만, 그냥 시키는 대로 했다. 맨눈으로 사진을 살폈다. 베라라는 여자 교사는 얼굴이 동그랗고, 이목구비가 너무 작지만 않았다면 아주 예뻤을 것 같았다. 얇은 입술, 작은 눈, 날씬하게 쭉 뻗은 코. 중앙을 향해 모든 것이 과하게 몰려 있어서 솜씨 좋게 색칠한 풍선처럼 보였다. 짙은 갈색 머리칼이 헬멧처럼 머리를 감싸고 있었다. 그랬다. 2차대전 시대의 독일군 철모 같았다. 머리칼 끝부분이 살짝 바깥쪽으로 말려 있어 더 완벽하게 닮아 보였다.

머릿속에 과거의 풍경이 떠오르면서 나는 불쾌해지고 말았다. 우리 담임교사가 출산휴가를 떠난 뒤 대신 나타난 그 교사에게서는 뭔가 불쾌한 기운이 느껴졌다.

"기억해?"

"그럼. 기억하지. 내 기억에는 이 여자, 뭔가 불쾌한 느낌이 들었어."

마테가 고개를 끄덕였다.

"그래, 난 뭐 그렇게 느끼지 않았지만. 그때는 말이야, 너도 기억할지 모르지만, 내 상황이 그리 좋지 않았잖아. 그나저나, 아버지는 돌아가셨어. 내가…… 사라지고 육 개월 뒤 자살했어."

"안타까운 일이네."

"오래전 일이야. 한편으로는…… 이해도 돼. 자동차에서 배기가스를 호스로 연결해서 그랬지. 그 일로 크게 동요하거나 그러지는 않았어. 그런 것도 그저 진행되는 모든 일의 일부에 지나지 않아. 모든 것은 사라질 거야. 어차피. 이 임시교사 말이야. 베라. 이 여자가 처음 왔을 때 나는 별로 신경도 안 썼어. 대개 교실 뒤쪽에 앉아 사탕이나 씹어 먹었지. 안에 셔벗이 든 거 말이야. 그런데 그때 그 여자가 그 행동을 한 거야, 넌 기억하는지 몰라도. 그 여자가

온 지 이틀째였어. 커다란 휴대용 카세트플레이어를 가져와서는 우리에게 뭔가를 틀어주고 싶다고 했지."

"〈The Wall〉이었어."

"그래. 〈The Wall〉. 그리고 그 여자가 재생 버튼을 누르자…… 그 첫번째 코드, 기타 소리가 가냘프게 흘러나왔어. 마치 넓은 방에서 연주하는 것처럼 섬세하게 울렸지…… 너도 알지? 〈Hey You〉 말이야. 그 노래 첫 코드가, 시작부터 나를 사로잡았어. 뭔가 끌리는 음이었어. 그리고 노래가 시작되니까……"

마테는 날 보더니 헛기침하고 노래를 시작했다. "Hey you……"

그제야 노래가 떠올랐다. 마테는 원래 가수보다 노래를 더 잘 불렀고, 나는 팔의 털이 곤두섰다. 그 음반을 구해봐야겠군.

마테는 이야기를 이어갔다. "어쨌든 완벽했어. 말하자면 듣자마자 사랑에 빠진 거야. 아이언 메이든 같은 것들은 그냥…… 다른 얘기지만 난 그런 것들을 진심으로 좋아한 적이 절대 없었거든. 반면에 이 음악은 바로 귀에 꽂힌 거야. 물론 가사도 끝내줬지만 제일 큰 건 분위기였어. 소리가 들리는 방식 말이야. 그건 내 얘기였어. 무슨 말인지 알 거야. 그건 내 인생의 소리였어."

"우리 삶의 배경음악인 셈이지."

"뭐?"

"아냐. 계속해."

"마치 선생님이 날 위해 그 음악을 틀어주는 것 같았어. 정말로 그랬던 건지는 나도 모르겠어. 어쨌든 내겐 완벽히 그랬어. 그리고 다음 노래가 시작되었지. 〈Is there anybody out there?〉였어.

그 노래는…… 완벽했어."

마테는 팔걸이의자에 몸을 기대고 눈을 감았다. 이야기가 어디로 가는지 종잡을 수 없었지만, 듣고 있는 건 괜찮았다. 아예 잊고 있던 일들이 갑자기 꿈틀거리며 되살아났다. 창문을 통해 비치는 햇빛이 내 앞자리에 앉은 울리카의 머리칼 위로 떨어지는 모습이 보이는 것 같았다. 그 머릿결은 마치…… 무당벌레처럼 매끈하다. 그래. 무당벌레. 향기로운 지우개들의 냄새. 마테가 눈을 떴다.

"난 테이프를 빌리고 싶었어. 하지만 두려워서 물어보지 못했지. 지금 와서 생각하면 그런 식으로 나 자신을 드러내고 싶지 않았던 것 같아. 뭔가를 부탁하는 거. 난 뭐든 부탁하는 게 싫었거든."

"그래. 넌 상당히…… 폐쇄적이었지."

마테는 내 말을 무시했다.

"하지만 다음날 내가 부탁할 수 있는 상황이 벌어졌어." 그는 사진을 가리켜 보였다. "그 여자, 손가락이 하나 없던 거 기억해?"

멍청하게도 나는 마테의 주장을 확인하기 위해 사진을 들여다봤지만, 베라는 양손을 뒤로 감추고 있었다. 어쨌거나 나는 기억했다. 그녀는 한쪽 새끼손가락이 없었다. 아이들끼리 말이 많았지만, 아무도 무슨 일이 있었느냐고 그녀에게 물어보지 않았다. 어쩌면 그래서 더 흥미로웠는지도 몰랐다.

나는 고개를 끄덕였다.

"좋아. 다음날 선생님이 나더러 칠판 앞으로 나오라고 했어. 영단어를 써보라고 할 것 같았지. 내가 영어는 꽤 했고, 어쩌면 선생님은 날 좀 격려하려고 했거나……" 마테는 고개를 흔들었다.

"아니야, 그런 식으로 생각해서는 안 돼. 그 여자랑 관련해서는 말이야. 하지만 그때는 그렇게 생각했어. 어쨌든, 칠판 앞으로 나갔더니 분필을 줬는데 내가 받으려다 떨어뜨리는 바람에 주우려고 동시에 몸을 숙였어. 그리고 선생님이 분필을 주우려는 걸 보고 나는 고개를 들었어. 그때 본 거야. 그러니까…… 원래는 머리칼이 착 붙어 있었는데, 몸을 숙일 때 새로운 각도에서 봤더니…… 귀가 없는 거야. 한쪽에."

"귀가 없었다."

"그래. 귀가 있어야 할 자리에 그냥 피부만 보였어. 구멍이 있는지 볼 새는 없었어. 실제 귓구멍이 있었든 말든, 어쨌거나 귀가 없다는 건 분명히 볼 수 있었지."

"그런 말 한 번도 안 했잖아."

"그래. 난 그저…… 그게 내 비밀인 것 같았어. 아니면 선생님과 나의 비밀이라고 할 수도 있겠지. 방과후 선생님께 가서 카세트테이프를 빌릴 수 있느냐고 물었어. 〈The Wall〉 말이야. 귀가 없다는 걸 알게 되니까 부탁할 수 있었지. 왜 그랬는지는 알아. 생각을 많이 해봤거든. 그 일을 생각해볼 시간이 엄청 많았어. 하지만 그건 중요하지 않아. 그리고 너도 이해할 수 있으리라 생각해."

"대충은."

마테가 나를 바라보았고, 눈빛이 어딘가 변했다.

"그래, 넌 어떻게 지냈어? 지금까지 어떤 삶을 살아온 거야?"

나는 어깨를 으쓱해 보이고는 짧게 이야기해주었다. 이런저런 일을 했던 것, 떠돌아다닌 것, 여행, 헬레나와 라반과 함께 보낸 시간을 요약해서. "왠지 모든 게 일시적이라는 기분이 들어. 마치 모든 게 아직 시작도 되지 않은 느낌이랄까. 아니면 전부 끝나버렸는데 내가 알아차리지 못하고 있거나. 하지만 난 여전히 살아 있고, 내게는 라반이 있어."

"그럼 앞으로는?"

"앞으로?"

"라반이 어른이 되면?"

"그건…… 잘 모르겠어. 비디오게임이야 점점 재밌는 것들이 나오니까."

"그런 걸 미래라고 부를 수 있을지 모르겠군."

"완벽할 정도로 괜찮아. 나보다 상황이 훨씬 나쁜 사람도 많잖아."

마테는 한참 나를 쳐다보았고, 나는 불편해지기 시작해서 찻잔 뒤로 얼굴을 감추고 말았다. 차는 차갑게 식었고 뜨거웠을 때보다 맛이 나아졌다.

"좋아." 한참 만에 그가 말했다. "그렇다면 내 생각에…… 넌 이해할 수 있을 것 같군."

"뭘 이해해?"

"내가 이제부터 할 이야기 말이야."

마테는 무릎 위에 양손을 겹쳐 올리더니 벽 너머인지, 아니면 시선이 닿지 않는 어딘가인지를 멍하니 바라보았다. 나는 기다렸다. 마테를 둘러싸고 있는 슬픔은 너무 커서 슬픔이라고 부를 수조차 없었다. 그에게 슬픔은 살아가는 조건이나 요소처럼 보였다. 마치 시커먼 동굴 속 심해어처럼.

"테이프를 받아 집으로 와서 듣고 또 들었어. 우리집에 빈백 있었잖아. 안에 플라스틱 구슬이 들어 있는 쿠션 같은 거. 그 위에 줄곧 누워서는 테이프 뒤집을 때만 일어났지. 처음 들었을 때의 느낌은 아니었지만 진정으로 그 음악을 사랑하기 시작했어. 전체적인 이야기가 이해되었지. 〈The Wall〉은 사회에 관한, 그리고 사회가 사람들에게 미치는 영향을 표현한 곡이야. 하지만 내가 보기에는 다른 무엇보다 미처 시작하기도 전에 끝나버린 삶에 대한 진혼곡인 것 같았어."

"그게 내가 한 말이잖아."

"그래, 그때는 내 사고방식이 그렇게 발달하지는 않았나봐. 하지만…… 상실감, 그 노래들은 상실에 관한 거였어. 그리고 형식이 내용과 완벽한 화음을 이루고 있었지…… 어쨌든. 그 얘기는 그만두고. 다음날 나는 테이프를 다시 학교로 가져갔어. 선생님에게 내가…… 뭐라고 했는지 기억은 안 나지만, 어쨌든 선생님이 테이프를 나더러 아예 가지라고 했어. 내가 바랐던 대로 된 거야. 그래서 또 하룻밤을 빈백에 누워 음악을 들었지. 당시 아버지는 완전히 맛이 간 상태였어. 네가 기억하는지 모르겠지만. 배가 고프면 그냥 아버지 지갑에서 돈을 빼내 나가서 뭘 사 먹곤 했거든. 그날 저녁은 위스키를 조금 따라서 콜라와 섞은 다음 음악을 들으면서 마셨어. 그랬더니…… 음악이 더 멋지게 들리는 것 같더라고. 화장실에 가서 토하긴 했지만. 토하고 나서도 계속 음악을 들었지."

"끝내주네. 겨우 열세 살 애가 말이야."

"그래, 하지만 너도 알 거야. 그러는 동안…… 난 그냥…… 멋진 사람이 된 기분이었어. 너희 같은 애들은 꿈도 못 꾸는 많은 걸 안다고 생각했지. 물론 비극이지만, 나는 스스로 알아서 할 수 있을 정도로 충분히 나이를 먹었던 거야. 무슨 말인지 알지? 그때 나 자신을 직시하게 됐어. 어쨌거나 요즘은 열세 살도 술을 마시더군."

"아이들끼리는 그럴 수 없지."

"그래, 맞아. 하지만 여기서 얘기하고 싶은 건 내 비극적인 성장 과정 같은 게 아니야. 다음날 다시 학교에 갔는데, 기분이 영 같더라고."

"미안해, 마테. 안 물어볼 수가 없네. 너 정신병원에 있었어?"

"정신병원에 있었지. 아주 여러 군데. 아주 오랫동안."

"하지만 이해가 안 돼…… 이런 말을 해서 미안하지만…… 난 네가 약간…… 정상이 아닐 거라고 생각했거든. 그렇게 말해도 되는지 모르겠지만. 하지만 정신은 나보다 더 또렷한 것 같은데."

"병원에 있는 많은 사람이 정신은 또렷해. 특정 상황에서는 말이야. 또다른 상황이 되면 완전히 쓸모없어지는 거지. 일상생활이 불가능하기도 하고. 그리고 난 약을 먹고 있어. 아주 센 약이야."

"그럼 귀 이야기는……"

마테는 얼굴을 찡그렸고, 화가 난 것처럼 보였다.

"그건 상관없는 얘기야. 귀가 없어졌다. 아니…… 애초에 없었는지도 모른다. 내가 설명할게. 계속 얘기해도 돼?"

"물론이지. 미안해."

"좋아. 그런데 영어시간에 또 같은 일이 벌어졌어. 선생님이 다른 학생들은 교과서를 읽게 하고는 나더러 앞으로 나와서 칠판에

'conscious'라는 단어를 쓰라고 한 거야. 분필을 집었는데, 내가 아직 그 단어를 기억하는 이유는…… 그때 내가 'unconscious'를 알고 있었거든. 그래서 선생님에게 그 단어에서 'un'을 빼기만 하면 되느냐고 물어볼 참이었지. 당연히 그러면 될 일이었는데, 그날따라 머릿속이 멍해서 그랬는지…… 그냥 물어보면 될 걸 선생님 등을 쿡 찌른 거야. 보통 학생이 선생님에게 그러지는 않잖아. 그런데…… 아마 선생님이 돌아보길 바라면서 그랬겠지. 그리고 무슨 일이 있었는지 알아?"

"몰라."

"아무 일도 없었어."

"아무 일도 없었다니, 무슨 말이야?"

"아무 일도 벌어지지 않았다고. 선생님 등을 찔렀는데 아무 반응이 없었다니까. 그래서 좀더 세게 찔렀지. 그래도 아무 일 없었어."

"어쩌면—"

"나도 그렇게 생각했어. 선생님이 일부러 그러는 거라고 말이야."

마테는 사진을 들여다보았다.

"네가 좀전에 그 선생님이…… 뭐라고 했더라…… 왠지 불쾌했다고 했잖아. 왜 그렇게 느꼈는지 이유를 기억해?"

"아니, 그냥 느낌이 그랬던 것 같아."

"그 여자는 우릴 만진 적이 한 번도 없어. 한 번도. 보통은 앉아서 공부하고 있는 학생을 교사가 도와주려고 한다면…… 어깨에 손을 얹거나 팔이나 머리를 건드리거나 하잖아. 하지만 그 여자는 절대로 우리에게 손대는 법이 없었어. 기억 안 나?"

생각해봤다. 진짜 그랬다. 베라가 내 몸에 손을 댔던 기억이 한 번도 없는 것 같았다. 그러나 다시 생각해보면 다른 교사들도 내 몸에 손댄 적은 없었다. 음악 선생님인 순드그렌만은 예외였는데, 내가 피아노 내부의 현을 손으로 뜯었을 때 멱살을 잡은 적이 있다. 하지만 그건 전혀 다른 상황이었다.

나는 고개를 저었지만, 표정은 내 생각과 다른 의견을 마테에게 전달한 것이 틀림없었다.

"알아. 기억나지 않겠지. 하지만 난 알아챘어. 선생님이 테이프를 빌려주겠다고 했을 때 좀 어른스럽게 행동하려고 해봤거든. 손을 내밀어 악수를 청하면서 고맙다고 말한 거야. 하지만 선생님은 내 손을 잡지 않았어. 그냥 시늉만 했던 것 같아, 이런 식으로……"

"어쩌면 손가락이 없어서 그랬겠지."

"그래, 하지만 손가락이 없는 손은 왼쪽이었어."

"대단한 기억력이네."

"지난 몇 년 동안 그 선생님을 생각하는 것 말고는 아무 일도 하지 않았거든. 좋아. 두 번 등을 찔러도 아무 반응이 없어서 이렇게까지 했는데……"

마테는 손가락으로 반복해 찌르는 시늉을 해 보였다.

"꾹, 꾹, 꾹 하고 말이야. 그런데 있잖아…… 선생님 피부가 완전히 딱딱했어. 어찌나 딱딱한지 아무리 세게 찔러도 들어가지 않는 거야. 단단하지만 속이 꽉 찬 느낌은 아니었어. 무슨 말인지 알겠어? 예를 들어…… 조각상을 손가락으로 찔러보면 같은 느낌일 거야. 합판과는 다른 느낌이란 말이지. 양쪽 차이가 뭔지 명확히 설명하기는 어렵지만, 뭐랑 비슷하다고 할 수 있을까…… 더 얇은 재질에서 느껴지는 진동이랄까."

"그러니까…… 선생님을 그런 재질로 느꼈다는 거야?"

"그래."

"그게 무슨 재질인데?"

"플라스틱."

"플라스틱?"

마테가 코웃음을 쳤다. 양쪽 입끝이 위로 올라가며 씩 웃음을 지었다.

"농담이야. 그 빌어먹을 재질이 뭔지 나야 모르지. 그냥 딱딱하고 얇았다는 거야."

침묵이 찾아들었다. 아래쪽 어디선가 지하철이 덜컹거리며 지나가는 소리가 들렸다. 실내는 더 어두워졌다. 마테의 하얀 셔츠만 또렷이 보였다. 머릿속에 이미지를 떠올리려 애썼다. 딱딱하고 얇은 재질로 만든 사람. 금속인가?

"그럼 그 선생님이 무슨 로봇 같은 거였다는 말이야?"

마테가 고개를 흔들더니 일어서서 부엌으로 갔다. 촛대에 불을 켠 초를 꽂아서 들고 오는 모습이, 무슨 귀신 이야기 삽화에 나오는 사람처럼 보였다. 그가 촛불을 탁자 위에 내려놓았다.

"전형적인 편집증이지? 나 빼고는 전부 로봇이다? 아니, 그런 얘기가 아니야. 물론 이해해. 넌 머릿속에 이미지를 떠올리고 있겠지. 하지만 로봇은 잊어줘. 아까 이야기로 다시 돌아갈 수 있을까?

일단 이야기를 끝까지 하면 전체 상황이 더 명확해질 수 있으니까 말이야. 아닐 수도 있지만. 괜찮지?"

"그럼. 좋아."

"결국 선생님을 돌아서게 만들긴 했어. 눈앞에 손을 들고 이렇게 흔들었거든. 그랬더니…… 나한테 정말 이상한 표정을 지어 보이더군. 어쨌든 선생님이 쓰라는 단어를 칠판에 썼고, 그걸로 끝났지. 아. 한 가지 더 있어. 선생님이 우리를 불러모을 때 뭐라고 소리치곤 했는지 기억해? 복도에서 말이야?"

나를 고개를 저었다.

"생각해봐. 직접 기억해내면 훨씬 좋을 거야. 선생님이 교실에서 나왔는데 우리가 노닥거리고 있으면 팔을 올리고 소리쳤잖아…… 그럴 때 뭐라고 했는지 기억해낼 수 있어?"

눈을 감고 상황을 떠올리려 애썼다. 그렇지. 우리가 모여 있어. 선생님이 나왔고. 선생님은 무슨 커다란 나뭇잎들이 그려진 밝은색 블라우스를 입었고……

이런 빌어먹을, 겨우 일주일 있다가 떠난 선생님인데……

나는 눈을 떴다.

"그 선생님은 늘 똑같은 옷만 입었어. 그게 놀라웠지. 근무한 일주일 내내 같은 옷을 입고 다녔잖아. 그렇지 않아?"

마테가 웃었다. 아니, 그가 입으로 만들어내는 움직임을 뭐라고 할 수 있을지 모르겠다.

"이제 기억나는구나. 자, 선생님이 뭐라고 소리쳤는지 기억나?"

다시 눈을 감았다. 커다란 나뭇잎…… 헬멧 같은 머리…… 선생님이 손을 들고 큰 목소리로……

전체 학생 여러분…… 전체 학생 여러분…… 들어오세요……

"기억났어. 전체 학생 여러분! 들어오세요! 환영해요!"

"바로 그거야."

"그래. 그거였어. 그런데?"

"이제 거의 다 왔어. 그날 방과후 선생님 뒤를 밟았어. 미행한 거지. 멀리서 따라갔어. 학교에서 멀지 않은 곳에 살더라고. 중심가 뒤쪽 홀베리스가탄에 있던 오래된 아파트 단지 말이야. 어디 말하는지 알지? 어쨌든. 선생님이 어느 문으로 들어갔고, 나는 어린이 놀이터에 있는 벤치에 앉아서 기다렸어."

"뭘 기다린 거야?"

"난들 알았겠어? 아마 달리 할일이 없었나보지. 한참 그대로 앉아 있는데, 선생님이 발코니로 나왔어. 내가 앉아 있던 곳에…… 그러니까 우리 사이에 나무가 한 그루 서 있었어. 내 쪽에 더 가까웠지. 그래서 난 선생님을 볼 수 있었지만, 선생님은 내가 안 보였어. 선생님은 발코니에 몇 분 정도 서 있었어. 그러더니 안으로 들어갔고, 나는 그 자리에 계속 앉아 있었지. 잘은 몰라도 잠복근무를 하는 환상에 빠져 있었던 것 같아. 있잖아, 그 왜……"

"커피 한 잔과 도넛을 손에 들고."

"바로 그거야."

"왜 나한테 말 안 했어?"

마테는 눈썹을 치켜세웠다. 왜 그런지 모르지만 내 목소리는 잔뜩 화난 것처럼 들렸다. 나는 괜찮다는 듯 손을 흔든 다음 계속 이야기하라고 말했다. 마테는 몸을 앞으로 숙였다.

"난 물어봤어. 너한테 같이 임시교사를 미행하자고 말했지. 뭔가 수상한 구석이 있다고. 그런데 넌 실내하키인지 뭔지 연습하러 가야 한다고 했어."

"핸드볼이야."

"그래, 핸드볼. 어쨌거나 오히려 잘된 일이었는지도 몰라. 한 십오 분 앉아 있는데, 선생님이 아파트를 나와서 어딘가로 가기에 발코니로 기어올라갔어. 배수관을 타고 말이야."

"정말?"

"그래. 그리고 다행스럽게도…… 이걸 다행이라고 할 수 있는지 모르겠지만, 선생님이 발코니 문을 열어두고 나간 덕분에 안으로 들어갈 수 있었어. 같은 말을 반복하게 될 테니 미리 양해를 구할게. 집안에 뭐가 있었는지 알아?"

"몰라."

"아무것도 없었어."

"아무것도?"

"아무것도."

"아무것도 없었다는 게 무슨 말이야?"

"아무것도 없었다고. 물건이 하나도 없었어. 전혀."

"그럼…… 하지만 가구도 있을 거고—"

"아니. 아무것도 없었다니까. 완벽하게 빈집이었어. 소파도 카펫도 테이블도 전화도 텔레비전도 없었어. 물건이라고는 없었지. 새로 지은 아파트 사진을 보는 것 같았어. 아무것도 없는."

"그럼 침대만 덜렁……"

"침대도 없었어. 텅 빈 벽, 텅 빈 바닥, 그 사이 공간도 텅 비었어. 난 침실로 들어갔어. 아니, 침실로 사용할 법한 방이라고 해야지. 그리고 붙박이장을 열어봤어. 역시 비어 있더군."

침묵. 나는 완벽하게 텅 빈 아파트에서 어떻게 사람이 살 수 있는지 상상해보려 애썼다. 불가능한 일이었다.

"하지만 이사갈 집을 미리 보러 갔거나, 뭐 그런 걸 수도 있잖아."

"그럴 수도 있지. 하지만 그때 나는 그런 생각이 들지 않았어."

"그럼 무슨 생각을 했는데?"

"아무것도 생각하지 않았어."

"아무것도 없는 게 너무 많네."

"그렇지. 그렇게 침실에 서 있는데 열쇠로 현관문 여는 소리가 들려서…… 그 자리에 얼어붙고 말았어. 꼼짝할 수가 없었지. 그냥 그대로 서 있었어. 현관문이 열렸다가 닫히는 소리가 났어. 어떤 설명이나 변명도 할 수 없다는 걸 깨달았어…… 머릿속이 완벽히 텅 비어버리고 말았지. 그래서 그냥 서 있었어. 거실 출입문이 열리더니……"

마테는 말을 멈추고 자기 집 거실을 둘러보았다.

"가구가 전혀 없는데 거실이니 침실이니 말하고 있으니 기분이 이상하네. 가구가 없으면 그냥 공간에 불과하잖아? 부엌과 화장실은 좀 다르지. 그곳에는 이미 붙박이로 설치된 것들이 있으니까. 하지만 다른 방들은 우리가 어떤 가구를 배치하느냐에 따라서 이름이 달라지지.

그러니까 내가 침실과 거실 사이 문이라고 하면 그냥 더 작은 공간과 그보다 더 큰 공간 사이의 문을 말하는 거야. 넌 무슨 말인지 알고 있겠지만."

잠깐 침묵이 흐르고 내가 물었다. "그다음에 무슨 일이 있었는데?"

"맞혀봐."

"아무 일도 없었다?"

"그래. 선생님이 거실로 들어왔어. 커다란 나뭇잎들이 그려진 그 블라우스를 입고 있었지. 거실 한가운데로 가서 내게 등을 돌리고 서더니…… 그렇게 그냥 거기 서 있었어. 텅 빈 방 한가운데 말이야. 그리고 나는 침실에 서서 손끝 하나 움직이지 못한 채 선생님 등만 보고 있었지. 겨드랑이에서 난 땀이 허리까지 흘러내렸어. 너무 겁이 났어. 이유는 모르겠지만 목구멍에 걸려 있는 비명이 억지로 비집고 밖으로 터져나올 것만 같았지. 선생님 등에서는 뭔가 끔찍한 기운이 느껴졌어. 아니, 등 때문이 아니었어. 선생님이 천천히 돌아서서 내 눈을 노려볼 수도 있다는 생각 때문이었어. 왜 선생님이 등을 보이고 섰는지, 그래, 그냥 가만히 서 있는지 이해할 수가 없었어. 유일하게 말이 되는 상황이라면, 선생님이 내가 있는 걸 알고 있고 그래서 그냥…… 날 가지고 놀고 있다는 것뿐이었지.

그리고 그 비명…… 선생님이 돌아서면 내 입에서 비명이 터져나올 게 분명했어. 이유는 모르겠지만 점점 더 확신이 들어서야. 만약에…… 만약에 선생님이 몸을 돌리면…… 얼굴이 없을 거라고.

우린 그대로 서 있었어. 늦여름이었고…… 얼마나 시간이 흘렀는지 알 수 없지만, 밖이 어두워지기 시작했어. 가로등이 켜지고 나서도 우리는 그대로 서 있었어. 난 움직일 수가 없었어. 온몸의 모든 근육에서 감각이 사라졌고, 그 자리에 서 있으면 서 있을수록 확신하게 되었어. 나는 절대로 움직일 수 없을 거라고 말이야. 그리고 내 정신은…… 내 정신은…… 마찬가지로 점점 더 약해지고 있었어. 정신이란 것이 마치 머릿속에서 말하는 또다른 누군가라고 생각한다면, 내 머릿속의 그 사람이…… 가라앉고 있었다고나 할까. 아니, 사라지고 있었던 거야. 어딘가 깊은 곳으로 빠져들고 있었지. 숨이 막히도록 말이야.

그러다 생각을 멈추는 거야. 그때가 위험한 순간이지."

마지막 몇 분 동안 마테의 시선은 어딘가 멀리 떨어진 곳 또는 자기 자신의 깊은 곳에 고정되어 있었다. 그러더니 결국 정신을 차린 듯 나를 바라보았다.

"생각을 멈추면 어떻게 되는지 알아? 외부에서 받아들일 것이 전혀 없는 경우라면? 그 대신 뭐가 나타나는 줄 알아?"

나는 잠깐 그가 한 말을 생각했다. 그러고 나서 말했다. "삶?"

마테가 자신의 허벅지를 때렸다. 어찌나 힘이 넘치는지 나도 모르게 펄쩍 뛰었을 정도였다. 그는 팔걸이의자에서 튀듯이 일어나 양손으로 내 얼굴을 붙잡았다.

"훌륭해! 빌어먹게 훌륭하다고!"

뭐가 그렇게 훌륭하다는 건지 알 수 없었지만 마테는 분명히 잠깐 정신을 놓은 상태였다. 그는 내 머리를 앞뒤로 흔들면서 내 눈을 들여다보았다. 그러더니 문득 자신이 무슨 짓을 하고 있는지 깨달은 듯 내 머리를 놓고 한 걸음 뒤로 물러나서 한 손으로 자기 얼굴을 쓸어내렸다.

"미안. 나도 모르게 그만…… 난 그냥…… 기분이 좋았어. 네가 이해해서 말이야."

"글쎄, 무슨 소리인지 잘……"

"넌 내가 보는 걸 보지 않아, 넌 내가 아니니까. 하지만 네가 방금 그 말을 했다는 사실, 네가 한 말은 내가…… 삶이야, 그렇지. 아무것도 볼 것이 없을 때, 아무 생각이 없을 때는 삶이 대신 나타나는 거야. 벌거벗은 모습으로. 그리고 있잖아, 내가 그 방에 서 있을 때…… 그때 내 삶이 어땠는지 넌 알 거야. 어머니는 형을 차에 태우고 암벽으로 달려들었어, 알지?"

"하지만 그건 사고였잖아?"

"난 생각이 달라. 자세한 얘기는 하지 않겠지만…… 내 생각은 달라. 한낮에 오가는 차도 없는데 암벽으로 곧장 달려들었잖아…… 아냐, 사고가 아니었을 거야."

"이런 빌어먹을, 마테."

"그래. 마테는 빌어먹을 상황이었지. 그런데도 어릴 때는 어떤지 알 거야…… 죽기 싫잖아. 바쁘게 살고 뭔가를 찾지. 내가 〈The Wall〉을 듣고 그랬던 것처럼. 하지만 그 방에서 선생님의 등을 노려보며 서 있는 동안, 한참을 그렇게 서 있는 동안…… 느껴졌어. 끔찍하고 시커먼 어둠처럼, 내 몸속으로 천천히 쏟아져들어왔어. 뱃속에서 시작됐어. 무거웠어. 계속 쏟아져들어와 머릿속까지 가득 채웠어. 내 삶은…… 나랑 다른 사람들 사이에는 그냥 벽만 있는 게 아니었어. 내가 검은 벽 안에서 살고 있었던 거야. 나는…… 어떻게 표현할 수가 없네. 하지만 검은색이었어. 완벽한 암흑. 그 순간 나는 정말 정신을 놓아버린 거야. 다른 일들은 그냥…… 결과에 불과해."

"다른 일이라니?"

"그러니까, 난 결국 움직였어. 한 번에 한 걸음씩. 선생님에게 다가갔지. 하지만 천천히 그 벽 안에서 움직이고 있을 뿐이었고, 앞으로 나아가는 속도는…… 느렸어."

마테는 마치 브레이크를 밟는 것처럼 한 손을 들어올렸다. 그러더니 전축으로 가서 전원을 켰다. 빨간색 진공관들이 빛을 내기 시작했다.

"네가 오기 전에 미리 준비해두었지. 내 강의에 알맞도록 말이야. 〈The Wall〉 앨범 두번째 판의 네번째 곡 제목 알아?"

"아니."

"바로 'Vera'야."

"선생님 이름이랑—"

"그렇지. 똑같아. 자, 잘 들어봐."

마테가 재생 버튼을 눌렀고, 스피커에서 단조로운 음이 퍼져나오기 시작했다. 그리고 멀리서 무슨 단파 라디오에서 흘러나오는 것 같은 목소리가 들리고…… 몇 마디 외치는 소리가 나고…… 라디오방송 같은 목소리가 들리고…… 기관총이나 그 비슷한 소리…… 뭔가를 외치는 목소리…… 폭발음 다음에 노래가 시작되었다.

마테는 테이프를 멈췄다. "들었어?"

나는 고개를 흔들었다. "무슨 소리를 들어야 하는데? 베라 린? 선생님 이름도 린이었어?"

마테는 테이프를 뒤로 감은 다음 음량을 키우고 다시 재생 버튼을 눌렀다. 나는 스피커 쪽으로 몸을 기울이고 눈을 감았다.

시작하는 음…… 라디오 목소리…… 외치는 소리, 그리고……

나는 소파에 앉은 채 몸을 똑바로 세우고 마테를 바라보았다. 그가 정지 버튼을 눌렀다.

"들었어?"

"다시 틀어봐."

마테는 몇 초 뒤로 감은 다음 다시 재생 버튼을 눌렀다.

라디오 목소리…… 외침……

이번에는 똑똑히 들었다. 뭐라고 외치는지 알아들을 수 있었다. 멀리서 외치는 목소리는 이렇게 말하고 있었다. "전체 학생 여러분! 들어오세요! 환영해요!"

마테는 재생을 멈추고 테이프를 꺼내 내게 보여주었다.

"내가 선생님한테서 빌린 테이프야. 그때 그거라고."

"하지만…… 이게 무슨 의미지?"

마테는 돌아와 다시 팔걸이의자에 앉더니 테이프를 탁자 위 사진 옆에 내려놓았다. 잠시 양손을 무릎에 얹은 채 앉아 아무 말도 하지 않았다. 그러더니 사진을 가리켰다.

"내 생각을 이 사진으로 확인할 수 있으리라 기대했어. 그런데 정말 그래."

내가 몸을 앞으로 숙이자 마테가 손으로 사진을 덮어 가렸다.

"기다려. 한 번에 하나씩 하자고. 결국 나는 선생님에게 다가갔어. 이미 말한 대로 나는 아무 생각이 없었어. 그래서 손가락으로 선생님의 등을 찔렀지. 그런데 학교에서와 똑같은 일이 벌어진 거야. 아무 반응이 없었어. 하지만 나는 더는 두렵지 않았어. 나는…… 아무것도 아니었거든. 그래서 선생님 앞쪽으로 돌아가 얼굴을 봤어. 얼굴은 있었지만…… 어떻게 표현해야 하나…… 선생님은 그 안에 없었어. 그곳에 존재하지 않았지. 그때쯤 방안은 상당히 어둑했고, 밖에서 비쳐드는 빛이 약간뿐이었지만, 내가 본 선생님 눈동자는 마치 유리로 만든 것 같았어. 열려 있지만, 텅 빈. 그리고…… 내가 왜 그랬는지 모르겠는데, 아마도 개들이 불알을 핥는 이유와 마찬가지였을 거야."

"왜 핥는데?"

"핥을 수 있으니까. 그래서…… 나는 선생님의 블라우스 단추를 풀었어…… 어떻게 생겼는지 보고 싶어서. 아니, 반응을 보고 싶었는지도 몰라. 모르겠어. 난 거의 정신이 나간 상태였어."

마테는 가슴과 배 여러 곳을 가리켜 보였다.

"구멍들이 있었어. 온몸 여기저기 퍼져 있었지. 구멍이 열두 개인데, 깊이와 너비가…… 손가락 두 개가 들어가더라고."

"마테. 맙소사, 그……"

"알아. 알지. 내가 모른다고 생각해? 하지만 도저히 참을 수가 없었어. 그렇게 될 수밖에 없는 상황이었지. 난 선생님 머리를 살펴봤어. 머리에도 구멍 두 개가 뚫려 있었어. 아마 더 있었겠지만, 상황이 그렇게 되자 난 완전히 정신을 놓고 말았어. 그뒤에 벌어진 일들은…… 전혀 기억이 안 나."

차를 조금도 마시지 않던 마테는 그제야 찻주전자 속의 미지근한 액체로 잔을 채우더니 단숨에 들이켰다. 그의 손이 눈에 띄게 떨리고 있었다. 그는 사진을 가리켰다.

"이제 사진 봐도 돼. 확대경을 사용해. 선생님 발을 봐. 잠깐만."

그는 자리에서 일어나 제일 큰 조명을 켜고 팔짱을 끼고 서서 마치 독려하듯 나를 바라보았다. 나는 확대경을 들고 사진을 자세히 살펴보았다.

선생님은 커다란 나뭇잎들이 그려진 블라우스를 입고 있었다. 선생님에 관한 것들 가운데 유일하게 기억나는 이상한 점은, 뭔가 어렴풋이 불쾌한 느낌 그리고 늘 같은 옷을 입고 다녔다는 점 정도였다. 물론 카세트테이프와 관련된 일도 조금 이상했지만, 그때는 그런 일이……

물론 이런 얘기는 꾸며낼 수 있지. 마음만 먹으면. 하지만 그럴 이유가 있을까?

선생님의 발을 보았다. 발에는 이상한 점이 없었다. 평범한 발에 하얀 운동화를 신고 있었다. 마테의 불타는 듯한 눈길이 내 목덜미로 날아들었다.

어쨌든 그가 미쳤다는 걸 알 수 있었다. 그는 어떤 고정관념을 갖고—그걸 뭐라고 하지?—자신이 한 행동이 뭐든 합리화하고 있었다. 이유를 만들어내는 것이다.

나는 천천히 고개를 가로저었다.

"마테, 나는—"

"잔디를 봐. 선생님 발아래 잔디."

나는 선생님 발아래 잔디를 보았다. 그런 다음 울리카와 켄네트, 스타판 그리고 내 발밑의 잔디를 확인했다. 그리고 다시 선생님의 발밑 잔디를 바라보았다.

풀이 서 있었다.

우리가 밟고 선 잔디는 당연히 납작하게 눌려 있었다. 그런데 선생님 발밑 잔디는 일어서 있었다. 마치 전혀 무게가 나가지 않는 것처럼.

둥글고 끈적이는 뭔가가 목구멍을 통해 내려가 뱃속에 떨어지는 느낌이었다. 이건 내 사진이었다. 우리집 지하실에 보관해두었던 내 사진. 테이프라면 모를까 이 사진을 누가 조작했을 가능성은 전혀 없었다.

내 생각을 읽기라도 한 것처럼 마테는 테이프를 집어서 여봐란 듯이 흔들었다.

"누구든 이 분야 전문가에게 가져가면, 이 테이프에 이십 년 동안 어떤 조작도 하지 않았다는 걸 확인해줄 거야."

"하지만…… 그 목소리…… 원래 그 노래에 선생님 목소리가 들어 있다는 거야?"

내 목소리는 마치 천으로 입을 막고 말하는 것처럼 이상하게 들렸다. 마테는 고개를 저었다.

"아니. 내가 확인했어. 테이프 속 소리들을. 노래 속 아까 그 목소리는…… 남자 목소리야. 그런데 흥미로운 사실은, 정말로 흥미로운 건…… 잔디 봤어?"

나는 고개를 끄덕이고 속삭였다. "어떻게 한 거야?"

마테는 손을 흔들어 내 질문을 무시했다.

"진짜 재밌는 부분은 지금부터야. 내가 생각하기엔 이런 거야. 너도 어쩌면 깨달았는지 모르지만, 난 지난 이십 년을 조금 색다른…… 곳에서 보냈어. 온전해지기 위해서, 아니, 뭐라고 해야 할까…… 제 기능을 하기 위해서 말이야. 네가 아까 와서 이 아파트를 어떻게 둘러보는지 봤어. 아니, 나도 어떻게 돌아가는지 모르겠어. 난 그저…… 사는 흉내를 내는 것뿐이야.

하지만 내가 있던 곳에서 사람을 많이 만났어. 알고 보니 베라만 그런 게 아니더라고. 나는 선생님이 극도로…… 불완전하다는 점에서 매우 특별하다고 생각해. 하지만 그런 사람들은 어디나 널렸어. 뭔가 부족한 사람들 말이야. 아니면 아주 많은 것이 부족하거나. 심지어 그들이 사람인지 아니면 다른 뭔가인지도 나는 몰라.

어쩌면 그 사람들은 뭔가 다른 것인지도 몰라. 그들은 다른 누군가를 대신해 이곳에 와 있는 거야. 틈이 생기면 그리로 스며들어서…… 잘 모르겠지만, 그런 사람들이 주위에 점점 더 늘어나는 것 같아.

지난주에 학교에도 확인해봤어. 시간이 좀 걸렸고 학교측도 시큰둥했지만, 어쨌든 개교 이래 그곳에서 일한 모든 사람의 명단을 뒤졌나봐. 엄청난 수의 교사와 임시교사의 급여 기록을 말이야. 그런데 오십대 후반인 여자 교장 말고는 베라라는 이름으로 학교에서 일했던 사람이 전혀 없는 거야. 단 하루도 말이야.

내가 보기에는 학교에서 우리 반을 맡을 임시교사를 불러와야 한다는 걸 깜박했고, 그 틈으로 그녀가 미끄러져들어온 거야. 내 생각은 그래."

나는 다시 확대경을 들고 사진을 살펴보았다. 확실했다. 그제야 사진이 말이 안 된다는 생각이 들었다. 선생님 발아래만 잔디가 꼿꼿이 서 있고 주변의 그림자도 다른 모양이었다.

도무지 이해할 수 없었다. 마치 끈적거리는 껍질을 벗겨내기라도 하듯 양손으로 얼굴을 거칠게 문질렀다.

"무슨 말이야? 그런 사람이 점점 더 많아진다니? 어째서 그런 사람이 늘어나는 거야?"

"개들이 왜 자기 불알을 핥는다고 했지?"

"핥을 수 있으니까."

"그래."

마테는 창문 쪽을 가리켜 보았다.

"핥을 수 있으니까. 바깥세상에는…… 이런 표현은 이해해줘. 나는 보통 세상을 바깥세상으로 생각하는 데 너무 익숙하거든. 아무튼 바깥세상은 모든 사물이 교체될 수 있다는 생각에 근거를 두고 있어, 안 그래? 기간제 직원, 잠깐의 연애, 임시직, 임시직, 임시직들. 설교하는 게 아니라 사실이 그래. 누군가 사라지면 누군가 다른 사람이 대신 나타나. 항상 그래. 공간이 생기고 틈이 벌어지면…… 그러면 그들이 미끄러져들어오는 거야. 최악의 문제가 뭔지 알아? 그들 스스로도 모른다는 거야."

"뭘 몰라?"

"자신들이 대체자라는 걸. 그들이 자기가 사람인 줄 알아. 물론 손가락이 없거나 귀가 없는 경우는 흔치 않아. 대개는 다른 것들이 없어. 뭔가 다른 게 부족하지. 손가락처럼 확실하게 눈에 띄지는 않지만, 똑같이 눈치챌 수 있는 것들. 그래서 우리는 약을 먹는 거야. 우리가 하려는 건—"

"우리?"

"그래, 우리. 너랑 나도 대체자가 아니라고 누가 말할 수 있겠어? 우리 수가 얼마나 남았을까? 내 병도 그래. 소위 내 병이라는 것도……"

마테는 한숨을 내쉬더니 팔걸이의자 깊숙이 몸을 묻었다. 그는 무척 작아 보였다. 마치 팔걸이의자가 그를 삼키겠다고 위협하는 것 같았다. 그가 포기하면 닳아빠진 검은색 인조가죽이 그의 몸을 뒤덮어버릴 것 같았다. 나도 똑같은 일을 당할 것 같은 느낌에 자세를 똑바로 했다. 그 자리에 계속 머물다가는 나도 사라져버릴 것 같았다. 내가 미처 일어서기도 전에 마테가 말했다. "정신병은 세상을 있는 그대로 보지 못하는 병이야. 내 병은…… 내 병의 근원이자 내가 약을 먹는 이유, 내가 숨겨야 하는 경험은 이미 벌어져버린 일이야."

"뭐가 이미 벌어져?"

"대체자들이 이미 전부 점령했어. 인간은 한 명도 남아 있지 않아. 만약 인생을 이런 식으로 본다면, 세상은 상당히…… 의미가 없지. 아무것도 남지 않을 테니까."

나는 일어섰다. 더는 듣고 있을 수가 없었다.

"마테. 나 집에 가야 해. 내일 아들이 올 텐데…… 그전에 몇 가지 정리할 것도 있어서."

"그래. 와줘서 고마워."

돌아서서 현관 쪽으로 나가고 싶었다. 코트를 챙긴 다음 걷든 뛰든 지하철역까지 가는 거다. 하지만 끝나지 않았다. 두 발이 움직이려 하지 않았다. 마테는 여전히 그 자리에 서 있는 나를 쳐다보더니 더할 나위 없이 솔직한 표정으로 물었다. "내 말을 믿어?"

대답이 나오지 않았다. 그렇다고 말할 수도 아니라고 말할 수도 있었지만, 두 가지 대답 모두 입 밖에 내고 싶지 않았다. 대신 질문이 떠올랐다.

"그래서 어떻게 했어?"

마테는 고개를 천천히 흔들었고, 그의 입술 위로 웃음의 그림자가 스쳐갔다.

"그건 별로 중요하지 않아. 난 어떻게든 그걸…… 파괴해야만 했어. 아마 찬장 문이었을 거야. 부엌 찬장 말이야. 문짝 모서리가 손바닥에 닿는 기억이 나. 찬장에서 떼어낸 거야. 노란색이었어. 노란색 찬장 문. 어둠 속에서는 그 노란색이…… 오렌지색처럼 보이더군. 그게 기억나. 너도 알지만, 그 집엔 아무것도 없었으니까. 그래서 부엌에서 문짝을 떼어낸 거야. 그래, 기억나. 그러고는 아무 기억이 없어. 하지만 나는 그걸…… 선생님을, 분명히 부쉈을 거야. 어떤 식으로든 말이야. 나중에 사람들이 내게 보인 태도를 보면 무슨 일이 있었는지 빤해. 그리고 선생님은 그 속으로 들어갔어."

마테는 탁자 쪽으로 손짓해 보였다.

"어디로 들어가?"

"음악 속으로. 미안. 내가 말을 안 했군. 저 테이프…… 난 저 테이프를 여러 번 들었어…… 그 일이 벌어지기 전에. 그리고 그때는 테이프에서 선생님 목소리가 나오지 않았어. 그 일이 벌어진 뒤부터 나왔지. 내가…… 그 일을 저지른 뒤에 선생님이 음악 속으로 들어갔어. 그때부터 선생님 목소리가 들리는 거야."

마테는 테이프를 집어 손가락 사이에 끼운 채 뒤집더니, 마치 무척 사랑했던 가족이 남긴 하나뿐인 유품이라도 되는 양 바라보았다.

"이것만 남은 거야. 선생님한테서."

더는 할말이 없었다. 현관 앞에 서서 코트를 입고 있는데 마테가 사진을 손에 들고 다가왔다.

"이거 내가 가져도 돼?"

나는 사진을 보고 마테를 보았다. 아무리 그래도 그 사진은 그 학년과 관련된 유일한 기념품이었다. 그리고 앞서 말했듯 나는 온갖 것을 모아두는 사람이다. 마테가 골똘히 나를 바라보았고, 나는 그 두 개의 깊은 수직갱을 들여다보았다.

"부탁할 수 있을까?"

나는 고개를 끄덕였다. 친절을 베푼 것이 아니라 그저 그곳에서 벗어나고 싶어서였다. 고개를 끄덕이고 손을 내밀었다. 마테는 사진을 든 왼손을 가슴에 가져다대고 오른손을 내밀었다. 우리는 작별인사를 나누었다.

거리로 나선 나는 한동안 서서 마테의 집 창문을 올려다보았다. 똑같은 아파트 동 여럿 중 하나, 그 동에 있는 똑같은 아파트 스물네 개 중 하나였다. 임시로 배치한 물건들이 놓인 공간. 전율이 온몸을 스쳐지나갔고, 나는 서둘러 온기와 움직임이 있는 지하철로 향했다.

플랫폼 위에서는 차가운 형광등 불빛이 이쪽의 남자 한 명과 건너편의 여자 한 명, 그리고 저멀리 양손을 주머니 깊숙이 찔러넣은 채 기다리는 또다른 남자 한 명에게 쏟아져내렸다. 남자들은 가만히 서 있고 여자는 주위를 몇 발짝씩 왔다갔다했다.

열차가 도착했다. 파란색 객차 여섯 량이 플랫폼으로 들어왔다. 멈췄다.

객차 안 사람들은 멍하니 시선을 던지거나 신문을 보거나 창문 너머 어둠 속을 바라보고 있었다. 아무도 움직이지 않았다.

지나간 꿈은
흘려보내고

미아를 위해.

여전히.

위대한 사랑 이야기를 들려주고 싶다.

아쉽게도 내 이야기는 아니지만 나도 등장하고, 지금은 모두 끝나버린 스테판과 카린의 이야기를 증언하고 싶어져서다.

증언한다. 좀 거창하게 들린다는 건 나도 안다. 어쩌면 어떻게 봐도 놀랄 것 없는 사랑 이야기에 대해 과장된 기대를 만들어내고 있는지도 모르겠다. 하지만 이 세상에 기적은 너무 적고 너무 먼 이야기여서, 기적이 나타나도 사람들은 최선을 다해야 알아볼 수 있다.

나는 스테판과 카린의 사랑을 기적으로 여기며, 그 기적과도 같은 사랑의 증인이 되고 싶은 것이다. 여러분이 그런 사랑은 매일같이 일어나는 기적이라거나 상투적인 것이라 말해도 개의치 않는다. 두 사람과 알고 지내면서 나는 우리를 땅 위에 붙들어두는 제약을 넘어서는 무언가의 일부가 되는 특권을 누릴 수 있었다. 그런 경험이 그 사랑을 기적으로 만든다. 그게 전부다.

우선 내 소개를 조금 하겠다. 인내를 부탁한다.

나는 블라케베리에서 자랐다. 1951년 부모님과 내가 시그리드 운셋스 거리로 이사왔을 때는 아직 시멘트가 다 굳기도 전이었다. 그때 나는 일곱 살이었고, 시내에 가고 싶어서 전철을 타려면 이슬란스토리에트까지 먼 거리를 걸어갈 수밖에 없었다. 이듬해 지하철이 생겼다. 나는 그 유명한 페테르 셀싱이 설계한 지하철역 매표소가 건설되는 모습을 지켜보았는데, 블라케베리에서 오래 살아온 많은 주민이 여전히 그 건축물에 자긍심을 품고 있다.

이런 이야기를 하는 이유는 사실 내가 인생의 상당 부분을 바로 그 기차역에서 보냈기 때문이다. 1969년부터 시작해 이 년 전 은퇴할 때까지 개찰원으로 일했다. 그러니 가끔 아픈 동료를 대신해 그린 노선의 다른 역에서 일했을 때를 제외하면 삼십구 년 동안 셀싱이 만든 건축물 안에서 직장생활을 한 셈이다.

들려줄 내 이야기도 수없이 많고, 그래볼까 생각하지 않은 것도 아니다. 나는 글쓰기를 즐기며, 개찰원의 대단치 않은 소소한 자서전이 어쩌면 많은 독자의 관심을 끌 수 있을지도 모른다. 하지만 이 게시판은 그런 글을 쓰기에 적당하지 않다. 난 그저 간단한 내 소개를 통해 여러분이 화자에 대해 조금은 알았으면 하는 것뿐이다. 개인적인 이야기들은 나중에 써보겠다.

사람들은 내가 야망이 없다고들 했다. '야망'이 경력의 사다리나 신분 상승의 계단 같은 것들을 기어올라가고자 하는 욕망을 뜻한다면, 그런 평가는 어떤 면에서 사실이다. 하지만 야망은 여러

가지 의미를 가질 수 있다. 예를 들어 내 야망은 조용하고 품위 있는 인생을 사는 것이었으며, 그에 성공했다고 믿는다.

이천오백 년 전 아테네에서 태어났더라면 아마 훨씬 잘 어울리긴 했을 것이다. 나는 스토아학파의 아주 훌륭한 철학자가 되었으리라. 그동안 플라톤의 저서에서 배운 삶을 향한 태도가 내게 꼭 들어맞기 때문이다. 그 시절이었다면 현명한 사람으로 인정받았을지도 모른다. 요즘 시대에 나 같은 사람은 지루하다는 평가를 받는다. 커트 보니것이 말한 대로, 인생이란 그런 것이다.

나는 평생을 바쳐 티켓을 팔고 티켓 펀칭을 하고 또 책을 읽었다. 매표소에서 일하면 책 읽을 시간이 아주 많다. 야간근무를 할 때 특히 더 그렇고 나는 야간근무가 잦았다. 아마 도스토옙스키와 베케트를 가장 좋아했지 싶은데, 서로 매우 다른 방식이긴 해도 두 작가 모두 어떤 경지에—

이런, 또 옆으로 새고 말았다. '고요함'의 경지, 그것을 말하려고 했지 내 문학적 취향을 부연하려는 건 아니다. 나에 대해 충분히 말했으니 스테판과 카린 이야기를 해보겠다.

아, 다른 이야기를 하나 더 하고 넘어가야 할 것 같다. 내가 자서전을 쓰고 싶다고 한 것이야말로 전통적 의미에서 보면 너무 큰 야망인지도 모른다. 이렇게 글로 쓸 내용조차 제대로 정리하지 못하고 있지 않은가. 어쩔 수 없다. 조금 더 기다리시라. 오스카르 에릭손에 관해 몇 가지 해야 할 말이 있으니까.

여러분이 기억하는지 모르지만 그 사건은, 특히 도시의 서쪽 지역인 이곳에서는 굉장한 사회적 관심을 불러일으켰고 관련 글도 엄청나게 쏟아졌다. 이제 이십팔 년이 지났고 다행히 그뒤로 블라케베리에서 그런 식의 비극적이고 폭력적인 사건이 벌어진 적은 없다.

수영장 샤워실—지금은 유치원이 된 곳—에서 뱀파이어 분장을 한 미치광이가 세 아이를 살해하고 오스카르 에릭손을 납치했다. 모든 신문이 몇 주 동안 떠들어댔고, 당시 인근 사람들 대부분은 '블라케베리'라는 말을 들으면 뱀파이어와 다중 살인을 떠올리지 않을 수 없었다. 내가 '셰보'*라고 말하면 무슨 생각이 드는가? 통합과 관용? 아니, 그렇지 않을 것이다. 동네가 어떤 오명을 얻으면 발에 박힌 못처럼 오랜 세월 남는 법이다.

뱀파이어 분장을 한 미치광이라고 쓴 이유는 여러분이 널리 알려진 이미지를 떠올릴 수 있도록 하기 위해서였다. 하지만 나는 실제로 무슨 일이 있었는지 제대로 설명해줄 근거가 있다. 그 이야기는 차차 하기로 하자.

그 사건이 스테판 그리고 카린과 무슨 관계가 있는지 궁금한가?

두 사람이 블라케베리로 이사한 이유는 카린이 경찰이고, 소위 '블라케베리 수영장 학살'으로 알려진 사건의 조사를 맡아서였다. 좀더 자세히 말하자면 카린은 오스카르 에릭손의 실종 조사를 담당했다. 그 때문에 그녀는 블라케베리에서 많은 시간을 보내게 되었고, 여러 상황에도 불구하고 이 동네를 아주 좋아하게 되었다.

* 1988년 난민 수용에 반대하는 주민투표에서 높은 찬성률을 보인 스웨덴의 도시.

사건 수사가 보류되고 몇 년 뒤, 그녀와 남편 스테판은 새로 살 곳이 필요해지자 블라케베리를 찾았다. 그리고 1987년 홀베리스가탄에 있는 우리 아파트, 그것도 우리집에서 두 층 아래로 이사오게 된 것이다.

보통은 아파트 같은 동 이웃집에 누가 이사온다고 해도 눈치채지 못하기 마련이다. 이곳에서 오래 산 나도 매사를 눈여겨보는 편은 아니다. 그러나 그해 여름은 발코니에서 많은 시간을 보냈고—프루스트의 『잃어버린 시간을 찾아서』를 천천히 읽고 있었다—아주 간단한 이유로 새로운 커플이 이사왔다는 사실을 알게 되었다. 두 사람은 서로 손을 잡고 있었다.

내가 보기에 남자는 나와 비슷한 나이이고 여자는 몇 살 더 많았다. 웬만한 부부라면 사람들 앞에서 신체적 친밀감을 드러내는 행동 따위 하지 않을 나이라는 뜻이다. 물론 예외도 있다. 하지만 요즘은 젊은이들조차, 적어도 열 살이 넘으면 굳이 손을 잡고 다니려 하지 않는다.

하지만 이 중년 부부는 문밖에 나오기만 하면 세상에서 가장 자연스러운 일인 양 서로 손을 잡았다. 물론 가끔 혼자일 때도 있고 손을 잡지 않고 걸을 때도 있지만, 거의 항상 손을 잡고 있었다. 그 모습에 나는 왠지 행복해졌다. 그리고 그들이 사는 집 문이 열리는 소리가 들리면 나도 모르게 얼른 책에서 눈을 든다는 걸 깨달았다.

어쩌면 직업의 단점인지 모르지만, 나는 매표소 안에서도 기회만 있으면 사람들을 주시하면서 어떤 사람일지 추측하고 둘씩 짝을 지어보는 버릇이 있었다.

그해 여름 두 사람은 1층 발코니에서 오랜 시간을 보냈기 때문에, 나는 결론을 내리기 위한 여러 사실을 수집할 기회가 아주 많았다.

그들은 자주 서로에게 큰 소리로 책을 읽어주었는데, 사실 요즘에는 그렇게 여가를 보내는 사람이 없다. 거리가 멀어 무슨 책을 읽는지는 들을 수 없었기에 테이블 위에 책을 내려놓을 때면 쌍안경을 가져오고 싶은 마음을 꾹 눌러야 했다. 그냥 지켜보는 것과 엿보는 건 다른 일이다. 쌍안경이 등장하는 순간 선을 넘게 되는 것이다. 그래서 쌍안경을 동원하지는 않았다.

그들은 레드와인을 꽤 많이 마셨고, 둘 다 담배를 피웠다. 한 사람이 담배를 말고 있으면 다른 사람은 책을 읽었다. 가끔 늦게까지 테이블 위에 카세트플레이어를 틀어두고 마주앉아 있기도 했다. 내가 아는 한 대개 올드 팝을 들었다. 시브 말름크비스트나 외스텐 바르네르브링, 군나르 비클룬드 같은 가수들. 그리고 아바. 아바는 정말 많이 들었다.

이따금 좁은 발코니에서 잠깐씩 춤추기도 했는데, 그럴 때면 시선을 거두고 내 할 일에 몰두했다. 뭐라고 설명할 수는 없지만, 그런 장면은 왠지 둘만의 비밀스러운 모습으로 느껴졌기 때문이다.

자, 이제 내가 그들과 친해지기 전에 내렸던 결론을 말해주겠다. 나는 남자가 일종의 서비스업에 종사하고, 여자는 도서관 사서라고 생각했다. 두 사람은 나이들어 만났고 이곳이 함께 사는 첫 집이다. 각자 꿈이 있었지만 지금은 모든 열정을 둘의 관계와 사랑에 쏟아붓고 있어서 잠시 미뤄둔 상황이다.

여러분도 알게 되겠지만 나쁘지 않은 분석이었다.

다만 이미 알다시피 한 가지는 완전히 틀렸다. 여자는 사서가 아니라 경찰이었다. 만일 누군가 여자 경찰의 이미지를 말해보라고 하면, 나는 아마도 짧고 검은 머리에 튀어나온 광대뼈, 근육질 몸이라고 할 것 같다. 카린은 그런 외모가 아니었다. 그녀는 숱 많은 금발을 등까지 길렀다. 비교적 키가 작고 얼굴이 아주 매력적이지만 잘 웃어서인지 주름이 자글자글했다. 말하자면 누구나 다음에 어떤 책을 읽어야 할지 기꺼이 조언을 구하고 싶은 사람처럼 생겼다.

물론 카린에게도 독서에 관한 질문을 할 수 있지만, 만일 진짜 전문 분야에 관해 묻고 싶다면 흉터 조직의 발달이나 살인자들의 심리, 권총 탄약의 밀도 등을 물어야 할 것이다. 그녀는 증인신문과 탐문 정보 수집 전문이지만 탄도학과 혈흔 분석에도 조예가 깊었다. "그냥 취미에 불과하지만요" 하면서 한번 설명한 적이 있다.

스테판의 직업은 우리 세 사람의 우정을 시작함과 동시에 알게 되었다.

프루스트에 이어 나는 에드바르 뭉크의 전기를 읽었다. 그 책을 다 읽은 7월 말 휴가를 가게 되자, 오슬로의 뭉크 미술관을 방문하기로 마음먹었다. 혼자 살면 그런 점은 좋다. 뭔가 머릿속에 떠오르면 바로 다음날 실행에 옮길 수 있다.

오후에 도착하도록 아침 기차를 탔는데, 티켓을 확인하러 온 차장을 보니 모자와 제복을 갖춰입은 그 사람이 다름아닌 새 이웃 아니겠는가? 그러니까 우리는 동종 업계 종사자였던 셈이다. 열차 승무원이라면 분명히 내가 말한 서비스업에 속한다고 할 수 있을 것이다, 안 그런가?

티켓을 내밀었더니 그는 얼굴을 찡그리며 뭔가 찾는 것처럼 나를 바라보았다. 내가 도와주었다.

"우리 같은 데 살아요." 내가 말했다. "저는 역 개찰구에서 일하고 있고요. 블라케베리에서."

"그렇군요." 그는 티켓에 펀칭을 하며 말했다. "말씀해주셔서 감사합니다. 안 그랬으면 온종일 궁금해할 뻔했네요."

잠깐 침묵이 흘렀다. 뭔가 더 말하고 싶은 기분이었지만, 무슨 말을 하든 상대방에게 실례가 될 것 같았다. 그들이 무슨 책을 읽는지, 아니면 아바 노래 중에 뭘 가장 좋아하는지 물어볼 수는 없었다. 스테판이 그 순간 유일하게 서로 불편하지 않을 화제를 꺼내며 구조의 손길을 내밀었다.

"그럼." 그가 말했다. "오슬로에 가시는 길인가요?"

"네. 가서 뭉크 미술관을 둘러보고 싶어서요. 한 번도 가본 적이 없어요."

그는 혼자 고갯짓을 해 보였고, 나는 혹시 에드바르 뭉크라고 말했어야 하나 생각했다. 어쩌면 미술에는 관심이 없는지도 몰랐다. 그래서 그가 이렇게 물었을 때 살짝 놀랐다. "〈키스〉. 그 그림 보셨어요?"

"네. 아, 실제로는 못 봤어요."

"그 미술관에 있어요."

그가 뭔가 다른 말을 하려는 것처럼 보인 순간, 내 앞에 있는 승객이 티켓을 흔들어 보였다. 나중에 이름이 스테판임을 알게 된 남자는 허공에 대고 몇 번 펀칭을 해 보이더니 말했다. "아주 멋진 미술관이죠. 즐겁게 관람하세요." 그러고는 다른 승객들에게 다가갔다.

다음날 미술관에 간 나는 특별히 〈키스〉에 관심을 기울이지 않을 수 없었다. 무엇보다 그것은 원래 내가 좋아하던 작품이었다. 이미 말한 대로 나는 추측하기를 좋아하기에, 만날 손을 잡고 다니는 이웃 부부에 대해 알고 있다고 생각하는 점들을 토대로 그림을 해석해보지 않을 수 없었다.

그림은 키스 장면을 그렸다기보다 함께 녹아 섞이는 두 사람의 몸을 보여주고 있었다. 한편으로는 여느 키스들과 다르게, 둘이 섞이며 하나가 되는 결합의 순간있었다. 또다른 면에서 그 그림은 매우 음침했고, 두 몸의 자세가 극심한 고통을 겪는 듯 보여서, 뭔가 멈출 수 없는 고통을 목격하고 있는 것 같기도 했다. 뭘 표현한 것이든, 그 그림은 완벽하게 서로에게 흡수되어 따로 떨어져나오기를 포기한 두 사람을 보여주고 있었다.

나는 이웃 사람들에 대해 뭔가 알아냈다고 생각하는 동시에 그 그림에 너무 많은 의미를 부여하지 말자고 스스로를 타일렀다. 어쨌거나 완전히 혼자인 나도 그림이 마음에 들었으니까.

나중에 벌어진 일을 생각하면 미리 언급해두고 싶은, 사소하고 놀라운 사실이 하나 있다. 나는 〈뱀파이어〉라는 그림 앞에 한참 서 있었다. 이것도 일종의 키스이자 두 사람의 몸이 섞이는 그림이다.

하지만 이 그림이 그려낸 것은 위안일까, 아니면 목을 물어 목숨을 위협하는 장면일까? 여자의 붉은 머리칼은 남자를 망각과 용서로 감싸는 것일까, 아니면 실제로 피가 흘러내리는 장면일까? 어쨌거나 이 그림에서도 〈키스〉에서처럼 얼굴 없는 두 사람과, 맹목적이고 고통스러운 공생이 보인다.

오슬로에서 돌아오고 며칠 뒤 스테판이 발코니에 앉아 도스토옙스키의 『백치』를 읽는 모습을 보았다. 아무 말 없이 지나치기는 무례한 것 같아 한마디 건넸더니 그가 도스토옙스키 얘기를 했고 나는 뭉크 얘기를 했고 그가 커피 한잔 하지 않겠느냐고 말해서 처음으로 교유가 시작되었다. 긴 이야기를 짧게 줄이자면 그후에도 여러 번 만나 커피를 마셨고, 9월에는 저녁식사 초대를 받았다.

오직 우리 우정이 어떻게 시작되었는지 설명하느라 굳이 오슬로 여행까지 들먹여 이야기가 길어진 점은 사과해야겠지만, 앞서 말했듯이 지금 돌이켜보면 전혀 관계 없다는 생각은 들지 않는다. 말하자면 결말은 이미 시작 부분에 압축된 형태로 드러나 있었다.

스테판 그리고 카린과 시간을 보내기는 쉬웠다. 우리는 관심사가 비슷했고, 무엇보다 유머 감각이 서로 통했다. 나와 마찬가지로 그들은 통상적인 생각을 뒤집어보기를 즐겼다. 예를 들면 만일 섬들이 고정되어 있지 않고 그냥 둥둥 떠다닌다면 어떻게 될까 하는 생각만으로도 우리 셋은 아주 오랜 시간을 보낼 수 있었다. 권력자들은 이민정책을 어떻게 만들어낼까 하는 식으로 이야기는 끝도 없이 이어졌다.

어느 날 저녁 발코니에 함께 앉아 와인을 마시고 있을 때, 나는 두 사람이 어떻게 만났느냐고 물었다. 그들은 갑자기 상당한 비밀을 숨긴 사람들처럼 굴었는데, 서로 흘끔거리는 표정이 마치 둘만의 은밀한 농담이라도 나누는 듯 보였다. 마침내 카린이 말했다.

"우리는…… 수사 과정에서 만났어요."

"어떤 수사요?"

"블라케베리에서 있었던 사건요."

"그…… 수영장 사건?"

"네. 스테판이 목격자였고 내가 신문을 했어요."

"목격자?" 나는 스테판을 보았다. "하지만 그때는 여기 살지 않았잖아요?"

스테판은 마치 현재 진행중인 사건에 관해 말해도 되는지 허락을 구하는 것처럼 카린을 슬쩍 바라보았고, 그녀는 작게 고개를 끄덕였다.

"오스카르 에릭손." 스테판이 말했다. "내가 그애 티켓에 펀칭을 해줬거든요. 기차에서. 사건이 벌어진 다음날에요. 그러니까 어찌 보면 확실하게 그 아이를 마지막으로 본 사람은 나라고 할 수 있어요."

"다른 사람들도 같이 봤나요?"

"그런 내용은 카린에게 물어봐야 할 것 같군요."

"미안해요." 카린은 대신 보상하기라도 하듯 내 잔에 와인을 더 따르며 말했다. "진행중인 사건이라서…… 이해하죠?"

"하지만…… 그건…… 오 년 전 아닌가요?"

"아직 수사가 진행중이에요."

그걸로 이야기는 끝났다. 한참 동안은 그랬다.

그날 일은 그들의 직업 행동강령을 보여주는, 상당히 인상적인 사례였다. 그리고 나는 두 사람 모두 어떤 말을 하고 하지 않을지에 대해 대략적으로 명확한 경계를 갖고 있다는 걸 깨닫게 되었다. 특히 두 사람의 관계에 대한 문제에서는 말할 준비가 된 것과 되지 않은 것이 확실히 갈렸다. 예를 들어 우리가 이십삼 년간 우정을 유지하는 동안, 나는 그들의 성생활에 대해 한 번도 묻지 않았다. 두 사람이 서로의 몸을 만지는 방식이나 표정, 갑자기 끌어안고 키스하는 모습을 보면 상당히 적극적일 거라고 추측할 수 있었지만, 나는 두 사람이 그런 문제를 타인과 얘기하고 싶어하지 않는다는 걸 본능적으로 알았다.

두 사람처럼 진실하고 친밀한 부부는 한 번도 본 적이 없었다. 두 사람은 그들만의 작은 우주를 이루었다. 그들과 어울리면서, 특히나 와인 몇 잔을 마실 때 가끔은 몹시 슬퍼지기도 했다는 사실을 부정하지 않겠다. 모여 앉아 멋진 시간을 보내며 수다를 떨고 웃었지만 때가 되면 일어나 혼자 집으로 돌아가야 하는 사람은 나였다. 우리가 서로를 얼마나 좋아하든 나는 외부인이었다.

두 사람은 아무래도 완벽하진 않았다. 내가 함께 어울리는 걸 소중하게 여기는 이유 중에는 그들이 목격자를 원한다는 것도 어느 정도 있지 않을까 생각한 적이 많았다. 나는 그들의 사랑을 감탄하며 지켜보고 승인하는 사람이었다. 내가 두 사람이 함께라서 멋지다거나 이런 관계는 기적이다 등등…… 그런 말을 하면, 그들은 그 말을 고양이처럼 덥석 받아들이는 식이었다. 일종의 허식이랄까. 우리가 함께하는 모습이 얼마나 멋진지 보세요, 라고 말하듯.

그러나 그런 건 중요하지 않았다. 두 사람 사이에는 사랑이, 위대하고 진정한 사랑이 있었으며, 사랑은 심지어 자만심까지도 어느 정도 허용하는 법이다.

세월이 지나면서 우리는 더 가까워졌다. 두 사람은 다른 이들과 많은 시간을 함께 보내지 않았다. 자신들만으로 완벽하게 만족했고, 어느 정도 생활을 공유하는 사람으로는 내가 유일했다고 자신 있게 말할 수 있다.

카린은 1994년 은퇴했다. 조금 놀랐다면 사과하겠다. 하지만 나도 두 사람의 나이차를 알게 되었을 때 마찬가지로 놀랐다. 스테판은 1945년생으로 나보다 한 살 적었고, 카린은 1929년생이었다. 받은 인상으로는 두 사람의 나이차가 일고여덟 살이겠거니 했다. 하지만 사실은 열여섯 살 차였다. 카린은 눈 색깔이 밝은데다 금발을 길게 기르고 있었고 스테판은 워낙 나이들어 보이는 편이라 착각한 것이다.

그렇게 카린은 스테판이 열차를 타고 주로 스톡홀름과 오슬로를 오가며 일하는 동안 은퇴자의 생활을 하게 되었다. 이미 말했던 것처럼 나는 대부분 저녁과 밤에 일했기 때문에 낮에는 상대적으로 자유 시간이 많았다. 스테판과 단둘이 있을 때만큼은 아니지만 일 년쯤 시간이 흐르고 함께 커피를 마시는 횟수가 늘면서 그녀와도 점점 편안한 사이가 되었다.

하루는 함께 커피를 마시는데, 카린이 경찰 일을 그만둔 지금도 여전히 오스카르 에릭손 사건이 머릿속을 떠나지 않는다는 얘기를 꺼냈다. 아마 은퇴했으니 자신이 했던 일을 좀더 말해도 되겠다고 느끼는 것 같았다.

"전부 거짓말이야." 그녀가 말했다. "공식 발표 내용, 그거 전혀 사실이 아니야."

"무슨 말이에요?" 나는 머뭇거리며 물었다. 그녀가 이야기를 이어갈 분위기를 어떻게든 깨고 싶지 않아 긴장한 상태였다.

"우선 수영장 천장에 핏자국이 있었어. 천장. 그것도 풀장에서 똑바로 위쪽에. 수면에서 5미터 높이지. 피가 튄 모양을 보면 누군가 사다리를 밟고 올라가 천장에 뿌린 것 같았어. 풀장에 사다리를 세우기라도 해서 말이야. 그 피는 목이 뜯겨나간 희생자의 것이었어."

"잘린 머리요?"

"아니. 뜯겨나갔다니까. 그렇게 하려면 얼마나 강한 힘이 필요한지 상상도 못할 거야. 크리스마스에 먹는 대형 햄 덩어리를 맨손으로 뜯어낸다고 생각해봐—햄 속에는 두개골이 없으니 그렇게 씨름할 필요는 없겠지만 말이야. 옛날에 말을 이용해 사람의 사지를 찢어 처형하던 관습이 있었다는 거 알아?"

"네."

"그건 일종의 고문이었어. 말이라고 인간의 팔다리를 찢을 수는 없어. 도끼질로 도움을 줘야 가능하지. 말마저도 그렇단 말이야."

"말은 아주 힘이 센 동물이죠."

"그래도. 코끼리라면 모를까 말은 힘들어. 하물며 사람은 당연히 불가능하지."

"그럼 무슨 일이 있었던 겁니까?"

카린은 한참 아무 말 없이 창밖을 내다보았다. 400미터 거리의, 창문이 판자로 막힌 수영장 앞의 건물들을 엑스레이로 투과하려고 애쓰는 것 같았다.

"상처가 있었어." 한참 만에 그녀가 말했다. "그래서 머리가, 말하자면, 뜯겨나갈 수 있었던 거지. 하지만 칼로 낸 상처는 아니었어. 한 아파트에서 나이 많은 다른 희생자를 찾았는데……" 뒤에 한 말은 혼잣말에 가까웠다. 카린은 잠에서 깨어나듯 몇 번 눈을 깜박였다. 그리고 나를 보았다. "오스카르 에릭손. 당신도 개를 한 번 보지 않았어?"

"몇 번 봤죠. 다른 사람들처럼 지하철을 타고 다녔으니까."

"하지만 그때 얘기했던 날은……"

몇 년 전 수영장 학살에 대해 잡담을 하다가 스테판과 카린에게 말해준 적이 있었다. 새벽 두시 개찰구에 앉아 카프카의 『변신』을 읽고 있는데, 오스카르 에릭손이 지하철에서 올라왔다. 출입구 옆에서 한 취객이 〈프리티오프 안데르손〉 노래를 부르고 있었고, 에릭손은…… 나는 그 이야기를 다시 했다.

"소년이 거기 서 있는데 갑자기 엄청난 행복감을 느끼는 것처럼 보였어요. 내가 괜찮냐고, 어린아이가 밤늦게 뭘 하느냐고 물어볼 찰나였는데, 취객이 부르는 노래를 듣고 서 있던 그애가 마치…… 안면에 웃음이 퍼지더니 뭔지 몰라도 자신을 행복하게 해준 것을 찾아가듯이 역사 밖으로 뛰어나갔어요. 그러고 나서는 취객이 쓰레기통에다 오줌을 싸기 시작했고—"

"그래서 뭐였어? 왜 그렇게 행복해했지?"

"모르죠. 몇 주 뒤 그 아이가 신문에 등장하지 않았으면 생각도 나지 않았을 일이에요."

"열두 살 소년을 그렇게 행복하게 만들 수 있는 게 뭘까?"

"글쎄요. 그 나이 때 난 상당히 우울했는데. 아직도 이 사건을 수사하고 있어요?"

"죽을 때까지 해야 할 것 같아."

그뒤로 여러 해 동안 카린은 가끔, 그리고 아주 조금씩 정보를 주었다. 예를 들면 오스카르 에릭손이 자신을 수영장에서 데려간 사람의 바로 옆집에 살았다든지, 오스카르가 그 사람 집에 최소 한 번은 방문한 증거가 있다든지 하는 얘기였다.

당시 카린이 신문했던 괴짜들 중 일부는 지금도 그때처럼 중국집이나 피자가게에 드나들고 있었다. 그들이 얘기하길 오스카르의 옆집에서 시신으로 발견된 남자는, 자신의 가장 친한 친구를 죽인 어떤 어린아이를 찾고 있었다고 했다. 가장 친한 친구라는 남자는 병원 근처 물속에서 끔찍한 모습으로 얼어붙은 채 발견된 바로 그 사람이라고도 했다.

온통 난장판인 사건이었고, 카린이 캐고 다니면서 머리를 쥐어짤수록 설명할 길이 없는 다른 미제 살인사건들과의 연관성이 드러났기 때문에, 결국 그녀는 은퇴하기 직전 모든 조각이 들어맞는

유일한 가정을 내놓았다고 했다. 바로 이것이었다. '만일 진짜 뱀파이어의 짓이라면?'

경찰국장은 고개를 갸웃하며 물었다고 한다. "무슨 말이야?"

"정확히 제가 말한 대로입니다. 가해자는 정말로 초자연적 완력을 지닌 존재로, 살아남기 위해서 피를 마셔야 했던 겁니다. 이 가설만이 모든 상황에 들어맞습니다."

"도통 무슨 말인지 모르겠군."

카린은 그 시점에서 포기했다. 물론 그녀도 다른 사람과 마찬가지로 뱀파이어의 존재를 믿지 않았다. 그건 그저…… 모든 걸 설명해주는 가설일 뿐이었다. 초자연적 가해자가 있다는 가정을 받아들이기만 하면 수많은 미제사건이 깔끔하게 정리될 수 있었다. 그러나 경찰 업무는 그런 미신과 잘 어울리지 않았다.

은퇴를 몇 주 앞두고 카린은 자신의 가정에 대한 반론이 약하다고 생각하기 시작했다. 신화 속 존재가 가해자라고 했을 때 다수의 복잡한 사건들이 해결될 수 있는 이유는 그냥 그것이 실제로 벌어진 일이기 때문일 수도 있었다.

그녀는 그런 얘기를 동료나 상사들에게 한마디도 꺼내지 않았다. 하지만 경찰국장은 그녀가 한 얘기를 혼자만 알고 있기 힘들었던 모양이었다. 카린은 퇴직 기념 회식이나 다른 사람들의 송별사에서, 나이를 먹어 머리가 조금 이상해진 사람을 보내게 되어 안도하는 듯한 분위기를 감지했고, 어떤 녀석이 퇴직하고 마늘 많이 드시라고 말했을 때 무슨 일이 있었는지 확신했다.

은퇴 전 몇 년 동안 그녀는 상사의 배려로 오스카르 에릭손 사건에만 시간을 투자할 수 있었다. 그녀가 은퇴한 지금 그 사건은 완전히 종결된 것으로, 카린의 취미 정도로 치부되었다. 카린은 예전 동료들에게 가끔 전화를 걸어 혹시 새로운 정보가 없는지 꾸준히 확인했지만, 그런 소식은 전혀 없었다. 사건은 종결되었다. 아니, 모두가 그렇게 생각했다.

1998년 우리 세 사람의 우정은 스테판의 아버지가 세상을 떠나면서 새로운 방향을 잡았다. 일흔여덟 살이었던 스테판의 아버지는 소형 보트를 타고 그물을 치러 나갔다가 물에 빠져서 나오지 못했다. 스테판은 로드만쇠의 외스테르네스에 있는 작은 집 한 채와 여름 별장 오두막을 물려받았다.

스테판과 카린은 빌려줘봐야 별 돈이 되지 않는 오두막을 팔기로 했다. 오두막은 작은 만을 내려다보는 절벽 위 좋은 위치에 있었고, 높은 가격에 사겠다는 사람이 많이 나섰다. 스테판은 300만 크로나 조금 안 되는 돈을 손에 넣었다.

두 사람은 어느 날 저녁 발코니에서 이 이야기를 들려주더니 폭탄선언을 했다. 외스테르네스로 이사하겠다는 것이었다. 나는 스테판의 통근이 어렵지 않겠냐고 웅얼거리듯 말해봤지만, 그들은 계획을 세워보니 물려받은 돈과 카린의 연금으로 먹고살 수 있을 것 같다고 했다.

같은 해 가을, 나는 이삿짐을 트럭에 싣는 그들을 도와주었다. 그러고는 창가에 서서 그들이 떠나는 모습을 지켜보는데 마치 내 삶의 한 시대가 저무는 기분이었다. 물론 우리는 가끔 만나자고 약속했다. 겨우 100킬로미터밖에 떨어지지 않은 곳이고, 내가 가면 묵을 방이 따로 있다는 말도 했다. 멋진 생각이었지만 이제부터는 모든 것이 달라질 터였다.

하지만 내 두려움은 쓸데없는 생각이었다. 언제든 놀라오라던 두 사람 말은 진심이었고, 나는 한 달에 한 번쯤 그들을 만나러 가서 하룻밤 머물고 다음날 돌아왔다. 특히 여름철이면 함께 앉아 바다를 내려다보며 와인을 마시고 밤늦게까지 이야기를 나눌 베란다가 있는 친구들을 둔 것도 그다지 나쁘지 않다는 생각이 들었다. 상황은 더 나쁠 수도 있었다. 아예 친구가 없을 수도 있었으니까.

그들이 살던 홀베리스가탄의 아파트에는 큰 개를 기르는 남자가 노를란드에서 이사왔다. 노를란드 사람이라고 추측한 것은 그가 개에게 말할 때 그 지방 사투리를 썼기 때문이다. 남자는 개에게 자주 이야기를 했다. 내게는 한 번도 말을 걸지 않았고, 나 역시 마찬가지였다.

스테판과 카린이 로드만쇠로 이사가고 이 년 정도는 모든 것이 그전과 마찬가지로 그럭저럭 흘러갔다. 그러니까 그들이 1987년 블라케베리로 이사오기 전과 다를 게 없었다는 뜻이다. 2000년, 나는 쉰여섯 살이었고, 여전히 같은 직장에서 일하면서 『잃어버린 시간을 찾아서』를 한번 더 읽었다. 책 제목이 내가 가진 시간에 대한 인식과 매우 다르다는 인상을 받았다.

시간은 날아가지도 흘러가지도 기어가지도 않는다. 시간은 완벽하게 그 자리에 서 있다. 영화 〈2001 스페이스 오디세이〉에서 모놀리스를 도는 유인원들처럼 원을 그리며 움직이는 건 우리다. 시간은 검고 단단하고 움직일 수 없다. 우리는 시간 주위로 원을 그리며 움직이다가, 결국 그 속으로 빨려든다. 무슨 말을 하는 건지 나도 모르겠지만, 그런 느낌이 든다. 그리고 여러분이 믿을지 몰라도 그런 생각을 하면 희망이 느껴진다.

2001년에 관해 말하자면, 나는 새로운 세기를 스테판 그리고 카린과 맞았다. 엄청나게 호들갑을 떨던 컴퓨터 관련 재앙은 벌어지지 않았고, 시간은 새천년에 들어서는 우리를 눈먼 사람처럼 바라보았다. 세월은 카린에게 타격을 주기 시작했다. 그녀는 어지럼증에 시달리며 조금만 힘을 써도 녹초가 되곤 했다. 창고에 샴페인을 가지러 가서도 한참 동안 앉아 쉬고 나서야 베란다로 나와 우리와 건배를 하고 마시며 겨울하늘을 밝히는 불꽃놀이를 볼 수 있었다.

스토아주의자답게 시간의 흐름이나 노화 과정에 두려움이 없는 나도, 카린에게 나타나는 변화를 지켜보기란 사뭇 고통스러웠다. 그녀는 매력적으로 나이드는 사람의 전형적인 예로 보였는데, 난로에 장작을 더 넣는 것처럼 손쉬운 일을 한 뒤에도 체력 회복을 위해 오븐에 기대거나 테이블에 엎드려 있는 모습을 보면 가슴이 아팠다.

스테판도 그런 모습에 고통스러웠는지 모르겠지만, 절대 내색하지는 않았다. 카린이 비틀거리면 어떤 일은 마침 지나가던 길인 양 자신이 대신하고, 장난인 것처럼 그녀의 허리를 팔로 감싸안기도 하며 호들갑 떨지 않고 도와주었다. 그렇게 나는 좋지 않은 상황에서도 가슴에 좋은 감정을 안고 돌아왔다.

아, 그놈의 가슴.

한 달 뒤 스테판이 전화를 걸어와 카린에게 심장마비가 왔다고 말해주었다. 단데뤼드에 있는 병원에서 사흘을 보냈고, 카린은 몇 시간 뒤 수술을 받아야 한다고 했다. 관상동맥 경화증이 심각해서 혈관 우회술을 받아야 한다는데, 성공을 보장할 수 없다고 했다.

“무슨 말이야?” 내가 물었다. “성공을 보장할 수 없다는 게 무슨 뜻이야?”

스테판이 크게 숨을 들이쉬었고, 나는 그가 울음을 꾹 참고 있다는 걸 알았다. “수술하다가 죽을 수도 있나봐. 실패하면…… 카린은 죽는 거야.”

“내가 갈까?”

“그래. 와줘.”

몇 군데 전화를 걸어 그날 저녁, 필요한 경우 다음날까지 근무를 대신해달라고 부탁했다. 그리고 지하철을 탔다. 사인석에 혼자 앉자 내가 빈손이라는 걸 깨달았다. 처음에는 선물 같은 걸 준비하지 않아서인 줄 알았지만, 중앙역에서 레드 노선으로 갈아탈 때는 그보다 훨씬 깊은 감정임을 깨달았다.

내가 스스로를 빈손이라고 느낀 건, 카린을 돕거나 구할 방법이 전혀 없기 때문이었다. 난 뭔가 갖고 있어야 했다. 스테판은 내게 전화를 걸었고, 나는 즉시 그를 구하기 위해 나섰다. 나는 어떤 해결책을 가져다줘야 할 사람이었고, 모든 걸 괜찮게 만들어야 할 사람이었다. 그런데 내겐 아무것도 없었다. 아무것도. 무기력이 폐부를 찔렀다.

거대한 병원 건물을 헤매다가 마침내 4층 대기실에 혼자 앉아 있는 스테판을 찾아냈다. 바닥에는 녹색 리놀륨이 깔렸고 철제 의자와 테이블이 여기저기 놓여 있었다. 우리의 운명은 분명 정리하기 쉬워 보이는 방에서 결정되는 법이다. 스테판은 이인용 소파의 팔걸이에 몸을 숙인 채 엎드려 있었다. 곁에 앉자 그의 피부가 잿빛이고 양손을 떨고 있다는 걸 알 수 있었다.

"와줘서 고마워." 스테판이 작은 소리로 말했다.

그의 등을 쓸어주고 손을 맞잡았다. 건조하고 부자연스러울 정도로 뜨거운 손이었다. 그렇게 둘이 앉아 있는데, 잠시 뒤 스테판이 다른 쪽 손가락으로 내 손등을 쓰다듬기 시작했다. 그는 자신이 뭘 하고 있는지 누구 손을 잡고 있는지 의식하지 못하는 것 같았다. 손을 쓰다듬던 그가 갑자기 긴장한 듯 내 손을 꼭 쥐었다가 놓아주었기 때문이다.

"카린과 나는 이렇게 만났어." 그가 말했다. "우린 손을 잡고 있었지."

왠지 스테판의 목소리에서 희미하게나마 활기 비슷한 것이 느껴져서 나는 장단을 맞춰주려 애썼다. "사람들은 보통 사귀기 시작하고 나서 손을 잡지."

"그래. 하지만 손을 잡은 게 먼저였어. 손을 잡고 있다가 사랑하게 되었거든."

"얘기 좀 해줘봐."

스테판은 몸을 똑바로 폈고, 그의 입술 위로 슬쩍 웃음 같은 것이 스쳐갔다.

"오스카르 에릭손 사건을 수사하던 중이었어. 경찰에서 날 불렀고, 카린이 신문을 했지. 방에 들어가면 곧바로 이야기할 수 있을 줄 알았어. 맞은편에 여자가 앉아 있었는데, 나는……"

스테판의 눈길이 복도 끝의 닫힌 쌍여닫이문으로 향했고, 나는 그 문 뒤 어딘가에서 의사들이 지금 스테판이 이야기중인 여자의 목숨을 구하려 애쓰고 있다는 걸 알아차렸다.

"알다시피 나한테 정보가 있었거든. 카린이 원했던 건 그 내용이었고. 그 밖에 다른 걸 기대하거나 하진 않았어. 아니…… 모르겠군. 카린도 내가 방에 들어왔을 때 뭔가 느꼈다고 했어. 하지만 우리가 손을 잡고 나서야…… 피어난 거야."

"여전히 무슨 말인지 모르겠어. 왜 둘이 손을 잡았어? 내가 알기론 경찰이 신문중에 손을 잡는 일은 없는데."

스테판이 코웃음을 쳤고, 그의 피부에서 잿빛 기운이 살짝 사라졌다. 양쪽 뺨에 약간 분홍빛 기운이 돌아왔다.

"그렇지, 미안하네. 그 이야기를 자네에게도 해줘야겠군. 내가 그때 카린에게 해준 이야기 말이야."

스테판은 소년의 티켓에 펀칭을 한 다음 아이의 커다란 트렁크에 눈길이 갔다. 하지만 나중에 도움을 청할 거라는 소년의 말을 듣고 더는 신경쓰지 않았다. 그는 칼스타드에서 근무를 마친 다음 스톡홀름으로 돌아오는 기차를 기다리며 역무원 대기실에서 한 시간 정도를 보냈다.

열차 출발 시각을 십오 분 앞두고, 스테판은 답답한 기차 안에서 몇 시간을 보내기 전에 11월 저녁의 차가운 공기를 폐 속에 담기 위해 주위로 산책을 나갔다.

그때 그는 소년을 다시 목격했다. 역 바로 옆에는 작은 숲이 있고, 여름이면 열차를 타려는 사람들이 모여서 기다리는, 낙엽수에 둘러싸인 공터가 있었다. 보안등 하나가 공터를 비추고, 스테판은 오스카르 에릭손이 기차에 들고 탔던 트렁크 위에 앉아 있는 모습을 보았다. 소년 옆에는 검은 머리 여자아이가 앉아 있었다.

"기온이 영하라 추웠는데도 여자아이가 티셔츠 바람이어서 당연히 가서 말을 걸었지. 오스카르는 재킷이다 뭐다 잔뜩 껴 입고 있었어. 그 아이들은 트렁크 위에 나란히 앉아 있었어. 그리고 둘이 손을 잡고 있었지. 이렇게 말이야."

스테판은 오른손으로 내 왼손 팔목을 가만히 들어올려 손을 맞잡고 깍지를 낀 다음 손바닥을 서로 문지르곤 놓아주었다.

"아이들이 앉아서 손을 잡고 있었다는 말을 했을 때였어. 카린이 내 말뜻을 이해하지 못하더라고. 그래서 방금 자네한테 한 것처럼 보여주었지. 바로 그 순간 그렇게 된 거야. 우리가 아이들처럼 손을 잡고 앉아 있던, 바로 그때…… 서로 눈을 들여다보던 그때…… 시작된 거지."

스테판은 목소리가 점점 더 작아지더니, 마지막 말을 맺고는 무너져 울기 시작했다. 무릎 위로 숙인 몸이 부서져라 흐느끼면서 속삭이듯 말했다. "카린, 카린, 카린. 내 사랑, 사랑하는 카린. 제발 죽지 마……"

내 손은 비어 있었고, 차갑고 무심한 형광등 불빛 아래 계속 속삭이듯 기도하는 그의 등을 쓸어주는 것이 할 수 있는 전부였다. 산왕의 궁전 아니면 폭풍우치는 돌 속의 풍경 같았다. 하지만 우리 삶이 차갑고 하얀 불빛 아래 저울질당하는 지금, 이 기도를 누군가 들어준다고 상상이나 할 수 있겠는가?

복도 끝 문이 열리고 우리와 동년배로 보이는 남자가 하얀 티셔츠와 초록색 수술복 바지 차림으로 다가왔다. 스테판은 남자를 보지 못했고, 나는 스테판이 뭘 기대할 수 있을지 가늠하기 위해 남자의 표정을 읽으려 애썼다. 완벽하게 무표정한 얼굴이라 수술이 어떻게 된 건지 도무지 짐작할 수 없었다.

남자는 내게 고개를 끄덕이더니 말했다. "라르손 씨? 스테판 라르손 씨죠?"

스테판이 깜짝 놀라 눈물로 얼룩진 얼굴로 남자를 바라보았고, 남자는 그제야 웃어 보였다.

"일단 수술이 아주 잘되었다는 이야기만 드리겠습니다. 합병증도 없어서, 부인께서 회복만 잘하신다면 삶의 질이 크게 좋아지실 거라고 약속할 수 있습니다."

나는 스테판의 어깨를 끌어안았지만, 그는 입을 크게 벌린 채 방금 무슨 말을 들었는지 이해하지 못하는 것 같았다.

"잘……됐다고요?"

"네, 말씀드린 대로 아주 잘됐습니다. 손상된 혈관을 대신하기 위해 다리에서 얻어낸 혈관이 그 나이대 여성의 혈관치고는 놀라울 만큼 상태가 좋았어요. 두 달 정도 지나면 전보다 심장 기능이 훨씬 좋아질 겁니다." 의사는 안심할 수 없다는 듯 손가락을 들어 보였다. "하지만 흡연이 문제입니다. 담배는……"

벌떡 일어선 스테판은 의사를 껴안기라도 할 기세였다. 하지만 정신을 차렸는지 그냥 의사의 팔 위쪽을 붙잡았다.

"집사람은 이제부터 담뱃갑을 구경할 일도 없을 겁니다. 저도 마찬가지고요! 감사합니다, 의사 선생님! 감사해요! 정말 감사합니다!"

의사는 고개를 살짝 숙이더니 말했다. "환자분은 지금 회복실에 계시고, 두어 시간 후면 보실 수 있습니다. 며칠 입원하셔야 해요."

"낫기만 한다면 한 달 동안 입원해도 괜찮습니다."

"그전에 괜찮아지실 겁니다."

의사의 예상은 옳았다. 수술 이틀 뒤 카린은 퇴원 허락을 받았고, 불과 삼 주 후부터는 오랫동안 못했던 산책을 할 수 있었다. 오래 걷지 못하는 건 심장 때문이 아니라 수술이 남긴 다리 상처의 통증 때문이었다. 하지만 한 달이 더 지나자 다리도 아물었다.

두 사람은 걷기 운동에 새롭게 푹 빠졌다. 카린은 등산지팡이를 들고 걷기 시작했고, 스테판도 그녀의 곁을 지켰다. 스테판은 가끔 걸으면서 명시 선집을 큰 소리로 읽기도 했다. 두 사람 다 담배를 끊었다. 특별히 즐거울 때, 그럴 만한 일이 있으면 베란다에서 저녁시간을 보내며 딱 한 개비씩 피우긴 했다.

이제 이야기는 결론에 가까워지고 있다. 나는 위대한 사랑에 대해 들려주겠다면서 이야기를 시작했지만, 그 약속을 지켰다고 여러분이 생각하는지는 알 수 없다. 혹시 실망했는가? 어쩌면 여러분은 뭔가 더 극적인 것을 기대하지 않았을까?

내가 대답할 수 있는 것 중 하나는 여러분이 아직 이야기의 결말을 듣지 못했다는 것이고, 또하나는 내가 약속했던 대로 목격자의 의무를 다했다고 느낀다는 점이다.

여러분은 위대한 사랑이 어떤 모습이라고 생각하는가?

당장 〈바람과 함께 사라지다〉나 〈타이타닉〉 같은 영화들이 머릿속에 떠오를지도 모르겠다. 하지만 그런 이야기들은 온전히 사랑에 관한 것이 아니라, 주변을 둘러싼 상황에 관한 것일 때가 많다. 무슨 일이든 남북전쟁이나 난파선 혹은 자연재해를 배경으로 벌어지면 더 그럴듯해 보이기 마련이다. 하지만 그건 그림을 액자로 판단하는 것이나 마찬가지다. 〈모나리자〉가 명작인 가장 큰 이유를 화려한 액자 모서리 때문이라고 말하는 것과 같다.

사랑은 사랑이다. 극적인 사랑 이야기 속에서 주인공들은 상대를 위해 기꺼이 목숨을 포기할 순수한 의지를 보인다. 하지만 우리 주위의 흔한 사랑에서도 그와 똑같은 일이 벌어지며, 그 역시 위대한 사랑이다. 사람들은 서로 매일 죽을 때까지 자신의 모든 삶을 상대에게 바친다.

만일 다른 상황이었다면 유명 배우들이 등장하는 이야기였을 수 있겠다는 생각이 들어야 사람들은 위대한 사랑이라고 인정하는지도 모르겠다. 만일 스테판이 입센가탄에 사는 몬터규 집안의 아들이고 카린이 홀베리스가탄에 사는 캐풀릿 집안의 딸이었다면, 어쩌면 그들은 내가 근무하는 매표소 뒤에서 함께 달아날 계획을 세웠을지도 모른다. 달아나면 사는 것이고 머물면 죽는다. 미안하다. 이야기가 엉뚱한 곳으로 새버렸다. 하지만 내가 무슨 말을 하고 싶은지 여러분이 알리라 생각한다.

사랑은 사랑이다. 그걸 표현하는 방법은 변한다.

나는 스테판이 병원에서 해준 이야기를 수없이 생각하며 그 상황을 그려보았다. 아무것도 없이 휑한 취조실에서 마주한 두 사람—적어도 나는 그렇게 상상했다. 칼스타드에서 본 두 아이의 모습을 재현하기 위해 서로의 손을 잡은 그 순간, 평생 끝나지 않고 이어질 무언가가 시작되었다.

기분좋은 생각이었지만, 스테판은 이야기를 채 마무리하지 못했다. 그리고 내가 전체 이야기를 알 수 있게 되기까지는 제법 시간이 걸렸다.

어쩌면 카린이 오스카르 에릭손의 수사를 포기하지 않았던 이유는 그래서였을지도 몰랐다—그것은 스테판과 자신을 이어준 사건이었다. 이제는 완벽하게 움직이는 그녀의 심장에서 그 사건은 특별한 자리를 차지하고 있는지도 몰랐다.

2004년 4월 카린의 일흔다섯번째 생일을 축하하러 모였을 때, 그녀는 수사 초기 경찰이 엄청난 양의 제보를 받았었다는 얘기를 해주었다. 대부분 오스카르 에릭손을 스웨덴의 여기저기에서 봤다는 시민들의 제보였고, 심지어 외국에서 봤다는 사람도 있었다. 소년의 사진은 온갖 언론에 실렸고, 그런 사건이 터지면 실종자를 온갖 곳에서 목격했다는 제보가 나오는 게 일반적이었다. 하지만 조사를 거쳐 성과를 거둔 제보는 한 건도 없었다.

카린은 이십이 년 가까이 지난 지금도 그 수많은, 그리고 근거가 빈약한 제보를 바탕으로 조사하고 있었다. 오스카르가 나타났다는 곳에 전화를 걸고, 오래된 신문 복사본을 정독했다. 그러나 뭔가를 아는 사람은 아무도 없었고, 뭔가 알던 사람들도 모두 잊어버린 지 오래였다.

카린은 테라스의 적외선 난방기 아래 앉아 한숨을 내쉬고 고개를 흔들더니 와인을 크게 한 모금—혈액순환에 좋다—마시고 말했다. "이제 포기할 때가 된 것 같아. 대신 십자말풀이를 하든지 해야지."

"당신, 십자말풀이는 전부터 하고 있었잖아." 스테판이 말했다.

"그럼 더 많이 하지, 뭐."

그날 저녁 나는 카린이 그동안 조사한 내용을 제대로 들여다볼 기회를 얻었다. 2층에 남는 방 하나에 책장과 책상이 갖추어져 있었다. 책장에는 수십 개의 파일이 줄지어 꽂혀 있고, 책상에는 서류와 지도, 프린트물이 높이 쌓여 있었다. 카린은 손짓해가며 말했다. "수사본부야. 전부 한 사건을 수사하기 위한 것들이지. 이렇게 방대한 조사 끝에 얻어낸 유일한 성과가 뭔지 알아?"

"모르겠군요."

"스테판과 내가 만났다는 사실."

스테판이 안으로 들어가 서류 한 묶음을 들어올렸다. 그리고 침울하게 고개를 흔들더니 말했다. "춤추면서 데이트 상대를 찾는 곳에서 만났더라면 훨씬 쉬웠을 텐데."

"그렇지." 카린이 말했다. "하지만 우리 둘 다 그런 곳에는 절대 안 갔을 거잖아."

"그렇지. 당신 말이 맞아. 그러니 잘한 일이지, 안 그래?"

두 사람은 오랜 세월이 지난 지금도 내 가슴을 찢어놓는, 그런 힘을 가진 표정을 서로 주고받았다. 내가 달랐더라면, 내 삶이 달랐더라면. 누군가 한 번이라도 날 그런 식으로 바라봐주었더라면.

그 순간 내 마음속 스토아주의가 정신을 차렸다. 소크라테스는 혹독한 추위 속에서도 한마디 불평 없이 경비를 섰고, 독배를 단숨에 비웠다. 그가 내 안에 자리잡자 슬픔이 누그러졌다.

다음해부터 카린은 수사에 전혀 신경쓰지 않고, 다만 육 개월에 한 번 경찰국에 전화해 혹시 새로운 정보가 있는지만 확인했다. 새 소식은 없었다.

내 이야기의 마지막 단락은 2007년 여름에 시작된다. 스테판과 베란다에 앉아 있는데 그의 자세가 이상해 보였다. 똑바로 앉기 불편한 모양이었다. 함께 그물을 치러 보트를 타고 나갈 때도 인상을 쓰며 노를 붙잡았고, 처음으로 나더러 저으라며 노를 넘겨주기도 했다.

"괜찮아?" 나는 라드홀멘으로 노를 저으면서 물었다. "어디 아픈 거야?"

"등이 아파." 그가 말했다. "그리고 배도. 뭔지…… 모르지만…… 안에 뭐가 있는 거 같아. 카린에게는 아무 말 하지 마."

"결국은 알게 될 텐데."

"알아. 하지만 내가 직접 말하고 싶어. 내 생각에는 뭔가…… 좋지 않은 소식일 것 같아."

딱 한 번 스테판과 카린의 나이차에 대해 그와 이야기를 나눈 적이 있었다. 통계적으로 그녀가 스테판보다 몇 년 빨리 세상을 뜰 텐데, 그때 기분이 어떨지에 대해서였다. 나와 달리 스테판은 대개 삶에 대해 절제된 태도를 보이지 않았고 자주 속상해하거나 절망의 구렁텅이에 빠지는 경향이 있었기에 그때의 대답은 날 놀라게 했다.

"어쩔 수 없는 일이야." 그가 말했다. "카린은 내 삶이자 내 이야기야. 그 이야기의 마지막이 나 혼자 몇 년을 보내게 되는 것이라면 어쩔 수 없겠지. 달리 방법이 없으니까. 달리 방법이 없다면 우울하게 있어봐야 소용없어. 그냥 어쩔 수 없는 일이니까."

상상해보면 내가 스테판과 같은 상황이라고 해도 비슷한 말을 했으리라. 우리는 사신이 각자의 목숨을 거두러 올 때까지 함께 앉아 비둘기들에게 빵조각을 던져주면서 기다리자는 식의 농담으로 대화를 마무리했다.

그러나 현실은 그런 식으로 흘러가지 않았다.

그뒤 며칠 사이 스테판의 통증은 점점 더 심해졌고, 카린은 그를 차에 태워 노르텔리에에 있는 병원으로 데려갔다. 그곳에서는 스테판을 스톡홀름의 카롤린스카 병원으로 보냈다. 갖가지 검사가 이어진 끝에 스테판은 췌장암 판정을 받았다. 카린이 내게 전화를 걸어온 날이 똑똑히 기억난다.

나는 수화기를 든 채 서서 창문 너머로 그들이 살던 아파트를 보고 있었다. 화단에는 녹색과 분홍색이 멋지게 뒤섞여 있었다. 아이 몇 명이 머리를 맞대고 정글짐 위에 앉아 있었다. 사방에 여름과 생명이 만발하는 가운데 카린이 말했다. "암이래. 췌장암."

나는 알고 있었다. 책도 많이 읽었고 무슨 말인지 알아들을 만큼 상식도 충분했다. 그럼에도 나는 물었다. "어떻게 치료해야 한대요?"

"치료할 방법이 없대. 방사선치료를 하면 속도를 조금 늦출 수는 있나봐. 하지만 치료법은 없어."

뭐라고 대꾸할 말이 없었다. "어떻게…… 얼마나……"

"최악의 상황이면 몇 달. 아니면 일 년. 그게 최대라고 하네."

더는 할말이 없었다. 수화기를 내려놓고 아직도 그 두 사람의 발코니라고, 그들 집의 문이라고 여겨지는 곳을 바라보았다. 두 사람이 손을 잡고 다니는 모습에 놀라던 때를, 그들이 틀어놓던 음악을, 오래전 여름밤 희미하게 들리던 둘의 목소리를 머릿속에 떠올렸다. 잃어버린 시간을 찾아서.

스테판의 암세포는 췌장에서 간으로 퍼졌고, 방사선치료에도 별 반응을 보이지 않았다. 10월에 내가 방문했을 때 그는 모르핀 주사의 양을 직접 조절해 통증을 달래고 있었다. 끔찍할 거란 생각과 달리 다리에 담요를 덮은 채 베란다에 앉은 그의 모습은 지난 8월보다 더 건강하고 편안해 보였다.

그런 말을 하자 그는 씁쓸한 미소를 짓더니 모르핀 버튼을 두어 번 눌렀다. "고통이 사라져서 그런 것뿐이야. 사실 기분은 괜찮아. 하지만 진통제가 몸속을 갉아먹고 있다는 걸 알 수 있어. 이제 몇 달 안 남았어."

"그런 생각을 왜 해. 이렇게 멀쩡한데."

"그래. 우리도 서로 그렇게 말했어. 하지만 더는 할 수 있는 게 없어. 그냥 이렇게 가는 수밖에."

스테판은 옆에 앉은 카린에게 손을 내밀었다. 두 사람은 손을 잡고 앉아 바다를 바라보았다. 나는 당시 은퇴를 이 년 앞두고 있었고, 언제 마지막으로 울었는지 기억나지도 않았었다. 하지만 그때는 울음을 터뜨렸다.

나는 조용히 흐느꼈다. 내가 우는 걸 알아차리고는 스테판과 카린이 오히려 날 위로하려고 팔을 둘러 안아주었다. 그래서 더 울었다. 두 사람을 위해. 나 자신을 위해. 모든 걸 위해.

스테판의 간은 더는 알코올을 견디지 못했기에, 그날 저녁 베란다에 둘러앉아 있을 때는 술을 마시는 대신 평소보다 담배를 많이 피웠다. 더는 건강을 유지할 이유가 없어진 카린은 와인을 마시고 담배도 피웠다. 우리는 카린이 심장마비로 고생했을 때의 이야기를 나누었고, 그녀는 그때 이후의 삶이 덤으로 느껴진다고 했다. 카린은 한숨을 쉬더니 스테판의 팔을 두드렸다. "그 덤을 갚아야 한다는 생각은 전혀 못했어."

"그런 식으로 생각하지 마." 스테판이 말했다. "만일 당신 생각이 맞다면 나는 이십오 년 전에 죽었을 수도 있었어."

"그게 무슨 말이야?" 내가 물었다.

그제야 나는 오스카르 에릭손에 대한 마지막 정보를 듣게 되었다. 스테판은 병원에서 해주던 이야기로 돌아갔다. 어린아이 둘이 손을 잡고 있는 장면을 설명하다가 스테판과 카린이 서로 사랑을 시작하게 되었다는 이야기였다.

"하지만 그게 전부는 아니야. 여자아이가 날 죽이려고 했거든." 그는 슬쩍 아내를 보며 이야기했다. "카린 말로는."

"그냥 가정이야." 카린이 말했다. "그걸 믿는 사람은 거의 없어."

"어쨌든 그래." 스테판이 말했다. "아이들은 트렁크에 앉아 서로 잡은 손을 어루만지고 있었어. 나는 그애들에게 다가가서 뭐라고 말하려고 했지. 여자아이가 너무 춥게 입고 있었으니까. 그런데, 그 순간…… 그애가 나를 쳐다봤어."

스테판은 고통으로 얼굴을 찡그리더니 모르핀 버튼을 두어 번 눌렀다. 그리고 깊이 숨을 들이마신 다음 천천히 다시 내뱉으며 눈을 감았다. 그렇게 몇 분이 흐르는 동안 아무도 아무 말도 하지 않았다. 들리는 것이라곤 해변에 찰싹거리는 파도 소리와 희미하게 딸깍거리는 적외선 난로 소리뿐이었다. 이대로 이야기가 끝나려나 했을 때, 스테판이 다시 한번 숨을 내쉬더니 말을 이어갔다.

"그래. 이상하게 들릴 거라는 거 알아. 아이는 열두세 살로 보였지만, 눈이 마주쳤을 때 나는 두 가지를 느꼈어. 계시를 받은 것처럼 분명했지. 첫째, 그 아이가 날 죽이려 한다는 것, 둘째, 그 아이는 날 죽일 능력이 있다는 것 말이야. 이유는 내가 그들을 방해해서지. 여자아이가 트렁크에서 펄쩍 뛰어올랐을 때, 나는 아이가 손에 칼을 쥐고 있는 걸 봤어. 곧 죽겠구나 하는 느낌은 여전했고. 우리는 고작 몇 걸음 떨어져 있었어. 나는 두 아이를 바라봤어. 그들이 뭘 하는지 봤지. 여자아이가 막 내게 달려들 것처럼 움직이는 순간 경비원이 내가 탈 기차가 도착했다고 소리를 질렀어. 아마 그래서 목숨을 건진 것 같아. 나는 뒤로 물러섰고 여자아이는 손에 칼을 든 채 그 자리에 서 있었지."

스테판은 담배에 불을 붙이고 기쁨의 한숨과 함께 깊이 빨아들였다. 그리고 담배를 보며 고개를 저었다. "다시 담배를 피울 수 있게 되었네. 그래도 좋은 점이 있군."

카린이 그의 어깨를 때렸다. "멍청한 말 하지 마."

"그래서, 뭘 하고 있었는데?" 내가 물었다. "아이들 말이야."

스테판은 검지로 손바닥을 죽 그어 보였다.

"여자아이는 자기 손을 칼로 그은 상태였어. 그래서 피가 나고 있었지. 남자아이도 마찬가지였고. 아이들은 앉아서 서로의 피를 섞고 있었어. 그러려고 손을 맞잡고 있었던 거야. 그래서 카린이 그런 가설을 세웠지. 경찰에선 말도 안 되는 소리라고 했지만."

"우리 인간들은 정말로 모르는 게 많아." 카린이 말했다. "아는 게 거의 없는 거나 마찬가지야."

우리는 멀리 바다 위를 바라보며 상념에 빠졌고, 스테판은 담배 연기를 들이마셨다. 담배를 끄더니 그가 말했다. "최악인 게 뭔지 알아? 내가 죽는다는 사실이 아니야. 문제는 내가 꿈꾸던 것들이지. 그 모든 꿈이 죽어야 한다는 거야. 그 꿈들은 절대 이룰 수 없어. 하지만……" 스테판은 테이블 위에 놓인 카린의 손을 바라보았다. "다른 한편으로 이미 이루어진 꿈도 많지. 그러니 어쩌면 아무래도 상관없는지 몰라."

그날 저녁 다른 이야기를 한 내용은 기억나지 않지만 내가 두 사람을 본 것은 그때가 마지막이었다. 그때만 해도 스테판의 몸 상태는 위중하기는 해도 안정되어 있었고, 의사들은 최소 몇 달은 더 버틸 수 있을 거라고 했다. 그래서 그날 헤어지면서도 다시 못 볼 거란 생각은 전혀 하지 못했다.

하지만 일이 생겼다.

이 주가 지나고 월요일에 전화를 걸었는데 아무도 받지 않았다. 다음날도 전화를 받지 않자 걱정이 되기 시작했다. 수요일에 스톡홀름 소인이 찍힌 카드를 한 장 받았다. 알란다공항의 풍경이 담긴 그 엽서 뒷면에는 이렇게 쓰여 있었다. '지나간 꿈은 흘려보내고. 우리는 새로운 꿈을 꾼다. 가장 사랑했던 친구, 모든 것에 감사하네. 스테판과 카린.'

엽서를 이리저리 뒤집어봤지만 다른 내용은 없었다. 알란다공항? 지나간 꿈은…… 둘이 외국으로 나간 건가? 다른 곳에서 새 치료법이 나왔나? 그럴 가능성은 전혀 없었다. 어쨌거나 나도 관련 뉴스를 열심히 알아보고 있었으니까. 나나 그들이나 췌장암은 치료할 수 없다는 걸 잘 알고 있었다. 어디를 가더라도.

비번인 토요일에 외스테르네스행 버스를 탔다. 나는 여분의 열쇠가 있었고, 두 사람이 없을 때 언제든 사용해도 좋다는 허락도 받아둔 터였다. 하지만 여전히 현관문을 열 때 마음이 편하지 않았다. "이보게? 집에 누구 없나?" 마치 누군가의 비밀스러운 영역을 침범하는 것 같았다. 하지만 나는 알아내야만 했다.

최근에 청소했는지 나무바닥에서 세제 냄새가 희미하게 풍겼다. 아무 기척도 나지 않았고, 아무도 없는 것이 분명했다. 그래도 나는 여전히 미묘한 균형을 깨뜨리기를 두려워하는 것처럼 조심스럽게 복도를 걸었다.

냉장고는 텅 비어 있고 온수도 꺼져 있었다. 라디에이터가 전부 꺼져 있어 집안인데도 몹시 추웠다. 스웨터를 하나 빌려 입으려고 스테판의 옷장을 열었더니 옷가지가 별로 보이지 않았다. 두 사람은 어딘가로 떠나버린 것이 분명했다. 스테판이 싫어했던, 커다란 단추가 달린 노란색 울 카디건을 입었다. 그가 이 옷을 버리지 않은 유일한 이유는 베란다에 함께 앉아 있을 때 내게 빌려주기 위해서였다.

집안을 샅샅이 확인한 나는 그들이 제대로 준비해 확실하게 떠났음을 알려주는 더 많은 흔적을 찾아냈다. 몇 개 되지 않던 사진 앨범과, CD장에서 그들이 좋아했던 음반들이 모두 사라지고 없었다. 결국 나는 카린의 서재 앞까지 갔다. 만일 서재에 답이 없다면 어떤 대답도 찾을 수 없을 것이다. 조심스럽게 문을 열었다.

그렇다, 인정하지 않을 수 없다. 문을 하나씩 열 때마다 꼭 끌어안고 죽은 두 사람을 보게 될까봐 두려웠다. 최선의 상황이라면 스테판의 모르핀을 잔뜩 사용했을 것이고, 최악의 상황이라면 좀더 확실한 다른 방법을 썼을 것이다.

하지만 카린의 서재에도 두 사람의 아름다운 시신은 보이지 않았다. 대신 종이에 인쇄한 영수증과 사진 한 장이 든 봉투가 있었다. 두 가지 모두 마치 내가 찾을 수 있도록 일부러 올려둔 것처럼 책상 위에 가지런히 놓여 있었다.

영수증은 비행기 탑승권 구매 내역이었다. 나흘 전 바르셀로나로 가는 편도 비행편이었다. 거기까지는 좋았다. 그들은 스페인으로 간 것이다. 하지만 사진이 의미하는 바는 전혀 알 수 없었다. 사진 속에는 아마도 한 가족인 듯한 사람들이 보였다. 어머니, 아버지 그리고 두 아이가 밤거리에 서 있는 사진이었는데, 카메라 플래시가 터져서 환하게 찍혀 있었다. 주위의 간판들이 스페인어와 카탈루냐어인 것으로 보아 그곳이 바르셀로나임을 짐작하기는 어렵지 않았다.

봉투를 살펴보았다. 경찰청에서 일주일 전 보낸 것이고, 받는 사람은 카린이었다. 아래쪽 구석에 '혹시 도움이 될까?'라고 쓰여 있고, 동그라미 속 웃는 얼굴이 그려져 있었다. 봉투 안을 다시 들여다보니 블라케베리에 살았었고 오스카르 에릭손을 잘 알았던 누군가가 쓴 짧은 편지가 들어 있었다. 그는 경찰의 시간을 낭비하게 되어 미안하다 말하고, 당연히 미친 소리처럼 들리겠지만 동봉한 사진을 자세히 조사해봐달라며 부탁하고 있었다.

편지 쓴 사람이 해달라는 대로 나는 사진을 좀더 가까이 들어올려 자세히 살폈다. 무슨 말인지 알 수도 있을 것 같아서 확대경이 없는지 책상을 뒤졌다. 그리고 확대경 대신 내가 사진에서 자세히 보려고 했던 부분을 확대한 사진을 찾아냈다. 아마 카린이 직접 인쇄한 것 같았다.

분명했다. 확대한 사진을 보고 나니 원래 사진도 똑똑히 알아볼 수 있었다. 사진 속 가족 뒤쪽에 두 사람이 우연히 카메라 플래시에 잡혀 있었다. 한 사람은 오스카르 에릭손이었고 다른 사람은 길고 검은 머리의 마른 소녀였다. 사라지고 나서 얼마 되지 않아 찍힌 사진 같은데도 오스카르의 머리 모양이 달라져 있었다. 상당히 짧은, 요즘 젊은이들 사이에서 유행하는 스타일이었다.

나는 오스카르의 몸매가 통통했다고 기억하는데 사진 속 소년은 호리호리했다. 뛰던 와중에 찍혀서인지 꽤 활력 있어 보였다. 확대한 사진을 재차 확인한 나는 스테판이 들려주었던 칼스타드에서의 목격담이 다시 떠올랐다. 아무 의심 없이 웃고 있는 가족 뒤의 두 어린아이 모습에서 희미한 위협이 느껴졌다. 마치 포식자들처럼.

그 순간 뭔가를 발견한 나는 숨이 멎는 것 같았다. 사진 속 가족의 아버지가 휴대전화를 들고 있었는데, 그것이 다름아닌 아이폰이었다. 아이폰이 나온 지 얼마나 되었더라? 일 년? 이 년?

나는 사진을 뒤집어 오른쪽 아래에 쓰인 글씨를 확인했다.

바르셀로나, 2008년 9월.

겨우 한 달 전쯤 찍은 사진이었다.

나는 한동안 카린의 책상에 앉아 비행기 탑승권 영수증과, 밤을 뚫고 움직이는 오스카르 에릭손과 검은 머리의 여자아이를 찍은 사진을 들여다보았다. 그리고 어떻게 결말이 시작 부분에 압축되어 있을 수 있는지 생각하고, 내가 가장 사랑했던 친구들 스테판과 카린을 생각했다.

그게 이 년 전 일이다. 그들이 살아 있는지 소식을 듣지 못했지만, 그렇다고 죽었다는 소식도 듣지 못했다.

지나간 꿈은 흘려보내고. 우리는 새로운 꿈을 꾼다.

나는 그들이 찾고 싶었던 것을 찾았기를 소망한다.

마지막 처리

2006년 8월, 잡지 『비』에 실린 기사

2002년 8월 13일 스톡홀름에서 발생한 죽은 자들의 부활 현상에 관심 있는 사람들을 위한 책은 매우 많다.

사건의 진행 과정을 가장 상세하게 다룬 책은 스텐 함메르의 최근 출간작 『죽은 자인가, 산 자인가?』이다. 팔백 쪽에 달하는 이 책은 상황을 분 단위로 상세히 분석했을 뿐 아니라 많은 주요 인물의 인터뷰도 포함하고 있다.

잡지 『ETC』의 기자 다그 엘리아손이 쓴 『울타리』에서는 좀더 비판적인 견해를 엿볼 수 있다. 이 책은 2002년 8월 17일 발생한 헤덴 탈출 사건 전후 당국의 움직임에 중점을 두고 있다. 당 사건으로 사임한 보건복지부 장관 라르스 헤르스테트와의 인터뷰가 특히 흥미롭다.

그동안 진행된 많은 연구는 손에 넣기 힘든 전문서적에서만 찾아볼 수 있는데, 그중 과학 전문기자 카린 요한네손이 비교적 쉽게 설명한 『효소의 반란』이 있다. ATPX 연구로 알려진 분야에서는 다양한 학설이 매우 명확한 설명을 내놓고 있다. X는 보조효소 ATP의 돌연변이를 나타내며, 아직 정체는 밝혀지지 않았지만 이번 현상의 원인으로 지목되고 있다.

요반 시슬레크가 쓴 『죽음의 회의실』은 정통 스릴러소설로 제약회사 라이프가드의 성쇠를 묘사하고 있다. 라이프가드사가 호언장담했지만 알고 보니 허세에 불과했던 '죽음 백신'을 둘러싼 스캔들이 화제가 되고 있는데, 이제 곧 스톡홀름에서 관련 재판이 시작되기 때문이다. 흥미로운 책이다.

현재 헤덴 내부의 움직임에 관한 책은 거의 없다. 한 타블로이드지 기자가 최근 헤덴을 북한과 비교한 기사를 썼다. 밝혀낸 것은 거의 없다. 소수 목격자의 증언이 팀브로에서 『죽음의 노예』로 묶여 나왔는데, 안타깝게도 지나친 정치적 편견을 담고 있다.

현재 스톡홀름 왕립극장에서 공연하고 있는 현대극 시리즈인 P. O. 엥크비스트의 연극 〈처리〉 역시 언급할 가치가 있다. 왕립극장 무대에서 오랫동안 공연중인 매우 흥미로운 이 연극은 '부활자들'의 친척들을 대상으로 진행한 다수의 인터뷰에 바탕을 두고 있다.

지금까지 소개한 것들은 관련 서적 일부에 불과하다. 영어로 된 책만 해도 여기서 언급하지 않은 책이 스무 권도 넘는다.

*

칼레 릴리에발은 '운반 담당'이었고 집안의 골칫덩이였다. 아버지 쪽 친척들은 거의 예외 없이 SACO, 즉 전문직 노동조합 소속이었다. 댄스음악 밴드 '트로피코스'에서 장비를 옮기는 일을 담당하는 칼레만 예외로 어떤 노동조합에도 소속되어 있지 않았다.

칼레는 아버지의 성에 차는 아들이 못 되었다. 별 인기도 없는 펑크 밴드의 드러머로 링케뷔에 아파트를 얻어 살고 있고, 현재 하고 있는 일의 명칭은 스웨덴 학술원의 공식 단어 목록에는 존재하지도 않았다.

"운반 담당이라." 아버지는 와인 잔을 내려놓으며 물었다. "정확히…… 하는 일이 뭐냐?"

"물건을 여기저기 실어나르죠. 짐 옮기는 거예요."

아버지는 칼레보다 스무 살 많은 누나 레베카가 혹시 무슨 설명을 해줄 수 있을까 기대하며 눈길을 던졌다. 레베카는 검지를 입술에 대고 잠시 생각하더니 물었다. "로드매니저 같은 건가?"

"아냐. 로드매니저는…… 글쎄, 내가 로드매니저 일을 할 때도 있어. 악기 전원을 연결한다든지 그런 거. 하지만 보통은 운전만 해. 그리고 내려서 운반하는 거지."

"그러니까 로드매니저도 운반 담당보다는 좀더 수준 높은 일이라는 거네?"

"뭐, 그렇게 말할 수도 있지."

레베카는 고개를 끄덕였다. 이제 확실하게 알아들었다. 칼레는 엔터테인먼트 산업의 가장 밑바닥 일을 하고 있고 그게 다였다. 아버지는 고개를 가로젓고 한숨을 내쉬었다.

칼레는 화나지 않았다. 정확히 예상했던 반응이었다. 사실 새로 잡은 일자리를 두 사람에게 말한 유일한 이유는 그들을 화나게 만들기 위해서였다. 또한 아버지가 '운반 담당'이라는 단어를 직접 말하는 걸 듣는 만족감을 위해서이기도 했다.

칼레는 어떤 식으로 보면 버려진 아이였다. 아버지가 대학에서 가르치던 학생 한 명과 잠시 관계를 맺으면서 생긴 자식이었기 때문이다. 열세 살 때까지 어머니 모니카와 살았는데, 어머니는 지하철 선로 한가운데 서서 열차가 들어오기를 기다리는 방법으로 자살하고 말았다. 그뒤 아버지가 어쩔 수 없이 그의 양육을 맡았다.

칼레가 자라면서 이복누이를 만나본 것은 겨우 몇 번뿐이었다. 칼레가 단데뤼드의 아버지 집으로 들어간 직후 레베카는 스톡홀름 대학에서 박사 학위를 받았다. 그뒤 아버지의 도움으로 스웨덴 여성 최연소 철학 교수가 되었고, 룬드대학에서 교편을 잡았다.

2002년 죽은 사람들의 부활에 대해 엄격한 공리주의적 입장을 밝히는 바람에 레베카는 확실한 명성, 아니, 악명을 얻었다. 아버지는 기뻐했다. 악명은 대개 학문적으로 엄격하다는 걸 보여주기 때문이었다.

하지만 칼레는…… 칼레는 뭔가 달랐다.

아버지와 함께 살던 칼레는 무한한 향상에 대한 압박을 끊임없이 받았다. 새로 얻은 가정환경은 어쩌면 이상적이라고 할 수 있었다. 하지만 칼레에게는 그렇지 않았다. 그는 아예 종이 달랐다.

레베카의 박사 학위 수여식에서 찍은 가족사진만 봐도 알 수 있다. 사진 속 칼레의 아버지는 큰 키에 호리호리하고 각진 얼굴에 완벽하게 맞춘 정장을 입고 서 있다. '오컴의 면도날'처럼 날카롭다. 그 옆에 레베카가 서 있는데, 단순하면서도 우아한 하늘색 드레스가 어깨와 턱 사이의 몸선을 강조해주었다. 사진 속 한 남자 대학원생은 반쯤 진지하고 반쯤 장난으로 그녀의 몸선에서 진정한 아름다움의 방정식을 뽑아내기 위해 로그 곡선 모양으로 몸을 기울이고 있었다.

조금 떨어진 곳에 칼레가 양쪽으로 팔을 늘어뜨린 채 서 있다. 마치 하면 안 되는 짓을 하다가 붙잡힌 사람처럼 카메라를 보고 있다. 나이는 열네 살, 키 163센티미터에 몸무게는 70킬로그램이었다. 양복 입은 모습이 목축용 전기 충격기를 이용해 억지로 우리에 가둔 짐승을 보는 것 같다. 아침에 면도를 했는데도 꺼칠한 수염 자국으로 얼굴에 그늘이 진 것처럼 보인다. 숱 많은 머리는 붉은색이다.

아기 때 다른 집 아이와 바뀐 것이 틀림없었다. 다른 설명은 불가능했다. 신생아실에서 무슨 사고가 난 것이다. 하지만 DNA 검사 결과는 칼레가 생물학적으로 스투레 릴리에발 명예교수의 아들임을 증명했다. 가끔은 유전학도 무력해지는 경우가 있으며, 그럴 때는 어쩔 도리가 없다.

그 사진을 찍은 뒤로 십 년이 흘렀다. 칼레는 키가 22센티미터 자랐고 몸무게는 30킬로그램 늘었다. 드레드록* 머리를 보통은 목

뒤로 묶고 다녔다. 덥수룩한 수염은 5센티미터 길이가 되도록 가위로 다듬었다. 간단히 말해 곰처럼 생긴 남자였다.

칼레는 오른쪽 쇄골 아래 손바닥만한 부위가 매우 아팠다. 아니었다, 병원에서 검사까지 했지만 종양 따위가 숨어 있지는 않았다. 태어났을 때부터 그랬다. 검은 심장은 몸 구석구석으로 무기력한 기운을 뿜어냈다. 그럴 때면 온몸이 땀에 젖을 때까지 드럼을 두드렸고, 보통은 그러면 나아졌다. 가끔은 맥주를 잔뜩 마셔야 했다.

태어났으면 살아야 한다. 칼레는 몇 년 전부터 그렇게 마음먹었다. 꼭 그래야 하는 건 아니지만, 특히나 칼레에게는 그랬지만, 오히려 바로 그 이유로 그는 마음속으로 이렇게 정의했다. 살고 싶다. 두말하면 잔소리였다.

칼레가 트로피코스의 운반 담당으로 일한 지 일 년 정도 되었을 때 아버지가 전화를 걸어와 부업으로 돈을 벌어보지 않겠느냐고 제안했다. 사실 그렇게 말한 건 아니었고, 약간의 보조적 수입을 얻을 기회가 있다나, 뭐 그런 식이었다. 물건을 몇 개 옮기는 일이었다. 기술 장비라고 했다.

"그런 일을 맡아 하는 사람들이 따로 있지 않아요?" 칼레가 물었다.

"할 거야, 말 거야?"

"그냥 궁금했어요."

"궁금해하지 마. 우리가 필요한 건 운전기사야. 경비는 별도로

---

* 머리칼 전체를 여러 가닥으로 갈라 땋아내린, '레게 스타일'의 머리 모양.

하고 한 시간에 300크로나야. 바로 현금 지급이고."

"와. 그런 식으로도 일하시는지 몰랐네요."

"할 거야, 말 거야?"

"네, 알았어요. 해야죠. 좋아요."

칼레는 시간과 장소를 받아 적었고, 그걸로 작별인사도 없이 대화는 끝났다. 아버지를 위해 일하는 게 썩 내키지는 않았지만 액수가 모든 걸 가능하게 했다. 칼레는 트로피코스가 자기를 필요로 할 때마다 대기하면서 쥐꼬리만한 월급을 받고, 한 번 일하러 나갈 때마다 추가로 돈을 받았다. 지난 몇 달 동안은 일주일에 두 번 일을 나간 게 전부였다. 스웨덴 음악 차트에 이 그룹이 마지막으로 히트곡을 올린 지 오 년이 지났고, 나름대로 공연을 하기도 했지만 바쁠 정도로 일이 자주 있지는 않았다.

칼레는 그럭저럭 생계를 유지했다. 자신이 속한 밴드 펑크페이스가 활동을 재개할 수 있기를 기다리는 동안—솔직히 말해 그런 일이 생길 거라고 믿지는 않는다—몇천 크로나가 별도로 생긴다면 살림에 큰 도움이 될 것이다.

그는 장비를 옮길 때 사용하는 작은 밴을 빌려(야자수와 석양 그림 위에 에어브러시로 밴드의 이름을 새겨넣은 버스를 몰고 가는 건 좋은 생각 같지 않았다) 밤 아홉시에 카롤린스카 연구소의 화물용 출입구에 도착했다.

화물 적재 구역에는 일곱 개의 매끈한 무광 금속 상자가 놓여 있었다. 트로피코스의 낡은 음악 장비와 달리 전혀 사용한 적이 없어 보이는 상자들이었다. 흠집 하나 없었다. 각각 1세제곱미터 정도 되는 크기였다.

칼레는 시동을 끄고 차에서 내렸다. 문이 하나 열리더니 손이 작고 작은 안경을 쓴 남자 한 명이 나왔다. 그는 칼레에게 고개를 끄덕여 보이고는 상자들 쪽을 가리키고 팔짱을 꼈다. 칼레는 남자를 4미터 정도 멀리 던져버릴 수 있을 것 같다고 생각했다. 그런 충동이 솟구쳤다. 하지만 그러는 대신 밴에 상자들을 싣기 시작했다. 몇 개는 가벼웠고 몇 개는 8킬로그램 정도 나갔다. 단단히 포장되어 있어서 바닥에 내려놓을 때도 안쪽에서 움직임이 전혀 느껴지지 않았다.

상자를 모두 실은 칼레는 밴 옆에 똑같이 팔짱을 끼고 섰다. 남자는 적재 구역에서 뛰어내려와 아무 말 없이 밴에 올라탔다. 칼레는 그 자리에 잠깐 그대로 서 있다가—공중으로 2미터 띄워올렸다가 꽈당! 머리부터 바닥에 떨어지게 해야지—밴에 미끄러지듯 올라타 시동을 걸었다.

"어디로 가나요?"

"헤덴."

"죽어가는 사람들 있는 곳 말이에요?"

"네."

"정말 그 안으로 들어가는—"

"그래요."

칼레는 기어를 넣고 일부러 덜컹거리며 출발했다. 남자가 안전띠를 맸다. 몇 분 뒤 E4 고속도로를 달리면서도 남자는 말 한마디 하지 않았다. 칼레가 CD플레이어의 스위치를 누르자 킹콩크루의

〈Monkey Woman〉이 터져나왔다. 그래도 남자가 아무 말이 없자 칼레는 볼륨을 더 올렸고, 밴은 펑크 음악을 쏟아내며 E4를 따라 달리다가 E18 고속도로를 지나 결국 예르바 들판을 가로지르는 자갈 깔린 도로로 들어섰다.

밴이 단지 출입구로 다가가자 남자가 칼레의 팔을 툭 치더니 CD플레이어를 가리켜 보이고 손가락을 바닥을 향해 세 번 까딱거렸다. 칼레는 못 알아듣는 척했다. 그리고 뭔가를 찾는 것처럼 바닥을 내려다보다 고개를 저었다.

"끄라고요." 남자가 말했다.

칼레는 속도를 줄였다. 출입구 옆 초소에서 경비원이 나왔다.

"네?"

"끄라고!" 남자가 짜증이 난 듯 좀더 큰 소리로 말했다. 칼레는 음악을 껐다. 드디어 반응을 얻어냈다. 점수 획득. 남자는 문을 열고 밴에서 내려 경비원에게 다가갔다. 그리고 재킷 안주머니에서 서류를 한 장 꺼내 건넸다. 경비원은 서류를 보고 이어서 밴을, 칼레를 보았다. 기분이 썩 좋아 보이지는 않았다. 경비원은 남자에게 손짓하고는 다시 초소로 들어갔다. 남자는 기다렸다.

칼레는 출입문 너머 단지 내부를 바라보았다.

이렇게 생겼군.

헤덴에 대해 들어보지 않은 스웨덴 사람은 아무도 없겠지만, 2002년의 그 사건 이후 이곳 내부에서 무슨 일이 벌어지는지 아는 사람은 거의 없었다. 살아 있는 시체들 또는 부활자로 불리는 존재들은 단지를 탈출해 지역 주민 백여 명의 목숨을 빼앗았고, 경찰과

군대는 반헌법적 작전을 벌여 그들을 다시 헤덴으로 돌려보냈다. 그후 이곳은 일반인 출입 금지 구역이 되었다.

공식 발표에 따르면 부활자들은 사회복귀 절차를 밟으며 일종의 치료를 받고 있었지만, 언론 취재가 제한되고 상황이 안정되자 대중의 관심도 시들해졌다. 헤덴은 운명에 맡겨졌고, 죽은 자들이 밖으로 나오지 않는 한 누구도 그곳에서 무슨 일이 있는지 관심을 두지 않았다. 항의하던 친척들도 대부분 포기했다.

칼레는 이 모든 일이 불쾌하기만 했다. 만일 헤덴에 들어가는 일이라는 걸 알았다면 받아들이지 않았을지도 몰랐다. 불과 몇 킬로미터 떨어진 곳에 살고 있지만, 딱 한 번 슬슬 걸어내려와 반쯤 짓다 만 주거시설을 둘러싼 울타리를 본 것이 전부였다. 그 이상 관심은 생기지 않았다. 하지만 이곳에 와 있는 지금은 어쨌든 호기심이 생겼다. 심장이 좀더 빨리 뛰고 있었다.

안쪽은 어떤 모습일까?

이상한 건 함께 온 남자 역시 긴장한 기색이라는 점이었다. 남자는 그 자리에 서서 발을 이리저리 굴러가며 양손을 맞비볐다. 가랑비가 떨어지기 시작해 투광조명 속의 남자는 덫에 걸린 채 불모지에 혼자 남은 사람처럼 보였다.

칼레가 경적을 눌렀더니 남자가 펄쩍 뛰어올랐다. 오, 역시 저 친구 단단히 긴장했군. 칼레는 남자가 하지 말라고 손을 흔드는 모습을 보며 씩 웃었다. 깜짝 놀라는 모습에 미안한 마음마저 들었다.

경비원이 나오더니 서류를 돌려주었다. 아무 문제 없는 게 분명했지만, 칼레는 경비원의 몸짓에서 그가 이 상황을 마뜩잖아한다는 걸 알 수 있었다. 내키는 대로 할 수 있다면 돌아가라고 말했을 것이다. 하지만 경비원은 그러는 대신 초소로 돌아갔고 남자가 밴에 올라타자 출입문이 조용히 열렸다.

칼레는 차를 몰고 안으로 들어갔다.

"어느 쪽으로 가요?"

남자는 손으로 가리켰다. "저기서 우회전."

가로등 하나 보이지 않았고 황량한 콘크리트 벽을 비추는 전조등 불빛은 살아 있는 것이라곤 보이지 않는 창유리에 반사되어 돌아왔다. 유령 마을이라는 말이 딱 어울리는 곳이었다. 칼레는 좀비가 비틀거리며 차 앞을 막아서면 언제든 브레이크를 밟을 준비를 했다. 머릿속이 웅웅대서 기분이 썩 좋지는 않았다. 마치 멀리 떨어진 방에서 들려오는 불협화음 같은 소리였다.

몇 번 방향을 바꾼 후 밴은 건물 전면에 투광조명이 균일한 간격으로 설치된 구역으로 들어섰다. 조명이 향하는 중앙의 커다란 건물은 주변 건물들과 모양이 달랐다. 굳이 말하자면 확대해서 크게 만든 오두막 같았는데, 어쩌면 한때 세탁실과 주민회관을 겸해서 세운 것인지도 몰랐다. 칼레가 사는 동네에도 비슷한 건물이 있어서, 쿠르드인들이 모여 파티를 벌이곤 했다. 하지만 이곳에서 파티 분위기는 전혀 나지 않았다. 건물 주위에 경비원이 많이 보였고, 창문들은 모두 덧문과 쇠창살로 막혀 있었다. 누가 봐도 교도소 같았다.

"여기요?"

"아니. 더 가요."

출입문 주위의 경비원들이 차를 몰고 지나가는 이들을 무표정하게 바라보았다. 지금껏 생각해보지 않은 장면들이 칼레의 머릿속을 스쳐지나갔다. 두 아이가 침대로 뛰어들고, 커다란 나무가 바다로 쓰러지는 모습.

그런 이야기를 들어본 적이 있다. 부활자들에게 가까이 다가가면 남의 생각을 읽는 능력이 생긴다는 이야기를. 칼레는 틀림없이 건물 안에 수많은 부활자가 있다는 걸 알아차렸다. 옆에 앉은 남자에게 고개를 돌렸지만, 그의 마음속에서 보이는 생각은 일련의 수학 계산식뿐이었다.

내가 생각을 읽지 못하게 막고 있군. 일부러 그러는 거야.

남자가 고개를 돌려 칼레를 바라보았다. 처음으로 그의 입가에 미소가 보이는 듯했다. "맞아." 그는 말했다. "당연하지."

남자가 말하는 동안에도 일련의 숫자들은 계속 흘러갔다. 칼레는 눈을 깜박이고는 운전에 집중했다. 쉽지는 않았다. 마치 떨어진 솔잎들이 휘몰아치는 폭풍 속을 뚫고 가는 것 같았다. 하지만 건물에서 멀어지기 시작하자 그런 현상은 점차 사라졌다.

몇 번 더 이리저리 방향을 바꾸고서야 그들은 조명 없는 구역에 도착했다. 옆에 앉은 남자가 말했다. "여기서 멈춰요."

칼레는 주위를 둘러보았다. 이곳 건물들이 지금까지 지나쳐온 건물들과 유일하게 다른 점은 지하실 몇 군데에 불빛이 보인다는 것이었다. 다른 사람들의 생각 역시 먼 소음 정도로 들렸다.

남자가 차에서 내리더니 출입문으로 다가가 두드렸다. 문이 열리자 남자는 안으로 사라졌다. 칼레는 운전대에 엎드려 생각했다.

전체적으로 뭔가 수상하다는 것만은 분명했다. 정식으로 출입구를 통해 들어왔으니 아주 수상할 정도는 아니지만 약간은 그랬다.

아버지……

스투레 릴리에발은 도대체 어떻게 이런 일에 엮인 걸까?

아버지의 삶과 일은 칼레에게는 늘 불가사의였다. 어찌 보면 아주 단순했다. 칼레는 도대체 철학 교수가 무슨 이유로 존재해야 하는지 이해할 수 없었다. 생각하는 사람들 아닌가. 그래, 물론 생각하는 건 좋지만, 그걸 직업으로 삼는다고? 아버지는 대중 앞에 나서는 법이 절대로 없었고, 칼레는 아버지가 온종일 뭘 하는지 도무지 알 수 없었다. 누이와는 달랐다. 레베카는 가끔 논란이 되는 기고를 하곤 했다. 칼레는 그런 글들이 마음에 들지 않았지만 어쨌든 무슨 말인지 이해할 수는 있었다.

드럼을 치고, 사무실을 청소하고, 바보 같은 글을 쓴다. 다 좋다. 하지만 아버지는……

다른 이유도 있다. 도저히 뭐라고 딱 꼬집어 말할 수 없는 것. 그는 아버지를 좋아하지 않았다. 스투레는 뻣뻣하고 냉철하고 분석적이었다. 그럴 수도 있다. 하지만 그보다…… 그것 말고도 아버지는 뭔가 이상했다. 칼레는 타고나길 분석적인 사람이 아니었고, 그 문제를 정의하려고 시도해본 적도 없었다. 하지만 뭔가 느낌이 있었다. 약간의 광기였다.

칼레가 무슨 이유에서인지 기억하고 있는 상식 퀴즈가 있다.

시인 예이예르가 죽었을 때 그의 침대 밑에서 발견된 것은?

정답은 새로 사서 사용하지 않은 스케이트였다.

비슷한데 더 기분 나쁜 것. 침대 아래 설명할 수 없는 뭔가가 있다는 것. 옷장 속에, 머릿속 가장 깊은 곳에 있는 것. 뭔가 옳지 않은 것. 그런 느낌.

지하실 출입문이 열리자 칼레는 밴에서 내렸다. 여러모로 생각해보니 그다지 이상할 것도 없었다. 이곳, 이런 어둠은 아버지와 완벽하게 어울렸고, 그걸 나타내는 단어는 한마디로 우울함이었다.

지하실에서 나온 남자는 밴을 함께 타고 온 남자와 달랐다. 셔츠와 청바지 차림이었고 심지어 악수를 청하기도 했다.

"안녕하세요. 스투레의 아들이라면서요?"

"네."

두 사람은 악수를 주고받았다. 칼레는 일부러 조금 세게 손을 쥐었고 상대방도 같은 식으로 응수했다. 그런 다음 함께 상자를 차에서 내렸다.

지하실은 밖에서 보는 것보다 훨씬 넓었다. 벽은 희고 밝았으며 갓 칠한 페인트 냄새가 났다. 기다란 한쪽 벽에는 동그란 창문이 달린 철제 출입문 두 개가 보였는데, 역시 새것 같았다. 바닥에 놓인 이동식 투광조명 두 개가 실내를 밝히고 있었다. 함께 상자를 안으로 들인 뒤 칼레는 내부를 둘러보았다.

"여기서 뭘 하시나요?"

"아무것도 안 해요. 아직은."

"그럼, 뭘 하실 예정인데요?"

남자는 잠시 칼레를 쳐다보더니 말했다. "기분을 상하게 하고 싶지는 않지만, 당신은 이곳에 대해 아무것도 모르는 겁니다. 혹시 누가 물으면 여기 온 적이 없다고 말하세요."

"그렇게까지 해야 하나요?"

"그래요."

칼레는 실내를 다시 둘러보았다. 그런 말을 듣고 나서인지 지하실은 아까와 사뭇 다르게 보였다. 그는 제임스 본드 영화에서 이리저리 돌아다니며 신무기를 살피는 Q를 보기라도 한 것처럼 웃음을 지었다.

"어디 서명이라도…… 해야 하나요?"

남자는 고개를 갸웃했다. "그러고 싶어요?"

"아뇨, 괜찮습니다—그냥 입다물고 있을게요."

"오케이. 좋아요."

남자는 손을 내밀며 작별인사를 했다. 칼레는 손을 맞잡으면서 이번에는 남자의 눈을 바라보았다. 그 표정을 그는 알아보았다.

나는 컴퓨터 앞에 앉아 있다. 고개를 돌린다. 아버지가 서 있다. 나를 보고 있다.

그 표정. 탐색하는. 평가하는. 하지만 이 남자의 표정에는 뭔가가 더 있다. 이 장소에만 속한, 마치 부드러운 막을 통과한 손가락이 그의 머릿속에 들어갈 방법을 더듬으며 찾고 있는 느낌.

칼레가 남자의 손을 더 세게 움켜쥐자 연골이 움직이면서 그의 머릿속 손가락이 고통으로 뒤틀렸다.

"안녕히 계세요." 칼레는 그렇게 말하고 다시 밴에 올라탔다.

그는 단지 바깥쪽을 따라 돌아가는 길을 택해서 주민회관처럼 보이는 건물 앞을 피해 출입구로 향했다. 경비원이 밴을 쳐다보더니 문을 열어주었다.

이런 곳에서 돌아버리지 않고 어떻게 견디는 거지?

출입구에서 나와 100미터쯤 달린 후 칼레는 밴을 세우고 시동을 끄지 않은 채 두고서 등을 뒤로 기댄 다음 길게 숨을 내쉬었다. 두 시간 조금 넘게 걸린 여정이었지만 완전히 진이 빠져버리고 말았다.

600크로나를 벌었군. 그럴 가치가 있나?

눈을 감고 머릿속 침묵을 즐겼다. 몇 분 지나자 차분해졌다. 클러치를 밟고 기어를 넣은 다음 막 출발하려는데 누가 조수석 문을 두드렸다. 클러치에서 발을 떼고 손을 뻗어 조수석 문을 열었다.

밖에 여자가 한 명 서 있었다. 칼레보다 몇 살 어려 보였다. 중간 길이의 머리칼이 비에 젖어 머리에 달라붙어 있었다.

"안녕하세요? 차 좀 얻어탈 수 있을까요?"

"어디로 가는데요?"

"리스네요."

"타요."

여자는 밴에 올라타 문을 닫았다. 칼레는 곁눈질로 여자를 살폈다. 실내등 불빛으로 보기에는 머리칼이 붉은색이었다.

칼레는 밴의 기어를 넣었다. "원래 머리가 붉은색이에요?"

"네." 여자가 말했다. "백분의 일 확률이죠."

"그거밖에 안 돼요?"

"네. 그러니 이렇게 붉은 머리끼리 만날 확률은…… 만분의 일이겠네요."

"그래요?"

"사실은 잘 몰라요."

E18 고속도로에 들어서기까지 덜컹대며 들판을 가로지르는 동안 두 사람은 아무 말 없이 방금 나눈 대화를 생각했다. 칼레는 그녀가 더 멀리…… 예를 들면 바가르모센 같은 곳으로 가는 길이 아닌 것이 아쉬웠다. 가능하다면 집까지 데려다주고 싶었다.

"거기 살아요? 리스네?"

"네. 갈림길에서 내려줘도 돼요."

"나는 링케뷔에 살아요. 하지만 할일도 없고…… 집까지 데려다줄 수 있어요."

"좋아요. 발쉬리아베겐 13번지예요."

칼레는 고개를 끄덕였다. 리스네의 거대한 돌기둥 같은 아파트 단지가 앞쪽에 솟아 있었다. 칼레는 발쉬리아베겐이 어딘지 알았다. 펑크페이스에서 베이스를 치는 토토가 바로 다음 거리인 오달베겐에 살기 때문이었다. 그럴 확률은 얼마나 될까?

리스네로 들어서기 위해 밴이 방향을 틀자 여자가 물었다. 그녀의 눈길은 앞쪽 도로에 단단히 고정되어 있었다. "거기서 뭐하고 있었어요?"

칼레는 셔츠와 청바지 차림의 남자가 생각났다. 여기 온 적이 없다고 말하세요. 하지만 부정할 수가 없었다. 그는 어깨를 으쓱했다.

"물건 좀 옮겼어요. 그쪽은요?"

"무슨 물건요?"

칼레는 한숨을 내쉬고 여자를 바라보았다. "실은 어디다 말하면 안 된다고 해서요."

"좋아요, 그럼 누구 밑에서 일해요?"

"농담이 아니라 진짜 말하면 안 돼요. 그쪽은 거기서 뭐하고 있었어요?"

잠시 침묵이 흐르는 사이 발쉬리아베겐으로 접어들었다. 13번지는 제일 안쪽이었다.

"분위기 좀 보려고요." 이윽고 여자가 말했다. "무슨 일이 벌어지고 있는지."

"그 안에서요?"

"네."

칼레는 여자의 집 앞에 차를 세웠다. 시동을 껐다. 빗물이 밴의 지붕을 때리고 있었다. 칼레는 덩치만 컸지 이런 일에는 믿기 어려울 정도로 무력했다. 그래서 여자가 이렇게 물었을 때 가슴속에서 작은 봉오리 하나가 꽃으로 피어나는 듯한 기분이었다. "저기, 전화번호 좀 줄 수 있어요?"

"네. 당신 번호는요?"

두 사람 모두 휴대전화가 있었다. 그들은 번호를 교환했다. 여자가 문을 열어 실내등이 켜지자 칼레는 제대로 여자의 얼굴을 볼 기회를 잡았다. 얼굴은 그와 비슷하게 동그랬지만, 뼈대가 훨씬 도드라진 얼굴이었다. 물론 주근깨도 많았다. 마른 편이라 체중은 아마도 칼레의 절반 정도밖에 안 될 것 같았다.

"잠깐만요." 칼레는 문을 닫으려는 여자에게 말했다. "이름이 뭐예요?"

"플로라. 또 봐요."

문이 쾅 닫혔고 칼레는 성큼성큼 단호하게 걸으며 멀어지는 여자를 바라보았다.

그걸 뭐라고 하더라? 그래, 운명의 반쪽.

백만분의 일. 그런 이야기 때문에 관계를 맺고 서로를 기억한다. 사귀는 사이가 되고 절대 헤어질 수 없게 된다. 처음 두 사람을 만나게 해준, 믿을 수 없는 기회를 저버려서는 안 되기 때문이다.

백만분의 일.

칼레는 밴을 돌려 링케뷔로 향하면서, 600크로나면 꽤 괜찮은 수입이라는 생각에 콧노래를 불렀다. 이렇게 기분좋은 일이라면 공짜로도 기꺼이 할 수 있었다.

다음날 칼레는 트로피코스 일을 했다. 노르텔리에에서 새로 문을 여는 쇼핑센터 행사였다. 마술사 마리오와 듀엣 페임도 무대에 올랐다. 아이들을 위해 풍선 쇼를 했고 나이 많은 고객들을 위해 트로피코스가 공연을 했다. 총 이십 분 공연이었는데, 그렇다면 차트에 올랐던 히트곡 네 곡에 이 년 전 나온 가장 최근 앨범에서 한 곡을 부르면 알맞았다. 트로피코스는 이름의 의미처럼 뜨거운 인기는 없었지만, 아직 그래도…… 믿을 만해서 출연료를 제법 받을 수 있었다.

게다가 리드싱어인 롤란드는 여전히 어느 정도 스타로 인정받고 있었다. 가끔 텔레비전의 이상한 게임 프로그램에 출연하기도 했고, 일 년 전 이혼했을 때는 주간 연예지들이 한 달 동안 그 내용을 다루기도 했다. 제법 이름값이 있었다.

앰프와 다른 장비는 이미 행사장에 가 있었기 때문에 칼레는 악기와 직접 운전하지 않는 밴드 멤버들만 태워다주면 되었다. 요즘은 대개 그런 식으로 일했고, 하닝에의 차고에 있는 커다란 버스로 먼 여행을 떠나는 일은 한 달에 한 번 정도였다. 버스를 팔자는 이야기도 조금씩 나오고 있었다.

이번 공연에는 악기와 마이크를 싣고 롤란드와 베이시스트 우페를 태워가야 했다. 늘 그렇듯 우페가 뒷자리에 앉아 씹는 담배를 윗입술 속에 끼우고 빨면서 스포츠 잡지를 뒤적거리는 동안 롤란드는 앞자리에 칼레와 함께 앉았다.

롤란드와 칼레가 친구 사이라고 말하면 과장이겠지만, 둘 다 즐길 만한 대화의 수준을 찾아낸 관계라고 말할 수는 있었다. 한 달 전 펑크페이스가 모세바케에서 열린 킹콩크루의 공연에 오프닝 밴드로 함께하면서 칼레가 그날 저녁 트로피코스를 태우고 이동할 수 없게 되었다. 그래서 다른 운전기사를 고용했는데 롤란드가 나중에 말하기를, 이동하는 내내 뭔가 빠진 것 같았고 칼레가 없으니 전처럼 재미가 없었다고 했다.

이른바 두 사람은 원만한 관계였다. 서로 속사정을 털어놓을 정도는 아니었지만. 예를 들면 칼레는 롤란드가 결혼생활을 이십 년이나 하고 왜 이혼했는지 전혀 몰랐다.

롤란드는 칼레가 평소와 달리 대시보드에 올려놓은 휴대전화를 가리켰다.

"전화 올 곳이 있나보지?"

"네…… 아뇨, 혹시 몰라서요."

"여자겠네, 그럼?"

칼레는 유달리 느리게 달리는 도요타를 따라잡았고, 이번에도 자신의 선입견이 맞다는 걸 확인했다. 운전자는 납작한 모자를 눌러쓴 늙은 남자였다.

"사실 잘 모르겠어요."

"여자인지 아닌지 모른다는 거야?"

칼레는 씩 웃고 아무 말 하지 않았다. 잠시 후 롤란드가 물었다.

"조금 민감한 이야깃거리인가?"

"네, 그런 것 같네요."

"진짜 심각한 거야?"

"음."

"좋아."

두 사람은 대신 음식 이야기를 했다. 둘 다 음식에 관심이 많았다. 롤란드는 요리할 때 음료수를 사용하는 게 좋다며, 특히 트로카데로가 고수와 잘 어울린다고 했다. 칼레는 왠지 얘기가 귀에 들어오지 않았다. 그렇다, 그는 전화를 기다리고 있었다. 물론 그녀가 먼저 전화번호를 묻기는 했지만, 혹시 내가 전화를 해도 괜찮을까?

늘 그렇듯 칼레는 쉽게 전화를 걸지 못했다. 플로라는 뭔가 달랐다. 플로라가 밴에 올라타자마자 느낄 수 있었다. 이애, 마음에 드네.

그렇다고 큰 의미가 있는 건 아니었다. 칼레는 쉽게 사람들을 좋아했다(학자들은 빼고). 하지만 플로라는 뭔가 특별했다. 쉽게 찾아볼 수 없는 사람이었다. 진지한 태도 때문일지도 몰랐다. 일종의 중력일 것이다. 칼레의 가슴속 어두운 부분의 부름에 답하는 뭔가가 있었다.

공연은 여느 때와 같이 흘러갔다. 신나는 노래, 관객들의 좋은 반응, 상점들 사이로 금세 사라지는 박수소리. 취객 두 명이 춤을 췄다. 마술사 마리오에게서 받은 토끼 모양 풍선이 터지는 바람에 한 아이가 울었다. 짐을 챙겨서 집으로 돌아왔다. 나쁘지 않았다. 슬프지도 않았다. 그냥 일이었다.

집으로 돌아오는 길에 휴대전화가 울렸다. 가슴이 덜컥 내려앉은 칼레가 서둘러 받으려다 전화기를 떨어뜨리자 롤란드가 웃음을 터뜨렸다. 겨우 전화기를 집어들고 보니 화면에 아버지의 이름이 떠 있었다. 칼레는 한숨을 내쉬었다. "저예요."

"아빠다."

(칼레는 왜 아버지가 꼭 그렇게 말하는지, 그것도 늘 후회스럽다는 듯한 말투로 그러는지 이해할 수 없었다.)

"왜요?"

"오늘밤 또 일을 해줘야겠다. 단지 내부에서 몇 가지 옮길 것이 있어."

"저, 잘 모르겠어요……"

"뭘 몰라?"

"제가 그 일을 하고 싶은 건지요. 또, 그냥 좀…… 불쾌하단 생각이 들어요."

아버지는 한참 동안 아무 소리도 내지 않았다. 칼레는 다시 한 번 실망감을 곱씹는 아버지의 모습을 상상할 수 있었다. 그러다 아버지가 말했다. "그럼 돈을 두 배로 줄게. 한 시간에 600크로나."

"그건…… 정말 후한데요."

"그래."

"제가 무슨 일을 해야 하나요?"

아버지는 일곱시까지 단지의 커다란 주민회관 건물 앞에 도착하라고 했다. 출입구에서는 신분증을 보여주면 들어갈 수 있다고.

"……그리고 이런 상황에서 조금이라도 기쁜 티를 내면 아주 고맙겠구나."

"음. 한 가지만 물어볼게요. 이 일에서 아버지는 어떤 역할을 하는 거예요?"

잠깐 침묵. 그러더니 아버지는 대답했다. "내 생각에 이번 일을 맡기면서 필요한 조건은 다 말해준 것 같구나—안 그러냐?"

두 사람은 전화를 끊었다. 칼레가 롤란드를 바라보았다. "오늘 밤 또 밴을 빌려도 돼요? 헤덴 쪽으로 나갈 건데."

"그럼. 뭘 옮기는데?"

"그냥 이것저것요."

아파트로 돌아온 칼레는 뜨거운 벽돌 위에서 안절부절못하는 고양이처럼 서성거리며 전화가 울리길 기다렸다. 가끔은 전화기를 아예 손에 들고 왔다갔다하기도 했다. 전화기는 그의 커다란 손에 비해 너무 작아 보였다. 손가락으로 숫자를 제대로 된 순서대로 누르기만 하면 끝날 일이었다.

그것이 손가락으로 할 일의 전부였다. 특별 할인이라는 광고에 넘어가 사버린 전화기는 버튼이 너무 작아서 새끼손가락으로 겨우 눌러야 했고 그마저도 잘못 누르기 십상이었다. 문자 보내기는 말할 것도 없었다.

그는 번호를 누르기 시작했다. 잘못 눌렀다. 번호를 지웠다. 전화기를 내려놓았다.

왜 이렇게 긴장하는 거지?

아마도 롤란드와 플로라 이야기를 하고 싶지 않은 것과 같은 이유일 것이다. 심각한 상태였다.

칼레는 눈을 감고 휴대전화를 가슴에 꼭 끌어안았다.

제발, 울려라. 울려. 뭐라도 해봐.

칼레는 열다섯 살 때 에밀리에와 사귄 적이 있었다. 그녀의 집과 가족은 스투레 그리고 유르스홀름에 있는 커다란 집의 침묵으로부터 피난처가 되어주었고, 나중에 집을 나와 돌아다니며 친구네를 전전하던 기간에는 상대적으로 질서정연한 성역이 되어주었다.

스물한 살 때 링케뷔에 월세 아파트를 구한 후에야 에밀리에와의 관계가 어떤 의미였는지 깨달았다. 도피. 피난처. 이제 그는 자신만의 도피처가 있었다. 대학 진학 후로 에밀리에는 야망 없는 칼레에게 지쳐갔다. 헤어진 두 사람은 흔히 말하듯 친구로 남기로 했다. 사실 서로 할말이 없으니 친구라고도 할 수 없었지만. 어쨌든 괴로움도, 서로를 향한 비난도 없었다.

그뒤로 칼레는 두 번 더 짧은 교제를 했지만, 새벽에 혼자 앉아 멍하니 〈제이 레노 쇼〉나 〈섹스 앤드 더 시티〉를 보고 있을 때면 진실을 깨닫곤 했다. 자신이 한 번도 사랑을 경험해본 적이 없다는 것을. 그래서 사랑 생각을 하면 겁이 나는 것이다.

파스타 면을 끓이고, 신선한 바질을 넣어 간단한 토마토소스를 만들어 〈베벌리힐스 아이들〉을 보며 먹었다. 그러고 나서 리코딩 장비를 만지작거리며 출발 때까지 시간을 보냈다. 펑크페이스의 데모 녹음본이었는데, 두 곡에 팝 비트를 약간 추가하면 더 나아질 것 같았다. 하지만 마음에 드는 소리를 찾지 못했다.

출입구 경비원은 칼레의 등장이 못마땅하다는 티를 내듯 신분증을 자세히 확인하고는 들여보냈다. 하늘에는 아직 햇빛이 한 조각 남아 있었고 건물들이 지난밤처럼 불쾌해 보이지는 않았다. 오히려 벽 안쪽에 엄청난 슬픔을 품고 있는 것처럼 보였다. 한 번도 실현되지 못했던 무언가를, 이제는 너무 늦어버린 무언가를.

길을 찾기 쉽지 않았다. 불규칙한 숫자들이 쓰인 표지판들은 미로 같은 인상을 주었다. 텅 빈 중심을 향해 안쪽으로 이어지는 미로. 몇몇 창문에서 스치는 사람 얼굴을 본 것 같기도 했다.

길을 외우려는 노력은 포기하고 대신 다른 사람들 생각이 들리는 강도를 안내 삼아 따라가기로 했다. 어찌어찌 마침내 목적지 구역에 도착한 그는 경비원 가운데 한 명이 전날 밤과 같은 사람이라는 걸 알아보았다. 나무가 물속으로 쓰러지는 생각을 하던 사람이었다. 지금 그는 모양이 바뀌는 구름을 생각하고 있었다.

칼레는 밴을 세우고 내렸다. 다가오는 경비원들은 그가 군복무 시절 사용했던 것보다 더 최신형인 기관단총을 들고 있었다. 경비원들은 칼레의 신분증을 확인하고 얼굴을 자세히 들여다보더니 그가 머릿속으로 무슨 생각을 하는지도 확인했다.

구름 생각을 하는 경비원이(그는 말하면서도 여전히 구름을 생각했고, 칼레는 어떻게 그럴 수 있는지 이해할 수 없었다) 문을 가리키며 말했다. "입구 안쪽에 있는 물건을 전부 실어가는 겁니다. 그게 다예요. 됐죠?"

칼레는 고개를 끄덕였고 경비원들은 그를 보내주었다.

안으로 들어가니 작은 현관에 싣고 갈 물건들이 놓여 있고 그 뒤에 건물 안쪽으로 연결되는 쌍여닫이문이 보였다. 병원에서 사용하는 금속 침대 두 개와 수액걸이 몇 개 그리고 상자 여러 개가 있었다. 칼레는 밀봉되지 않은 상자 하나의 안쪽을 슬쩍 들여다보았다. 맑은 액체가 든 1리터짜리 비닐용기가 잔뜩 들어 있었다. 용기에 붙은 표시를 읽어보았다. 포도당 10%, 염화나트륨 3%. 그의 상식에 따르면 설탕과 소금이었다. 그는 작업을 시작했다.

모두 차에 실은 뒤 마지막으로 남은 수액걸이들을 가지러 들어갔을 때 그는 잠시 멈춰서 숨을 돌렸다. 그는 남의 생각이 머릿속에 떠올라 거슬릴 때 어떻게 해야 할지 이미 터득하고 있었다. 드럼을 연주하는 것이다. 다른 목소리, 다른 사람이 생각하는 장면들이 떠오르기 시작하면 곧바로 머릿속에 드럼 비트를 떠올리고 다른 생각들이 잠잠해질 때까지 드럼을 두드렸다.

안쪽으로 연결되는 쌍여닫이문 사이가 살짝 벌어져 있었다. 칼레는 그리로 갔다.

여기까지 왔는데 그냥 가기는—

그런 생각을 하다가 얼른 드럼을 연주했다. 점잖게 유혹하는 듯한 보사노바 리듬으로. 드럼 소리가 머릿속을 가득 채울 때까지 점점 빨리 점점 크게 두드렸다. 자신이 무슨 생각을 하는지 더는 들리지 않았으면 했다. 칼레는 문틈을 벌리고 안을 들여다보았다.

엄청나게 넓은 교실 같았다. 긴 벤치가 일정한 간격으로 줄지어 놓여 있고, 벤치마다 여럿이 앉아서 금속 물건으로 뭔가를 하고 있었다. 모든 사람 옆에 수액걸이가 하나씩 있고 각각 두 개의 튜브가 팔에 연결되어 있었다.

사람? 하지만 저들은 죽었는데—

칼레는 재빨리 다시 보사노바 리듬으로 돌아가려고 했지만 방금 본 장면이 너무 충격적이어서 감정을 겉으로 드러내지 않을 수 없었다. 벤치에 앉아 있는 건 죽은 사람들이었다. 눈빛이 텅 비어 있거나 아예 눈이 없었다. 살은 말라붙었고 뼈만 남은 손가락이 금속 물건 주위에서 움직였다. 칼레는 그들이 뭘 하고 있는지 알 수 없었지만, 자신이 본 걸 깊이 생각할 시간이 없었다. 뒤쪽 출입문이 열리고 경비원이 들어왔기 때문이다. 칼레는 문에서 물러섰고, 경비원은 그의 어깨를 붙잡았다.

"안 들여다보고는 참을 수가 없었던 거예요, 그렇죠?"

칼레는 아무 말도 하지 않았다. 경비원은 콧방귀를 뀌더니 수액걸이 쪽으로 손짓했다. "저거 가지고 빨리 나가요."

칼레는 수액걸이를 모아서 챙기는 동안 등뒤로 경비원의 따가운 눈길과 그의 머릿속을 흘러가는 구름을 느꼈다. 속이 울렁거렸지만 머릿속으로 드럼 연주를 하며 숨길 수도 없었다. 밴에 물건을 모두 싣고 운전석 쪽으로 돌아가는데 경비원이 다가왔다.

"잘 들어요. 괜찮아요. 하지만 이제 당신도 이쪽 일을 하는 사람이 된 겁니다. 전부 포함해서 말이죠. 그냥 알려주는 거예요."

칼레는 무슨 말인지 알지도 못한 채 고개를 끄덕였다. 그저 빨리 이곳을 벗어나고 싶었다. 경비원이 고개를 돌리자 칼레는 밴에 올라타 위험하리만큼 빠른 속도로 그곳을 빠져나왔다. 그럭저럭 지하실을 찾아내 싣고 온 물건을 내렸다. 욕지기 때문인지 눈물 때문인지 목구멍에 뭔가 걸린 듯한 상태로 차를 몰고 단지를 빠져나와 플로라를 만났던 장소에 세웠다.

머릿속 생각이 다시 자신만의 것이 되었지만, 더는 생각을 하고 싶지 않았다. 전에는 죽은 사람을 한 번도 본 적이 없었다. 이제는 수백 명을 보았다. 죽은 사람들 몸에서 망연히 표현할 길 없이 쏟아져나오던 강렬한 슬픔과 무기력만 아니었다면 그다지 나쁘지 않은 경험이었다고 말할 수도 있었을 터였다.

이건 지옥이야.

칼레는 시동을 끄고 옆자리에 몸을 뉘었다. 저항하려 했지만 어둠이 몸속에서 솟구쳐나왔고, 손부터 시작된 마비가 옴짝달싹 못할 때까지 몸 안쪽으로 퍼져나갔다. 모든 것이 어둠이었고 그의 몸은 이제 어둠의 일부가 되었다.

기억이 되살아났다. 학교로 찾아온 남자는 칼레에게 교장실로 따라오라고 말했다. 교장선생님과 상담선생님이 함께 앉아 있었다. 상담선생님은 자기 옆에 앉으라고 하더니 그의 손을 잡았고, 칼레는 선생님이 무슨 얘기를 하든 듣고 싶지 않은 내용이리라는 걸 알았다.

사고가 났어. 어머니가 사고를 당하셨다. 지하철에서.

그로부터 일 년이 지나고 나서야 실제로 무슨 일이 있었는지 스투레에게서 들을 수 있었다. 어머니는 그냥 철길 한가운데 서서 가까이 다가오는 열차의 커다란 두 눈을 노려보며 기다리고 있었다고 했다. 칼레는 마음속 눈으로 그 장면을 아주 똑똑히 볼 수 있었다. 어머니의 몸이 몇 미터 뒤로 끌려가다가 결국 열차 아래로 사라지는 모습을. 어머니가. 곤죽이 되는 모습. 어머니의 몸은 틀림없이 곤죽이 되었을 것이다.

칼레는 손가락에 감정을 실어 주먹을 꽉 쥔 다음 가슴을 세게 두드렸다. 검은 심장을 두드리자 고통으로 마비가 풀렸다. 몸을 똑바로 세우고 앉아 주먹으로 허벅지를, 가슴을, 머리를 두드려서 몸속으로 고통을 내보냈다. 그는 움직이고 있었고 고통스러웠고 육체가 있었다. 그는 살아 있음을 느끼며 그저 계속 두드렸다.

전화가 울렸다. 두 손이 허공에서 멈칫했고, 그는 전화기를 노려보았다. 소리를 들었지만 무슨 뜻인지 알 수 없었다. 생각이 딴 데 가 있었다. 전화가 다시 울렸다.

전화야. 받아.

아픈 손으로 전화기를 들고 간신히 응답 버튼을 눌렀다.

"여보세요?"

"안녕, 플로라예요. 기억해요?"

칼레는 눈을 깜박이고 차창 밖을 바라보았다. 멀리 높은 아파트 창문에서 불빛이 반짝거리고, 온 하늘에 도시의 불빛이 퍼져 있었다. 입을 열어 뭐라고 말하려 했지만, 무슨 말을 해야 할지 알 수 없었다.

"여보세요? 듣고 있어요?"

"네. 안녕하세요? 미안해요. 난…… 그냥."

잠깐 침묵이 흘렀다. 플로라가 물었다. "기분이 안 좋아요?"

칼레는 숨을 깊이 들이마셨다가 내뱉었다.

"네. 하지만…… 지금은 조금 괜찮아요."

"올래요?"

"그쪽 집에요?"

"네."

만일 폭탄이 떨어져 집이 무너진다면. 잠시 후 다른 폭탄이 떨어져 집이 다시 세워진다면. 아마도 누구나 그 자리에 멍하니 서서 인생의 불가해함에 대해 곰곰이 생각하게 되리라. 칼레는 머뭇거렸다. 바보가 된 기분이었고, 조금 전 자신이 한 대답만 머릿속을 맴돌 뿐 도무지 더는 어쩔 도리가 없었다. 입에서 말이 나오지 않았다.

"오고 싶으면 와요." 플로라가 말했다. "시간 있으면."

"저기요, 난 그냥……" 칼레가 말했다. "지금 바로 출발하면 오 분이면 가요, 괜찮죠?"

"오케이. 아주 좋아요."

칼레는 전화기를 내려놓았다. 곧바로 출발하겠다고 말했다. 시동을 걸었다. 들판을 가로질렀다. 운전에는 아주 익숙했기에 거의 기계적으로 움직였다. 멀리 보이는 불빛을 향해 달렸다.

플로라의 아파트 단지 앞에 차를 세웠을 즈음에는 어느 정도 제

정신을 차렸다. 밴에서 내려 문을 잠그고 아파트 전면의 수많은 창문 앞에서 잠시 시간을 보냈다.

수많은 사람……

저 수많은 사람 중에 누군가가 있고, 서로 오다가다 만나게 되고, 이 많은 창문 중에 그 누군가가 있다는 게…… 저기. 저 창문. 다른 어디도 아닌 저 창문 뒤야.

칼레는 양손으로 얼굴을 문지르고 고개를 흔들었다.

침착해. 직접 해내는 수밖에 없어. 괜찮아 보이는 여자를 만난 거야, 오케이. 자, 이제 집으로 올라가서 그녀를 만나고 이야기를 나누는 거야. 정신 차려.

하지만 어쩔 수가 없었다. 조금 전 파란만장했던 삼십 분이 마치 마약처럼 현실감을 증강시켜버린 것이다. 모든 것이 아름답게 보였다. 창문을 밝히는 불빛, 각자 소소한 일에 매달려 안달하며 살아가는 사람들을 생각하니 눈물이 터질 것만 같았다.

아파트 안으로 들어가서야 그녀가 몇층에 사는지, 성이 뭔지 모른다는 걸 깨달았다. 번호를 찾아 전화를 걸려고 막 지갑을 꺼내는데 1층의 문 하나가 열리더니 플로라가 고개를 내밀었다.

"안녕."

칼레는 지갑을 든 채 손을 흔들었다. "어디 사는지 몰라서 지금—"

"여기 살아요."

"네. 그렇네요."

칼레는 플로라를 따라 안으로 들어갔다. 모든 일이 오 초 후 미래에 벌어지는 것 같아서 속도를 따라갈 수 없었다. 그는 아파트 안으로 들어가 신발을 벗고 말했다. "저기요, 이번 일은 그냥 넘어가줬으면 해요. 완전히 정신이 나가 있었어요. 온종일 전화해주기만 기다렸는데, 막상 당신 전화가 오니까 그냥…… 이제 정신 차릴게요."

플로라는 그를 빙 돌아 움직이더니 현관문을 닫았다.

"무슨 일 있었어요?"

"그곳 말이에요. 정말 돌아버릴 것 같아요."

플로라는 고개를 끄덕이고는 그를 부엌으로 안내했다. 아파트에는 가구가 별로 보이지 않았다. 특별히 어울리는 걸 선택했다기보다는 그저 기능을 하기 위한 것들이었다.

부엌에는 식탁 하나와, 모양이 같은 의자가 두 개씩 총 네 개 있었다. 바닥에는 카펫이 깔려 있고 9월인데도 창문에 크리스마스 장식 별 조명이 붙어 있었다. 칼레는 의자에 앉아 별 조명을 가리켰다.

"미리 붙인 거예요? 아니면 작년 것?"

플로라가 웃었고 칼레는 그녀가 전화를 건 뒤 처음으로 그럴듯한 말을 했다는 걸 깨달았다.

"그냥 조명이 필요했는데…… 저게 있더라고요. 우린 돈이 별로 없어서요."

"우리?"

"친구 한 명이랑 월세를 같이 내요. 뭐 마실 것 좀 줄까요?"

"뭐 있어요?"

"맥주랑 차." 플로라가 그를 빤히 바라보았다. 꼭 고양이에게 붙잡혀 잠시 장난감 노릇을 하다가 버려진 존재처럼 보였을 것이다. "맥주 어때요?"

칼레는 창문 쪽을 손으로 가리켰다. "차를 가지고 왔는데."

"그럼 걸어서 집에 가면 되죠. 자고 가든지."

이제는 모든 일이 오 초 후 미래에 벌어지는 것처럼 느껴지지 않았다. 그보다는 몇 시간 후의 일처럼 느껴졌다. 그는 식탁을 내려다보고 뭐로 만들었는지 확인하기라도 하는 것처럼 두드려보았다.

"맥주 좋죠."

플로라는 투보그 맥주 두 병을 냉장고에서 꺼내 맞은편에 앉았다. 두 사람은 말없이 맥주를 한 모금씩 마셨다. 칼레는 만족스럽다는 듯 맥주병을 향해 고개를 끄덕이고는 주변을 둘러보며 물었다. "여기서 오래 살았어요?"

"아뇨. 저기, 솔직히 해야 할 말이 있어요. 이렇게 말하기는 조금 어려운 문제지만……"

플로라는 입을 꼭 다물고 잠시 생각했다. 칼레는 최악의 상황을 대비해 몸을 살짝 앞으로 숙였다. 남자친구가 있는 여자거나 자신에게 마약을 팔려는 것이라고, 온갖 말도 안 되는 상상을 했다. 플로라는 손으로 식탁을 문지르더니 말했다. "뭐냐하면…… 무슨 말을 할지 너무 걱정하지 않아도 된다고요. 어떤 인상을 줄지 말이에요. 난 이미 알고 있어요. 당신이…… 좋은 사람이라는 거."

"어떻게 좋다는 거죠?"

플로라는 웃으면서 부끄러운 듯 잠시 그의 눈을 들여다보더니 말을 이었다. "아주 깊은 바탕부터요. 당신과 내가 잘 맞는다는 걸 알아요. 그리고 내가 당신과 함께 있고 싶어한다는 것도 알죠."

칼레는 멍하니 입을 벌린 채 앉아 있었다. 그런 다음 맥주를 두어 모금 마시고 병을 내려놓은 다음 말했다. "와."

플로라는 고개를 끄덕였다.

"이상하게 들리겠지만…… 그래도 말해야겠어요. 난 일종의…… 능력이 있어요. 사람 마음을 읽는 거죠. 평범한 일은 아니지만…… 이를테면, 당신에 대해 여러 가지를 알아요. 그리고 당신에게 이 얘길 해야 한다고 생각했어요."

칼레는 플로라의 말이 거의 귀에 들어오지 않았다. 여전히 자신이 좋은 사람이며 플로라가 자신과 함께 있고 싶어한다는 말을 받아들이는 중이었다. 어쨌든 그게 가장 중요한 부분이었다. 그는 천천히 고개를 끄덕이곤 말했다. "그래요……"

플로라가 얼굴을 찌푸렸다. "내 말이 이상하지 않아요?"

"네. 아뇨. 모르겠어요. 방금 뭐라고 했어요?"

"내가 많이 안다고요. 당신에 대해서."

"어떤 거요?"

플로라가 그의 눈을 들여다보았다. 칼레는 의자에 앉은 자세를 고치고 얼굴을 덮은 드레스록 머리 몇 가닥을 뒤로 넘겼다. 플로라의 눈이 무슨 색인지 알 수 없었다. 이른 가을의 숲처럼 녹색과 갈색을 오가는 색이었다.

"누군가가 죽었어요." 플로라가 말했다. "당신에게 정말 중요한 사람. 당신은 오랫동안 아무와도 사귀지 않았어요. 당신은 드럼을 쳐요. 집이 없고요."

"난 아파트가 있는데……"

"맞아요. 하지만 집이라고 부를 곳이 없죠. 돌아갈 곳 말이에요. 사라졌어요. 당신 어머니는 아마 당신이…… 열두 살 때 돌아가셨을 거예요. 맞아, 그래요. 당신은 요리를 좋아하고……" 플로라는 칼레의 빈 맥주병을 보더니 일어섰다. "맥주도 좋아하네요."

플로라는 맥주를 한 병 더 가져왔다. 칼레는 마치 앞이 보이는지 시험하기라도 하듯 손으로 이마를 누르고 있었다.

"어떻게 그런 걸 다 알아요?"

플로라는 의자에 앉았다. "방금 말한 건 내게 보이는 구체적인 것들이에요. 사실 그렇게 중요한 건 아니죠. 하지만 난 당신이 누군지 알아요. 무슨 뜻인지 알 거예요. 어찌 보면 그게 훨씬 표현하기 더 어려워요."

"그럼 당신은…… 당신이 아는 내 모습이 마음에 들어요?"

"네. 아주 많이."

칼레는 의자에 등을 기댔다. 오늘 저녁에는 받아들여야 할 것이 아주 많았다. 플로라가 자기 머릿속을 들여다볼 수 있다는 사실에 뭔가…… 불편함을 느껴야 하지 않나? 헤덴에 갔을 때 느꼈던 것처럼. 그렇다. 하지만 어찌 보면 누구나 꿈꾸던 바로 그 상황일 수도 있었다. 다른 사람이 나를 알고, 내가 어떤 사람인지 정확하게 이해하고…… 그런데도 나를 좋아한다.

"이건……" 칼레가 말했다. "당신의 능력 말이에요. 혹시 헤덴하고 관련있는 것 아니에요? 어쨌든 당신도 그곳에 있었으니까."

플로라가 한숨을 내쉬었다. "맞아요. 그리고 아니기도 해요. 나는…… 헤덴과 아주 관련이 깊어요. 하지만 이건 내 능력으로 인한 결과예요. 그 반대가 아니라."

"전에도 그런 능력이 있었다?"

"그래요."

칼레는 이 상황이 너무 어렵다는 생각이 들었다. 왜지? 생각해 보았다. 모든 것이 거꾸로여서다. 일반적으로 관계는 사소한 것에서 시작한다. 상대방이 무슨 일을 하는지, 어디 사는지, 어떤 음악을 좋아하는지. 천천히 이것저것 파악하면서 실제로 어떤 사람인지 더 깊게 파악하는 것이다. 그리고 칼레는 플로라가 그를 아는 것처럼 그녀에 대해 알지 못했다. 그가 하게 될 말이나 질문은 시시한 껍데기에 지나지 않을 수도 있다. 그는 한숨을 내쉬고 머리를 긁적였다.

"알아요." 플로라가 말했다. "이런 얘길 하다니 바보 같죠. 하지만 해야만 했어요. 안 그러면 좀……"

"엿보는 것 같다?"

"네. 하지만 내가 모르는 것도 다 알고 싶어요. 당신이 말해주고 싶다면. 혹시 당신이……"

"아뇨." 칼레가 말했다.

플로라는 예상하긴 했지만 갑작스레 다가온 고통을 느끼는 것처럼 눈을 감았다. 그녀는 고개를 끄덕였다. "이해해요."

"아뇨." 칼레가 말을 이었다. "난 당신 이야기를 듣고 싶어요. 내가 보기에 우리는 나에 대해 파악하는 시간을 몇 주는 번 것 같네요. 그러니 당신 이야기를 들을 시간이 충분해요."

플로라는 웃음을 터뜨렸다. 그녀는 촛불을 켜고 큰 조명을 껐다. 칼레는 맥주를 더 가져왔다. 플로라는 스톡홀름의 쇠데르에서 자랐고, 부모님은 모두 변호사였다는 이야기를 해주었다. 할머니인 엘뷔와는 자주 만났고, 할아버지 토레는 죽어서 헤덴에 갇힌 사람들 가운데 한 명이었다. 정치학을 공부하는 친구 마야와 함께 이 아파트를 구해서 육 개월 전에 이사왔다.

요즘은 일주일에 네 번 새벽 다섯시에 일어나 쿵스홀멘에 있는 가게에 가서 샌드위치를 만든다. 샌드위치는 비닐로 포장해 보통은 신문 가판대에 놓고 판다. 나머지 시간에는 닌텐도 게임을 하거나 공연을 보러 가고, 시집을 많이 읽는다.

자정이 지났고 맥주가 바닥났다. 두 사람은 와인 한 병을 나누어 마시기 시작했는데, 사실 그 와인은 마야의 것이었다. 둘 다 살짝 취했고 칼레는 혼자 닌텐도에 대해 중얼거리는 플로라를 멍하니 보고 있었다.

"……왜냐하면 끝내주는 건 버섯왕국에 적이 없기 때문이에요. 좋아, 마리오가 쿠파를 백 번쯤 물리치지만, 갑자기 다시 골프를 치거나 카트를 타고 달려요. 그들은 모두 친구예요. 슈퍼 마리오 선샤인에서 제일 이상한 부분이죠. 알고 보니 쿠파 주니어였던 자가 피치 공주를 납치해서 긴 이야기가…… 쿠파 주니어는 사실 피치 공주가 자기 엄마라고 말하죠. 마리오는 완전히 넋이 나가버려요. 피치도 그렇고요. 도저히 이해가 안 되는 거죠." 플로라는 웃었다. "그 말은 피치와 쿠파가 잤다는 말인데, 피치는 전혀 아는 바가 없으니까! 진짜 너무 순진하지 않아요? 물론 그러다가 사실이 밝혀지긴 하지만—"

"플로라?" 칼레가 말했다.

플로라는 눈을 깜박이고 고개를 들었다. "네?"

"헤덴에서 하는 일 말이에요. 그것과 어떤 관계가 있어요?"

플로라는 얼굴을 찌푸렸다. "그 얘긴 나중에요, 칼레. 난 좀 취했는데…… 그러면 아까 말한 능력이 사라져요. 그러면 기분이 좋아요. 난 그냥 여기 멋진 남자랑 앉아서…… 행복한 거죠. 그럴 때 얘기하고 싶지는……"

"그래요. 좋아요."

"요새는 무서운 게임을 하지도 못해요. 예전엔 좋아했는데…… 요새는 그냥 늘 친구 사이인 귀여운 캐릭터들이 좋아요. 건배."

"건배. 그…… 마야라는 친구는 어디 있어요?"

플로라는 마지막 남은 와인을 입에 털어넣었다. "오늘은 다른 데 가서 자라고 했어요."

"그렇군요."

잠깐 침묵이 흘렀다. 그러다가 칼레가 일어섰다. 플로라도 일어섰다. 두 사람은 부엌 한가운데서 마주쳤다. 칼레가 몸을 숙였고 플로라는 고개를 들었다. 그들은 조용히 서로를 탐닉했다. 칼레는 양손으로 플로라의 얼굴을 감싸고 물었다. "이제 어떻게 하면 좋겠어요?"

플로라의 입가에 미소가 번졌다.

"피치 공주와 쿠파처럼 놀면 좋겠어요."

두 사람은 웃었다. 두 사람 다 살짝 겁이 났다. 그런 법이다. 어졌거나 그들은 지금 상황에 맞게 계속 움직였다. 칼레의 셔츠는 결국 식기건조대 위로 날아갔고 플로라의 스웨터는 가스레인지 위에 떨어졌다. 어떤 옷가지는 복도에, 다른 것들은 거실로 흩어졌다. 두 사람은 껍질을 열어 보이고, 서로의 몸에 집중했다.

칼레가 침실 문 두드리는 소리에 잠을 깬 시각은 오전 열시 십오분이었다. 주위를 둘러보고 여기가 어디인지, 누구랑 있는지, 정확히 어떤 상황인지 이해했다. 그리고 특별히 해야 할 일이 없다는 것도 깨달았다. 느긋하게 다시 베개를 베고 누웠다. 플로라가 일어나 앉더니 그에게 웃어 보이고는 큰 소리로 말했다. "들어와."

방으로 들어온 여자는 플로라와 비슷했지만 머리칼이 검은색이고 전체적으로 더 컸다. 보기에는 키와 몸무게가 칼레와 비슷했고, 곱슬곱슬하고 숱 많은 머리와 넓적한 얼굴에 오밀조밀한 이목구비가 묻혀서 눈에 띄지 않았다. 칼레는 그 여자가 마야라는 걸 깨달았고 보자마자 호감이 갔다.

마야는 그를 쓱 훑어보고 침대로 다가오더니 플로라에게 심각한 목소리로 말했다. "경찰에 연락해야 할 것 같아."

플로라는 특별히 걱정하는 것처럼 보이지 않았다. 그녀는 눈을 비비고 물었다. "왜?"

마야가 손으로 침실 밖을 가리켰다. "밤새 미친놈이 나타나 바닥에 온통 옷을 뿌려두고 갔어. 이런 사람들은 뭐가 문제인 거야?"

칼레는 플로라를 바라보았다. 그러고는 다시 마야를 보며 물었다. "그 미친놈이 여기 자주 오나요?"

마야는 고개를 흔들었다. "아뇨. 이번이 처음이에요. 하지만 내 생각엔 이번에 당장 그만두게 해야 해요."

"마야." 플로라가 말했다. "이쪽은 칼레야. 칼레, 마야예요."

두 사람은 악수를 했고, 마야는 잠시 칼레를 빤히 보았다. 그러더니 마치 허락하는 것처럼 고개를 끄덕였다. 그녀는 재킷 주머니에서 비어져나온 신문을 가리켰다. "신문 봤어? 아니면 그러기에는 너무 바빴나?"

"마야……" 플로라가 말했다.

"좋아. 난 이만 가서 아침을 좀 준비해볼게."

그녀는 돌아서서 방에서 나가 문을 닫았다. 칼레와 플로라는 말없이 누워 있었다. 마치 마야가 금방이라도 다시 쳐들어와 북을 두드리기를 기대하듯. 그런 일이 벌어지지 않자 플로라는 칼레의 가슴에 손을 얹고 부드럽게 어루만지며 말했다. "마야는…… 그러니까 날…… 돌봐야 한다고 생각해요."

"진짜 그래요?"

"마야는 그렇게 생각해요."

"당신은 어떻게 생각하는데요?"

대답이 즉시 나오지 않는 것 같아 칼레는 놀랐다. 잠시 그의 질문에 대해 생각하는 동안 그녀의 표정은 먼 곳에 있는 사람처럼 보였다. 이윽고 플로라가 말했다. "왜 마야가 그렇게 느끼는지 이해할 수 있어요."

칼레가 더 질문할 새도 없이 플로라는 침대에서 일어나더니 말했다. "가요. 아침 먹으러."

칼레는 벌거벗은 제 몸을 손으로 가리켜 보였다. "나야 괜찮은데, 마야가 어떻게 생각할지……"

플로라가 나가서 두 사람의 옷을 가져왔다. 옷을 입고 침실을 나갈 준비가 되자 칼레는 플로라의 어깨에 손을 얹고 그녀를 돌려세워 얼굴을 마주보았다.

"그냥 이런 말을 하고 싶어요…… 당신은 정말 멋진 것 같아요."

플로라가 칼레의 얼굴을 쳐다보자, 그의 가슴속에 어떤 주머니 같은 것이 자라났다. 그리고 그 속에 가볍고 예쁜 것들이 점점 차올랐다. 그녀의 표정은 솔직했고, 그는 계시를 받은 것처럼 명확하게 알 수 있었다. 나는 절대로 이 여자에게 상처 주지 않을 거야.

빵, 치즈, 버터와 우유가 식탁에 차려져 있었다. 마야는 신문을 펼쳐놓고 앉아 있었다. 두 사람이 나타나자 그녀는 신문을 큰 소리로 읽기 시작했다.

"부활자들은 여전히 우리가 그들의 비밀을 풀어주기를 기다리고 있다. 삼 년이 지나고도 화학적 생물학적 분석이 제대로 된 결과를 내지 못하는 상황에서 우리는 이제 혹시 다음 단계를 밟아야 하는 게 아닌지 스스로 질문해야 한다.

극소량의 생체 증거를 병리학적으로 철저히 조사한다면 가장 큰 의문을 풀 수 있을 것이다. 세포 수준에서 보자면 미토콘드리아 안에서 돌연변이 ATP가 만들어졌고……"

마야는 기사가 같은 내용을 반복하고 있다고 말하는 것처럼 손을 빙글빙글 돌려 보였다.

"……소포 내 교환은 이에 부합하고…… 어쩌고저쩌고…… 국제

연구재단은 스웨덴의 무능력에 놀라고 있으며—이 얘기는 전에도 들었지—매년 수천 명의 스웨덴 국민이 불필요하게 죽어가고 있으며…… 절망한 가족들은…… 이거 좀 들어봐!"

마야는 기사의 마지막 부분을 손으로 짚으며 계속 읽어나갔다.

"살아 있는 표본에 대한 조사를 허가하는 내용이 담긴 법률안이 토론을 위해 책으로 나왔다. 하지만 입법위원회는 딜레마에 빠지고 말았다. 이런 식의 연구를 허가하기 위해서는 결과물이 있어야 하기 때문이다. 그런 결과는 오직 앞서 언급한 연구를 허가해야만 얻을 수 있다.

유일한 해결책은 임시로 허가해주는 것이다. 그렇게 얻은 결과를 근간으로 제대로 된 법률을 만들 수 있다. 우리는 이런 기회가 또 한번 손가락 사이로 빠져나가도록 두어서는 안 된다."

칼레와 플로라는 마야 맞은편에 앉아 있었다. 플로라는 빵 두 조각을 토스터에 넣었다.

"말도 안 돼." 플로라가 말했다. "임시로 허가한다고? 그런 일은 있을 수 없어." 그녀는 신문을 가리켰다. "그 여자야?"

마야는 고개를 끄덕였다.

"누구 말하는 거예요?" 칼레가 물었다.

플로라는 입을 꾹 다물었다가 말했다. "레베카 릴리에발이라고, 교수인데—"

"알아요. 우리 누나예요."

플로라는 칼레가 방금 코를 후벼서 코딱지를 먹으면 투명인간이 될 수 있다고 말하기라도 한 것처럼 반응했다. 그녀는 불신과 혐오감이 섞인 눈길로 그를 바라보다가 마침내 말했다. "그럼 스투레 릴리에발이…… 당신 아버지?"

"그래요."

식탁에 모여 앉은 모두가 아무 소리도 내지 않았다. 몇 초 뒤 토스터에서 빵이 튀어나오며 침묵을 깨뜨렸다. 마야는 칼레와 플로라에게 쾌활하게 말하며 빵을 건네주었다. "이런 세상에. 어쨌거나 두 사람은 할 이야기가 많겠네!"

플로라는 신문을 집더니 칼레 눈앞에 들어 보였다. "이 일과 조금이라도 관련이 있어요?"

"모르겠어요."

"어떻게 모를 수가 있어요?"

"몰라요. 그냥 물건을 좀 옮겼어요."

"무슨 물건요?"

칼레는 한숨을 내쉬었다. 자신이 뭘 하든 가족들이 쫓아와 타박하는 것 같아서였다. 그는 빵의 탄 부분을 긁어내고 말했다. "말하면 안 돼요."

플로라의 눈길이 마치 실제 불꽃처럼 그의 뺨을 태우는 느낌이었다. 그러더니 일어서서 "빌어먹을" 하고는 침실로 들어가 문을 쾅 닫았다. 칼레는 더는 먹을 생각이 들지 않는 빵조각을 내려다보며 마야의 목소리를 들었다. "플로라가 아직 말하지 않았군요, 그렇죠?"

"네."

"플로라는 헤덴의 일과 아주 깊은 관련이 있다고 할 수 있어요. 그리고 이제 당신도 그런 것 같고요. 하지만 서로 적인 셈이죠."

"난 전혀 관련 없어요. 그저 물건을 좀 옮겨주고, 그래서 속이 안 좋아진 것뿐이에요."

"당신 누나와 아버지는 문제의 중심에 있어요."

"그래요. 하지만 그 둘이 타잔과 제인이라 해도 마찬가지예요. 나랑은 아무 상관 없다고요."

칼레는 기사 옆에 실린 누나의 사진을 보았고, 자기 인생을 좀먹는 그 날카로운 얼굴이 증오스러웠다. 갑자기 마야가 말했다. "비밀 유지 따위는 그만둬요. 당신은 뭔가 진짜로, 진짜로 나쁜 걸 보호하고 있는 거라고요."

칼레는 고개를 끄덕이고 일어서서 플로라의 방으로 향했다. 뒤에서 갑자기 웃음이 터졌다. 그는 돌아섰다.

"뭐가 우스워요?"

"아무것도 아니에요. 그냥…… 두 사람이 마치 로미오와 줄리엣 같네요. 난 유모고."

플로라에게 헤덴에서 자신이 한 일이 얼마나 사소한지 설득하는 데 한참이 걸렸다. 괴로워하는 그녀의 모습에 자기 마음이 아프다는 사실로 설득이 더 쉬워지지는 않았다. 아버지와 누나가 하는 일이 뭔지 모르지만, 어쨌든 자신 또한 책임이 있다고 해봐도 마찬가지였다. 하지만 결국 플로라는 그의 이마에, 뺨에, 입술에 입맞추고 말했다. "미안해요. 난 그냥…… 이건 내게 중요한 일이에요. 내 삶에서 거의…… 유일하게 남은 중요한 일이에요."

그녀가 칼레도 중요하다고, 아니, 그럴 수도 있다고 아주 작은 정정의 말을 해주길 기다렸다. 전혀 없었다. 그는 그저 플로라가 거의라는 말을 사용했다는 사실에 매달릴 수밖에 없었고, 그 말이 남긴 여지가 자신을 위한 것이기를 바랐다.

두 사람이 부엌으로 돌아가보니 마야는 다시 기사를 읽고 있었다. 그녀가 고개를 들어 두 사람을 보고 상황을 파악했다. "화해한 거야?"

두 사람은 고개를 끄덕였다.

"좋아. 난 지금 이 '철저한 병리학적 조사'가 뭔지 궁금해하던 참이야. 무슨 뜻인지 말이지."

플로라와 마야가 칼레를 바라보았다. 그는 어깨를 으쓱했다.

"전혀 모르겠는데요."

*

연구실, 4.11.

장, 폐, 신장 일부 절제. 반응 없음. 뇌기능 변화 없음

연구실, 4.12.

대퇴경부 하단 절제. 상완골 상부 제거. 반응 없음. 뇌기능 변화 없음

연구실, 5.2.

숨뇌 절단 경우 전신마비

*

『오르드프론트 마가진』 2004년 4월호에서

……권력을 가졌으나 장막 뒤에 숨어 있기를 원하는 세력 중에서도 소위 '협회'라는 조직은 특별히 강력한 위치를 차지하고 있다. 이들은 느슨하게 연결된 이익집단들의 조직으로, 의회와 정부에 상당한 영향력을 행사한다.

협회는 원래 '벤담의 친구들'로 알려져 있었다. 1908년 제러미 벤담의 사상에 중심을 둔 토론 모임으로 출발했는데, 벤담은 공리주의의 아버지로 일컬어진다. 아마도 가장 널리 알려진 그의 후계자는 피터 싱어일 것이다.

벤담의 친구들은 웁살라대학 인종생물학연구소와 끈끈한 관계를 맺어왔다. 전쟁이 끝난 뒤에 이 모임은 사라졌다—서류상으로는. 현재 이 모임은 이름도 본부도 알려진 회원도 없다. 하지만 여전히 영향력을 발휘하고 있다.

공리주의는 실용적 논리에서 종교를 제외하려는 시도로 일컬어져 왔다. 의사 결정시 윤리적 또는 도덕적 내용보다 실제 효과를 고려함으로써 사회가 장기적 관점에서 좀더 현명한 결정을 내릴 수 있다고 주장한다.

많은 사람에게 공리주의는 일종의 중요한 시금석 역할을 한다. 공리주의의 감상적이지 않은 논리를 기준으로 생각과 신념을 평가하는 게 유익할 수는 있다. 그러나 공리주의가 사회 이념의 근간으로 기능할 수 있다고 진지하게 믿는 사람은 거의 없다. 표준적인 윤리에 직접적으로 반하는 경우가 너무 자주 발생하기 때문이다.

하지만 '협회'는 그럴 수 있다고 믿는다.

*

사랑. 그것은 모든 걸 바꾼다.

칼레의 행동과 생활에 방향성이 생겼다. 트로피코스를 공연장으로 데려가는 일은 끝나고 나서 플로라가 기다리는 집으로 돌아가기 위한 전 단계가 되었다. 펑크페이스의 새로운 비트를 만들면 플로라에게 들려줄 수 있었다. 냉장고에서 오래된 생크림을 찾아내면 유통기한이 플로라를 만나기 전인지 후인지 확인했다. 만나기 전까지면 버리면 되었다.

큰 일, 작은 일. 칼레는 어쩌면 사랑이란 바로 그런 것일지도 모른다고 생각했다. 하나하나가 다른 사람과 연결되는 것. 혼자서는 눈을 보고 귀로 들으며 기록하기만 한다. 측정기 같은 셈이다. 아무 의미가 없다. 반면 사랑에 빠지는 건 다른 사람을 알고 관계를 맺는 일이다. 다른 사람이 존재한다. 그리고 삶이 확장되며 의미 비슷한 뭔가를 얻게 된다. 칼레는 그렇게 생각했다.

함께 지내기 시작한 지 일주일쯤 되었을 때 플로라는 그를 테뷔에 사는 할머니 엘뷔에게 데려갔다. 할머니도 같은 능력이 있다고 했는데, 그녀 역시 플로라와 같은 면만 본 것 같아 칼레는 안심했다. 엘뷔는 칼레를 마음에 들어했다.

셋이 부엌에 앉아 커피를 마시는데 같은 화제가 또 등장했다. 엘뷔가 칼레에게 무슨 일을 하느냐고 물었고, 그는 트로피코스 얘기를 했다. 그런데 중간에 플로라가 끼어들어서 그가 헤덴에 드나든다고 말했다. 엘뷔는 아무 말도 하지 않고 칼레의 눈을 바라보았다.

"자네, 거기서 일하나?"

칼레는 한숨을 내쉬었다. 또 시작이었다. "그냥 밴으로 몇 가지 물건을 옮겼습니다. 그게 전부예요."

"어떤 물건?"

칼레는 숨겨봐야 전혀 소용없다는 걸 깨달았다. "병원 물품이에요. 그 사람들 꼭…… 병원같이 꾸며놨더라고요."

엘뷔는 날카로운 눈으로 플로라를 바라보았고, 그녀는 고개를 흔들었다. "나도 몰라요. 뭔가 진행되고 있는데, 뭔가…… 끔찍한 일이, 그게 뭔지는 모르겠어요."

칼레는 처음 듣는 소리였다. "그걸 어떻게 알아?"

"나도 가봤으니까. 바깥이었지만. 느낌으로 알 수 있어."

"아직도 그곳에 가?"

플로라는 이해할 수 없다는 표정을 지으며 그를 바라보았다. "응. 왜 안 가겠어?"

칼레는 대꾸할 말이 없었다. 깊이 생각해보지도 않은 채, 그는 그날 밤 플로라를 밴에 태웠을 때 외로움과 집착에서 구해낸 거라고 생각해왔다. 사귀고 난 뒤로 플로라는 헤덴을 별로 언급하지 않았다. 하지만 그건 자신에 대한 배려였는지도 모른다는 걸 이제야 깨달았다. 그는 엘뷔가 팔에 손을 얹는 바람에 현실로 돌아왔다.

"그곳 내부는 어때 보이던가?" 엘뷔가 물었다.

"글쎄요, 그곳은…… 비어 있어요. 버려진 곳처럼요."

"아니, 경비가 어떤지 묻는 거야. 얼마나 삼엄하지?"

"거의 모든 구역에 경비원이 있습니다. 기관단총을 든 경비원이 많아요."

엘뷔는 고개를 끄덕이더니 잠시 생각했다. 그러고는 심각한 표정으로 칼레를 바라보았다. "만일 내부로 들어가고 싶다면 자네는 어떻게 하겠나?"

칼레는 웃었다. "글쎄요, 아마 그냥 밴을 몰고 들어가겠죠."

"날 데리고 들어갈 수 있을까?"

칼레는 웃으면서 플로라를 바라보았다. 놀랍게도 플로라는 웃지 않고 그저 그가 질문에 대답하기를 기다리며 바라보고 있었다. 드레드록 머리를 검지로 배배 꼬는 사이 칼레의 뱃속에서 불쾌한 느낌이 점차 커져갔다.

"그럴 수야…… 있지만, 왜요?"

"플로라가 말하지 않던가?"

"이것저것 좀 듣기는 했습니다."

플로라는 고개 숙여 식탁을 보며 조용히 말했다. "사실은, 이 사람을 그 일에 끌어들이고 싶지 않았어요."

엘뷔는 팔짱을 끼고 신문하듯 엄한 눈길로 두 사람을 바라보더니 말했다. "그렇다면 다시 생각해보는 게 좋겠다. 이게 우리의 유일한 기회일 수도 있어."

플로라는 고개를 끄덕였다. "알아요."

칼레는 두 사람을 번갈아 바라보았다. "잠시만요, 기회라는 게—

혹시 절 두고 하시는 말인가요?"

두 사람의 침묵이 충분한 대답이 되었다.

그날 오후 많은 설명을 들었다. 플로라와 함께 저녁에 아파트로 돌아왔을 때 칼레는 머릿속이 복잡했다. 둘은 마리오 카트 게임을 몇 판 했고, 그러는 동안은 별로 말하거나 생각할 기회가 없었다. 칼레는 게임큐브를 사서 혼자 연습하기도 했지만 여전히 플로라에게는 상대가 되지 못했다. 가끔 한두 코스에서 이기기는 해도 전체 경기에서는 한 번도 이기지 못했다.

칼레가 레인보 로드의 골짜기에 막 3등으로 들어섰을 때 전화가 울렸다. 칼레는 게임을 잠시 멈추고 발신자 표시를 확인했다. 아버지였다. 플로라를 한 번 보고 심호흡을 한 다음 전화를 받았다.

옮길 물건이 있다고 했다. 이번에는 단지에 가서 물건을 가지고 나와야 했다. 오늘밤 열시였다. 플로라는 통화하는 칼레에게서 눈을 떼지 못했고, 그는 뱃속의 불쾌한 느낌이 한 단계 더 강해지는 기분이었다. 전화를 끊고 칼레는 잠시 텔레비전 화면을 멍하니 보고 있었다. 자신이 조종하는 차량이 트랙 위에 막 떨어진 채 멈춰 있었다. 플로라에게 고개를 돌리고 한마디 한마디 조심스럽게 말했다.

"물어봐야 할 게 있어. 내가…… 기회라서 나랑 사귀는 거야?"

"그렇게 생각해?"

"솔직히 말하면 어떻게 생각해야 할지 모르겠어."

플로라는 컨트롤러를 내려놓고 고개를 흔들었다.

"아니. 하지만 당신이 기회인 것은 맞아. 기회이긴 하지. 그리고 난…… 기회를 이용해야 해. 딱하게도."

마침내 칼레는 그날 오후 엘뷔를 만난 뒤 내내 머릿속에 맴돌던 질문을 할 기회를 잡았다. "왜?"

플로라는 한참 동안 아무 말이 없었고, 그는 이대로 대답을 듣지 못할 거라고 생각했다. 하지만 결국 그녀는 말했다. "왜냐하면 아무도 그런 일을 하지 않을 테니까. 다른 누구도 해낼 수 없어. 난 끔찍한 책임을 지고 살아왔어. 원하지는 않았지만. 그렇다고 그냥 달아나버릴 수는 없어. 그렇게 하면…… 잘못하는 셈이지." 그녀는 칼레를 바라보았다. "자기 누나가 쓰는 말을 빌리자면, 나는 세계의 불행에 기여하게 될 거야. 아무 일도 하지 않음으로써 말이야."

칼레는 고개를 끄덕여 그녀의 말을 받아들였다. 그리고 게임 속 차량을 트랙에 내려놓았다. 플로라는 그가 마지막 경주를 시작하기도 전에 이미 결승선에 도착해 있었다.

여덟시 삼십분 둘은 헤덴에서 보이지 않을 만한 곳에 밴을 세우고 울타리까지 몇백 미터를 걸어 출입구 반대편으로 다가갔다. 그곳에 앉아 연습을 시작했다. 칼레가 자기 생각을 숨길 수 없는 한 플로라를 밴에 몰래 태우고 들어갈 수 없을 터였다. 울타리 바깥에서는 내부만큼 힘이 강력하게 미치지 않았다. 하지만 플로라가 경비원들보다 마음을 읽는 능력이 더 강하니 비슷한 환경이라 할 수 있었다.

두 사람은 책상다리를 하고 마주앉았다. 칼레는 양손을 펼쳐 보였다.

"이제 뭘 해야 하지?

"북극곰 생각하지 마." 플로라가 말했다.

"북극곰?"

"그래. 북극곰 생각하지 말라고."

칼레는 북극곰을 생각하지 않으려고 애썼다. 가장 먼저 칠판을 생각했다. 분필 조각이 나타나 북극곰 모양을 그리기 시작했다. 칠판을 지우고 야자수가 있는 해변을 떠올렸다. 트로피코스의 전용 버스에 그려진 풍경이었다. 그곳에는 북극곰이 존재할 수 없었다. 열대 하늘을 가로질러 떠가던 구름 한 조각이 북극곰 모양으로 뭉치기 시작했다. 칼레는 머리를 흔들고 플로라에게 물었다. "자기가 이러는 거야?"

"난 아무 짓도 안 했어."

"여기 있다는 사실에 무슨 영향을 받는 건가?"

"아니, 그냥 그런 거야. 만일 누군가에게 뭘 생각하지 말라고 하면 그 생각을 하지 않을 수 없지. 북극곰은 자기가 잊어버릴 때까지 사라지지 않을 거야."

"내가 뭘 생각하고 있는지 보여?"

"응. 분필. 구름."

"좋아. 다시 해볼까?"

"음. 기린 생각하지 마."

칼레는 초원의 기린을 생각했다. 키 큰 나무에 달린 이파리를 야금야금 먹고 있었다. 플로라가 웃음을 터뜨렸다.

"이런, 이러면—"

칼레는 한 손을 들어 보였다. "기다려."

칼레는 그 그림 위에서 드럼을 치기 시작했다. 적절히 어울리는 아프리카 리듬을 기린 그림 위에 덮었다. 기린의 다리들이 마치 음악에 맞춰 춤추듯 움직였다. 그런 다음 칼레는 리듬을 만드는 드럼 스틱을 잡고 그림 자체를 두드리기 시작했다. 그림이 조각나고 녹아내려 색색깔로 분리될 때까지 두드리고 또 두드렸다. 플로라는 그를 빤히 보면서 기린을 찾았다. 하지만 그의 머릿속에는 리듬밖에 남지 않았다.

그녀는 고개를 끄덕였다. "뭔가 말해봐."

"어떤 거?"

"내게 뭔가 말해보라고. 기린 말고."

칼레는 리듬의 아래와 뒤쪽에서 할말과 문맥을 찾기 시작했지만 플로라가 기린이라는 단어를 말한 순간 기린의 몸을 덮은 오렌지색과 검은색 얼룩 모양이 머릿속에 나타나기 시작했다. 기린 몸의 윤곽이 보였다. 더 크게 드럼을 두드리는 동시에 말했다. "나는 플로라라는 여자를 만났어요. 그녀는 이상한 취미가 있습니다. 지금 나는 울타리 옆에 앉아 어떤 두뇌 훈련을 하고 있어요. 기린을 생각하지 않으면서 기린이라는 단어를 말하고, 그녀가 지금 짓고 있는 표정이 정말 마음에 들어요. 그녀는 존재하지 않는 기린을 찾으려 노력하고 있죠."

진짜였다. 그는 기린이라는 단어를 말했지만, 기린의 모습이나 생각이 머릿속에 떠오르지는 않았다. 칼레는 긴장을 풀고 웃었다.

"괜찮지?"

플로라는 고개를 끄덕이고 손바닥을 들어올려 흔들었다. 그럭저럭.

"뭐? 기린 안 떠올렸잖아."

"그랬지." 플로라가 말했다. "하지만 자기는 말을 하지 않았어. 노래는 했지."

"내가?"

"음. 듣기에 나쁘지는 않았지만, 당신이 갑자기 랩하듯이 말하면 경비원들은 이상하다고 생각할 수도 있어."

두 사람은 연습을 계속했다. 삼십 분이 지나자 칼레는 머릿속 리듬과 자신이 하는 말을 분리하는 법에 익숙해졌고, 플로라는 생각하면 안 되는 것이 칼레의 머릿속에 떠오르지 않는다는 걸 확인했다. 그들은 밴으로 돌아갔다. 열시 십오 분 전이었다.

"좋아." 칼레가 말했다. "이제 어쩔 계획이야?"

"계획은 없어."

"비밀 유지를 위해 말 안 하는 거야? 아니면……"

"진짜 계획이 없어서 그래. 난 뒤에 숨을게."

플로라는 칼레에게 키스하고는 뒷자리로 시트를 넘어가서 천을 뒤집어쓰고 몸을 숨겼다.

"그거 알아?" 칼레는 시동을 걸면서 말했다. "자기 지금 트로피코스의 무대 가림막 아래 누워 있는 거?"

"영광이네." 플로라가 천 아래에서 대답했다.

칼레는 출입구로 향했다. 다행히 지난번 만났던 경비원이 근무

중이었다. 그는 열린 창문 너머로 칼레의 신분증을 흘끗 보고는 들여보내주었다. 이번에는 길을 찾기가 더 어려웠다. 머릿속을 카펫처럼 덮은 드럼 소리를 뚫고 다른 생각을 하기가 쉽지 않았기 때문이다. 하지만 곧 지나다녔던 길을 알아보았고, 몇 분 뒤 지하실 앞에 차를 세울 수 있었다.

전에 본 것과 같은 종류의 금속 상자 여섯 개가 밖에 놓여 있었다. 칼레는 밴 뒤쪽으로 돌아가 문을 열었다. 플로라는 천 아래서 빼꼼히 밖을 내다보았다. 칼레는 그녀를 봤지만 생각은 하지 않았다.

문을 두드렸지만 아무 반응이 없었다. 칼레는 주위를 둘러보고 문을 열었다. 실내 모습이 바뀌어 있었다. 천장에 쇠사슬로 매단 형광등 두 개가 지난번 칼레가 실어온 침대들을 비추고 있었다. 침대 밑 시멘트 바닥은 색이 바래 있었다.

뭔가…… 구역질나는……이건…… 고통

머릿속에 단어가 아니라 인식이 떠오르더니, 흩어지기 시작해 균형을 잃은 드럼 리듬을 뚫고 나왔고

끈적거려

마치 드럼을 찰흙, 진흙 속에 놓고 치는 것 같은 소리가 나고, 비트에 맞춰 매번 질벅거리는 소리가 났으며, 머릿속에서 들리는 비명을 리듬과 결합하려 애쓰는 동안 이마에 땀방울이 맺히면서

플로라

그는 주위를 둘러보았다. 플로라가 밴에서 내리는 중이었다. 칼레는 그녀에게 그대로 있으라고 손을 들어 보였다. 그녀는 밴 옆에 가만히 멈춰 섰고, 칼레가 실내로 다시 눈을 돌리는 순간 벽의 문

중 하나가 열렸다.

지난번 만났을 때 체크무늬 셔츠를 입었던 남자는 오늘은 하얀 가운 차림이었다. 그는 칼레를 보고 놀랐지만 한동안 칼레의 눈을 바라보더니 입가에 살짝 미소를 지었다.

"안녕하세요."

칼레는 순간적으로 플로라를 떠올릴 뻔했다. 하지만 이내 잡음이 머릿속으로 쏟아져들어오며 모든 생각을 지워버렸다. 남자도 그 소리를 들었는지 손을 관자놀이에 대고 주위를 두리번거리며 뭔가를 찾았다. 칼레는 남자가 왜 그러는지 알아차렸지만, 생각은 하지 않으면서 잡음 사이로 최대한 차분하게 말을 걸었다. "상자들 실으러 왔습니다. 카롤린스카로 가는 거 맞죠?"

남자는 멍하니 고개를 끄덕였다. 칼레는 되돌아 나와 문을 닫았다. 플로라는 밴 옆에 보이지 않았다.

상자들은 무거웠다. 개당 80킬로그램은 되는 것 같고, 지난번 옮긴 상자들과는 조금 달랐다. 그냥 잠가둔 것이 아니라 용접으로 밀봉한 상태였다. 양쪽에 달린 손잡이를 제외하면 홈이나 튀어나온 곳도 없었다.

칼레는 상자들을 최대한 빨리 밴에 실었다. 다행히 그것들이 추가로 플로라를 감춰주었다. 건물 문을 닫자 쏟아져들어오던 소리가 약해졌고, 그는 상자를 옮기면서도 계속 드럼을 두드렸다. 마지막 상자를 옮기려고 다가간 순간 건물 문이 열리고 남자가 다시 나왔다. 하얀 가운을 벗고 지난번에 본 것과 색깔만 다른 체크무늬 셔츠를 입고 있었다. 그가 밴을 바라보았다. 칼레는 남자를 못 본

척하고 마지막 상자를 들어올렸다.

칼레가 밴의 문을 닫자 남자가 말했다. "무거워요?"

"그렇네요." 칼레는 이마의 땀을 닦으며 말했다.

남자가 고개를 끄덕였다. "미안하네요. 내가 좀 바빠서."

"괜찮아요."

남자는 여전히 밴을 바라보고 있었고, 칼레는 혹시라도 의심받을 만한 생각이 머릿속에 떠오르지 않도록 갖은 노력을 해야 했다. 자신의 노력이 효과가 있는지는 알 도리가 없었다. 남자가 밴을 가리켰다.

"도요타 밴이네요?"

"네."

"좋은 차죠. 끝내줘요."

남자가 칼레의 눈을 바라보았고, 칼레는 자신이 남자의 검문을 견뎌냈다는 걸 알았다. 남자는 어깨를 으쓱하더니 "또 봅시다" 하고는 안으로 들어가버렸다.

칼레는 땀을 비 오듯 흘리며 밴의 시동을 걸었다. 조심스럽게 단지 내부를 지나 출입구를 통과한 뒤 처음 플로라를 만났던 곳까지 이동했다. 그리고 시동을 끄고 운전대를 놓은 뒤 있는 힘껏 소리를 질렀다.

플로라가 양팔로 그를 껴안았다.

"왜 그래?" 그녀가 물었다.

"미치겠어. 저 안에 들어가면 완전히 머리가 도는 것 같아."

"자기 정말 잘했어."

칼레는 몇 번 심호흡을 했다. 그러고는 물었다. "그 뭔가가 밀려오는 것 같던 소리, 그거 자기였어?"

"그래."

"그럴 줄 알았어."

두 사람은 침묵에 빠져들었다. 칼레는 마치 치과에 다녀온 사람처럼 머릿속이 완전히 소진된 느낌이었다. 마음을 비우려 애쓰는 사이 모든 에너지가 빨려나간 것 같았다. 그는 고개를 돌려 상자들을 바라보았다.

"저 안에 뭐가 있는 것 같아?"

"모르겠어."

"뭐 느껴지는 건 없어?"

"없어."

칼레는 손을 뻗어 상자 하나를 만져보았다. 뚜껑을 용접한 부분이 고르지 않고 울퉁불퉁했다. 그는 고개를 젓고 플로라를 바라보았다. 정신이 딴 데 가 있는 것처럼 표정이 멍했다.

"자기 괜찮아?"

"저기 안은……" 플로라가 말했다. "저기 안은 끔찍해. 고통스러워. 바깥보다 훨씬. 우리가 갔던 곳. 그 건물에서 나오는 거야. 이 고통은."

"그래."

"자기가 전에 들어갔을 때도 같았어?"

"아니. 좀 새로운 느낌이야."

두 사람은 잠시 아무 말도 하지 않고 앉아 있었다. 칼레는 등뒤에 있는 상자들이 짐처럼, 위협처럼 느껴졌다. 그는 몸을 돌려 가장 가까운 상자를 두드렸다. 손가락 관절에 둔탁한 반응을 돌려주는, 그저 두꺼운 금속이었다. 안에 뭐가 들었을지 전혀 감이 오지 않았다. 칼레의 손목시계는 열한시를 가리키기 직전이었다.

"움직이는 게 좋겠어." 그가 플로라에게 말했다. "안 가면 이상하게 생각할 거야."

이십 분 뒤 두 사람은 카롤린스카의 하역장에 도착했다. 칼레가 차에서 내리려 문을 열자 플로라가 팔을 잡으며 말했다. "벨 누르지 마. 그냥 두고 가자. 그리고 하나를 챙기는 거야."

"챙기다니 무슨 말이야?"

"다섯 개만 두고 가자고. 하나는 우리가 가져가고. 내가 도와줄까?"

칼레는 고개를 흔들었다. "아니, 그랬다가는…… 도대체 저놈들이 어떻게 생각하겠어?"

"글쎄, 자기가 하나를 안 싣고 왔을 수도 있잖아."

"아, 그래. 과연 그 말을 믿을까?"

"더 좋은 생각이 있어?"

더 좋은 생각은 많았지만, 어떤 아이디어로도 상자의 내용물이 뭔지를 밝혀낼 수 있을 것 같지는 않았다. 그래서 칼레는 말했다. "없어." 그는 밴에서 내려 최대한 조용히 조심스럽게 상자를 옮겼다. 다행히 이번에는 아무도 점검하러 나와보지 않았다.

다행이지. 정말. 운이 좋은 거야. 복권 당첨된 것처럼. 도대체 내가 무슨 빌어먹을 사건에 엮인 거지?

마지막 상자를 내려놓는데 전화가 울렸다. 깜짝 놀란 칼레는 불필요한 관심을 끌 수 있는 벨소리를 멈추기 위해 밴으로 얼른 뛰어 들어갔다. 문을 닫고 전화기를 확인했다. 롤란드라고 화면에 찍혀 있었다.

롤란드? 도대체 롤란드가 무슨 일로 전화를 했지?

잔뜩 스트레스를 받은 상태인 칼레는 뒷일을 생각하지 않고 밴의 시동을 걸면서 자연스럽게 전화를 받았다. 전화기는 어깨와 귀 사이에 불편하게 끼운 채였다.

"여보세요?"

"칼레." 롤란드가 말했다. "내 친구, 칼레. 우리 아들 같은 친구."

뺨 아래쪽에서 손가락이 밀고 올라왔다. 칼레가 운전을 제대로 할 수 있도록 플로라가 전화기를 잡고 귀에 대주었다. 칼레는 감사의 고갯짓을 하면서 하역장을 빠져나왔다. 롤란드는 취한 것이 분명했다. 그는 술에 취하면 진지해지고 감상적이 된다.

"안녕하세요." 칼레가 말했다.

"칼레, 내 친구. 지금 밴 갖고 있어?"

"네, 지금…… 그래요."

"그거 잘됐군. 아주 멋져."

"아, 그런가요?"

칼레는 E4 고속도로로 향했다. 롤란드와의 대화가 어떻게 흘러갈지 신경쓰였다. 롤란드가 말을 이었다. "있잖아, 내가 좀 상황이 곤란해. 사람들 말마따나 좀 민망한 상황이라고나 할까. 좀 태우러 와줬으면 해."

"롤란드, 지금 당장은…… 조금 애매한데요."

"아주 솔직하군, 친구. 내가 어떤 여자분을 집에 모셔다드렸단 말이야. 자세한 얘기는 하지 않겠지만, 어쨌든 지금 돈 한푼 없이 여기 서 있어. 수중에…… 아무것도 가진 것 없이 쇠데르텔리에의 빌어먹을 교외 어딘가에 있다니까."

"그래도 전화기는 들고 있네요."

"그러게. 그리고 자네한테…… 부탁하려고 전화한 거지. 제발 이리 와서 날 좀 데려가달라고 말이야, 칼레."

칼레는 눈을 가늘게 떴다가 다시 크게 떴다. 안 된다고 할 수 없다. 어쨌거나 그는 롤란드 소유의 밴을 끌고 다니는 중이니까.

"좋아요. 거기가 어디예요?"

"그러게, 그게 문제군."

"정신 차려요, 롤란드."

"자, 살트스코그라는 표지판이 보이네. 젠장, 소금 숲이라는 뜻인가. 내가 있는 곳이 거기야. 그러니까 자네가 와서…… 혹시 소금 숲에서 헤매고 있는 사람을 발견하면 그게 바로 나인 거야. 알겠지, 칼레……"

"지금 가고 있어요. 다시 연락할게요."

칼레는 플로라에게 전화를 끊으라는 신호를 보냈다. 전에도 술 취한 롤란드를 상대한 적이 몇 번 있었다. 지금 전화를 끊지 않으면 롤란드가 쇠데르텔리에에 도착할 때까지 끊임없이 주절거리고도 남으리라는 걸 잘 알았다.

플로라가 전화를 끊고 대시보드에 전화기를 내려놓았다. 칼레는 한숨을 내쉬었다.

"안 갈 수가 없어."

"좋아."

칼레는 상자를 향해 손을 흔들었다. "저건 어쩌지?"

플로라는 어깨를 으쓱했다. "그냥 밴 뒤에 상자 하나가 실려 있는 거지. 뭐 이상해?"

"그다음에는 어쩌고?"

"몰라."

칼레는 이를 부드득 갈면서 운전에 집중했다. 일자리를 잃게 생겼고, 추측건대 불법적인 일에 엮여 상당한 곤란을 겪을 것 같았다. 그 대가가 뭐지?

몰라.

두 사람은 침묵 속에서 한참 달렸다. 쇠데르텔리에가 가까워지자 플로라가 말했다. "나도 자기나 마찬가지로 아는 게 없어. 그냥 옳은 일을 하려고 할 뿐이야."

"알아. 그냥 좀 이상한 기분이 들어서 그래. 밴을 몰고 다니면서 뭘 하려는 건지…… 정말로 우리, 뭘 하려는 거야? 영혼을 구한다? 기분이 진짜 이상해."

플로라는 양손으로 턱을 받치고 차창 밖을 바라보았다. "예수님도 아마 같은 기분이었을 거야. 처음에는."

칼레는 씩 웃고 그녀를 바라보았다. 두 사람은 함께 웃었다.

살트스코그 진입로의 가로등에 기대 있는 롤란드는 정말 불쌍

해 보였다. 휴대전화는 옆에 떨어져 있고 흐느적거리는 양손으로 땅바닥을 짚고 있었다. 재킷은 어디로 갔는지 보이지 않았고, 밴에서 내려서 보니 양쪽 양말도 벗어버린 채였다.

칼레는 그에게 다가가 손을 내밀어 일어날 수 있도록 도왔다. 롤란드는 고개를 들어 칼레를 쳐다봤지만 손을 잡지는 않았다. 그는 힘없이 전화기를 향해 손을 흔들었다. "나 집사람한테 전화 걸었어."

칼레는 전화기를 주워 롤란드의 주머니에 넣어주고 양팔을 겨드랑이로 밀어넣어 일으켜세웠다. 칼레는 롤란드와 얼굴을 맞대고 위대한 진실을 밝히는 말투로 말했다. "지금 가진 걸 붙잡아요. 흔들리지 말고. 단단히 붙잡아요. 여기엔…… 아무것도 없어요."

롤란드는 깊은 한숨을 내쉬더니 바닥을 내려다보았다.

"아내가 날 사랑했대. 그동안 내내. 내가 다른 사람을 만나고 있다고 말하던 날까지 말이야. 그날 모든 게 엉망이 되어버린 거야. 모든 게 무너졌어. 전부. 돌아갈 수가 없어. 그리고 난…… 재미있게 살 수 있을 줄 알았어. 아니었지. 그 대신 결국은……" 롤란드는 손을 흔들어 어둠 속 집들을, 땅바닥을, 탁한 불빛을 가리켰다. "……여기 남게 된 거야."

칼레는 롤란드를 차로 데려갔다. "자, 갑시다."

롤란드가 그의 손길을 뿌리쳤다. "걷는 데는 문제없어. 술 다 깼다고. 그저 빌어먹을 만큼 불행할 뿐이야. 망할 놈의 쇼핑센터에서 연주나 하고. 가짜 선탠을 하고. 가짜 선탠으로 온몸을 덮었다고. 이는 미백해서 하얗지. 젠장할. 다 끝났어. 도대체 지금까지 뭘 하고 산 거야?"

밴에 이르러 문을 연 롤란드는 플로라를 발견했다. 그는 멈춰 서서 몸을 똑바로 폈다. 롤란드가 매력적인 자아를 끌어내기까지 삼 초가 걸렸다. 그는 다시 결의를 불태우기 시작했다. 미소를 띠면서.

"아가씨는 아마도……"

"플로라예요."

"아하, 그 신비로운 여인. 나 같은 놈이 당신 같은 분 옆에 앉아도 될까요?"

플로라는 운전석으로 더 붙어앉아 조수석 문 옆으로 롤란드가 앉을 자리를 마련했다. 롤란드는 취했거나 우울한 기색 전혀 없이 차에 올라탔다. 칼레는 롤란드가 앉아 있던 곳 주변 땅바닥을 훑어보며 혹시 흘리고 가는 건 없는지 확인했다. 이를테면 양말이라든가. 아무것도 보이지 않는 걸 확인하고 밴에 올라타 시동을 걸고 롤란드에게 말했다. "집에 데려다주면 되죠?"

롤란드는 양팔을 벌려 보였다. "어디든 원하는 대로 데려가줘. 난 신경쓰지 마. 난 괜찮아."

몇 분 정도 달리다가 플로라가 불쑥 말했다. "〈You Forever〉 진짜 좋아해요."

롤란드는 과장되게 눈썹을 치켜세우더니 그녀를 바라보았다.

"편견을 가져서 미안하지만, 당신 같은 사람은 우리가 노리는 관객이 아닌 것 같은데."

"라디오에서 몇 번 들었어요. 보통 그런 음악은 질색인데……

괜찮았어요."

롤란드는 고개를 끄덕였다. "고마워요. 그러니까…… 둘이 드라이브 나온 거야?"

"네." 칼레는 전방 도로에서 눈을 떼지 않은 채 말했다. 롤란드는 밴 내부를 둘러보다가 뒤에 실린 상자를 발견했다.

"저건 뭐야?"

칼레는 자신의 멍청함을 저주했다—왜 덮어두지 않았을까? 플로라가 대신 대답했다. "실은 우리도 몰라요." 롤란드는 두 사람을 바라보며 이야기가 이어지기를 기다렸다. 아무도 입을 열지 않자 다시 상자를 보더니 말했다. "내가 아무것도 모르는 사람이었다면 상자에 폭탄이라도 들었다고 생각했을걸. 두 사람이 아주 큰 죄를 지은 것처럼 보이니 말이지."

칼레는 관자놀이를 문지르기만 할 뿐 여전히 아무 말도 하지 않았다. 아무리 머리를 쥐어짜도 밴 뒤쪽에 용접으로 밀봉한 상자를 싣고 돌아다니는 이유를 설명할 수 있는 거짓말을 한 가지도 생각해낼 수 없었다. 대신 롤란드가 갑자기 떠올렸다. "헤덴에서 온 거야?"

칼레는 플로라를 흘깃 보았고 그녀는 거의 알아채지 못할 정도로 어깨를 으쓱해 보였다. 칼레는 살짝 고개를 끄덕였다.

"그리고 가져오면 안 되는 걸 가져온 거지?"

칼레가 말했다. "배달하는 걸 깜빡했어요." 그는 자신의 말이 생각만큼 철저히 멍청했다는 걸 깨달았다.

"안에 뭐가 들었는데?"

칼레는 목소리에 좀더 힘을 주고 말했다. "우리도 몰라요." 그는 롤란드가 다른 화제로 넘어가기를 바랐다. 롤란드는 만족했는지 오케르스베리아로 가는 내내 음악 이야기만 했다. 칼레는 플로라가 삼 년 전까지 메릴린 맨슨의 열성팬이었다가 그의 신곡과 성차별적 영상 때문에 더는 좋아하지 않게 되었다는 사실을 알고 있었다. 부모님이 시골집에서 사슴을 쫓으려고 과일나무에 CD를 매달 때 맨슨의 CD를 내준 적도 있다고 했다. 사슴은 전혀 겁먹지 않았다. 롤란드는 CD를 나무에 매달 것이 아니라 틀어주었더라면 더 효과적이었을 거라고 말했다.

새벽 한시 반 그들은 솔베리아에 있는 롤란드의 집 앞에 도착했다. 칼레는 시동을 껐지만 롤란드는 차에서 내릴 생각을 하지 않았다. 그는 좌석에 앉은 채 입술을 깨물더니 말했다. "차고에 용접기가 있거든. 관심 있는지 모르겠지만."

칼레는 플로라를 바라보았다. 그녀는 머리를 살짝 흔들었는데, 무슨 뜻인지 전혀 알 수 없었다. 분명 거절의 의미는 아니었다. 롤란드는 양손을 들고 손바닥을 보이며 말했다. "난 아무 말도 하지 않을게. 그냥 약간의 설명만 해주면 만족할 거야."

십 분 뒤 롤란드는 자신의 재규어(그는 이 차를 '중년의 위기'라고 불렀다)를 차고 밖으로 꺼내고 용접기와 마스크를 찾아냈다. 세 사람은 차고 바닥 한가운데에 내려놓은 상자를 둘러싸고 섰다. 롤란드는 용접기 노즐 끝으로 상자를 두드리며 물었다. "혹시 폭발성 물질이 든 건 아니겠지?"

"모르죠." 칼레가 말했다. "하지만 그럴 것 같지는 않아요."
"혹시 모르니 두 사람은 밖에 나가 있는 게 좋을 것 같군."
"당신은요?"
"나야 뭐……" 롤란드는 지금 자신의 목숨이 얼마나 보잘것없는지 보여주기라도 하듯 얼굴을 찌푸렸다. "그래도 신문에는 멋진 기사가 나겠지." 그는 라이터를 집어들더니 노즐 끝에 가져다댄 채 출력 조절 손잡이를 돌렸다. 아무 반응이 없었다.
"이거 어떻게 시작하는 거야?"
칼레는 그제야 모든 물건이 새것이고 한 번도 사용한 흔적이 없다는 걸 알아챘다. 용접 마스크에 긁힌 자국 하나 보이지 않았다. 롤란드는 수줍은 듯 웃었다.
"공구점 빌테마에서 싸게 팔더라고. 쓸모가 있을지 몰라서 사뒀지."
플로라가 가스탱크로 다가가 밸브를 열었다. 다이얼 바늘이 홱 움직였고, 뭔가 쉭 하고 뿜어져나오는 소리가 들렸다. 롤란드는 고개를 끄덕이더니 다시 라이터를 노즐 끝에 가져다댔다. 불꽃이 튀더니 쉭 소리가 더욱 날카롭고 위협적으로 바뀌고, 롤란드가 출력 손잡이를 조절하자 불꽃은 푸른색으로 변했다. 칼레는 불꽃이 내는 소음 속에서도 들리도록 목소리를 높였다.
"롤란드, 당신 진짜—"
"백 퍼센트 괜찮아. 서서히 사라지기보다는 확 불타버리는 게 낫잖아. 애들은 나가 있으라고."
롤란드는 마스크를 내려 얼굴을 가리고 상자에 다가섰다. 칼레와 플로라는 위로 여는 차고문 옆에 있는 출입문을 통해 밖으로 나와 문을 닫았다. 플로라는 칼레를 집 쪽으로 이끌었다. 차고 안에서 뭐라고 투덜대는 소리가 들렸고, 칼레가 보니 차고문 아래로 푸른 불빛이 번쩍거렸다.

플로라는 아래쪽 계단에 앉았고, 칼레도 그녀 옆에 털썩 주저앉았다. 그는 천천히 고개를 흔들었다. "도대체 우리 뭘 하는 거지?"

"저 사람이 하고 싶다고 했잖아." 플로라가 말했다.

"그래, 하지만—"

"하고 싶어했다니까. 스스로 즐기고 있다고. 이건…… 멋진 일이야. 저 사람이 정확히 원하는 것이 이런 일이라고."

"그렇게 생각해?"

"그렇게 알고 있어."

차고가 폭발하지 않은 채 오 분이 지나자 두 사람은 안으로 들어갔다. 그들은 용접기 끝을 꽉 움켜쥔 채 상자 위로 허리를 숙인 롤란드 주위에서 날리는 불꽃으로부터 눈을 보호하기 위해 힘을 주어 실눈을 떴다. 차고에서는 바짝 마른 전자제품 냄새가 풍겼고 아까보다 온도가 몇 도 올라간 것 같았다.

롤란드가 허리를 펴더니 마스크를 올리고 길게 숨을 내쉬었다. 그리고 두 사람을 보며 얼굴에 흐르는 땀을 닦아냈다.

플로라 말이 맞네. 칼레는 생각했다. 롤란드는 아이처럼 행복해 보였다.

"왔군." 그가 말했다. "이거 아주 화끈한 작업이야."

두 사람은 상자 가까이 다가갔다. 롤란드는 상자 뚜껑을 따라

삐뚤빼뚤하게 금속을 자르는 중이었다. 1센티미터 정도 되는 틈새가 보였다. 안에 뭐가 들었는지 아직은 알아볼 수 없지만, 폭발성 물질이 아닌 건 확실했다. 하지만 뭔가 불쾌한 냄새가 났다. 잠깐 용접기의 불을 끄자 셋 다 상자에서 새어나오는 악취를 알아챌 수 있었다. 롤란드는 절단된 틈새에 마스크가 닿을 때까지 몸을 앞으로 기울이더니 손으로 입을 막고 얼른 뒤로 물러났다.

"이런 빌어먹을." 롤란드가 입을 막은 손가락 사이로 말했다. "진짜 냄새 고약하네. 도대체 뭐야? 혹시…… 이거……" 롤란드는 상자를 바라보고는 혀로 입술을 핥았다. "혹시 그거면 경찰이 열어봐야 할 것 같은데."

"열 수 있겠어요?" 플로라가 물었다.

"열 수야 있을 것 같은데……" 롤란드는 코를 찡그리더니 손으로 입을 더 단단히 틀어막았다. "빌어먹을, 너무 지독한데."

"경찰이라고 어떻게 할 수 있을 것 같지는 않아요." 플로라가 말했다. "내 생각엔 이거…… 허가를 받았을 거예요." 그녀는 확인을 구하듯 칼레를 바라보았다. 칼레는 고개를 끄덕이고 롤란드에게 다가갔다. "내가 마무리할게요."

롤란드는 칼레가 손대지 못하도록 용접기를 옆으로 치웠다.

"아니, 아니야. 난 그냥…… 이거 냄새 한번 지독하네."

아무도 덧붙일 말이 없었다. 롤란드는 숨을 깊이 들이마신 다음 마스크를 쓰고 작업을 이어갔다. 칼레와 플로라는 불빛을 맨눈으로 보지 않기 위해 바닥에 시선을 고정하고 있었다. 플로라가 칼레의 손을 슬쩍 잡자 그는 그 손을 꼭 쥐며 스스로도 느껴지지 않는 자신감을 헛되이 전하려고 애썼다.

상자를 열었는데 시체가 들어 있으면 어떡하지?

대답은 저녁 내내 이어졌던 대화의 결론과 같을 터였다.

몰라.

롤란드는 상자의 사면을 마저 길게 절단한 다음 용접기를 끄고 마스크를 벗었다. 이제 강제로 금속 뚜껑을 열 수 있었다. 탄내가 사라지자 다른 냄새가 차고 안을 채웠다. 썩은 냄새였다. 죽음의 냄새. 롤란드도 더는 즐기는 것처럼 보이지 않았다. 그는 몸을 똑바로 펴고 웃으려고 애쓰며 말했다. "다 됐군. 질문 하나만 할게. 지금 토할까? 아니면 조금 이따 토할까?"

'토한다'는 말을 듣자마자 칼레는 마치 목구멍 아래에서 손가락이 위를 향해 쑤시는 듯한 느낌을 받았다. 플로라는 입을 꽉 다물었다. 칼레와 롤란드처럼 속이 뒤집히지는 않는 모양이었지만 슬픈 결단을 내린 듯한 표정이 눈빛에 어렸다. 그녀는 롤란드가 서 있는 쪽으로 다가가더니 상자 뚜껑을 위로 들어올리기 시작했다. 롤란드도 힘을 보탰고 칼레 역시 반대편을 잡아서 함께 뚜껑을 비틀어 열었다.

뚜껑을 붙잡은 손이 뜨거웠지만 데지는 않았다. 생각한 만큼 두껍지는 않았다. 혼자서도 열 수 있을 것 같았다. 뚜껑은 완강히 저항했지만 몇 초 지나자 억지로 열어 똑바로 세울 수 있었다. 그들은 셔츠와 스웨터를 끌어올려 입을 막고 상자를 내려다보았다.

도살장에서 나온 폐기물.

상자에 든 건 시체가 아니었다. 시체의 조각들이 담겨 있었다.

맨 위에는 스펀지 같은 하얀 덩어리가 놓여 있었는데, 손가락이 모두 잘려나간 상태라서 처음에 칼레는 그게 손이라는 걸 알아보지 못했다. 손은 창자로 보이는 덩어리 위에 놓여 있었다. 가장자리 쪽에는 잘라낸 발들과 팔뚝 하나, 여러 개의 손과 손가락이 보였는데, 손톱들이 천장에 매달린 조명에 희미하게 반짝였다.

손톱 몇 개에는 여전히 매니큐어가 남아 있었다. 어떤 여자가 수년 전 손톱을 꾸민 흔적이다. 아니면 혹시 관에 눕히고 나서 칠한 것일 수도 있었다. 누군가 매니큐어를 들고 옆에 앉아서 그녀의 손톱을 선홍색으로 칠하고 양팔을 가슴 위에 얌전히 포갠 다음 안녕을 고했을지도. 이제 그 손은 몸의 다른 부분과 떨어져 이 폐기물 더미 속에 놓여 있다.

롤란드가 가장 먼저 토했다. 뱃속의 내용물이 올라오기 전에 간신히 몸을 비틀어 상자에 대고 토하지 않을 수 있었다. 칼레는 롤란드가 토하는 소리에 속이 뒤집히면서 뒤로 몇 걸음 겨우 물러섰다. 뱃속이 완전히 뒤집히고 눈앞이 깜깜해졌다. 속을 다 게워내고 위액이 넘어올 때까지 토한 칼레는 양손으로 무릎을 짚고 몸을 숙인 채 롤란드가 헐떡거리는 소리를 들으며 저도 거친 숨을 몰아쉬었다.

플로라……

칼레는 자신이 게워낸 누런색과 갈색이 섞인 웅덩이에서 고개를 들어, 차고 구석 바닥에 앉아 있는 플로라를 바라보았다. 그녀는 토하지 않았다. 속이 울렁거리는 듯한 기미조차 없었다. 하지만 짙은 슬픔의 장막이 얼굴에 드리워져 있었다. 칼레는 헐떡거리며 간신히 말했다. "플로라?" 대답이 없었다. 칼레는 입을 닦고 비틀거리며 그녀에게 다가갔다.

"플로라, 괜찮아?"

플로라가 고개를 들었다. 눈이 젖어 있고 눈꺼풀은 떨리고 있었다.

"저들이…… 사람들을 조각냈어. 죽일 수가 없으니까…… 왜 이런 짓을 하는 거지?" 플로라는 상자를 가리켰다. "저 안에는 머리가 없어."

상자를 바라보던 칼레는 플로라가 그런 사실을 어떻게 유추해냈는지 생각하고 싶지 않았다. 그저 이렇게 생각했다. 플로라를 모르겠어. 난 플로라에 대해 아무것도 아는 게 없어. 하지만 그는 그냥 이렇게 말했다. "어쩌면 딴 데 있는지도 모르지. 다른 상자에."

롤란드가 그들에게 다가왔다. 머리를 기계적으로 앞뒤로 움직이며 속삭이듯 말했다. "누구 술 필요한 사람?"

롤란드는 대답을 기다리지도 않고 집안으로 연결된 문으로 가더니 열고 안쪽으로 사라졌다. 칼레는 플로라가 일어설 수 있도록 도와주고 함께 롤란드를 따라갔다. 그러면서 바닥에 놓인 평범한 금속 상자를 마지막으로 바라보았다. 누군가가 한 말이 머릿속을 번쩍 지나갔다.

이제 당신도 이쪽 일을 하는 사람이 된 겁니다. 전부 포함해서 말이죠.

전부라는 게 뭔지 알고 싶지 않았다. 그는 남자가 한 말의 의미를 잊을 수 있을 때까지 술을 마시고 싶었다.

집안으로 들어가보니 롤란드는 흰색 가죽소파에 앉아 위스키를 한 잔 가득 따르고 있었다. 두 사람에게 술병을 모아둔 장식장과 팔걸이의자를 차례로 가리켜 보였다. 알아서 술 가져와서 앉아. 그는 단번에 술 절반을 입에 털어넣고는 쿠션에 몸을 기대며 말했다. "정말 빌어먹을 밤이군."

칼레는 장식장으로 가서 가지런하게 줄지은 술병들을 훑어보았다. 눈길이 멈췄다. 빤히 바라보았다. 술병들의 모습이 머릿속에 박히도록 두었다. 진통제를 맞은 것 같은 기분이었다. 뒤죽박죽인 머릿속과 대비되는 질서정연한 술병들. 멋진 색깔들, 부드러운 조명. 근사한 상표들. 그는 투명한 노란색 액체가 든 술병 하나를 되는대로 꺼냈다. 리큐어에 대해서는 전혀 지식이 없었다.

술을 가지고 돌아와보니 플로라는 팔걸이의자에 앉아 있고 롤란드는 빈 잔에 다시 술을 따르고 있었다. 플로라에게 뭘 마시고 싶은지 친절하게 묻는 것도 귀찮아진 칼레는 팔걸이의자에 털썩 앉아서 뚜껑을 돌려 술병을 열었다.

막 술병을 입으로 가져가려는데 플로라가 말했다. "칼레?"

그는 잠시 멈췄다. "왜?"

"혹시…… 혹시 술 마시면 안 될 수도 있어."

"왜?"

"우리 운전해야 하잖아."

롤란드가 헛기침을 했다. "둘이 여기서 자고 가도 돼. 어느 방에서든. 즐겁게 마시라고. 웃고 즐겨."

칼레는 고개를 끄덕이고 병을 입에 댔다. 한 모금 마시고 눈을 감았다. 알코올이 목구멍을 태웠다. 잔뜩 토한 다음이어서 몹시 쓰라렸다. 플로라가 술병을 가져가는 통에 눈을 떴다.

"우리 그리로 가야 해." 플로라가 말했다.

"어디?"

"거기."

"지금?"

"그래."

칼레는 고개를 흔들고 술병으로 손을 뻗었다. "어림도 없어." 롤란드가 어렵사리 몸을 일으켜 똑바로 앉았다. 급하게 들이켠 알코올이 머릿속에서 폭발했는지 이미 혀 꼬부라진 소리로 말했다. "그거 좋아. 좋다고. 다른 사람이 시키는 대로 하지 마. 스스로 생각해서 결정하는 거야." 그는 술병을 향해 그리고 플로라를 향해 손가락을 흔들어 보였다. "그러지 마. 이 친구 술 좀 마시게 두라고."

플로라는 술병을 들고 일어섰다. 롤란드는 입을 헤벌린 채 플로라의 움직임을 눈으로 좇으며 소파 옆자리를 손으로 두드렸다.

"이리 와서 앉아. 좀 쉬라고. 편안하게 말이야. 이 상황은…… 빌어먹을, 너무 끔찍해. 그냥 잠깐 긴장을 좀 풀자는 거야."

자신을 바라보는 플로라의 표정을 본 칼레는 내민 손을 거둬들일 수밖에 없었다. 그러자 플로라가 칼레 앞 테이블에 술병을 쾅 내려놓았다.

"마셔. 마시라고, 빌어먹을. 그럼 기분이 나아지겠지. 마셔."

칼레는 술병을 바라보았다. 술을 마시고 싶은 욕구는 아까처럼 강하지 않았지만 그렇다고 차를 몰고 헤덴으로 돌아가고 싶은 생각은 조금도 들지 않았다. 롤란드가 몸을 앞으로 기울여 술병을 칼레 가까이 밀었다.

"애인이 하라는 대로 해. 좋은 술이야. 안타깝게도 내가…… 지금은 무슨 술인지 제대로 발음을 못하겠군. 스코틀랜드에서 온 건데."

플로라는 롤란드의 말을 못 들은 척했다. 그녀는 칼레에게 돌아서서 마치 무방비임을 보여주기라도 하듯 양팔을 펼쳐 보였다.

"내가 누구라고 생각해? 어서, 말해봐. 내가 누구라고 생각하는 거야?"

칼레는 느끼는 대로 말했다. "모르겠어."

"내가…… 무슨 정부의 공무원인 것 같아? 무슨 빌어먹을 경찰이라도 돼? 자기를 찾아와 명령을 내리는 당국자나 뭐 그런 사람이야? 그도 아니면…… 여기 책임자라도 돼?"

칼레는 팔걸이의자 손잡이를 잡아뜯고만 있었다. "자기는…… 그러니까, 일을 밀어붙이는 편이긴 하지."

"그래. 그럼 내가 왜 그럴까? 이런 일을 해서 뭐라도 얻는 게 있는 것 같아? 아니면…… 행복해지기라도 할까? 그냥…… 난…… 알기 때문이야. 자기도 혹시 수천 명이 살해당하게 되는 걸 안다면, 그걸 멈추기 위해서 뭐든 할 거잖아, 안 그래?"

"그래. 해야지. 물론이야. 당연해. 하지만 내 말은……"

"이건 더 안 좋은 상황이야. 그냥 사람들을 죽이는 게 아니야. 이미 죽어서 살해할 수가 없으니까 그들의 영혼을 말살하는 거라고. 난 우리가 죽고 나서 어떻게 되는지 몰라. 하지만 천국 같은 곳이 있을 수도 있고, 적어도 생을 마치는 곳이 어딘가에 있을 거라고 생각해. 지금 상황…… 자기네 가족을 포함해 저들이 하는 짓은 사람들의 마지막을…… 뭔가 다르게 만들고 있는 거야. 아무것도 없는 진공상태, 아예 존재하지 않는 곳으로…… 보내는 거야. 영원히 말이야. 알겠어? 영원히 사라지게 한다고."

플로라는 뺨을 타고 눈물이 흘러내렸지만 닦아낼 생각도 하지 않았다. 그녀는 차고 쪽을 가리켰다.

"난 봤어. 난 알아. 저 사람들은 모두, 저 빌어먹을 상자에 들어 있는 사람들, 전에는 인간이었던 저 사람들은 모두…… 영원한 무無의 세계에 갇힌 거야. 내가 알기로는 지옥과 가장 가까운 곳이겠지. 그리고 나는 왜 그런 조치가 내려졌는지, 왜 놈들이 이런 짓을 하는지 모르겠어. 하지만 어쨌든 저들은 멈추지 않을 테고 난 이 상황이 계속되도록 놔둘 수가 없어. 이런 짓을 막기 위해서라면 아무리 작은 일이라도 해야겠어!"

플로라는 갑자기 입을 다물고 훌쩍거리며 눈가를 문질렀다. 그리고 옆에 있는 의자의 팔걸이에 앉아 양손에 얼굴을 묻었다. 롤란드는 입을 벌린 채 플로라의 통렬한 비난에 귀기울이고 있었다. 그는 몇 번 빠르게 눈을 깜박이더니 말했다. "이런 젠장……"

칼레는 플로라의 무릎에 손을 올리고 물었다. "하지만 뭘 어쩔 수 있겠어?"

플로라는 흐느끼며 깊게 숨을 들이마셨다가 내쉬었다. "저들은 몰라. 죽은 사람들은 겁에 질려 있어. 난 죽은 사람들을 설득할 수 있어. 포기하고…… 떠날 수 있도록."

"어디로……?"

"죽음으로."

다들 말이 없었다. 죽음이라는 단어는 다른 말들을 모두 사소해 보이게 만들었다. 덧붙일 말이 없었다. 롤란드가 무슨 말을 하려고 헛기침했지만 플로라가 더 빨리 입을 열었다. 칼레는 자신을 쳐다보는 그녀가 작은 소녀 같다는 생각이 들었다.

"칼레, 나도 원해서 이러는 게 아니야. 내 어깨에 짐처럼 지워진 거야. 그리고 난 도저히……" 플로라는 적당할 말을 찾으려 애썼고, 칼레는 그녀가 전에 했던 말을 대신 해주었다. "달아날 수 없겠지."

"맞아."

롤란드는 한번 더 헛기침을 했다. 이번에는 말할 타이밍을 잡았다. "내가 하고 싶은 말은 말이지…… 만일 상황이 그렇다면…… 내가 하고 싶은 말은……" 그는 똑바로 몸을 펴고 앉아 손을 가슴에 얹었다. "나도 끼워줘. 끝까지 함께하겠어."

플로라는 소파 위에서 비틀거리며 진지하게 보이기 위해 최선을 다하는 롤란드를 바라보았다.

"고마워요." 그녀는 말했다. "하지만 오늘밤은 안 되겠어요."

"필요한 때 말만 하라고. 내가 도움이 된다면…… 뭐든."

플로라는 고개를 끄덕였고 입가에 번지는 미소를 막기 위해 얼굴을 살짝 찡그렸다. 칼레는 드레드록 머리를 헝클어뜨리며 안쪽에 거뭇하게 뭉친 것을 풀어내려는 것처럼 손가락으로 두피를 문질렀다. 별로 도움이 되지 않았다. 문제는 그대로 있었다.

"어떻게 안으로 들어가지?" 칼레는 플로라가 대답하기 전에 미리 선수를 쳤다. "말하지 마. 내가 맞혀볼게. 모른다고 하겠지."

오 분 뒤 두 사람은 밴에 앉아 있었다. 칼레는 밤새 술을 마시고 두 시간 잔 다음 등산을 한 기분이었다. 시동을 걸기 위해 뻗는 손과 클러치를 밟는 발이 제 몸 같지 않았다. 혹시 경찰에게 검문을 당하더라도 음주 단속기에 입을 대고 숨을 불어넣을 힘조차 남아 있지 않았다.

그들은 24시간 영업하는 주유소에 들러 초콜릿과자 여섯 개와 커피 두 잔을 샀다. 플로라가 과자를 두 개밖에 먹지 못해서, 칼레는 남은 네 개를 오 분 동안 입안에 밀어넣고 부드럽게 끈적거리는 덩어리를 커피와 함께 삼켰다. 잠시 후 당분이 혈액 속으로 퍼지자 기분이 나아졌다. 손이 다시 팔에 붙은 것처럼 느껴지고, 앞에 보이는 도로가 비디오게임 화면이 아니라 실제 E20 고속도로처럼 보였다. 그는 말했다. "만일 놈들이 상자가 사라졌다는 사실을 확인했다면 우린 끝난 거야. 그리고 아마 확인했을 거고." 플로라가 대꾸를 하지 않자 칼레는 말을 이었다. "우린 감옥에 가거나 뭐 그러겠지."

"난 그렇게 생각하지 않아." 플로라가 말했다. "그들은 이 사건을…… 공개적으로 인정하고 싶지 않을 거야. 가능하다면. 내 생각은 그래."

"그렇게 생각한다고?"

"응."

칼레는 콧방귀를 뀌었다. "어쩌면 빌어먹을 비밀경찰이 우릴 뒤쫓고 있을지도 몰라. 아니면 비슷한 다른 조직. 군 정보기관이나 뭐 그런 곳 말이야. 어쩌면 의사들만의 비밀경찰이 있을지도 모르지."

칼레는 웃으며 플로라를 바라보았다. "그래, 그거야. 의료 비밀경찰이 우릴 뒤쫓고 있는 거야."

막다른 골목에 이른 기분이었다. 하지만 아주 조금은 재밌기도 했다.

두 사람은 들판을 가로지르는 도로 초입에 멈췄다. 200미터쯤 떨어진 곳에 헤덴 출입구의 조명이 보였다. 칼레는 운전대 위로 몸을 숙인 채 그쪽을 바라보았다. 마치 영화 속에 들어온 것 같았다. 공포영화보다는 전쟁영화에 가까웠다. 그는 두 장르 모두 별로였다. 괴짜들이 나오는 코미디영화가 좋았다. 이 모든 상황에 괴짜들이 등장하는 영화 같은 요소가 있음을 부정할 수는 없었다. 하지만 이게 코미디인가? 그렇진 않았다.

"칼레." 플로라가 말했다. "자기 이제 결심해야 해."

"무슨 결심?"

"나와 함께 이 사건에 뛰어들 건지 말 건지."

"여기까지 차를 몰고 왔잖아, 안 그래?"

플로라는 고개를 저었다. "아니, 자기가 정말로 같이하고 싶은지 묻는 거야. 그냥 내게 잘해주려고 이러는 건지, 아니면 무슨 의무감에서인지. 그런 식이면 안 돼. 자기가 원해서 해야 해. 내가 하라고 해서 하면 안 된다고. 그러면 내가 받아들일 수가 없어."

칼레는 울타리 너머 단지를 바라보았다. 모든 것이 불가능해 보였다. 그는 물었다. "그 사람들이 지옥으로 간다고 했나?"
"그 비슷한 거지, 맞아."
칼레는 상상하려 애써보았다. 잠시 생각하다가 두 손에 얼굴을 묻고 한참을 가만있었다. 그러고는 손을 치우고 코를 훌쩍거렸다.
"왜 그래?" 플로라가 말했다.
"그냥 엄마 생각을 하고 있었어. 만일 내가……" 그는 말을 멈췄다. "좋아. 알았어. 한다고. 자기 책임이 아니야. 우리가 함께하는 거야." 그는 플로라를 바라보았다. "자기 말이 그런 뜻이잖아?"
"그래."
"좋아. 그럼 됐어. 나도 가겠어."
플로라는 몸을 기울이더니 그의 뺨에 부드럽게 입을 맞췄다. "고마워."
칼레는 얼굴을 찡그리며 웃었다. "함께하는 거라면 고마워해선 안 되지."
"어쨌거나 고마워."

플로라는 밴 뒷자리로 기어들어갔다. 칼레는 시동을 걸고 머릿속에서 드럼을 두드리며 출입구 쪽으로 향했다. 작은 초소에서 전에 본 경비원이 나왔다. 방금 잠에서 깬 듯한 얼굴이었다. 칼레는 창문을 내렸다. 경비원의 움직임이나 표정을 보아하니 바랐던 대로 상자를 훔친 일이 들통나지 않은 것이 분명했다. 아직은.
경비원은 일부러 시계를 보고 칼레를 바라보았다. 칼레는 단지 안쪽을 향해 고갯짓했다.

"아버지가 전화했어요. 뭘 놓고 왔다고."

"뭘요?"

"상자 하나요."

머리를 쓸 수 없는 상황에서 더 좋은 핑곗거리가 떠오르지 않았다. 경비원이 턱을 어루만졌다. "도대체 저쪽 녀석들은 뭘 하는 거야?"

"모르죠. 난 그냥 상자를 옮길 뿐이에요. 큰 상자랑, 작은 상자."

경비원은 씩 웃더니 초소로 돌아갔다. 출입문이 열렸다.

머릿속에서 드럼을 두드리며 생각을 조절하는 작업의 가장 나쁜 점은 감정을 드러내면 안 된다는 것이었다. 지금 칼레가 느끼는 안심과 승리의 감정도 표면으로 떠올라서는 안 되었다. 그는 단지 안으로 차를 몰고 들어가면서 머릿속으로 미친듯이 드럼을 두드렸다.

지하실에는 아직 불이 켜져 있었다. 그는 어떻게 해야 할지 알았다. 플로라에게 물어볼 필요도 없었다. 기회는 오늘밤뿐이고, 그 뒤로는……

몰라.

그는 시동을 껐다. 큰 회관 건물과 거리가 있어 생각이 느껴지는 파장이 훨씬 약했다. 칼레는 위험을 무릅쓰고 드럼 소리를 낮춘 뒤 플로라에게 고개를 돌렸다.

"가자."

"어떻게 할 건데?"

"되는대로 해야지."

두 사람은 밴에서 내려 건물 입구로 다가갔다. 칼레가 손잡이를 돌리자 문이 열렸다. 실내는 몇 시간 전과 달라진 것이 없었다. 칼레가 생각하기에 의사인지 뭔지 하는 남자는 아마도 긴 벽에 있는 여러 개의 문 중 한 곳 너머에 있을 터였다.

플로라는 주위를 둘러보고 양손을 머리 위로 들어올렸다. 그리고 속삭였다. "머리가 아플 정도야."

칼레는 눈을 꽉 감았다. "그러네."

문 하나가 벌컥 열리더니 의사가 튀어나왔다. 하얀 가운을 입었고, 눈은 집중해서인지 불안감 때문인지 막에 덮인 것처럼 흐릿했다. 손에 낀 라텍스 장갑은 피투성이였다. 남자는 칼레와 플로라를 보자 깜짝 놀라 멈춰 섰다.

"당신들 대체 뭐하는 거야? 여기 들어오면 안 돼!"

의사는 재빨리 장갑을 벗어 바닥에 던졌다. 한쪽 손이 주머니로 들어가더니 휴대전화를 꺼냈다. 칼레는 두 걸음 만에 남자 앞으로 다가섰다. 그는 거대한 주먹을 꽉 쥐어 의사의 얼굴 앞에 들어 보였다.

"잘 생각해." 그가 말했다.

의사는 전화기에서 눈을 들어 칼레의 주먹을 바라보았다. 생각하는가 싶더니 전화기를 내리고 칼레와, 조금 전 둘이 들어온 문을 닫고 있는 플로라를 번갈아 바라보았다.

"뭘 원하는 거요?"

칼레는 의사의 양어깨를 붙잡았다. 마치 사과를 쪼개듯이 힘주어 움켜쥐었다. 그러고는 고개 숙여 의사의 얼굴을 가까이 보면서 말했다. "그건 당신이 걱정할 필요가 없어. 중요한 건 이거야. 난 당신을 때려눕힐 수 있어. 하지만 때려눕히지 않기로 마음먹을 수도 있지. 어느 쪽이 좋을까?"

"날 협박하는 거요?"

"당연히 그렇지. 어떻게 해줘?"

칼레가 손아귀에 더 힘을 주자 뭔가 삐걱이는 소리가 들리면서 의사가 얼굴을 찡그렸다. 그는 소리치듯 말했다. "도대체 뭘 원하는 거냐고?"

칼레는 한숨을 내쉬고 다시 움켜쥔 주먹으로 의사의 얼굴까지의 거리를 재는 시늉을 해 보였다. 의사는 양손으로 얼굴을 가리면서 재빨리 고개를 끄덕였다.

"네, 네, 알았습니다. 그러니까…… 제가 뭘 해드리면 되는 건가요?"

칼레는 주변을 돌아보다 침대를 발견했다. "누워."

의사가 침대로 기어올라가는 동안 칼레는 마침 침대 양쪽에 매달린 가죽끈을 발견했다. 그는 플로라와 함께 남자의 양팔과 다리를 가죽끈으로 묶었다. 의사는 이런 상황이 도저히 믿기지 않는지 계속 고개를 흔들었다. 그리고 경멸이 묻어나는 목소리로 말했다. "당신들 엄청나게 곤란해질 거야. 지금 무슨 짓을 하는 건지 분별을 못하는군."

그는 칼레가 서랍을 샅샅이 뒤져 일회용 주사기가 든 봉지들을 찾아내는 내내 그렇게 떠들었다. 칼레는 봉지에 붙은 라벨을 읽었다.

"펜티말?" 그는 의사에게 물었다. "어떻게 생각해? 이걸 주사하면 혹시 그 시끄러운 입을 막을 수 있을까?"

의사가 입을 다물었다. 칼레는 붕대 한 통을 찾아냈다. 붕대를 넉넉히 풀어내 둥그렇게 뭉쳐서 의사의 입안에 밀어넣고, 또 얼마쯤은 길게 잘라서 재갈을 물렸다. 입이 잘 막혔는지 확인하고 칼레는 말했다. "혹시 숨을 못 쉬겠으면 말해. 아니…… 머릿속으로 생각해."

플로라는 벽에 난 문 쪽에 서 있었다. 전부 바깥쪽에 잠금장치가 달렸지만 의사가 나온 문은 한쪽으로 열려 있었다. 칼레는 그녀에게 다가가 어깨에 손을 얹었다. 그녀는 떨고 있었다. 칼레는 몸속에서 아드레날린이 마구 솟구쳐서 두려움조차 잊고 있었다. 플로라의 떨림이 손에 전해지자 그제야 자신들이 왜 여기 있는지 정확히 떠올랐다. 그는 입술을 축이고 끈적이는 침을 꿀떡 삼켰다.

문을 열고 들어간 플로라의 눈이 공포로 커졌다.

실내는 생각했던 것보다 훨씬 넓었다—적어도 20제곱미터는 되는 것 같았다. 창문 없이 그저 시멘트벽만 보였고, 바깥 공간과 마찬가지로 냉혹한 형광등 불빛이 가득차서는 두 사람 머릿속에서 흘러넘치는 비명의 근원을 비추고 있었다.

침대 세 개가 줄지어 놓여 있었다. 구석에는 그들이 훔쳐낸 것과 같은 상자가 하나 보였다. 한 침대 옆에 수술 도구들이 놓인 의료용 카트가 있었다. 메스, 겸자, 톱, 외과수술용 작은 메스들이 하얀빛 속에서 번쩍였다. 두 사람이 도착했을 때 의사가 일하고 있던 곳이었다.

첫번째 침대에는 늙은 여자의 시신 일부가 놓여 있었다. 한때는 아름다웠을 긴 회색 머리칼이 바닥을 향해 늘어져 있었다. 흐릿한 푸른색 눈이 두 사람을 똑바로 바라보고 있었다. 양팔과 양다리는 잘려나간 채 핏기 없는 잿빛 피부와 허연 뼈만 보였다. 몸통은 두꺼운 가죽끈으로 침대에 묶여 있었다.

두번째 침대에는 속이 빈 남자가 있었다. 한때는 커다랗고 둥글었던 몸이 이제는 껍데기만 남아 있었다. 팔다리는 여전히 달려 있지만, 내장이 완전히 제거된 상태였다. 끝에 집게가 달린 고무줄이 텅 빈 뱃속과 가슴 안쪽이 드러나도록 고정하고 있고, 마치 만들다 만 선박 모형처럼 갈비뼈들이 튀어나와 있었다. 긁어낸 내장들은 구석에 있는 상자 속에 던져져 있었다.

의사가 작업중이던 세번째 침대에는 거의 척추만 남은 몸에 여자 머리가 붙어 있었다. 잘린 부분에서 검붉은 뭔가가 아래로 늘어져 있었는데, 아마도 혈관이거나 신경섬유인 듯한 그 덩어리가 한쪽으로 쏠려서 머리가 살짝 기울어 있었다. 여자는 다른 사람들보다 젊어 보였지만 나이를 가늠하기는 힘들었다. 푹 꺼진 얼굴은 잿빛인데다 눈이……

얼마나 이를 악물었는지 칼레는 머릿속에서 부드득 소리가 들릴 정도였다. 그는 입을 벌릴 생각도 못하고 그곳에 서서 경련을 일으킨 것처럼 얼어붙었다. 그리고 직감으로 알 수 있었다.

저 사람들, 살아 있어.

부활자에 관한 이야기에서 칼레는 무엇이 진실이고 거짓인지, 어떤 걸 삶이라고 불러야 할지 알 수 없었다. 하지만 눈앞의 난도

질당한 몸들에서 고통과 두려움이 쏟아져나오고 있는 건 완벽할 정도로 분명했다. 그들은 살아 있었고, 자신들에게 무슨 일이 벌어지는지 어떤 식으로든 인지하고 있었다.

경련을 일으킨 것 같은 몸이 조금 풀렸다. 다시 움직일 수 있게 되자 그는 다리에 힘이 풀린 나머지 자리에 주저앉고 말았다. 사방이 깜깜해졌다. 그는 마치 불타는 몸에 쏟아지는 물 같은 어둠을 고마운 마음으로 받아들였다.

눈을 떴을 때는 한동안 자신이 뭘 보고 있는지, 왜 눈앞 광경이 이렇게 이상한지 이해할 수 없었다. 모든 것이 천장에 매달려 있었다. 플로라는 침대 옆에 서 있었는데 입술이 소리 없이 움직이고 있었다. 그는 뭔가 말하려고 입을 열었지만 아무 소리도 나오지 않았다. 욕지기가 물밀듯 솟구쳤지만 입에서는 헛구역질만 나왔다.

무슨 일이 벌어지고 있어, 뭔가…… 진행되고 있는데……

칼레는 눈을 깜박이며 이해하려 애썼다. 실내 공기가 탁해진 느낌이었다. 썩은 피의 역겨운 악취가 더 강해지고 빛은 더 밝아지고 벽들은 가까이 다가오는 것 같고 소음이 들렸다. 멀리서 들리는 속삭임으로 시작되었다가 금세 흐느끼는 듯 날카로운 울부짖음으로 커진 소리에, 할 수만 있다면 손으로 귀를 틀어막고 싶었다. 그 지독한 소음이 마치 금속 칼날이 머리 주위 공기를 베는 것 같은 소리로 변하는 동안 그는 그저 제자리에 입을 벌린 채 누워 있었다.

플로라에게 조심하라고 소리지르고 싶었지만, 몸이 소음에 마비되었고 얼굴은 보이지 않는 힘이 작용한 것처럼 반대편으로 천천히 밀려나다가 결국 플로라의 모습을 아예 볼 수 없게 되었다.

마지막으로 본 것은 키 크고 마른 누군가가 갑자기 플로라 옆에 나타나더니 침대 위에 놓인 인간들의 잔해를 향해 양팔을 뻗는 모습이었다.

칼레는 눈을 감았다. 최대한 힘껏 감았다. 소음이 곧장 머릿속으로 들어와 이리저리 튀었고, 그는 이제 그 소리가 나는 곳이 머릿속인지 아니면 바깥인지조차 알 수 없었다. 시간이나 공간을 인식할 수 없고 생각을 하고 있는지 하고 있지 않은지도 알 수 없었다.

그 순간 소리가 잦아들었다. 들리기 시작했을 때보다 빠른 속도로 끔찍한 소음이 사라지고 실내가 조용해졌다. 쥐죽은듯이 조용했다. 칼레는 눈을 떴다. 플로라는 양팔을 옆으로 힘없이 늘어뜨린 채 침대 옆에 혼자 서 있었다.

조용해.

너무…… 조용했다. 칼레는 천천히 몸을 일으켜 주위를 둘러보았다. 일어서서 침대 위를 다시 보고 싶지는 않았다. 무릎을 꿇은 채 주위를 둘러보았다.

너무 조용해.

그 순간 그는 깨달았다. 침대 위 사람들. 그들의 비명이 사라져 조용해진 것이었다. 그들은 이제 그곳에 없었다. 그는 기침을 한 번 했다. 짧고 거슬리는 그 기침은 자신이 여전히 살아 있는지 확인하기 위한 소리였다. 플로라가 다가왔다. 땀에 머리칼이 이마에 들러붙어 있고 진이 빠진 것처럼 보였다. 하지만 차분했다. 뭔가 끔찍한 일에 말려든 것이 아니라 그저 믿을 수 없을 정도로 힘든 일을 해낸 것처럼 보였다.

칼레가 물었다. "이제…… 끝난 거야?" 플로라는 고개를 끄덕였다.

칼레는 고개를 돌리지 않은 채 손으로만 침대 쪽을 가리켰다. "그게…… 그러니까, 죽음이 나타난 거였어?"

"그래. 아니…… 자기에게는 그런 거지. 뭐가 보였어?"

"몰라. 그냥 키가 컸어. 마르고."

칼레는 일어섰다. 여전히 침대 쪽으로는 눈길을 주지 않았다. 대신 고개를 숙여 플로라를 보았다. 그녀는 투명하고 부서질 것 같고 마치 손을 대면 망가질 것 같기도 했다. 그 눈 깊숙한 곳을 들여다보며 어떻게 된 일인지 알아내려고 했다. 도저히 아무것도 찾아낼 수 없자 그는 물었다. "자기는 누구야?"

플로라의 입꼬리가 씰룩거렸다. "특별한 존재는 아니야."

플로라는 칼레에게 몸을 기대고 가슴에 뺨을 가져다댔다. 그는 그녀의 머리에 손을 얹었다. 그저 평범하고 지친 여자일 뿐이었다. 양팔로 플로라를 안았지만, 그녀의 머릿속에서 꼭 외계인 같은, 뭔가…… 거룩한 존재가 움직이고 있다는 생각을 지울 수 없었다. 그러나 거의 손에 쏙 들어오는 그녀의 머리는 평범하기만 했다.

나는 부여받은 책임이 있어.

그는 고개를 숙여 땀에 젖은 플로라의 이마에 키스했다.

두 사람이 밖으로 나오자 의사가 그들을 노려보고 있었다. 플로라가 다가가서 재갈을 풀어주었다. 마치 할말들이 우리에 갇힌 채 뛰쳐나갈 순간만 기다리고 있었던 것처럼 그는 곧바로 소리치기 시작했다. "무슨 짓을 한 거야! 무슨 짓거리를 한 거냐고, 이 빌어먹을 정신병자들!"

플로라는 칼레가 전혀 예상치 못했던 행동을 했다. 의사의 뺨을 후려친 것이다. 호되게. 의사는 입을 꾹 다물었다. 플로라는 다시 뺨을 때렸다. 그리고 의사의 귀에 입을 대고 말했다.

"말해봐, 멩겔레 박사. 도대체 여기서 누가 미쳤다는 거야? 당신이 무슨 짓을 하고 있는지 알기나 해?"

칼레는 그저 입을 벌린 채 서 있었다. 플로라의 이런 모습은 한 번도 본 적이 없었다. 그녀에게 이런 면이 숨어 있으리라 믿을 수도 없었다. 하지만 지금 그녀는 화가 나 있었다. 아니, 그냥 화난 정도가 아니었다. 격분했다. 의사는 안쪽 방을 향해 고개를 돌렸다. 그 역시 분노에 차 몸을 떨고 있었다.

"저 사람들을 죽였잖아. 너희가 모든 걸 망쳤어, 내가—"

플로라는 역겨운 걸 막기라도 하듯 손바닥으로 의사의 입을 후려쳤다. 의사의 입술이 터지면서 피가 턱으로 튀었다. 칼레는 플로라의 팔을 잡았다. 그녀는 그 손을 뿌리치고 의사에게 몸을 숙였다. 의사의 눈에 두려움이 엿보였다.

"저 사람들을 죽인 건 너야."

"저 사람들은 이미—"

플로라가 다시 손을 들어 뺨을 때리는 바람에 의사는 하려던 말을 마치지 못했다.

"난 알고 싶어……" 플로라가 말했다. "왜 당신들이 이런 짓을 하는지 알고 싶다고."

의사의 입술이 부풀어오르기 시작해, 그가 경멸하듯 찡그린 표정을 지으려 하자 오히려 비극을 연기하는 광대처럼 보였다.

"내가 끔찍한 악마니까 그랬겠지. 도대체 무슨 생각을 하는 거야? 연구에 이바지하기 위해서야. 죽음을 정복할 길을 찾으려고. 인류를 구원하려고. 당신들 둘은 영웅 행세라도 하려는 모양인데—"

이번에는 플로라가 손을 들어 보이기만 했는데도 의사는 입을 다물었다.

"그런 건 알아." 그녀가 말했다. "내가 알고 싶은 건 당신들이 저 사람들을 조각내면서 뭘 얻으려고 했는지야. 순전히 실용적인 수준에서 말이야."

"지금 그 말을 하고 있잖아. 제대로 수명을 누리지도 못하고 헛되이 죽는 사람들을 생각해보면……"

플로라는 한숨을 내쉬더니 칼레에게 고개를 돌렸다. "자기가 나보다 세게 때릴 수 있잖아. 한번 때려볼래?"

칼레는 미심쩍은 눈으로 플로라를 바라보았다. 그녀가 윙크해 보였다. 그는 고개를 끄덕이고 침대로 다가갔다. 오른손 소매를 걷어올리고 주먹을 몇 번 쥐었다 폈다 했다. 의사는 눈을 치켜뜨고 칼레의 움직임을 지켜보았다. 플로라가 기대했던 것처럼 위협만으로도 충분했다. 의사가 말했다. "나는 생명에 필요한 최소한의 조건을 연구하고 있었어."

"그게 무슨 말이야?"

"그러니까…… 세포 연구에서는 아무것도 발견하지 못했고, 지금은 어느 수준까지 장기를 제거해야 생명이 끝나는지 연구하고 있어. 어떤 장기가 스스로 생명력을 유지하는지, 어떤 장기가 없으면 신체가 유지되지 않는지."

"몇 명이서 이 작업을 하고 있지?"

"보통은 세 명이야."

"그럼 다른 사람들은 여기로 내일 출근하나?"

"맞아. 하지만 이건 우리 작업에 완전히 재앙 같은—"

"좋아." 플로라가 말했다. "그럼 그 사람들이 당신을 풀어줄 수 있겠군."

그녀는 칼레의 팔을 잡고 문 쪽으로 향했다. 의사는 그들 뒤에서 고함을 내지르고 몸부림쳤다. 두 사람이 문을 닫자 그의 비명은 두꺼운 콘크리트 벽에 가로막혀 잘 들리지 않았고, 생각의 파장은 부활자들이 건물을 떠나면서 거의 사라진 상태였다. 아마도 의사는 아침이 올 때까지 묶여 있어야 할 터였다.

두 사람은 밴을 몰고 단지를 빠져나왔다. 출입구를 나올 때 경비원이 칼레에게 원하던 걸 찾았느냐고 물었다. 칼레는 그렇다고 대답하고 작별인사를 나누었다.

새벽 세시 반, 두 사람은 칼레의 집 부엌에 앉아 있었다. 칼레는 맥주를 세 병 마셨고 플로라는 한 병을 마셨다. 물어보고 싶은 것이 많았지만 머리가 아예 돌아가기를 거부했다. 맥주 세 병을 마시고 나자 마침내 몸에 기분좋은 온기가 퍼지기 시작했다.

"이제 고생하겠네." 그는 말했다.

"그래." 플로라가 말했다. "내일." 그녀는 부엌 시계를 바라보았다. "두 시간 후면 일하러 가야 해. 그냥 하루 쉴까봐."

"샌드위치 공장에?"

"샌드위치 공장에."

칼레의 입에서 웃음 비슷한 것이 흘러나왔지만 사실은 피곤에 지친 한숨에 가까웠다. "이런 일을 하고 나서…… 가서 샌드위치를 만들어야 하는군. 이리 뒤집고 저리 뒤집고……"

플로라가 고개를 끄덕였다. "그리고 이건 그저 시작에 불과해."

"뭐가 시작에 불과하다는 거야?"

"오늘밤 우리가 한 일. 아직 수백 명이 더 남았어."

칼레는 눈을 비볐다. "우리가 어떻게……" 그는 양손을 옆으로 벌렸다가 떨어뜨렸다. "내일 생각해야지."

"그래, 내일."

두 사람은 침대로 가서 천천히 부드럽게, 마치 자는 것처럼 사랑을 나누었다. 만족한 두 사람이 깊은 잠에 빠져야 할 순간에도 칼레는 도저히 잠을 청할 수 없었다. 플로라는 그의 가슴에 머리를 묻고 있었다. 칼레는 플로라의 귀를 손가락으로 만지작거리며 물었다. "두렵지 않아?"

플로라의 목소리는 잠에 취해 굵고 나지막했다. "뭐가?"

"……죽음?"

한참 말이 없던 플로라가 이윽고 대답했다. "그녀는 위험하지 않아. 그저…… 할일을 하는 것뿐이야."

"죽음이 여자야?"

"그래……"

무슨 말인지 칼레가 생각하는 동안 플로라의 숨소리가 점점 더 깊고 규칙적으로 변했다. 더 질문을 해서 그녀를 깨우고 싶지 않았다. 그래서 그냥 누워 어둠 속을 바라보면서 눈이 저절로 감길 때까지 기다렸다가 잠에 빠져들었다.

깜박 졸았나 했는데 칼레는 초인종 소리에 눈을 떴다. 아침 일곱시 십오분이었다. 칼레는 침대에 그대로 누워 천장만 바라보았다. 잠이 덜 깬 머리가 혼란스러웠다. 정적을 깨는 두 번의 초인종 소리 사이에 파리 한 마리가 창밖 빛을 향해 기를 쓰고 날갯짓하는 소리가 들렸다.

파리. 햇빛. 아침.

다리를 침대 옆으로 돌려 바닥을 디디고 드레스가운을 걸치는데 입안에서 오래된 맥주의 시큼한 맛이 느껴졌다. 현관으로 가서 아무 생각 없이 문을 열었다. 문밖에 아버지가 서 있는 모습을 보고서야 칼레는 전날 밤 사건이 머릿속에 떠오르기 시작했다.

두 사람은 그렇게 한동안 서로를 보며 서 있었다. 칼레는 잠에 취해 정신없는 상태라 아무리 생각해도 할말이 떠오르지 않았고, 아버지 역시 표정을 보아하니 할말을 찾지 못하는 것 같았다. 몇 초 후 스투레가 정신을 차리고 칼레를 옆으로 밀치며 집안으로 들어섰다.

칼레는 얼굴을 거칠게 문지르며 하품을 했다. "왜요?"

거실까지 들어선 아버지는 몸을 돌리더니 세상에서 가장 부적절한 말을 듣기라도 한 것처럼 칼레를 바라보았다.

"왜요? 너 할말이 그것뿐이야?"

"아뇨……" 또 한번 하품이 밀려나왔다. 이대로 움직이지 않고 서서 상황이 모두 끝날 때까지 하품만 하고 있을 기세였다.

열린 침실 문이 아버지 눈에 띄었다. 그는 방안으로 들어가 침대 발치에 서서 아직 잠들어 있는 플로라를 가리켰다.

"저 여자야? 이번 일을…… 함께 저지른 사람이?"

칼레는 아버지가 플로라 가까이 있는 것 자체가 마음에 들지 않았다. 더구나 그녀는 자고 있었다.

"저기요." 칼레는 말했다. "얘기는 나중에 해요. 일단은 돌아가세요."

스투레는 순간적으로 깜짝 놀랐다. 아들이 방금 한 말을 믿을 수가 없었다. 그는 입을 떡 벌린 채 두려움 깃든 목소리로 말했다. "너, 정말 아무것도 모르는구나."

칼레는 가슴을 긁었다. "맞아요. 다들 그렇게 말하더라고요."

갑자기 스투레가 침대를 붙잡고 미친듯이 흔들었다. 그는 플로라에게 소리질렀다. "일어나! 일어나라고!"

칼레는 스투레의 어깨를 잡고 침대에서 밀어냈다. "아버지가 뭔데 이러는 거예요?"

스투레가 그의 손을 뿌리치자 칼레는 아버지의 완강함에 놀라지 않을 수 없었다. 칼레는 한 손으로 아버지를 들어올려 거뜬히 내던질 수도 있었다. 이를테면 창밖으로 그러는 것도 가능했다.

플로라가 일어나 침대에 앉았고, 스투레는 뭔가 지저분한 것이 묻기라도 한 것처럼 어깨를 털어냈다. 칼레가 말했다. "할말 있으면 얼른 하고 가세요."

플로라는 눈이 잔뜩 부어 있었다. 그녀는 두 사람을 번갈아 바라보다가 칼레에게 물었다. "아버지셔?"

스투레가 침대 끝에 몸을 기댔다. 그리고 시트로 몸을 감싼 플로라를 노려보았다.

"그래. 안타깝게도. 젊은 아가씨, 자네 손으로 자신의 미래를 얼마나 망쳤는지 알고 있나? 두 사람 모두 얼마나 큰 위험에 처했는지 몰라?" 플로라도 칼레도 입을 다물고 있었다. 스투레가 말을 이었다. "보안 구역에 불법침입, 권한 없는 개입, 폭행에 살인죄까지 물을 수 있어."

플로라는 스투레를 바라보았다. 한참을. 그러다가 물었다. "경찰에 연락하셨나요?"

"아니. 아직은 아니야."

"그럼 언제 경찰이 개입하게 될까요?"

스투레는 콧방귀를 뀌었다. 웃음 비슷한 것이 그에게서 새어나왔다. 칼레를 봤다가, 플로라를 봤다가, 다시 칼레를 보았다.

"아주 좋은 친구를 얻었구나."

"그래요. 혹시 무슨 중요한 얘기 있으세요? 아니면…… 그냥 계속 이럴 거예요?"

스투레는 입을 다물었다. 눈이 휘둥그레졌다. 칼레는 아버지가 왜 그런 반응을 보이는지 이해하지 못했지만, 이내 스투레가 무슨 소리를 들었는지 알아차렸다. 복도에 누군가가 있었다. 그 사람이 침실로 다가오고 있었다. 스투레는 무슨 중요한 말을 하려는 것처럼 칼레의 팔을 붙잡았지만, 미처 입을 떼기도 전에 방문자는 벌써 방안에 들어와 있었다.

남자를 슬쩍 훑어본 칼레는 아버지와 마찬가지로 책상에 앉아 일하는 부류라고 생각했다. 물론 양복을 차려입었고 아주 요란한 넥타이를 매고 있었다. 하지만 몸은 달랐다. 첫인상은 뚱뚱하다는 것이었는데, 배가 제법 나와 셔츠가 팽팽했고 그 위에 넥타이가 걸쳐 있었기 때문이다. 하지만 다리와 팔은 가늘고 얼굴은 작고 좁아 거의 수척해 보일 정도였다. 양복 입은 난민처럼 보였다.

눈도 어울리지 않았다. 허기진 사람처럼 크게 뜬 눈이 빛나는 것이 아니라 작은 눈이 깊숙이 박혀서 마치 머리통 안으로 파고들어간 것처럼 보였다.

남자는 야윈 두 손을 배에 얹은 채 실내를 둘러보았다.

"가족이 전부 모이셨군요."

젊은 여자처럼 새된 목소리였다. 칼레는 그의 얼굴에서 눈을 뗄 수 없었다. 자석 같은 힘을 풍겨서, 가까이 다가가지 않기 위해 무척 애써야 했다.

남자의 눈이 칼레의 아버지에게 향했다.

"어때요, 스투레? 잘 지내죠?"

누가 스투레를 그렇게 이름으로 부르는 일은 드물었다. 늘 릴리에발 교수나 아버지 또는 교수님으로 불렸다. 칼레는 간신히 그에게서 눈길을 돌려 아버지를 바라보았다. 스투레는 몸을 움츠린 채 거의 우스꽝스러운 모습으로 손을 맞비비고 있었다.

플로라가 몸부림치듯 침대 헤드 쪽으로 물러났다. 방문자는 그 모습을 보더니 성큼 앞으로 나서서 침대 위 그녀 곁에 앉았다.

"그리고 당신도 여기 있군."

플로라는 시트로 더 단단히 몸을 감싸 남자의 몸, 그의 배와 자신 사이에 벽을 만들었다. 칼레는 어떻게든 개입해야 한다는 생각이 들었지만 몸을 움직일 수가 없었다. 플로라가 속삭였다. "당신은 내게 아무 짓도 할 수 없어요."

남자는 생각에 잠겨 고개를 끄덕였다. "그렇지. 그건 맞아. 하지만 대신 쓸 몸은 많아. 내 마음대로 할 수 있지. 아마 놀랄 거야."

남자가 일어섰다. 뱃살의 무게가 전혀 느껴지지 않는 듯한, 놀랄 만큼 유연한 움직임이었다. 남자가 칼레 옆으로 와서 서자 끌어당기는 듯한 어두운 기운이 손에 잡히는 것 같았다. 어딘가 아주 높은 곳에 서서 아래를 내려다보는 기분이었다. 발을 내디디라고 재촉하는 기운.

"알아요, 이 상황을 받아들이기 어렵겠죠. 하지만 당신들의 행동. 위대한 인간 가치를 위협하고 있어요. 우리는 임박해 있어요. 돌파구에. 인정해요. 앞으로 어떻게 될지 내다보기 어렵다는 것. 하지만 길게 보면. 난 확신해요. 이렇게 하는 게 더 큰 행복을 가져올 거라고." 남자는 스투레에게 고개를 돌렸다. "그렇죠?"

스투레는 고개를 끄덕였다. "네. 지당합니다."

칼레는 남자의 얼굴을 쳐다보았다. 입이 얼굴 근육과 전혀 상관없이 움직이는 것 같았다. 칼레가 지켜보는 동안 파리 한 마리가 남자의 뺨에 내려앉았다. 남자는 알아차리지 못한 채 말을 이어갔다. 입이 움직이자 칼레도 느끼고 있는 그 힘에 이끌려 파리가 입속으로 기어들어갔지만 남자는 말을 멈추지 않았다. 파리는 다시 나오지 않았고 남자 입에서는 계속 말이 쏟아졌다.

"이것도 알아요. 내가 직접 개입하면 역효과가 날 수도 있다는 것. 당신들의 신념만 공고해질 수도 있다는 거죠. 자신들이 옳은 일을 하고 있다고. 맞죠?"

플로라와 칼레는 거의 보이지 않을 정도로 작게 고개를 끄덕였다. 꼼짝하지 않는 남자의 기운이 다른 사람들에게도 영향을 미쳤다. 남자는 말을 이었다. "하지만 나는 논리적 고민이 있어요. 당신들의, 뭐라고 할까…… 이념적 관점에 영향을 주지 못하면 어쩌나 하고요. 내 경험이 말해주고 있어요. 이런 상황에 맞닥뜨리면, 압력을 가할 수 있는 유일한 방법은 두려움이라고. 두려움은 거의 항상 논리를 이기니까." 남자는 스투레에게 고개를 돌리고 가냘픈 손으로 칼레를 가리켜 보였다. "스투레, 이제 당신 아들에게 벌을 줘야죠."

스투레가 입술에 침을 적셨다. "무슨 말씀이신지……"

"아들이 말을 안 듣잖아요. 그러니 당신이 아버지로서 의무를 다해야죠. 벌을 주세요." 칼레는 여전히 꼼짝할 수 없었다. 남자는 칼레의 가장 취약한 부분을 찾기라도 하는 것처럼 그를 훑어보더니 손으로 가리켰다. "코를 부러뜨려요."

스투레가 고개를 흔들었다. "그럴 수는 없습니다."

"이해해요. 익숙하지 않겠죠." 남자는 침대 옆 탁자로 가더니 대개 촛불 받침대로 사용하는, 단단하고 네모난 유리 장식품을 집어들어서 스투레에게 건넸다. "여기요."

스투레는 유리 장식품을 들고 무게를 가늠하며 칼레를 바라보았다. 두려움에 관한 한 스투레는 더할 나위 없이 약한 사람이었다. 그는 아랫입술을 떨며 미친듯이 침을 적셨다. 칼레가 느끼고 있는 감정은 평온함이 아니었다. 그것은 무감각에 가까운 무심함이었다. 자신이 어떻게 아직도 두 다리로 버티고 서 있는지 모를 지경이었다.

스투레의 눈에 눈물이 차올랐다. 그는 칼레 바로 앞에 서서 유리 장식품을 치켜들었다. 남자가 고개를 끄덕였다. "때려요."

"그만해요." 플로라가 침대에서 중얼거리더니 시트로 여전히 몸을 가린 채 일어섰다. "그만하세요."

남자가 그녀를 바라보았다. "협상하자는 건가요? 지금 내가 그만두면 당신도 그만두겠다고 말하는 거예요?"

플로라가 침을 삼키고 말했다. "그래요."

남자는 플로라에게서 눈을 떼지 않았다. 잠시 그녀의 내부 깊숙이까지 뚫어져라 보더니 말했다. "거짓말. 침대로 돌아가세요."

자신의 의지와 관계없이 플로라는 다시 침대에 앉았다. 칼레의 귀에 드럼 소리가 들렸다. 두둥 퉁, 두둥 퉁. 유일하게 움직일 수 있는 눈을 굴리며 소리 나는 곳을 찾아 실내를 두리번거렸다.

참새 한 마리가 바깥 창틀에 앉아 부리로 유리를 쪼고 있었다. 참새는 유리창에 덜 단단한 곳이 있는지 찾는 것처럼 창틀 위를 이리저리 오가더니 다시 유리를 쪼기 시작했다. 남자가 슬쩍 그쪽을 보고는 다시 스투레를 바라보았다.

"이제 끝냅시다."

칼레의 머리 위까지 유리 장식품을 치켜드는 스투레의 팔이 떨렸다. 참새가 한번 더 창유리를 톡톡 두드렸다. 스투레는 팔을 뒤로 젖혔다가 적당히 힘을 주고 최대한 멀리 던지려는 것처럼 앞으로 휘둘렀다. 단단한 유리의 표면이 칼레의 코를 정통으로 때렸다. 둔탁하게 뭔가 부서지는 소리가 들리고 불타는 듯한 열기가 얼굴 전체에 거미줄처럼 퍼지면서 피가 입속으로 쏟아졌다.

플로라가 비명을 질렀다. 유리 장식품이 바닥에 떨어지고 스투레는 양손에 얼굴을 묻었다. 남자가 칼레의 얼굴 쪽으로 몸을 기울여 상처를 확인했다. 그리고 고개를 끄덕이더니 말했다. “좋았어요.” 그리고 몸을 웅크린 채 꼼짝하지 않는 스투레에게 고개를 돌렸다. “여자에게도 벌을 주면 어떨까 했는데…… 힘을 전부 써버리신 것 같네요.”

남자는 창문으로 다가가 밖을 내다보았다. 참새는 더 흥분한 것처럼 유리를 두드려대고 있었다.

“여긴 내가 본 곳 중 가장 멋없는 건물이라는 말을 하지 않을 수 없군요.”

피가 목구멍 아래로 계속 흘러내리고 드레스가운 안쪽으로도 들어와 양 옆구리를 간지럽혔다. 마치 얼굴이 쉴새없이 피를 뿜어내는 뜨거운 그릇 같았다. 손을 올려 상처가 어떤지 확인하고 싶었지만 움직여도 좋다는 허락을 아직 받지 못했다.

남자가 손잡이를 돌려 창문을 열었다. 참새가 두어 번 폴짝 뛰어 안으로 들어왔다. 참새는 칼레의 머리 주위를 돌다가 남자에게 달려들었고, 그는 입을 크게 벌렸다. 참새가 곧장 입속으로 날아들어가 사라졌다.

남자는 그저 심호흡하듯이 숨을 내쉬고는 스투레의 어깨를 붙잡았다.

"갑시다. 여기 남아서 자기 입장을 변명하고 싶은 생각도 없는 것 같은데."

스투레는 고개를 숙인 채 흔들었고, 두 사람은 현관으로 갔다. 밖으로 나가기 전에 남자는 칼레와 플로라를 돌아보았다. 잠시 두 사람을 바라보던 남자가 말했다. "따로 말을 보태지 않아도 되겠죠."

남자는 밖으로 걸어나갔고 스투레는 남자를 따라갔다.

남자가 사라진 뒤에도 방안에는 한참 침묵이 흘렀다. 열린 창문으로 한줄기 산들바람이 불어와 커튼이 팔락거렸다. 붙잡혀 있던 무력감의 그물에서 먼저 빠져나온 사람은 플로라였다. 그녀는 휘청이는 다리로 침대에서 내려와 칼레에게 다가갔다. "이리 와……"

칼레는 플로라의 손에 이끌려 욕실로 갔다. 플로라는 휴지에 미지근한 물을 적셔 조심스럽게 그의 얼굴을 닦았다. 혀까지 부어오른 것 같아 아주 천천히 말해야 했다. "뭐. 였어? 뭐가. 벌어진 거야. 좀전에?"

어눌한 그의 발음이 아버지에게 맞아 코가 부러진 칼레가 서 있는 진짜 세상으로 통하는 수문을 열어버린 것처럼 울음이 툭 터지는 바람에 플로라는 입술을 꽉 깨물었다. 안 그러면 눈물이 쏟아질 것 같았다.

"모르겠어, 칼레. 나도 몰라."

칼레는 거울을 보았다. 코가 원래보다 최소 두 배는 크게 부어오른데다가 한쪽으로 비뚤어져 있었다. 찢어진 피부 사이로 뼈가 살짝 보일 정도라 코로 숨쉬는 것이 불가능했다.

플로라가 말했다. "병원에 가야겠어. 아무래도……"

플로라는 휴지를 뭉쳐 칼레의 뺨과 목, 가슴을 닦은 다음 피에 흠뻑 젖자 변기에 던져넣었다. 그런 다음 휴지를 다시 길게 잘라내 접어서 상처에 대고 눌렀다.

"여기. 여기 대고 눌러……"

플로라가 손으로 가리키자 칼레는 덧붙였다. "예전에 내 코였던 곳 말이지."

'코'라는 말이 '고'처럼 들려서 칼레는 뜬금없이 웃겼다. 웃으려 했지만 입에서는 이상한 휘파람 같은 소리만 흘러나왔다. 플로라는 고개를 흔들더니 칼레를 껴안았다.

"자기 미쳤어. 웃고 있잖아."

아마 상관없겠지만 카롤린스카 병원으로 가는 건 좋은 생각이 아닌 것 같았다. 대신 단데뤼드에 있는 병원으로 갔다. 기다린 지 한 시간 만에 칼레는 치료를 받을 수 있었다. 의사는 코뼈를 똑바로 맞춘 다음 붕대로 단단히 고정하고 나서, 은퇴한 권투선수 얼굴이 되고 싶지 않다면 일주일 후 다시 와서 추가 치료를 받으라고 했다.

복도로 나온 칼레는 거울 속 자기 모습을 보고 만화에서 튀어나온 캐릭터 같다고 생각했다. 네모 모양 붕대가 코를 덮었고, 긴 드레드록 머리가 액자처럼 얼굴을 둘러싸고 있었다. 디즈니 영화에 나오는 주인공의 멍청한 친구, 헛소리만 해대고 돌아가는 상황은 전혀 모르는 조연처럼 보였다.

두 사람은 카페에 앉았다. 칼레가 우유 넣은 커피를 힘겹게 마시면서 지금 상황에서 뭔가 우스운 점을 찾아보려고 필요 이상으로 인상을 쓰고 있을 때 플로라가 말했다. "자기 좀 이상한 것 같아. 화 안 나? 어쨌거나 자기 아버지가 이렇게 만든 거잖아."

칼레는 고개를 저었다. "아니. 어떻게 보면 이건…… 멋진 일 같기도 해. 이제는 서로의 입장을 정확히 알게 된 거잖아. 더는 아버지에게 신경쓰지 않아도 돼. 아버지는 이제 내 인생에 없어."

"그래도."

"사실 오랜 세월 아버지를 증오해왔어. 하지만 한 번도 인정한 적은 없었지. 이러는 편이 더 나아."

카페에는 손님이 거의 없었다. 몇 자리 건너에 나이 많은 부인이 보행 보조기를 옆에 두고 혼자 앉아 차를 마시고 있었다. 노부인은 슬픈 표정으로 파스텔톤 벽을 바라보고 있었다. 칼레는 그녀를 보며 생각했다. 나도 가족이 없어.

하지만 그가 말한 것처럼, 이 감정은 지금까지 오랫동안 간직해온 슬픔이지 새로운 게 아니었다. 그저 사실이며 속을 긁어대는 공허함에 불과했다. 칼레는 입으로 숨을 깊이 들이마셨다가 내뱉은 다음 말했다. "혹시 생각해봤어? 오늘 아침 일 말이야."

"난 그게 존재하는지 몰랐어." 플로라가 말했다. "전에는 본 적이 없거든."

“무슨 말이야?”

플로라는 테이블 위에 흩어진 설탕 알갱이 몇 개를 손으로 쓸어 모으며 적당한 말을 찾느라 고심했다. 설탕을 한곳에 모아 작은 덩어리를 만들고 나서 말했다. “다른 존재를 나타내는 표상이 있어. 하나의 이미지지. 나는 죽음에만 그런 이미지가 있는 줄 알았어. 우리 둘 다 직접 봤잖아? 죽음은…… 자신의 모습을 사람에 따라 다른 방식으로 드러내 보여. 그 사람이 죽음에 대해 어떤 이미지를 갖고 있느냐에 따라 다른 거야. 하지만 이건……”

“마치 무슨 자석이 끌어당기는 것 같았어.”

“맞아. 하지만 그건 이미지에 불과해. 우리가 뭔가를 보게 하는 거야. 그…… 힘을 말이야. 아니면 원칙을. 스스로는 아무것도 못해.”

“어떻게 그런 걸 알아?”

플로라는 살짝 어깨를 으쓱했다. “그냥 알아.” 칼레는 테이블 너머로 뻗어온 그녀의 손을 잡았다. 그녀는 네모 모양으로 붙인 붕대를 보더니 고개를 가로저었다. “이런 일에 자기를 끌어들여서 미안해.”

“정말로?”

“자기를 생각하면 안됐어. 나야 괜찮지만.”

“자기가 괜찮으면 됐어.”

두 사람은 손을 잡은 채 앉아 있었다. 칼레가 곁눈으로 보니 노부인의 관심사가 벽에서 두 사람으로 바뀐 듯했다. 양손으로 턱을 괸 채 두 사람을 바라보고 있었다. 칼레는 플로라에게 몸을 기울였다.

“두려워?”

"응. 자기는?"

"나도." 칼레는 그녀의 손을 꼭 잡았다. "이제 어떡하지?"

"내 생각에는……" 플로라가 말했다. "할머니에게 말해야 할 것 같아."

두 사람이 카페를 나갈 준비를 하자 노부인이 힘겹게 일어나 보행 보조기를 밀면서 다가왔다. 바로 앞까지 오더니 한참 동안 서서 치아 없는 입을 벌린 채 두 사람을 번갈아 바라보기만 했다. 그러더니 말했다. "나도 무서워."

칼레는 뭐라고 말해야 할지 알 수 없었다. 하지만 플로라는 부인에게 얼굴을 가까이 가져다대고 말했다. "전혀 두려워하실 필요 없어요."

노부인의 눈이 살짝 커졌다. "그래?"

"네." 플로라가 말했다. "약속할게요."

노부인은 고개를 끄덕이고 입을 몇 번 오물거리는가 싶더니 힘겹게 움직여 엘리베이터로 향했다.

엘뷔의 집에는 친구 하가르가 잠깐 와 있었다. 두 사람은 칼레의 사정을 듣고 충격을 받았고, 칼레는 그런 상황이 불쾌하지만은 않았다. 누군가 자신에게 애정을 표현해준 것이 정말 오랜만이었다. 두 사람은 칼레를 소파에 눕히고 커피와 비스킷을 가져다주었다.

플로라는 하가르도 모든 걸 알고 있다면서, 칼레와 처음 헤덴에 갔던 일부터 전부 설명했다.

칼레가 의사를 어떻게 처리했는지 플로라에게 듣더니 엘뷔는 감탄하며 칼레를 바라보았다. 그때 칼레의 전화기가 울렸다. 전화기 화면에 롤란드가 보였다. 칼레는 양해를 구하고 부엌으로 자리를 옮겼고, 플로라는 칼레 없이 나머지 이야기를 이어갔다. 칼레는 부엌에 앉아 전화를 받았다.

"안녕하세요, 롤란드."

"아, 그래. 왜 전화했느냐면…… 그 일은 어떻게 됐어?"

롤란드는 숙취로 괴로운 목소리였다. 칼레는 시계를 쳐다보았다. 열시 반. 아마도 방금 일어나서 아직 피로가 가시지 않았을 터였다.

"어떻게 됐느냐면요…… 그게……"

"감기 걸렸어?"

칼레는 코로 숨을 내쉬려 했지만 붕대로 막힌 콧구멍에서는 아주 적은 양의 공기만 새어나오면서 휘파람 같은 소리가 났다. 그는 롤란드에게 사정을 짧게 요약해주었다. 파리와 참새가 남자의 입속으로 들어갔다는 대목은 생략했다. 전체적으로 초자연적인 부분은 얼버무리고 넘어가려 했다. 안 그래도 롤란드는 이미 수상쩍게 여기고 있었다. 하지만 그가 직접 봐버린 것은 어쩔 수 없었다.

"좋아." 롤란드가 말했다. "완전히 미쳐 돌아가는군. 그나저나 우리집 차고에 상자가 있잖아. 그거 어떻게 해야 해?"

지금껏 칼레가 생각지 못한 문제였다. 헤덴에서 온갖 일을 겪고 났더니 다른 건 전혀 중요하지 않게 느껴졌다. 하지만 자기 집 차고에 시체 조각 가득한 상자가 있는 롤란드는 생각이 달랐다.

"연예 주간지에서 세시에 사람이 오기로 했는데. 차고 문을 닫아도 온 집에 악취가 진동한다고."

"주간지요?"

"그래, 어쩌겠어? 알잖아, 잡지사 녀석들과 엮이면…… 지난번에는 나더러 애들도 없는데 왜 정원에 그네가 있는지 묻더라고. 그래서 조카들 때문에 설치했다고 했는데, 정작 기사는 뭐라고 났느냐면…… 그건 됐고, 기자들이 분명 물어볼 거라는 얘기야."

칼레는 웃지 않을 수 없었다. 롤란드의 집 차고에서 나는 냄새는 무엇인가? 롤란드는 별것 아니라고 하지만 기자가 알아본 결과……

"다시 전화할게요." 칼레는 그렇게 말하고 전화를 끊었다.

거실로 돌아가니 플로라는 이야기를 끝낸 뒤였고, 셋이서 머리를 모으고 한창 대화중이었다. 칼레가 들어오자 플로라가 그를 쳐다보았다.

"누구였어?"

"롤란드. 상자 때문에. 치워줬으면 하나봐."

귀가 잘 들리지 않는 하가르가 궁금해하는 표정으로 플로라를 바라보았다. "누구 얘기 하는 거야?"

"롤란드요." 플로라가 말했다. "칼레의 고용주죠. 트로피코스 밴드의 롤란드."

"그 사람이 방금 전화했다고?"

"네, 그 사람은—"

하가르가 손뼉을 쳤다. "와, 끝내주네!" 그녀는 집게손가락으로 하늘을 찌르며 자신의 말을 강조했다. "요즘 이 나라에 그 사람처럼 멋진 이는 별로 없잖아. 무슨 일이래?"

엘뷔가 의미심장하게 눈썹을 치켜세워 보였다. 칼레는 하가르에게 가까이 가서 더 크게 말했다. "아까 말한 상자를 치워달래요!"

하가르는 뭐가 문제인지 모르겠다는 듯 주위를 둘러보았다.

"그래?" 그녀가 말했다. "그렇다면 우리가 가서 가져와야지, 안 그래?"

롤란드의 집으로 출발한 네 사람은 중간에 바우하우스 상점에 들러 토탄으로 만든 퇴비를 두 포대 샀다. 하가르는 생석회가 필요하다고 했지만, 어디서 살 수 있는지 왜 그걸 사용해야 하는지 제대로 아는 사람이 없었다. 시체 분해 과정과 관련이 있다는데, 그건 그들이 크게 고민할 문제가 아니었다.

칼레는 여전히, 특히나 경찰 소리가 나왔을 때 아버지의 반응을 본 뒤로 신고를 해야 한다고 생각했다. 하지만 엘뷔나 플로라는 절대로 그럴 수 없다며 반대했다.

"백 퍼센트 분명한 사실이야." 엘뷔가 말했다. "당국에 신고하면 우리가 다 뒤집어쓸 거야. 어떤 식으로든 말이지."

칼레는 저도 모르게 입을 크게 벌리고 하품했다. 수면 부족의 여파가 나타나기 시작했다. 플로라는 손으로 고개를 받치고 눈을 반쯤 감고 있었다.

"이해가 안 돼요." 칼레가 말했다. "이 협회라는 조직 말이에요. 대체 누구죠? 원하는 게 뭐예요?"

엘뷔가 코웃음을 치며 말했다. "자네 아버지에게 물어보는 게 빠르겠지."

칼레가 뭐라고 대꾸하기도 전에 엘뷔가 그의 어깨에 손을 얹었다. "기분 상했다면 미안해. 아버지들의 죄라는 말이 있잖아. 난 그런 말을 전혀 믿지 않지만."

"괜찮아요." 칼레는 엘뷔가 무슨 말을 하는지 도통 알 수 없었다.

솔베리아에 도착하자 하가르는 멋진 집들을 가리키며 감탄하기 시작했다. 한동안 잠자코 있던 엘뷔가 갑자기 칼레에게 말했다. "이익. 가능한 한 최대의 이익. 그들이 원하는 건 그걸 거야. 마치 모든 것이 기계인 양 가능한 한 최대로, 효율적으로 움직이면서 최대의 이익을 만들어내길 원하는 거지. 바로 그거야. 이익과 유용성."

"건강한 식습관에 대한 정부의 권고 같네요." 칼레는 롤란드의 집으로 밴을 몰고 들어서며 말했다. 그의 말에 처음으로 엘뷔가 웃어주었다. 높이 지저귀는 듯한 웃음소리에 칼레는 피곤이 조금이나마 가시는 기분이었다.

네 사람이 밴에서 내리자 롤란드가 집에서 나와 맞아주었다. 이미 인터뷰 준비를 시작한 듯 머리를 깔끔하게 드라이했고, 힘겨운 밤을 보냈는데도 전날 저녁보다 얼굴이 훨씬 생기 있고 주름도 적어 보였다. 그는 엘뷔와 하가르를 보더니 몸을 똑바로 펴고 양팔을 크게 벌려 보였다.

"엘뷔와 하가르죠. 정말 얘기 많이 들었습니다."

칼레와 플로라는 서로 곁눈질했다. 칼레는 한 시간 반 전 롤란드와 통화하면서 처음 엘뷔와 하가르를 언급했던 것이다. 플로라가 퇴비 자루를 차에서 내리는 동안 롤란드는 두 노부인과 악수를 나누었다. 하가르는 고개를 살짝 숙여 인사하며 말했다. "실물로 보니까 훨씬 잘생기셨네!"

롤란드가 고개를 기울였다. "그런 말을 들어본 지 어언 이십 년은 더 된 것 같네요! 어쨌든 감사합니다. 아주 기분좋은 하루가 되겠어요!"

하가르가 쓸데없는 얘기를 계속 이어가기 전에 엘뷔가 말했다. "상자는요?"

롤란드는 따라오라는 듯 차고 쪽을 손으로 가리키며 걸어가면서도 웃음기를 지우지 않았다. "번거롭게 해드려 정말 죄송하지만, 도저히 여기 계속 둘 수가 없어서요."

롤란드가 주위를 둘러보았다. "칼레, 차고 쪽으로 밴을 가까이 대주겠어?" 나머지 사람들이 차고 문으로 다가서자 롤란드는 칼레의 얼굴을 가리키며 말했다. "얼굴이 개판이군."

"고마워요." 칼레가 말했다. "화장품 좀 나눠 쓰면 좋겠지만, 안 되겠죠?"

롤란드가 웃자 두꺼운 화장에도 채 가려지지 않은 주름이 드러났다. "화장품이 기적을 일으키는 건 아니야." 그는 다른 사람들을 뒤따라가며 말했다.

칼레는 밴을 차고 문 가까이 옮겨놓고 내렸다. 뒷좌석을 접지 않아도 상자 하나는 실을 수 있었다. 그는 깊게 숨을 들이마신 다음 차고 안으로 들어갔다.

엘뷔와 플로라는 상자 안에 퇴비를 쏟아붓느라 바빴고, 하가르와 롤란드는 블라우스와 셔츠로 입을 틀어막은 채 한쪽에 서 있었다. 차고 안 악취가 마치 벽을 들이받는 것처럼 공격적이라 칼레는 토하지 않기 위해 몇 번이나 침을 삼켜야 했다.

칼레는 롤란드와 하가르에게 나가 있어도 된다는 신호를 보냈고, 두 사람은 감사해하며 그의 말에 따랐다. 엘뷔와 플로라가 자루의 퇴비를 모두 쏟아붓자 상자는 가장자리까지 가득찼다. 칼레가 폭이 넓은 접착테이프를 찾아와서 셋이서 비닐봉지를 잘라 상자 위쪽을 밀봉했다. 작업을 마무리한 세 사람은 서로를 바라본 다음 숨을 쉬기 위해 밖으로 뛰어나갔다.

멀리 떨어지지 않은 곳에서 롤란드와 하가르가 정원을 걷고 있었다. 하가르는 롤란드에게 매달리다시피 팔짱을 꼈고, 롤란드는 이런저런 나무와 관목을 손으로 가리키며 수다를 떨고 있었다. 칼레는 고개를 흔들었다. 작업을 쉬는 법이 없군.

엘뷔가 차고를 향해 고갯짓해 보였다. "지옥이 따로 없네. 엉망이야."

"혹시……" 칼레는 말을 꺼냈지만 어떻게 이어야 할지 알 수 없었다.

"뭐?" 플로라가 물었다.

칼레는 플로라와 엘뷔 사이 어딘가를 애매하게 가리켜 보였다. "혹시…… 자기 할아버지가…… 혹시라도……"

"모르겠네." 엘뷔는 대답하고 입을 꾹 다물었다. "자세히 보지 않았어."

칼레는 하던 이야기를 그만두고 밴의 뒷문을 열었다. 세 사람은 힘겹게 상자를 끌어오고 들어올려 밴에 실었다. 롤란드와 하가르가 돌아오자 칼레가 물었다. "롤란드, 혹시 입을 가릴 만한 마스크

같은 거 있어요?"

상자를 뒷자리에 실은 채 밴에 타면 도저히 참을 수 없을 터였다. 칼레는 바우하우스에 갔을 때 미리 그 생각을 했더라면 하고 후회했다. 다행히 롤란드가 이마를 때리더니 말했다. "물론 있지. 멍청이."

롤란드는 차고 안으로 들어가 서랍 여기저기를 뒤지더니 뭔가를 찾아냈다. 뜯지도 않은 새 방진 마스크였다. 그는 마스크를 칼레에게 내밀었다.

"욕실 손볼 때 쓰려고 사둔 건데……" 롤란드는 어깨를 으쓱해 보였고, 칼레는 욕실 공사도 용접기 사용 계획과 마찬가지 신세임을 깨달았다. 계획했던 일이 무산되는 건 롤란드에게 매우 자주 있는 일이었다.

롤란드가 시계를 보더니 손뼉을 쳤다.

"정말 뭐라고 말해야 할지 모르겠네요." 그는 엘뷔와 하가르를 보고 고개를 숙였다. "만나서 반가웠습니다. 뭐든 제가 도움이 될 일 있으면 얼마든지 말씀하세요." 밤새 서로에게 한 말이 머릿속에 남아 있다는 걸 롤란드도 알고 있었다. 그는 좀더 진지한 목소리로 덧붙였다. "정말입니다."

밴에 올라탔더니 악취는 칼레가 두려워한 만큼 심하지는 않았다. 퇴비와 비닐 덮개가 도움이 되었다. 심지어 마스크를 쓸 필요도 없었다. 창문을 내리고 가는 것으로 충분할 것 같았다. 롤란드가 출발하는 차를 향해 손을 흔들어 보였고, 차에 탄 사람들도 손을 흔들어 답했다. 칼레는 집 앞에 서 있는 롤란드의 모습을 마지막으로 흘깃 바라보았다. 조만간 저 모습이 주간지에 등장할 것이 틀림없었다.

차가 고속도로에 접어들자 엘뷔는 멍하니 허공을 보는 하가르에게 몸을 기울이고 물었다. "사인 받았어?"

"더 좋은 거 받았지." 하가르가 블라우스의 주머니를 두드리며 말했다. "전화번호 받았어."

플로라가 뒤돌아보았다. "하가르, 제발 좀!"

"왜 그래?"

칼레는 플로라의 손을 찾아 안심하라는 듯 꼭 쥐었다. 사방팔방 전화번호를 뿌리는 건 롤란드의 약점이었고, 그 말은 육 개월마다 전화번호를 바꿔야 한다는 뜻이었다. 여자들이 전화를 걸어오면 최악의 경우 한밤중에 쇠데르텔리에 같은 곳에 버려지게 되는 것이다. 자기중심적 사고와 무분별함이 뒤섞인 결과였다. 기념으로 머리칼 한 가닥을 주는 대신 전화번호를 알려주면, 의도는 같지만 결과는 좀더 복잡해진다.

십오 분 뒤 칼레는 목적지인 하가르의 정원 창고에 차를 대고 있었다. 그들은 상자를 밴에서 내려 거미줄에 덮인 원예 용구 사이에 숨긴 다음 허름한 방수포로 덮어 위장했다. 하가르의 첫 남편이 짓고 사용했던 그 창고는 삼십오 년 전 두 사람이 이혼한 뒤로 아무도 손대지 않았다.

네 사람은 반쯤 썩은 창고 문을 닫은 뒤 각자 손의 먼지를 떨었다. 칼레는 머리가 제대로 돌아가지 않았다. 갑자기 온몸의 힘이 다 빠진 느낌이었다. 30미터 떨어진 하가르의 겸손해 보이는 기능

주의 집을 바라보자니, 부스러지는 회반죽벽에서 뭔지 모를 사람 얼굴이 보일 지경이었다.

하가르가 손뼉을 쳐 침묵을 깨며 말했다. "자! 인제 어쩌지?"

그 질문에 만족스러운 대답이 나오지 않아서, 그들은 일단 집안으로 들어가 차를 마시고 스펀지케이크를 먹으며 상황을 정리해 보기로 했다. 뭔가 행동에 나서야 했지만, 정확히 뭘 해야 할지 아무도 알지 못했다. 엘뷔가 가장 신경쓰이는 건 그녀의 표현대로라면 "적 캠프의 예비 병력"이었다. 그날 아침 칼레를 찾아왔던 남자 같은.

"두 사람 당분간 우리집에 와 있어야 하는 거 아니야?" 엘뷔가 제안했다. "만의 하나, 안전을 위해서 말이지."

플로라는 케이크 부스러기를 모아 입에 털어넣으며 말했다. "언제까지요?"

"언제까지라니?"

"정확히 언제까지 함께 있어야 하죠?"

"아, 그야…… 나도 잘 모르겠구나. 뭐…… 상황이 안정될 때까지겠지."

"그럼 그게 언제일까요?"

엘뷔가 대답을 생각해내기도 전에 칼레가 끼어들었다. "제 느낌에 그자…… 그 존재는 결국 우릴 찾아낼 것 같아요. 우리가 어디 있든 말이죠."

엘뷔가 칼레를 날카로운 눈으로 바라보았다. "어떤 근거로 그렇다는 거지?"

"그냥…… 느낌이 그래요."

엘뷔는 물끄러미 그를 바라보더니, 잠시 후 코를 킁킁거리고 고개를 끄덕인 다음 말했다. "좋아."

칼레는 하품이 나왔다. 목덜미 근육에서 완전히 힘이 빠지기 직전이었고, 고개가 자꾸 가슴으로 떨어졌다. 싱크대로 가서 코를 덮은 붕대가 젖지 않도록 조심하며 차가운 물로 눈을 씻었다. 붕대 밑에서 핏줄이 박동하며 끊임없이 고통의 맥박을 내보냈고, 그때마다 눈앞에 오렌지색 불꽃이 번쩍거렸다. 그는 다른 사람들을 향해 돌아섰다.

"좋아요, 결정을 내려야죠. 전 집에 가서 좀 자고 싶어요."

결정 사항은 없었다. 칼레와 플로라는 집에 가서 자기로 했다. 하가르의 집을 떠날 때 칼레는 뒤돌아보며 말했다. "자기 할머니는…… 상당히 강인하신 거 같아."

"맞아." 플로라가 말했다. "그리고 진정으로 뭔가를 해내고 싶어하셔. 지난번에 할머니가…… 말하자면 일을 좀 망쳤거든."

"무슨 말이야, 지난번이라니?"

"예전에 한번 기회가 있었어. 저들이 헤덴을 봉쇄하기 전에."

아파트에 들어서니 차가운 바람이 실내를 휘감고 있어서 두 사람은 순간 긴장했다. 하지만 확인해보니 그 방문자가 열었던 창문이 여전히 열려 있어서였다. 칼레는 창문을 닫고 옷을 갈아입지도 않은 채 침대에 몸을 던졌다. 눈을 감고 플로라가 옆에 눕는 기척을 들었다. 그러고 나서는 아무 소리도 들리지 않았다.

칼레가 잠에서 깼을 때 밖은 어두웠다. 침대 위 그는 혼자였다.

거실에서 〈더블 대시〉 게임의 배경음악이 작게 들렸다. 칼레는 자리에 그대로 누워 창밖 가로등 불빛을 한참 보고 있었다. 마치 우주에서 가장 작은 달이 혼자 둥둥 떠서 칼레 릴리에발의 주위를 맴돌고 있는 것 같았다. 코가 막힌 것 같아서 시험 삼아 숨을 내뿜어 봤지만 소용없었다. 좀더 세게 힘을 주었더니 얻어맞은 콧구멍과 코를 덮은 붕대에 뚫린 구멍을 통해 가느다란 한줄기 숨이 간신히 삐져나갔다.

아빠. 바로 나의 친애하는 친아버지께서.

찌르는 듯한 통증이 뱃속에 느껴지면서 칼레는 문득 자신이 안됐다는 생각이 들었다. 지금까지 일이 잘 풀린 적이 없었다. 아무리 애를 써도 상황은 나빠지기만 했다. 마침내 좋아하는 사람을 만났지만 결국 어떻게 됐나? 지난 24시간 동안 벌어진 일을 요약해 보면 그전보다 더 깊은 수챗구멍 속에 박혀버렸다고 할 수 있었다.

왜 모든 일이 도무지 간단할 수가 없는 거지?

어렸을 때, 어머니, 젊은 시절, 그의…… 지나간 세월이 머릿속을 스쳐갔고, 그는 그저 몸을 동그랗게 웅크리고 이불을 뒤집어쓴 채 밖으로 나가고 싶지 않았다. 코를 내밀면 얻어맞으니까. 엎드려. 납작 엎드려, 빌어먹을.

혼자 있고 싶어.

그는 혼자인 편이 어울렸고, 누군가와 함께할 수 있게 생겨먹지 않았다. 여기, 자신의 아파트에 앉아 텔레비전 프로그램을 보면서 빌어먹을 자괴감을 느끼면서도 최소한 삶의 질서 비슷한 건 가질 수 있을 것이다. 그래. 팔걸이의자에 앉아 시간을 보내는 거야. 혼

자. 나에겐 그게 어울릴 테니까.

삼십 분 뒤 플로라가 침실로 들어왔을 때도 칼레의 머릿속에서는 그런 생각들이 계속 아래로 소용돌이치며 돌고 또 돌고 있었다. 그녀가 침대에 앉자 칼레는 말했다. "플로라, 나 더는 못하겠어."

플로라는 대답하지 않았다. 칼레의 머리칼을 부드럽게 뒤로 쓸어넘기고 이마에 손을 얹었다. 칼레는 가만히 있었다. 더 할말이 없었다. 안에서 웅크린 채, 밖으로 나가고 싶지 않았다. 잠깐의 침묵이 지나고 플로라는 그냥 이렇게 말했다. "자기랑 내가 세상에 맞서는 거야."

그녀의 표정은 지극히 진지했다. 칼레는 한숨을 내쉬었다.

"그거, 노래 가사지?"

"그래. 하지만 맞는 말이기도 하잖아. 와서 뭐 좀 먹어."

두 사람은 플로라가 만든 렌틸콩 스튜를 쿠스쿠스와 함께 먹었다. 테이블 위에 촛불을 켰다.

세상과 맞서는 당신과 나.

잠이 완전히 깨고 음식이 뱃속에 들어가자 칼레는 외로움에 대한 우울한 생각이 진정으로 어떤 것인지 볼 수 있었다. 그건 낭만주의였다. 자신의 비극적 고립의 결실인 감상적인 그림. 만일 그렇다면 그걸 뭔가 다른 것, 똑같이 낭만적인 것으로 바꾸는 건 얼마든지 가능했다. 세상과 맞서는 당신과 나.

두 사람이 처한 상황이 너무나 극단적인만큼 '세상과 맞서는 당신과 나'도 틀린 말이라고 할 수 없었다. 오히려 현재 상황을 정확하게 표현한 말이었다.

그러니 괜찮았다. 당신과 내가 함께 세상에 맞서는 것도.

낮에 벌어진 여러 일 때문에 지칠 대로 지친 두 사람은 저녁 내내 텔레비전에서 쓸데없는 프로그램을 잔뜩 봤고, 멍청한 광고와 철저하게 꾸며낸 배우들의 연기를 보고 웃으며 시간을 보냈다. 플로라는 엘뷔가 무슨 일이 없는지 확인차 전화했다고 알려주었다. 칼레는 고개를 끄덕였다. 그래, 아무 일도 없어. 아주 좋거나 이해할 수 있는 상황은 아니었다. 하지만 여기 소파에는 플로라가 옆에 웅크리고 앉아 있고, 〈버피 더 뱀파이어 슬레이어〉*는 또 한번 믿을 수 없는 딜레마에 빠져 있으니 이만하면 괜찮았다. 아니, 끝내주게 좋았다.

새벽 두시 잠자리에 들기 전 칼레는 얼굴 통증을 달래려고 알베돈 두 알을 먹었다. 플로라는 금방 잠들었지만 그는 잠들지 못한 채 코끝에서 핏줄이 뛰는 걸 느끼고 있었다.

나는 혼자가 아니야.

그랬다. 사실 그는 어떤 무리의 일원임을 어느 때보다도 강하게 느끼고 있었다. 펑크페이스는 다른 문제였다. 밴드 연습을 하고, 수다를 떨고, 친구로 지냈다. 하지만 진지하지 않은 관계였다. 이건 달랐다. 그와 플로라, 롤란드, 엘뷔 그리고 하가르. 맙소사, 그들은 뭔가 감당하기 힘든 큰일에 연루되어 있다. 그리고……

나도 그 일부가 되고 싶어.

그는 몇 시간 전 같은 침대에 누워 있을 때와 지금 자신의 태도

* 미국의 텔레비전 드라마 시리즈.

가 완벽하게 바뀐 걸 깨닫고 깜짝 놀랐다. 어쩌면 지금부터 플로라가 말한 일이 진행되는지도 몰랐다. 그는 이번 일에 함께하고 싶었다. 조금이라도 어떤 역할을 맡고 싶었다.

알베돈이 약효를 발휘하기 시작했고, 그는 거대한 암흑 속으로 떠내려갔다.

여섯시에 잠에서 깬 칼레는 다시 잠들지 못하고 현관 앞 복도로 나가 신문을 집어들었다. 1면에 실린 내용을 파악하는 데는 잠시 시간이 걸렸다. 너무 잘 아는 모습, 바로 헤덴의 출입구 사진이었다. 헤드라인에는 '부활자 격리'라고 쓰여 있었다.

어제 마시던 커피를 데우려고 커피머신을 켜고 식탁에 앉아 신문을 읽기 시작했다.

전날 부활자들이 알 수 없는 이유로 갑자기 극심한 공격성을 보였다는 내용이었다. 많은 사람이 다쳤고 관리 강화를 위해 모든 부활자를 한곳에 모아두었다고 했다. 옆에는 삼 년 전 부활자들이 탈출했을 때의 사건 과정과 사망자 수를 정리한 박스 기사가 따로 실려 있었다. 칼레가 희미하게 이름을 기억하는 어떤 의사는 부활자들이 드러내는 폭력성이 이번에 훨씬 심해졌으며 사망자가 발생하지 않은 것이 천만다행이라고 말했다.

칼레는 기름이 뜬 시커먼 커피를 따라서 한 모금 마시고 탄 맛에 얼굴을 찡그렸다.

어떻게 돌아가는 거지?

보건복지부 장관도 현재 문제에 대응할 다른 방법이 있는지 논의 중이라는 성명을 발표했다. 시민의 안전이 최우선이라고 했다.

칼레는 새로 커피를 내리고 플로라를 깨워 신문 기사를 보여주었다. 그녀는 기사를 읽더니 고개를 흔들었다.

"거짓말이야."

"아무 일도 없었다는 거야?"

"그래. 그냥 연막이야. 뭔가를 꾸미고 있어. 그리고 무슨 수작을…… 모르겠어."

"하지만 이런 일이 정말로 벌어졌을 수도 있지 않아?"

"무슨 일이 정말 벌어졌다면 신문에 기사가 났을 리가 있어? 지난 삼 년 동안 저들은 아무 정보도 내놓지 않았어. 고의로 계략을 꾸민 게 아니라면 왜 지금 이러겠어? 뭔가 수작을 부리는 거야."

플로라의 휴대전화가 울렸다. 엘뷔 역시 신문 기사를 봤고, 플로라와 같은 결론을 내렸다. 통화를 마무리한 플로라가 침대에서 나왔다. "우리가 뭔가를 해야 해. 당장."

"그래. 하지만 뭘?"

플로라는 침대 옆 탁자 위 시계를 바라보았다. "롤란드가 일어났을까?"

"아닐걸. 왜?"

"할머니랑 어제 얘기했는데…… 한 가지 생각이 있어. 안 좋은 작전일 수도 있고, 통하지 않을 수도 있어. 어쨌든 롤란드가 필요해."

칼레는 여덟시까지 기다렸다가 롤란드에게 전화를 걸었다. 플로라에게 대충 들은 계획은 그녀의 말대로였다. 안 좋은 작전일 수 있었다. 하지만 당장 행동에 옮길 수 있는 유일한 계획이었다.

롤란드는 아직 일어나기 전이었다. 연예 주간지 기자와 꽤 늦은 밤까지 시간을 보냈기에 정신을 차리려면 좀더 걸릴 터였다. 칼레는 롤란드가 옆에서 잠든 기자가 깨어 통화 내용을 들을까봐 자리를 옮기느라 전화를 늦게 받는 것이 아닐까 생각했다.

빙고. 십 분 뒤 걸려온 롤란드의 전화를 받자, 정원에 나와 있는 듯 바깥 소음이 들렸다.

"좋아." 롤란드는 한참 이야기를 나눈 뒤 말했다. "나도 같이하겠어."

"아주 솔직하게 말할게요." 칼레가 말했다. "난 이 계획이 성공할지 전혀 감이 잡히지 않아요. 그냥 완전히 재앙으로 끝날 가능성도 커요."

"어차피 인생이 재앙이야. 적어도 내 인생은 그래."

그들은 하루종일 준비했다. 칼레는 기나긴 여행을 앞두고 짐을 싸고 작별인사를 하는 기분이었다. 평소보다 손이 가벼웠고 물건을 만지는 손길이 조심스러웠다. 어쩌면 스트레스 때문일지 모르지만, 최악의 경우 목숨을 버리게 되는 상황을 눈앞에 두고서야 지금까지 오랫동안 경험해보지 못한 삶에 대한 경외를 느꼈다. 플로라는 주변에 신경쓰지 않고 집중하면서 힘을 모으고 있었다.

그들은 네시에 출발했다. 플로라는 테뷔로 갔고, 칼레는 밴을 대형 버스와 바꾸기 위해 하닝에로 향했다. 긴장되었다. 그날 저녁 그들이 하려는 것은 정상인들이라면 절대 하지 않을 일이었다. 아마 범죄조직이나 할 법한, 무장 차량을 강탈하는 종류의 일이었다.

게다가 범죄조직도 그들보다는 더 계획이 탄탄하고 움직일 시간과 할일, 주변 상황이 엄밀하게 정해져 있을 터였다.

심지어 칼레는 신문에서 본 내용 외에는 현재 헤덴 내부가 어떻게 돌아가는지 알지도 못했다. 게다가 아버지나 함께 왔던 남자 쪽이 잠잠하다는 사실도 마음에 걸렸다. 간단히 말해 그들은 일이 어떻게 돌아가는지 전혀 몰랐고, 그런 그들이 세운 계획은 극단적으로 불안해 어둠 속에 날리는 총알과도 같았다. 하지만 다른 도리가 없었다. 칼레는 더 좋은 계획을 짜낼 수 없었다.

버스는 한 달이나 운행하지 않았는데도 단번에 시동이 걸렸다. 지금까지는 순조로웠다. 일반 시내버스의 절반 크기로 작은 편이었지만, 칼레는 대형 운전면허가 아예 없었다. 전에 트로피코스가 버스로 이동할 때는 다른 운전사를 고용했고, 칼레는 그냥 동행해서 짐을 운반하기만 했다.

칼레는 제한속도보다 시속 10킬로미터 느리게 운전했고, E18 도로와 테뷔로 향하는 길에서 끊임없이 다른 차량에 추월당했다. 로터리를 도는 것이 가장 어려웠다. 칼레는 버스의 폭이 실제보다 1미터는 넓게 느껴졌다. 회전할 때는 버스에 자유의지가 있어서 스스로 때가 되었다고 생각할 때만 운전대의 움직임에 반응을 보이는 듯했다.

마침내 엘뷔의 집 앞에 도착해 시동을 끄려고 했을 때는 왼손이 운전대를 꽉 붙잡은 채로 풀리지 않아 손가락을 하나씩 비틀어 떼어내야 했다. 머리가 아팠지만 기분은 아주 좋았다. 아직까지는 잘 해내고 있었다.

다른 사람들은 이미 부엌에 모여 있었다. 마야가 이 계획은 처음부터 끝까지 미친 짓이라는 의견을 내자, 플로라는 그녀와 오랫동안 대화를 나누었다. 결국 마야는 동의했지만 계획에 직접 참여하기는 거부했다.

롤란드는 상당히 낡은 헬뤼 한센 윗도리와 프리스타스 바지를 입고 있었다. 엘뷔와 하가르는 야외활동에 어울리게 차려입었는데, 꼭 버섯을 따러 나가는 두 할머니처럼 보였다. 플로라와 칼레는 딱히 평상시와 다른 옷차림을 해야 할 필요를 느끼지 못했다.

"저 왔습니다." 칼레는 부엌으로 들어서며 말했다. "누구 알베돈이나 뭐 비슷한 약 가진 사람 있어요?"

엘뷔가 부엌 찬장 한 곳을 가리켰다. 칼레는 구급상자를 꺼내고 알베돈 두 알을 찾아내 삼켰다. 구급상자를 제자리에 돌려놓다가 종잇조각 하나가 든 작은 유리병을 봤다. 키친타월 같은데 갈색 얼룩이 묻어 있었다. 뭔지 물어보면 실례가 될 것 같았지만, 그들은 이제 한 팀이 아니던가? 그는 유리병을 들어 보였다.

"이거 뭐예요?"

종이는 마치 오래된 양피지처럼 보였다. 엘뷔가 보더니 웃고는 손을 내밀어 유리병을 가져갔다. 그녀는 종이를 보고는 한숨을 내쉬었다.

"아마도 이 종이가 우리가 여기 모인 이유라고 할 수 있겠지. 이게 여기서 나왔거든." 엘뷔는 자신의 이마 가운데를 가리켰고, 칼레는 그제야 지금까지 주름이라고 생각했던 것이 사실은 피부 위에 생긴, 주름보다 희미한 흉터라는 걸 알 수 있었다.

"엘뷔는 임무를 받았어." 하가르가 말했다. "하지만 우린 그 임무를 조금 오해했지."

"우린 바보처럼 행동했어." 엘뷔가 하가르의 말을 정정했다.

"맞아." 하가르가 말했다. "그렇기도 했고."

"죄송합니다, 숙녀분들." 롤란드가 말했다. "저는 무슨 말인지 알아들을 수가 없는데요."

엘뷔가 간단하게 설명했다. 그들이 지금 '죽음'으로 알고 있는 존재가 부활자들을 데려오라는 임무를 준 것, 하지만 엘뷔는 그 임무를 평범한 계시로 오해하고 살아 있는 사람들을 인도하려고 했다는 것, 결국 모든 일을 망치고 바로잡을 기회를 놓쳤다는 것까지.

"그러니까 내가 멍청하게 굴지만 않았더라면 우리가 지금 여기 모여 있을 일도 없었을 거야." 엘뷔는 깊은 한숨을 내쉬었다. 갑자기 몹시 걱정스러운 기색이었다. 롤란드는 엘뷔의 손에 자기 손을 포갰다.

"그랬으면 우리는 서로 알 기회가 전혀 없었겠죠."

엘뷔는 쓴웃음을 지었다. 그녀는 하가르처럼 롤란드의 정중한 말투에 혹하지 않았다. 반면 하가르는 롤란드와 알게 된 것이 수백 명의 목숨을 구할 기회를 잃은 것에 대한 보상이 충분히 되고도 남는다는 듯 열심히 고개를 끄덕였다.

"그만 갈까요?" 플로라가 말했다.

롤란드가 창밖을 내다보았다. "어두워질 때까지 기다릴 줄 알았는데."

플로라는 어깨를 으쓱했다. "별로 달라질 것도 없을 거예요. 우리가 가진 유일한 이점은 기습이잖아요. 빠를수록 좋죠."

"잠깐만." 롤란드가 잠시 복도 쪽으로 사라졌다. 그리고 샴페인 한 병을 가지고 돌아와 식탁에 내려놓았다. 그는 과장되게 술병을 향해 손을 흔들어 보였다.

"친구들, 이거 볼랭저 66년산입니다. 얼마나 비싼지 감히 말씀드릴 수조차 없습니다. 지금까지 아껴두던 거예요. 그리고 내 생각에 오늘 저녁의…… 계획을 생각하면, 아마 내가 이걸 원하는 방식으로 즐길 기회는 절대 없겠죠. 그러니 여러분과 나누고 싶습니다."

엘뷔 집에는 샴페인 잔이 없어서 평범한 물잔을 식탁 위에 꺼냈다. 롤란드가 펑 소리와 함께 병을 따더니 슬픈 표정을 지었다. 모두가 한 잔씩 따랐다.

"건배." 롤란드가 말했다. "인생과 사랑을 위해."

칼레는 샴페인을 자주 마시지 않았지만, 지금껏 맛본 것 가운데 최고였다. 술은 부드러운 입천장에서 약간 따끔거리다 이내 녹아 입속에서 사라졌다. 혀가 살짝 마비되는가 싶더니 알코올이 곧장 머리로 올라갔다. 플로라가 그에게 바짝 붙어 앉았다. 칼레는 샴페인 때문에 감상적이 되어서인지 눈에 눈물이 고였다. 그는 생각했다. 아마도 지금이 인생을 통틀어 가장 아름다운 순간이리라.

샴페인을 다 마시고 나자 롤란드가 말했다. "칼레, 아까부터 생각했어. 내가 운전하는 게 제일 낫겠다고."

"왜요?"

"왜냐하면……" 롤란드는 플로라를, 다시 칼레를 바라보았다.

"감상적이긴 하지만 이 상황에선 적절한 것 같은데, 두 사람이 나보다 더 오래 살 수 있을 테니까. 그게 다야."

칼레는 플로라와 눈을 맞추고 한참을 바라보았다. 그러고는 고개를 끄덕였다. "좋아요."

롤란드가 버스를 예르바 들판 가장자리에 세울 무렵 석양이 지기 시작했다. 그는 마이크를 꺼내 버스 내부 스피커를 통해서 말했다. "신사 숙녀 여러분, 저희 버스는 이제 목적지에 도착했습니다. 각자 정해둔 자리에서 준비해주시기 바랍니다. 또한 입구에 있는 훌륭한 기념품 상점을 추천해드릴 수 있어서 기쁘게 생각하는 바입니다. 감사합니다. 모두 준비되셨나요?"

엘뷔와 플로라는 버스 중앙의 출입문 옆 좌석으로 이동했고, 칼레는 앞으로 나가 몇백 미터 떨어진 곳에 보이는 출입구에서 눈을 떼지 않은 채 운전대를 양손으로 꽉 움켜쥐고 있는 롤란드 옆에 앉았다.

"롤란드, 괜찮아요?"

롤란드는 이를 악문 채 고개를 끄덕였다. 칼레는 그의 어깨를 두드렸다. 다른 사람들 쪽으로 돌아서는데 롤란드가 애원하는 표정으로 그를 보며 말했다. "설마 총을 갈겨대지는 않겠지?"

칼레 역시 알 도리가 없었지만, 그는 롤란드가 듣고 싶어하는 대답을 해주었다. "안 쏴요." 그러고는 플로라 옆자리로 가서 앉았다. 두 사람 앞에서는 엘뷔와 하가르가 손잡이를 붙잡고 앉아 있었다. 칼레와 플로라도 손잡이를 붙잡았다. 롤란드는 공회전중인 차의 액셀러레이터를 두어 번 세게 밟았다. 곧이어 클러치에서 발을 뗐다.

출입구가 가까워지자 롤란드는 속도를 높였다. 칼레는 창밖으로 출입구를 지키고 있는 네 명의 경비원을 보았다. 그들은 버스가 접근하자 처음에는 그냥 멍하니 보고 있었다. 옆구리에 야자수와 석양 그림이 들어간 댄스음악 밴드의 버스. 20미터가 남았을 때, 경비원 한 명이 양손을 들어 흔들기 시작했다. 멈춰! 멈추라고! 롤란드는 액셀러레이터를 끝까지 밟은 채 고개를 숙였다.

다른 경비원들이 기관단총을 잡았지만, 아마 제대로 된 명령을 받지 못한 듯 버스가 출입문을 들이받을 때까지 총성은 한 발도 울리지 않았다. 금속끼리 부딪치는 소리가 나더니 버스가 흔들렸고, 출입구 문짝 하나가 뜯어져나가 버스에 매달린 채 몇 미터를 끌려왔다. 그러더니 결국 뒤집힌 채 나동그라졌다.

칼레는 후방 창문으로 뒤를 흘깃 보았다. 경비원들은 마비된 것처럼 그 자리에 서서 버스 꽁무니만 멍하니 보고 있었다. 그들의 가상 위기 훈련에 없는 상황인 것이 분명했다. 엔진이 미친듯이 으르렁거렸고 롤란드는 소리를 질렀다. "왼쪽 맞지?"

"맞아요." 칼레도 소리를 질렀다. "왼쪽, 다음에 직진."

앞유리창에 꼭대기부터 아래까지 길게 금이 가 있었다. 출입구 문짝에 부딪히며 깨진 것 같았다. 칼레가 고함쳤다. "앞유리창! 유리가—"

"알아, 안다고!"

롤란드는 운전대 위로 몸을 숙였고, 그가 하는 생각이 칼레의 머릿속에 떠올랐다. 운전해, 빌어먹을 운전을 하는 거야…… 왼쪽으로 차를 몰아. 롤란드의 생각은 더할 나위 없이 과감하고 강력했다. 칼레는 다른 사람들의 생각도 읽을 수 있었다. 그 뒤로 공황상태에 빠진 채 웅얼거리는 소리도 들렸는데, 뭐라고 하는지는 알 수 없었다. 하지만 롤란드의 생각은 크고 명확하게 들렸다. 엄청나게 흥분한 상태였지만 칼레는 기쁨도 찾아낼 수 있었다. 자신의 자유의지에 따라 심연으로 달려드는 사람의, 그리고 마침내 목적지에 도착한 사람의 기쁨을.

한번 더 방향을 바꾸자 금간 유리창 너머로 회관 건물이 보였다. 출입문 밖에 경비원 여럿이 모여 있었다. 버스 안으로 전달된 그들 머릿속 생각은 기대했던 바와 전혀 다르지 않았다. 두려움과 의아함이 뒤섞인 감정.

롤란드는 좀전 단지 출입구에선 깜빡했지만, 이번에는 잊지 않았다. 경적을 울린 것이다. 귀가 먹먹했다. 경비원들은 자신들을 향해 달려드는 위험 앞에서 누구든 취해야 할 반응을 보였다. 그들은 펄쩍 뛰어 버스 앞에서 비켜섰다.

"꽉 잡아!" 롤란드가 소리쳤다.

롤란드는 오른쪽으로 차를 돌려 출입문이 난 벽과 나란히 달렸다. 높이 3미터쯤으로 보이는 지붕이 차창으로 달려들었다. 그들이 확신하지 못한 부분이었다. 지붕 가장자리가 유리창을 때리기 직전에 롤란드는 브레이크를 있는 힘껏 밟았고, 버스는 미끄러지기 시작했다. 지붕 구조물이 유리창을 박살내는 순간, 롤란드의 몸은 운전대 위로 날아갔다. 귀청이 찢어지는 듯한 굉음과 함께 잘게 부서진 유릿조각들이 버스 안으로 쏟아져내렸다. 금속 지붕은 찌

그러져 안쪽으로 밀려들어갔다. 칼레의 머릿속에 퍼뜩 이런 생각이 들었다.

별로 좋은 작전이 아니었나보군

……하지만 그 순간 버스가 다른 쪽 지붕 구조물에 한번 더 부딪히면서 갑자기 멈춰 섰다. 칼레는 몸이 앞으로 쏠리면서 가슴이 손잡이와 부딪히는 바람에 숨을 쉴 수 없었다.

버스는 꼼짝하지 않았지만, 엔진은 여전히 돌아가고 있었다. 철판이 덜컹 떨어지더니 깨진 유리가 바닥에 떨어져 흩어졌다. 버스 밖에서 흥분한 목소리가 들렸다. "이런 미친 새끼들…… 이게 무슨, 빌어먹을……"

칼레는 기침하며 주위를 둘러보았다. 엘뷔와 하가르는 비행기가 비상 착륙할 때처럼 웅크리고 있던 몸을 일으키는 중이었다. 플로라는 입술이 찢어져 피를 흘리면서도 "난 괜찮아"라고 말했다.

"롤란드?" 칼레는 소리쳤다.

대답이 없었다. 칼레는 철판과 깨진 유리를 밟고 운전석으로 넘어갔다. 롤란드는 운전대 위쪽에 엎어져 있었는데 부서진 유리가 등을 온통 뒤덮고 있었다.

"롤란드?"

롤란드가 꿈틀하더니 한쪽 손을 들었다.

"괜찮아." 롤란드는 일어나 앉았다. 피 맺힌 작은 상처들이 십자형으로 얼굴을 뒤덮고 있었다. 그는 고통으로 얼굴을 찡그리더니 다시 쓰러졌다. "갈비뼈가. 아무래도…… 난 좀 쉬어야 할 거 같아."

두 사람에게 경비원들의 목소리가 들렸다. “이 빌어먹을 버스 좀 밀어봐.”

운이 좋고 나쁘고를 굳이 가리자면 그들은 운이 좋은 셈이었다. 무너진 금속 지붕의 커다란 잔해가 운전대와 남은 지붕 뼈대 사이에 끼는 바람에 경비원들이 깨진 앞유리창을 통해 바로 버스 내부로 진입할 수 없는 상황이었다. 하지만 그들이 잔해를 제거하기까지 오래 걸리지는 않을 터였다.

롤란드는 손을 흔들었다. “난 괜찮을 거야. 가.” 그가 손을 내려 버튼을 눌렀다. 희미하게 쉭 소리가 나더니 버스 중간에 있는 문이 열렸다. 경비원들이 철판을 잡아당기자 반항하듯 날카로운 소음이 울렸고, 칼레는 벌어진 틈으로 분노 가득한 경비원들의 얼굴을 볼 수 있었다. 칼레는 롤란드의 등을 두드렸다. “운전 멋졌어요.”

롤란드가 말했다. “도움을 줄 수 있어 다행이야…….” 칼레는 좌석 사이로 물러서 다른 사람들의 뒤를 따랐다. 운과 기술의 합작으로 계획은 성공했다. 버스가 벽에 바짝 붙은 채 멈추는 바람에 건물 출입문이 막혔고, 건물로 들어가려면 버스 내부를 통과해야만 했다.

플로라가 버스 계단으로 내려서는 순간 칼레는 가슴이 철렁했다. 건물 출입문이 어느 쪽으로 열리는지 전혀 생각하지 않은 것이 떠올랐다. 만일 문을 밖으로 열어야 한다면 모두 망한 셈이었다.

하지만 여전히 행운은 그들 편이었다. 문은 안쪽으로 열렸고, 잠시 후 그들은 출입문 안쪽 복도에 나란히 서 있었다. 칼레와 플로라는 가져온 쇠사슬로 출입문 손잡이를 여러 번 묶은 다음 자물쇠를 채웠다. 누구든 문을 열고 들어올 때까지 시간이 제법 걸릴 터였다.

"롤란드는 어때?" 하가르가 물었다.

"괜찮아요." 칼레는 거짓말을 했다. "그냥 들어오기 싫대요."

하가르는 고개를 끄덕이고 머리를 움켜쥐었다.

"이해할 수 있어. 여기 정말 끔찍하군."

머릿속을 가득 채우는 소음을 표현할 말이 없었다. 그들은 소음의 근원 바로 앞까지 와 있었다. 마치 스웨덴 국가대표팀이 중요한 월드컵 경기에서 골을 넣었을 때 같았다. 수많은 사람이 벌떡 일어나 우레 같은 함성을 내지르는 순간. 하지만 지금 들리는 함성은 길게 이어지기만 할 뿐 끝나지 않았다. 그리고 분위기는 정확히 정반대였다. 기쁨과 환호가 아니라 고통과 두려움으로 입을 모아 내는 소리였다.

동시에 너무 압도적이라 오히려 전보다 견디기는 더 수월했다. 개별적인 소리를 구분할 수 없고, 그냥 정신적으로 괴로운 병에 시달리는 기분이었다. 몸이 흔들리고 머리는 비명을 지르는 검은 진흙으로 가득찬 가운데 그들은 계속 계획대로 움직였다.

하가르는 출입문 안쪽에 있다가 만일 그곳이 뚫릴 것 같으면 신호를 보내기로 했다. 칼레와 플로라, 엘뷔는 다음 공간인 커다란 강당으로 이동했다.

지난번 왔을 때 실내를 가득 채웠던 벤치들은 싹 사라지고 보이지 않았다. 지금은 그저 텅 빈 강당에 부활자들이 한가득 모여 있었다. 그들 모두가. 사람, 아니, 전에 사람이었던 존재가 수백 명은 되는 것 같았다. 부활자들은 서로서로 밀착해 벽에 바짝 붙어 서 있었다.

잿빛 피부, 뼈만 남은 팔, 표정 없는 얼굴과 움푹 들어간 눈. 죽은 사람들. 모두의 눈에 똑같은 막이 덮여 있었다. 유일하게 다른 점은 각자 몸이 부패한 정도였다. 말라붙었거나 부풀어오른 피부, 미라가 되었거나 기미가 낀 얼굴. 죽은 사람들. 이렇게 엉겨붙어 서서 강당 중앙의 허공에 눈길을 고정하고 침묵의 비명을 지를 것이 아니라, 누워 쉬면서 죽음 속으로 풀려나야 할 시체들이었다.

부활자 하나가 막 가운데로 끌려나왔다. 그곳에는 남자 셋이 서 있었다. 끌려나온 부활자는 등이 굽은 남자 노인으로, 존재하지도 않는 뭔가를 손으로 그러쥐고 있었다. 머리에는 회색 머리칼이 듬성듬성 나 있었다.

남자 하나가 작은 상자를 들어올려 노인의 목에 댔다. 희미하게 탁탁 소리가 나더니 노인이 얼굴을 바닥에 처박고 쓰러졌다. 상자를 들고 있던 남자가 뒤로 물러서고 두번째 남자가 앞으로 나섰다. 그는 양손에 대형 절단기를 들고 있었다.

엘뷔가 그들을 향해 두 걸음 다가섰다.

"잠깐!" 그녀는 소리질렀다. "그만둬요! 지금 뭐하는 거예요?"

절단기를 든 남자가 멈췄다. 세번째 남자가 돌아섰고, 칼레는 그를 알아보았다. 칼레의 침실에 있었던 바로 그 남자였다. 방문자. 같은 양복, 같은 넥타이. 딱 한 가지만 달랐다. 그의 배가 훨씬 더 부풀어 있었다. 남자가 웃으며 말했다. "그래서 그렇게 시끄러웠군.” 남자는 문 옆 벽을 향해 고개를 돌렸다. “스투레. 당신 아들이 왔어요. 멋지지 않아요?”

칼레는 그쪽을 바라보았다. 정말로 아버지가 있었다. 아버지 옆에 서 있던 남자 넷이 엘뷔를 향해 다가오고 있었다. 두 사람은 권총을 들고 있었는데, 칼레가 영화에서나 실제로 본 것과는 모양이 전혀 달랐다. 권총이라기보다 이상한 장난감에 더 가까웠다.

남자 하나가 엘뷔를 향해 무기를 겨누었다.

“거기 서. 뒤로 물러서.”

엘뷔는 멈춰 서서 남자를 보고 물었다. “지금 뭐하는 거예요?”

남자는 무기를 흔들어 엘뷔에게 물러나라는 시늉을 해 보였고, 엘뷔는 몇 걸음 뒤로 물러섰다. 칼레는 남자가 든 것이 어떤 종류의 무기인지 알 수 없었다—진짜 무기이긴 한 건가?

방문자가 무기를 든 남자에게 고개를 끄덕이더니 칼레와 플로라, 엘뷔를 향해 경고하듯 손가락을 들어 보였다. “자, 조금이라도 멍청한 짓은 안 됩니다.”

남자는 꼼짝도 하지 않는 노인의 목 뒤에 손잡이를 최대한 벌린 절단기의 날을 바짝 가져다댔다. 그리고 날이 살을 파고들 수 있도록 한번 더 눌렀다. 그런 다음 손잡이를 오므렸다. 절단기의 양날이 목 안쪽의 척추골을 절단하면서 뭔가 축축한 것이 부서지는 소리가 나고 찐득한 피가 소량 흘러나왔다. 방문자는 권총을 든 남자에게 절대 경계를 늦추지 말라고 손짓했다. 그러더니 노인의 배 아래로 발을 넣어 몸뚱이를 뒤집었다.

그는 노인의 가슴 부분을 노려보며 기다리고 있었다.

"여기가 특히 까다로웠어요." 방문자가 말했다. "제대로 된 방법을 찾아내기 위한 연구가 필요했거든요." 방문자는 잠깐 고개를 들더니 어린아이처럼 과장되게 높은 목소리로 말했다. "심지어 나조차 어떻게 해야 할지 몰랐어요. 상상이 돼요?"

그 순간 일이 벌어졌다. 하얀색 유충 한 마리가 노인의 가슴에서 모습을 드러냈다. 방문자는 몸을 웅크렸다가 뒤틀며 뒤집는, 알몸에 무방비 상태인 작은 벌레를 즐거움에 차 들여다보았다. 잠시 후 벌레의 색이 변하기 시작했다. 분홍색이 되었다. 부풀어올랐다. 붉은색이 되었다. 더 부풀어올랐다. 그러더니 터져버렸다. 얇은 막이 터지는 바로 그 순간, 방문자가 재빨리 고개를 숙이더니 벌레 위에서 입을 벌렸다. 작고 빨간 덩어리로 변한 벌레가 입속으로 빨려들어가 사라졌다. 방문자는 입술을 핥더니 일어서서 상자를 든 남자를 향해 고갯짓해 보였다. "다음."

그는 칼레와 플로라, 엘뷔를 향해 양팔을 크게 벌려 보였다.

"우리는 이런 일을 한답니다."

다음 희생자가 앞으로 끌려나왔다. 이번에는 여자였다. 몸에 유일하게 걸친 잠옷 너머로 여러 겹으로 늘어진 피부 주름을 느낄 수 있었다. 얼굴 역시 잿빛으로 바닥을 향해 축 늘어져 있었다. 여자의 텅 빈 눈에는 온 세상보다 더 큰 슬픔이 담겨 있었다.

상자를 목에 대는 순간 칼레는 그것의 정체를 알아차렸다. 전기충격기였다. 희생자를 마비시켜 작업을 수월하게 하는 용도였다. 엘뷔는 주먹을 쥔 채 서 있었고, 칼레는 엘뷔의 마음속에 꽉 찬 극단적인 경멸감을 느낄 수 있었다. 플로라는 보이지 않았다. 칼레는 재빨리 주위를 둘러보았다.

플로라는 벽처럼 늘어선 부활자들 앞에서 그들에게 생각을 보내고 있었다. 주의를 돌리자 그녀가 뭘 하는지 머릿속으로 느낄 수 있었다. 플로라는 의사소통을 하고 있었다. 부활자들로 하여금 단념하라고 설득하는 중이었다. 그들 머릿속으로 보내는 죽음의 이미지에서 칼레는 그림자 같은 존재, 손가락 끝마다 갈고리가 달린 손 하나와 여러 색의 나비들과 빛을 보았다.

하지만 검은 그림자가 모든 걸 덮어버려서 플로라는 부활자들에게 다다르지 못했다. 부활자들은 모두 겁에 질려 있었다. 한데 뭉쳐 달아나는 대신 학살당하기 위해 꾹 참고 기다리는 동물 무리 같았다. 플로라는 양팔로 제 몸을 감싸안고 머릿속에 더 아름다운 이미지를 떠올리려 애썼지만, 그녀의 노력은 귀에 거슬리는 소리만 낼 뿐이었다. 그런 상황을 그녀도 느꼈고, 칼레도 느꼈고, 부활자들도 느꼈다.

쿵 소리에 칼레는 깜짝 놀랐다. 여자 부활자가 바닥에 쓰러져 있었다.

더는 여기 못 있겠어.

부활자들의 공포가 일으키는 불협화음과 이 모든 상황의 혐오스러움…… 칼레는 더는 이곳에 머물고 싶지 않았다. 땅속으로 꺼져버리거나 달아나고 싶었다, 소멸하고 싶었다. 입술이 떨리고 몸은 마치 곧 수천 개로 조각날 자동차 유리창처럼 느껴졌다. 그대로 있다가는 금세 부서져버릴 것 같았다.

옆에서 엘뷔가 갑자기 앞으로 뛰어나왔다. 칼레는 입을 열어 뭐라고 말하려 했지만, 미처 그러기도 전에 그녀는 그를 지나쳐 부활자들 쪽으로 뛰어가면서 외쳤다. "토레!"

엘뷔는 앞줄에 선 부활자들을 밀쳐내고 칼레가 보기에는 다른 부활자들과 전혀 다를 것이 없는 한 남자에게 다가갔다. 묵직하고 큰 덩치에 넓은 어깨. 창백하고 무표정한 얼굴을 엘뷔가 양손으로 감싸쥐었다.

"토레." 엘뷔가 말했다. "토레, 안 돼…… 당신은 꼭……"

엘뷔가 남자의 머리를 양쪽으로 흔들었지만 아무 반응이 없었다. 몸이 닿는 면을 늘리려는 생각인지 엘뷔가 부활자와 이마를 맞대는 모습을 보고 칼레는 그녀가 플로라처럼 메시지를 보내는 거라는 느낌을 받았다. 토레의 두 눈이 공허함으로 불타올랐다.

이상한 무기를 든 남자들 가운데 하나가 엘뷔에게 다가왔다. 남자가 무기를 들어올렸다.

"얼른 비켜!"

남자는 엘뷔에게서 몇 미터 떨어진 곳에서 멈춰 섰고, 엘뷔는 그를 완전히 무시했다. 칼레는 남자가 무기를 곧 발사하리라는 걸 알고 재빨리 엘뷔 앞을 막아섰다. 그리고 남자의 권총을 손으로 가리켰다.

"젠장할 그게 무슨 무기가 된다고—"

그는 미처 말을 잇지 못했다. 희미한 발사음이 들리더니 허벅지가 불타는 듯한 느낌이 들었다. 아래를 내려다보았다. 허벅지에 박힌 화살 모양 침이 금속 케이블로 권총과 연결되어 있었다. 고개를 든 칼레는 남자가 방아쇠를 당기는 순간 그것이 어떤 무기인지 깨달았다. 어디선가 읽은 기억이 났다. 미국에서 경찰이 사용하는—

순식간에 진동하는 용암이 몸으로 흘러들어오는 느낌이 들었다. 양팔이 뒤틀리고 손가락이 활짝 벌어졌다. 전기가 모든 근육의 통제력을 파괴하고 누군가 머리칼을 몽땅 잡아뽑는 것 같았다. 칼레는 바닥에 쓰러진 채 움직일 수 없었다. 뭔가 따뜻하고 단단한 것이 피부 위에 쏟아져내려 순식간에 굳어버린 것 같았다. 밀랍 같은 것이. 온몸이 아팠고, 묘한 평온함이 그를 뒤덮었다.

멍하니 허공을 보며 누워 있는데 남자가 한 걸음 다가와 허벅지에서 침을 빼고 버튼을 눌러 케이블을 회수하는 모습이 보였다. 남자가 그를 향해 고개를 숙였다.

"이제 아주 조용하고 순해졌군, 안 그래?"

칼레는 할 수 있었다면 고개를 끄덕였을 것이다. 더할 나위 없는 평온함이 느껴졌다. 시커먼 것이 갑자기 시야에 나타났고 남자의 머리가 쿵 소리와 함께 사라질 때도 칼레는 전혀 놀라거나 움찔거리지조차 않았다. 그저 차분하고 논리적으로 자신이 본 것이 남자의 머리를 걷어차는 플로라의 부츠였을 거라고 짐작했다.

고개를 움직여 내려다보니 그의 추측은 옳았다. 남자는 머리를 부여잡고 바닥에 쓰러져 있었다. 플로라가 남자의 권총을 집어 그를 겨누고 있었다. 칼레는 고맙다는 의미로 무슨 말이든 하고 싶었다. 입안에서 혀가 실제로 움직이기까지 했다. 그는 시멘트 바닥에 누운 채 허우적거렸다. 손가락이 움직였다. 눈을 깜박였다. 눈을 깜박일 수 있었다.

얻어맞은 남자는 플로라의 발길질에 아직 정신을 차리지 못하고 있었다. 그녀는 남자에게 신경쓰지 않고 칼레에게 다가왔다.

"어때, 괜찮아?"

"난…… 응…… 그래……"

플로라가 칼레의 겨드랑이에 팔을 넣어 일어나 앉을 수 있게 도왔다. 칼레는 마치 자신의 몸 몇 센티미터 바깥에 머물다가 천천히 돌아가면서 새롭게 제 몸을 느끼는 듯한 기분이었다. 그는 플로라에게 고개를 끄덕이는 동시에 그녀 바로 뒤에서 움직이는 무언가를 포착했다. 그는 생각했다. 조심해! 그 생각을 플로라가 들었다. 그녀는 옆으로 몸을 던졌고, 화살 모양 침은 간발의 차로 스쳐지나가 두 사람 뒤에 있던 부활자 가운데 한 명의 다리에 맞았다.

플로라는 남자에게 고개를 돌리고 권총을 들어올렸다. 그 순간 엘뷔의 목소리가 들렸다.

"그거 이리 내."

플로라는 손을 뻗은 채 할머니를 바라보았다. "그거 내게 다오. 얼른." 플로라는 어쩔 줄 몰라 고개를 저으면서도 엘뷔가 시키는 대로 했다. 권총을 든 두번째 남자가 막 케이블을 회수하고 있었고, 칼레는 그제야 간신히 정신을 차려 땅에 떨어진 침을 발로 밟을 수 있었다. 바닥에 쓰러졌던 남자는 일어서서 비틀대고 있었다. 한쪽 귀에서 피가 쏟아져나왔다.

방문자는 흥미롭다는 듯 상황을 지켜보고 있었다. 그가 말했다. "이제 그만들 포기하시죠. 이래서는 아무것도 안 돼요. 당신들이 기다리는 존재는 오지 않습니다."

방문자는 다른 부하들에게 소동을 정리하라는 듯 손짓해 보였다. 칼레의 아버지를 포함한 세 남자가 다가왔다. 칼레가 밟고 있던 침이 꿈틀대더니 빠르게 권총으로 되돌아갔다. 칼레는 문득 두려웠다. 전기 충격을 받으면 감정이 진정되는 효과가 있긴 했지만, 절대 한번 더 겪고 싶지는 않았다. 그는 화살 모양 침을 충격기에 다시 장착하는 남자로부터 천천히 뒤로 물러났다.

우린 끝났어. 우리도 끝장나고 말 거야…… 저 남자 뱃속에서……

칼레 뒤에서 먹먹한 발사음이 들렸다. 플로라가 비명을 질렀다.
"할머니! 안 돼!"

고개를 돌려서 봤더니 엘뷔가 살짝 놀란 표정으로 서 있었다. 손에 든 권총의 케이블이 심장 쪽으로 곧장 이어져 있었다. 심장 아주 가까이에 대고 총을 발사해, 침이 갈비뼈 사이를 깊이 뚫고 들어가 박혀 있었다.

"할머니, 안 돼, 안 돼요! 하지 마!"

엘뷔는 살짝 미소를 짓더니 플로라에게 키스를 날리고는 방아쇠를 한번 더 당겼다. 조종하는 사람이 갑자기 모든 줄을 동시에 당겼을 때 꼭두각시 인형이 그러는 것처럼, 엘뷔의 온몸에 경련이 일었다. 팔다리가 사방으로 뒤틀리더니 그녀는 토레의 발치에 무너져내렸다.

플로라는 엘뷔의 손이 바닥으로 떨어지기도 전에 할머니에게 달려들었다. "할머니, 할머니. 이럴 수는……"

하지만 엘뷔의 눈은 이미 아무것도 볼 수 없는 상태였다. 전기 충격에 멈춘 심장은 플로라가 키스하고 몸을 주물러도 반응이 없었다. 칼레는 어깨에 누군가의 손길을 느끼고 돌아보았다. 아버지가 서 있었다. 상반되는 감정으로 뒤틀린 얼굴에서 느껴지는 첫인상은 부끄러움이었다. 자신의 행동이 부끄러운 것이 아니라 이런 식으로 행동하는 아들을 두었다는 사실을 부끄러워하고 있었다.

"이리 와, 망할 녀석!"

칼레는 머릿속에서 윙윙거리는 소리가 들리는 것이 자신의 증오 때문이라고 생각했지만, 그렇다면 그 소음의 발원지를 찾아낼 수 없어야 옳았다. 하지만 그렇지 않았다. 그 소리는 왼쪽, 바로 엘뷔가 누워 있는 곳에서 들리고 있었다.

칼레는 마치 회개하는 아들이 도움을 청하는 것처럼 아버지의 손 위에 손을 얹었다. 그리고 아버지의 검지를 붙잡아 뒤로 홱 꺾어버렸다.

아버지의 비명은 머릿속에서 울리는 새된 소음에 묻혀 들리지 않았다. 소리는 여전히 왼쪽에서 들려왔다. 절대로 그쪽을 보면 안 될 것 같았지만 그는 고개를 돌렸다. 전기 충격과 부활자들이 뿜어내는 두려움에 이미 놀랄 만큼 놀라서 고통을 더해도 달라질 것은 없었다.

엘뷔의 가슴 위에 하얀 애벌레가 보였다. 플로라는 그 옆에서 웅크린 채 고개를 흔들고 있었다. 그림자가 보였다. 여위었다고도 할 수 있을 만큼 가녀린 존재가 검은 머리칼을 드리우고 어둠 속에서 모습을 드러냈다.

죽음……

그렇다. 죽음이었다. 칼레가 어릴 때부터 상상했던 죽음의 모습 그대로였다. 생각해보면 밤에 자려고 하면 꼭 그런 모습의 존재가 옷장에서 스며나왔고, 어머니를 향해 돌진하던 기차에서도 튀어나와 그녀를 잡아채갔다. 죽음.

죽음이 내민 손끝에는 반짝이는 갈고리들이 달려 있었다. 가느다란 그 갈고리는 낚싯바늘과 비슷했지만, 더 길고 좀더…… 완벽했다. 갈고리 중 하나가 엘뷔 가슴 위의 애벌레에 다가가더니 몸통을 꿰뚫었다. 애벌레는 고통스러운 듯 몸을 뒤틀었다. 칼레는 눈앞의 광경을 이해할 수 없었다.

왜 이게…… 왜 이렇게 되는 것이…… 더 좋은 거지?

죽음이 손을 들어올렸고, 플로라도 눈물이 그렁그렁한 눈으로 그 움직임을 좇았다. 그러더니 뭔가 일어났다. 이제는 번데기의 모습으로 변한 애벌레의 몸이 색깔이 바뀌고 부풀어오르다가 터지는 대신 벌어지기 시작했고, 그 틈으로 한 쌍의 섬세한 날개가 모습을 드러내더니 나비 한 마리가 기어나왔다. 작고 부서질 것 같은 나비는 사랑하는 사람의 눈동자와 같은 색이었고, 그 빛깔은 도저히 말로 표현할 수 없이 아름다웠다.

나비는 날개를 몇 번 펄럭이더니 날아올라 토레의 손에 앉았다. 토레는 손을 들어올려 움푹 팬 눈구멍으로 나비를 들여다보았다. 그의 입이 벌어졌다. 그 순간 칼레는 머릿속에서 뭔가를 느꼈다. 토레로부터 비롯한, 나비 날개와 같은 색깔의 섬광이었다.

그 순간 나비가 토레의 손을 떠났다. 칼레가 느낀 것을 설명하기는 불가능했다. 마치 진정으로 원하지 않지만 내 거야, 내 거야, 내 거야! 외치며 바이스로 죄듯 움켜쥐고 있던 손에서 힘이 풀리는 느낌과 비슷했다. 그러면서 토레의 몸은 바닥에 쓰러졌다.

방문자가 앞으로 나섰다. 그는 주먹을 그러쥐고 서서 눈앞의 광경을 지켜보고 있었다. 죽음이 도발하는 연기처럼 그 주위를 휘감았다. 처음으로 그는 자신이 없어 보였다.

토레의 가슴에서 애벌레가 기어나왔다. 죽음이 애벌레를 붙잡자 아까와 똑같은 일이 벌어졌다. 다른 나비가 기어나와 엘뷔에게서 나온 나비와 합류했다. 두 마리 나비는 부활자들 머리 위에서 서로 어울리며 날아다녔다. 마치 수백 명이 몸속 깊은 곳에서 뿜어내는 안도의 한숨이 실내를 훑고 지나는 것 같았다.

죽은 자들이 쓰러지기 시작했다. 처음에는 하나, 다음에는 둘, 다음에는 줄줄이 도미노처럼 여기저기서 쓰러졌다. 줄지어 선 사람들 사이에 중간중간 빈 곳이 드러나면서 더 많은 사람이 바닥에 쓰러졌고, 실내에서 쿵쿵 소리가 들렸다. 마치 가을 폭풍에 열매가 떨어지는 과수원 같았다. 부활자들이 모두 쓰러지자 칼레는 방문자의 표정을 보며 즐겼다.

넌 지는 거야.

어느새 수백 명의 시체가 쓰러졌고 수백 마리의 애벌레가 기어나왔다. 칼레가 이해할 수 없는 것은 죽음이 어떻게 이들 모두를 손으로 잡을 것인지였다. 방문자 역시 같은 생각을 하는 것 같았다. 그는 시체들 사이로 입을 벌린 채 들어가더니 어쩔 수 없이 발생할 상황을 기다렸다. 일부 애벌레는 부풀다가 죽음의 손에 들어가기 전에 파괴될 것이다.

애벌레는 그저 우리가 이해할 수 있는 모습을 한, 우리의 생명인 거야.

죽음이 머리를 흔들자 넓게 풀어헤쳐진 머리칼이 점점 길어지면서 가닥가닥이 시체들 위를 덮었다. 머리칼 끝마다 반짝이는 갈고리가 달려 있었다. 갈고리들은 목표물을 찾아내 애벌레를 꿰뚫은 다음 들어올렸고, 방문자의 입에는 아무것도 들어가지 않았다. 방문자는 주먹을 쥐고 천장을 향해 포효했다. 그의 먹잇감이 모두 달아나버렸다.

분노를 떠넘길 곳이 필요했는지 방문자는 스투레에게 돌아섰다. 그리고 스투레를 노려보면서 칼레를 가리키고는 소리질렀다.

"당신 아들! 당신 아들하고 저 망할 년!"

솟구치는 증오가 칼레에게까지 느껴졌다. 명령을 받은 스투레가 벌떡 일어섰다. 그는 절단기를 집더니, 머릿속을 정리하고 앞을 보려 애쓰지만 여전히 휘청대는 칼레를 향해 달려들었다. 머리를 노리고 휘두른 절단기를 칼레는 몸을 숙여 피했다. 절단기에 드레드록 머리 한 가닥이 걸리는가 싶더니 뜯겨나가 핏방울이 떨어졌다.

붉은 안개가 흩어져내렸다. 스투레가 다시 무기를 휘둘렀고, 칼레는 자신을 스치고 지나가는 절단기를 손으로 붙잡은 다음 스투레의 손아귀에서 낚아챘다.

스투레의 의식은 방문자에게서 받은 명령으로 여전히 흥분해 있었다. 그는 맨손으로 칼레에게 달려들었다. 칼레는 별생각 없이 손에 쥔 것으로 자신을 방어했다. 그가 휘두른 절단기는 정확하게 스투레의 관자놀이를 때렸다. 스투레는 낮은 신음과 함께 쓰러졌다. 칼레는 절단기를 내던졌다.

나비들이 날아올랐다. 수백 마리 나비가 죽음의 머리칼 끝에 앉아 있었다. 상상할 수 있는 온갖 색깔의 나비가 보였고, 어떤 색은 말로 표현할 수 없었다. 나비들은 천장에, 그리고 그 너머의 공간에 닿으려고 안간힘을 다했고, 결국 죽음의 몸을 바닥에서 들어올렸다. 천장은 죽음의 머리칼, 나비들의 날개에 온통 뒤덮여 보이지 않았다. 마치 거대한 꽃이 피어나는 것 같았다.

칼레는 아버지를 바라보았다. 관자놀이의 상처에서 피가 쏟아졌고 손이 몇 번 꿈틀대다가 힘없이 바닥에 떨어졌다. 죽음은 공중에 떠다니면서 적당한 때를 기다리고 있었다.

스투레의 가슴에서 애벌레가 기어나오자 죽음이 아래로 움직였다. 죽음이 손을 내밀자 갈고리들이 더 가까이 다가왔다. 칼레는 애벌레를 손으로 덮었다. 죽음은 망설였다. 죽음은 칼레에게 손을 댈 수 없었다. 칼레는 손 아래서 애벌레가 부푸는 걸 느꼈다. 그리고 애벌레가 터지려고 할 때 집어서 방문자에게 던졌다. 입이 열렸고 애벌레는 남자의 목구멍 속으로 사라졌다.

칼레는 텅 빈 제 손바닥을 내려다보았다. 이제는 마음을 바꿀 수 없었다. 결정은 내려졌다.

플로라가 와서 칼레 옆에 섰다. 그의 허리에 팔을 두르고 어깨에 머리를 기댔다. 두 사람은 나비들이 갈고리에서 풀려나 천장을 향해 날아오르는 모습을, 마지막으로 모든 색깔이 빛을 발하고 무지개 조각들이 천장 위로 사라지는 모습을 같이 지켜보았다.

플로라가 낮게 속삭였다. "안녕, 할머니. 해냈네요. 결국엔."

실내에 침묵이 내려앉았다. 시체들은 무가치한 살덩이들로 이루어진 카펫처럼 바닥을 뒤덮었다. 생명은 그들을 떠나면서 죽음을 함께 데려갔다.

플로라와 칼레, 방문자와 그의 부하 다섯 명만 남았다. 그들은 서로를 가늠했다. 어떤 일이 벌어질지 예측하기는 어렵지 않았다. 두 사람은 방문자가 여러 해 동안 쌓아올린 뭔가를 파괴한 것이다.

문이 벌컥 열리고 경비원 네 명이 뛰어들어왔다. 그중 한 명은 하가르의 팔뚝을 단단히 붙잡고 있었다. 경비원들이 눈앞에 펼쳐진 광경에 얼어붙은 틈을 놓치지 않고 하가르는 그들의 손아귀에서 벗어나 엘뷔에게 달려갔다. 플로라가 뒤를 따랐고, 두 사람은 서로 부둥켜안았다. 칼레는 이제 생각을 들을 수 없었지만, 플로라가 하가르에게 무슨 이야기를 하는지 짐작하기는 어렵지 않았다. 그녀의 할머니는 위대한 영웅들 사이에 자리했지만, 살아 있는 사람들은 아무도 그 이야기를 들을 수 없을 것이다.

경비원들은 어디서 시작해야 할지, 또는 누구에게 죄를 물어야 할지 모르는 채 내키지 않는 듯 기관단총을 이리저리 휘두르고만 서 있었다.

칼레는 여전히 방문자의 눈을 바라보고 있었다. 마치 판자에 뚫린 옹이구멍을 보는 것 같았다. 구멍 너머에서 느닷없이 사막이 혹은 바다가 보이더니, 시야를 가득 채웠다. 영원. 고개를 다른 곳으로 돌릴 수가 없어서 그는 천천히 물었다. "당신. 우리에게. 원하는 게. 뭐야?"

방문자는 칼레의 질문에 대해 생각하는 것 같았다. 고개를 돌려 실내를 둘러보며 자신의 실패한 위대한 계획을 생각하는 것 같았다. 그는 어깨를 으쓱했다.

"복수." 그가 말했다. "그건 인간이 만들어낸 거야. 아무 쓸모가 없어."

그러더니 남자는 자기 안으로 빨려들어가듯 사라져버렸다. 뭔가 시야 한구석에 보이는 것 같아서 돌아보았지만 아무것도 없을 때처럼. 방문자는 사라졌다. 칼레는 다시 원하는 대로 시선을 옮길 수 있었다. 그는 플로라에게 눈길을 고정했다.

플로라와 하가르는 엘뷔의 시체 옆에 웅크린 채 서로 눈물을 닦아주고 있었다.

끝났어.

경비원 두 명이 더 합류했다. 그중 한 명이 롤란드를 데리고 들어왔다. 작고 무수히 많은 상처로 인해 얼굴이 여전히 피투성이였다. 살아 있긴 하지만, 주간지에 나올 사진을 찍으려면 꽤 시간이 흘러야 할 터였다. 칼레는 롤란드에게 다가갔다.

롤란드의 크고 파란 눈이 굳어버린 피딱지 너머로 실내를 둘러보았다. 그가 물었다. "작전이 통한 거야?"

"네." 칼레는 잠깐이지만 무지개가 부서져 사라지는 모습을 볼 수 있었다. "네, 통했어요."

「지나간 꿈은 흘려보내고」에 대해

2008년 예테보리 국제영화제에서 영화로 완성된 〈렛미인〉을 확인한 나는 놀라서 말이 나오지 않았다.

그전에도 세 번이나 촬영 현장을 방문했고, 토마스 알프레드손과 나란히 앉아 장면장면을 보면서 편집에 대한 의견을 나누기도 했다. 크고 작은 스크린을 통해 가편집된 영화를 두어 차례 감상하기도 했다. 그런데도 모든 음향효과가 추가된 최종 완성본을 드라켄 극장의 거대한 화면에서 볼 준비는 전혀 하지 못한 것이다.

새로운 발견이었다. 모든 조각이 제자리를 찾아 들어갔고, 영화는 스웨덴 영화계와 호러 장르 양쪽 모두에서 적잖은 걸작이 되었다. 그런 내 생각은 이후 전 세계에서 비교할 수 없이 수많은 상을 받으면서 확인된 바다. 나는 내 이야기를 다뤄준 방식에 대해 토마스 알프레드손에게 영원토록 감사하는 마음을 갖고 있다.

영화가 끝난 뒤 마음에 걸린 단 한 가지는 결말이었다. 엘리가 들어가 있는 가방을 발치에 둔 채 다른 삶을 찾아가는 오스카르가 기차에 앉아 있는 장면이다.

내가 시나리오를 썼음에도 마지막 장면이 무엇을 뜻하는지 실제로 깨달은 것은 드라켄 극장에서 영화를 보고 난 뒤였다. 그건 오스카르가 또다른 호칸이 된다는 뜻이었다. 누군가는 엘리의 인간 조력자라는 끔찍한 역할을 떠맡고 그녀에게 피와 거처 등을 제공하게 될 것이다. 마지막 장면이 말하는 건 그것이었다. 내가 그 사실을 미리 깨닫지 못했다는 건, 어쩌면 내가 얼마나 멍청한지 알려주는 부분인지도 모른다.

최근 미국판 영화 〈렛미인〉이 시사회를 했다. 미국판도 아주 마음에 들었지만, 스웨덴판에서 암시에 그쳤던 내용이 여기서는 좀 더 직접적으로 드러났다. 호칸은 오스카르와 비슷한 나이였던 소년 시절부터 엘리와 함께했다. 그러므로 오스카르를 기다리는 운명을 추측하기란 어렵지 않다.

오해가 없길 바란다. 나는 그런 식의 결말이 완벽할 만큼 합리적이고, 전체적인 이야기는 물론 내가 책에서 일부러 열린 결말으로 남겨둔 부분을 제대로 해석해낸 결과라고 생각한다. 하지만 나의 결말은 아니다.

두 편의 영화가 아니었다면 이번 작품집에 들어갈 짧은 이야기를 쓰지 않았을 거라고 기꺼이 인정한다. 나는 내가 생각하는 결말을 보여주고 싶었다.

「지나간 꿈은 흘려보내고」는 여러 번 다시 썼지만, 이것이 온전히 독립적으로 존재할 수 있는 이야기여야 한다는 사실을 스스로 받아들였을 때 비로소 괜찮은 작품이 될 수 있었다. 즉 오스카르와 엘리가 부수적인 역할에 그치는 이야기여야 한다는 것이다. 사랑 이야기지만 주인공은 달라야 했다.

그리고 궁금해하는 사람들을 위해 덧붙이자면, 제목은 그 노래* 의 바로 다음 가사를 가져온 것이다.

욘 아이비데 린드크비스트

* 모리시의 노래 〈Let the right one slip in〉을 가리킨다. 『렛미인』의 제목이 된 가사 'let the right one in'은 'let the old dreams die'(지나간 꿈은 흘려보내고)로 이어진다.

옮긴이 **남명성**
한양대학교를 졸업하고 방송국 PD와 인터넷 기획자로 일했다. 현재 전문번역가로 활동하고 있다. 옮긴 책으로 『나를 데려가』 『거인들의 몰락』 『나이트 이터널』 『아르테미스』 『천사학』 『본 슈프리머시』 『문신 속 여인과 사랑에 빠진 남자』 『높은 성의 사내』 『스노크래시』 『파이트』 『남겨진 자들』 『열세번째 시간』 『밤의 기억들』 『셜록 홈즈: 주홍색 연구』 『셜록 홈즈: 바스커빌 가문의 개』 등이 있다.

문학동네 세계문학
경계선

1판 1쇄 2021년 7월 30일 | 1판 2쇄 2021년 11월 5일

지은이 욘 A. 린드크비스트 | 옮긴이 남명성

기획·책임편집 양수현 | 편집 황문정 김경미
디자인 엄자영 이원경 | 저작권 김지영 이영은 김하림
마케팅 정민호 정진아 김혜연 정유선
홍보 김희숙 함유지 김현지 이소정 이미희
제작 강신은 김동욱 임현식 | 제작처 한영문화사

펴낸곳 (주)문학동네 | 펴낸이 염현숙
출판등록 1993년 10월 22일 제406-2003-000045호
주소 10881 경기도 파주시 회동길 210
전자우편 editor@munhak.com | 대표전화 031) 955-8888 | 팩스 031) 955-8855
문의전화 031) 955-8896(마케팅) 031) 955-2684(편집)
문학동네카페 http://cafe.naver.com/mhdn | 트위터 @munhakdongne
북클럽문학동네 http://bookclubmunhak.com

ISBN 978-89-546-8128-5 03890

잘못된 책은 구입하신 서점에서 교환해드립니다.
기타 교환 문의 031) 955-2661, 3580

www.munhak.com